MORTEL DÉJÀ-VU

AMAZON CROSSING

MORTEL DÉJÀ-VU

MELINDA LEIGH

Traduit par Louis Poirier

AMAZON CROSSING

Édition originale parue aux États-Unis en 2020
sous le titre *Cross Her Heart*, Montlake

Publié par
Amazon Crossing, Amazon Media EU Sàrl
38, avenue John F. Kennedy, L-1855 Luxembourg
Mai 2021

Adaptation de la couverture par : studio pym, Milano
Photos : © Amos Chapple / Getty Images; © STILLFX / Shutterstock

ISBN : 9782496706208

www.apub.com

À Charlie, Annie et Tom.
Vous êtes tout pour moi.

Chapitre Un

Grey's Hollow, New York, janvier 1993

— Allô, police secours, comment puis-je vous aider ? a demandé la dame.

Bree tremblait si fort qu'elle parvenait à peine à tenir le téléphone contre son oreille.

— Maman et papa se disputent.

Une claque a retenti dans le couloir et Bree a tressailli.

— Vous voulez bien envoyer la police ?

— La police va venir, a dit la dame. Je vais rester en ligne avec toi jusqu'à ce qu'ils arrivent.

— OK.

Bree a reniflé et s'est essuyé le nez avec sa manche. De la morve lui coulait sur le visage. Elle détestait pleurer devant papa. Ça l'énervait encore plus, mais elle ne pouvait pas s'en empêcher.

— Comment t'appelles-tu ?

— Bree, a-t-elle répondu d'une petite voix.

Elle ne pensait pas que papa pouvait l'entendre, mais si c'était le cas, il lui ferait la même chose qu'à maman. Elle a regardé dans le couloir. La porte de ses parents était ouverte et papa criait. Elle n'entendait pas tous les mots, mais elle savait qu'il disait des choses méchantes et qu'il insultait maman. Elle a entendu un nouveau claquement et sa mère s'est mise à sangloter.

— Il frappe maman.

— Où sont-ils ?

— Dans leur chambre.

Erin est sortie dans le couloir. Elle tenait son lapin en peluche par une oreille et le traînait derrière elle en se dirigeant vers la chambre de maman et papa.

— Erin, n'entre pas ! a lancé Bree aussi fort qu'elle pouvait, mais en ne parvenant qu'à pousser un murmure.

Elle ne voulait pas que papa l'entende.

— Qui est Erin ? a demandé la dame.

— Ma petite sœur, a répondu Bree. Erin, viens ici !

— Quel âge a-t-elle ?

— 4 ans. Moi, j'en ai 8. Je dois m'occuper d'elle. C'est maman qui l'a dit.

— Tu as 8 ans…

La dame s'est éclairci la gorge.

Bree s'est engagée dans le couloir pour aller chercher sa sœur, mais le cordon du téléphone n'était pas assez long.

— Je n'arrive pas à l'attraper.

Elle serrait le téléphone dans son poing. Elle ne voulait pas le lâcher. Elle a crié :

— Erin !

Sa sœur a tourné la tête. Erin ne pleurait pas, mais elle avait les yeux écarquillés et son pyjama était tout mouillé. En voyant sa petite sœur faire demi-tour et se diriger vers elle, Bree a senti un grand soupir jaillir de sa poitrine et des étoiles ont dansé devant ses yeux. Elle a tiré Erin derrière elle jusque dans la cuisine.

— Je l'ai, a dit Bree à la dame.

Dans la troisième chambre, le bébé s'est mis à brailler. Sa porte était juste en face de celle de maman et papa. En l'entendant pleurer, Bree a eu le ventre noué. Papa allait être encore plus furieux.

— C'est ta sœur qui pleure ? a demandé la dame.

— Non. J'ai aussi un petit frère.

Bree ne voulait pas que papa soit dans la chambre avec maman, mais elle ne voulait pas non plus qu'il en sorte.

— Je dois aller le chercher. Je dois le faire taire.

Bree s'est tournée vers sa sœur.

— Reste ici.

Mais avant qu'elle ne puisse se rendre dans la chambre du bébé, papa a surgi dans le couloir. Il avait le visage rouge, les yeux petits et méchants. Maman était juste derrière lui. Sa bouche saignait et elle avait des marques rouges tout autour du cou.

— Attends.

Maman a attrapé papa par le bras.

— Je vais m'en occuper.

Papa a fait volte-face et l'a giflée.

Bree s'est écriée :

— Arrête de taper maman !

Mais il n'a pas obéi. Il l'a frappée à nouveau.

Le bébé a hurlé et papa s'est tourné vers sa chambre.

— Que se passe-t-il, Bree ? a demandé la dame.

— Papa va chercher le bébé.

Bree ne savait pas quoi faire. Elle avait tellement peur, ça lui donnait des crampes dans le ventre et ses jambes tremblaient. Sa sœur s'est glissée sous la table de la cuisine.

— S'il vous plaît, envoyez la police.

Ils arrivent, Bree, a dit la dame. Ça va aller.

— Arrête !

Maman a sauté sur le dos de papa et s'est mise à le frapper.

— Ne le touche pas !

Papa a pivoté, projetant maman contre le mur. Elle s'est effondrée sur le sol du couloir. Il s'est écarté de la porte du bébé. Son visage était sombre, fou. Bree ne l'avait jamais vu ainsi. Il s'est précipité vers maman, l'agrippant par le bras et la forçant à se relever. Puis il l'a entraînée à nouveau dans leur chambre.

— Je dois y aller. Je dois aller chercher le bébé maintenant.

Bree a posé le téléphone. Elle entendait encore la dame parler alors qu'elle entrait sur la pointe des pieds dans la chambre du bébé. Le visage rouge et criard, son petit frère était debout dans son lit à barreaux, ses petites mains accrochées à la barre supérieure.

— Chut.

Bree l'a pris dans ses bras et posé sur sa hanche.

— Il ne faut pas faire de bruit.

En sortant avec le bébé, elle a regardé dans la chambre de ses parents. D'une main, papa maintenait maman contre le mur. Dans l'autre, il tenait un pistolet. Bree s'est figée pendant une seconde. Un frisson froid l'a parcourue et elle a failli faire pipi dans son pantalon.

Puis elle a reculé et couru dans le couloir aussi vite qu'elle a pu. Le bébé rebondissait sur sa hanche. Il a cessé de pleurer et a enfoui le visage dans son épaule en hoquetant. Elle est passée en trombe devant le téléphone posé sur le sol. La dame disait son nom, mais Bree n'avait pas le temps de lui parler.

Elle s'est arrêtée à côté de la table de la cuisine et a appelé Erin.

Sa sœur est sortie de sous la table en rampant.

— Bree ?

— Viens, a chuchoté Bree. On doit se cacher.

— J'ai peur, a dit Erin.

— Je sais où aller. Tout ira bien.

Bree a attrapé Erin par le bras et l'a tirée vers la porte de la cuisine.

Erin a résisté.

— Promis ?

Après avoir pris le bébé d'un seul bras, Bree a dessiné un petit *X* au milieu de sa poitrine.

— Croix de bois, croix de fer.

Elle s'est tournée à nouveau vers la porte. Cette fois, Erin n'a pas résisté.

Il faisait sombre dans le jardin et la véranda était glacée sous ses pieds nus. Elle a senti le vent froid à travers son pyjama. Mais elle a continué, descendant les marches pour atteindre les fondations. Elle a fait pivoter une planche et l'a tenue pendant qu'Erin se glissait dans le trou. Puis elle a poussé le bébé dans l'obscurité et a rampé après lui, avant de remettre la planche en place. Elle s'était déjà cachée ici plusieurs fois quand maman et papa se disputaient.

Sous la véranda, ils étaient à l'abri du vent, mais il faisait encore froid.

Bree a regardé entre les planches. Dans l'ombre de la grange, les chiens de papa aboyaient dans leur chenil. La dame avait dit que la police allait venir. Bree n'entendait plus maman et papa se disputer. *Qu'est-ce que papa est en train de faire ?*

— J'ai froid.

Erin claquait des dents. Bree a tiré sa sœur vers elle et lui a fait signe de se taire. Dans ses bras, le bébé frissonnait et gémissait. Son visage s'est crispé, comme s'il s'apprêtait à pleurer. S'il criait, papa pourrait les entendre. Il pourrait découvrir leur cachette. Bree a enveloppé son petit frère dans ses bras et l'a bercé.

— Chhhut.

Une porte a claqué, et Bree a sursauté. De lourdes bottes ont piétiné le plancher. Elle ne savait pas si c'était à l'intérieur de la maison ou sur la véranda. La police était-elle arrivée ? Peut-être que tout irait bien. Comme la dame l'avait dit.

Un coup de feu a retenti. Bree a sursauté.

Maman !

Elle a serré le bébé dans ses bras et il s'est mis à pleurer. Une autre porte a claqué. Bree aurait voulu courir dans cette direction, mais elle avait trop peur. Elle a entendu d'autres pas, d'autres cris, puis un autre coup de feu.

Bree a fermé les yeux.

Même sans avoir vu ce qui s'était passé, elle savait que rien ne serait plus jamais comme avant.

Chapitre Deux

— C'est ici.

Bree Taggert pointa du doigt une rangée de maisons en briques d'un quartier du nord de Philadelphie.

— Nous recherchons un certain Ronnie Marin, 20 ans.

Dana Romano, sa collègue de la criminelle, fit ralentir le véhicule et toussa dans son poing. Dana, 50 ans, était grande et maigre. Quelques mèches grises accentuaient ses cheveux blonds, courts et ébouriffés. Ses pattes d'oie se creusèrent tandis qu'elle scrutait la rue par la vitre de la voiture.

— C'est chez lui ?

Bree vérifia ses notes.

— Non. Sa tante habite ici. La dernière fois qu'il a été arrêté, c'est elle qui a payé sa caution. Puis il a pris la tangente et elle a dit adieu à ses 1 000 dollars. J'espère qu'elle sait où il est et qu'elle lui en veut.

La semaine précédente, une infirmière avait été attaquée, violée et étranglée alors qu'elle rentrait chez elle après avoir travaillé de nuit dans une unité de soins intensifs. La caméra de surveillance d'une laverie automatique avait filmé le tueur en train de traîner sa victime dans la ruelle où son corps avait été retrouvé. En moins de vingt-quatre heures, le coupable avait été identifié comme étant

Ronnie Marin, des quartiers nord de Philadelphie. Ronnie avait un casier judiciaire long comme le bras.

Bree avait entrepris d'interroger tous les contacts connus de Ronnie. Jusqu'à présent, elle n'avait trouvé aucun signe de lui et personne n'avait admis l'avoir vu.

Dana était malade depuis une semaine et prenait l'enquête en cours. Elle gara la Crown Vic bleue le long du trottoir, derrière un tas de neige aussi haut que le véhicule.

— Rappelle-moi, Ronnie s'est fait arrêter pour quoi, la dernière fois ?

— Cambriolage.

Bree scruta la rue sombre, mais ne perçut aucun signe de vie. Dans l'allée qui longeait la maison, de la glace noire brillait à la lueur d'un lampadaire.

— Il a fait dix-huit mois. Avant ça, vandalisme et agression. Il n'est sorti que depuis deux mois.

Bree fit pivoter l'écran du tableau de bord pour montrer à sa collègue la photo d'identité de Ronnie.

— Il n'a pas traîné pour passer à l'homicide, déclara Dana.

— Rien ne fait progresser un criminel plus vite que la prison.

— Peut-être que Ronnie a quitté la ville.

— J'en doute. Toutes ses relations sont là. C'est son territoire, et il a travaillé dur pour construire sa réputation dans le quartier.

Dana haussa les épaules.

— Qu'est-ce qu'on a sur la tante ?

— La tante de Ronnie a 57 ans. Elle travaille pour la même entreprise de nettoyage commercial depuis dix-huit ans et n'a pas de casier judiciaire.

— On ne choisit pas sa famille.

Dana s'interrompit et rougit.

— Je suis désolée, Bree. Je ne pensais pas à toi.

Depuis quatre ans qu'elles faisaient équipe, Dana n'avait jamais évoqué la mort des parents de Bree, bien que celle-ci ait souvent entendu d'autres policiers de la division en parler dans son dos. Mais quand votre père a assassiné votre mère et s'est suicidé, vous devez vous attendre à ce que les gens en parlent.

— Pas de souci. Je suis en effet bien placée pour le savoir.

Bree s'était depuis longtemps réconciliée avec son histoire familiale, du moins autant qu'il était possible dans ces circonstances. Et en devenant flic, elle avait fait de la tragédie et de la violence des éléments parmi d'autres de son quotidien.

C'était comme ça. Elle avait suffisamment suivi de thérapies quand elle était enfant, assez pour toute une vie. À 18 ans, elle avait décidé d'arrêter l'analyse. Certains traumatismes laissent des cicatrices indélébiles. Il n'y avait pas moyen d'y changer quoi que ce soit. Elle avait refoulé son enfance dans un coin sombre de sa mémoire et était passée à autre chose. À 35 ans, la dernière chose que Bree voulait, c'était de ramener ces souvenirs à la surface.

Elle sortit du véhicule. Un vent glacial fouettait la rue et lui piqua les joues.

Malgré le froid, elle déboutonna son manteau noir pour mieux avoir accès à son arme.

En toussant, Dana la rejoignit sur le trottoir fissuré. Elle glissa ses mains dans les poches de sa parka, qui lui arrivait aux genoux.

— Punaise, il fait froid.

Juste après le Nouvel An, un blizzard polaire s'était abattu sur la ville de Philadelphie. Le gel avait persisté, la neige n'avait pas fondu mais avait acquis au fil des jours une teinte grisâtre. Avec la pollution, elle ne restait jamais blanche très longtemps.

Bree évita une plaque de glace noire qui luisait sur le trottoir.

— Tu devrais rentrer chez toi quand on aura fini ici. Tu as une voix de mort-vivant.

— Pas question. Je ne peux pas contempler les murs de mon appartement pourri un jour de plus.

Dana s'éclaircit la gorge, puis sortit de sa poche une pastille contre la toux, la déballa et la glissa dans sa bouche.

— Ma mère n'arrête pas de m'apporter de la soupe, à longueur de journée, alors que je prends mon traitement et que le médecin dit que je ne suis plus contagieuse. Il est temps de me bouger les fesses et de retourner au travail.

— Qu'est-ce que tu vas faire le mois prochain, quand tu seras à la retraite ?

— Je ne sais pas. Mon cousin veut que je fasse veilleuse de nuit dans son magasin de moquette.

Dana s'arrêta, le temps d'une quinte de toux.

— Parce que tout le monde veut passer sa retraite à travailler de nuit.

— N'est-ce pas ?

Dana toussa à nouveau.

En soupirant, Bree attendit que Dana reprenne son souffle. Quand elle eut terminé, Bree grimpa les trois marches en béton fissuré, bordées par une rampe en fer forgé blanc. Bree et Dana prirent automatiquement position de part et d'autre de la porte et Bree frappa. Comme personne ne répondait, elle recommença plus vigoureusement.

Des bruits de pas se firent entendre à l'intérieur et une minuscule femme d'âge moyen leur ouvrit. Bree reconnut la tante de Ronnie, Maria Marin, d'après la photo de son permis de conduire. Elle avait le visage pâle et ridé et portait ses cheveux brun foncé noués en un chignon des plus stricts. Un mardi à 20 heures, la plupart des gens s'apprêtaient à passer une soirée tranquille. Mme Marin était sur le point d'aller travailler.

Bree souleva le badge qu'elle portait accroché à une lanière autour du cou.

— Je suis l'inspectrice Taggert et voici l'inspectrice Romano.

Dana fit un signe de tête.

— Madame.

Les yeux sombres de Mme Marin s'écarquillèrent et elle plissa les lèvres avant de parvenir à cacher sa peur.

De la peur ? Un frisson chatouilla l'échine de Bree. Dana lui lança un regard de côté. Elle avait remarqué la même chose.

Ronnie est-il à l'intérieur ? Ou Mme Marin a-t-elle simplement peur de parler à la police ?

Bree jeta un coup d'œil par-dessus l'épaule de Mme Marin, mais ne vit personne.

— Nous aimerions vous parler de votre neveu, Ronnie.

Bree baissa la voix, au cas où les murs auraient des oreilles.

— Pouvons-nous entrer ?

— Non.

Mme Marin secoua la tête et la peur réapparut dans son regard. Ses yeux se dirigeaient involontairement sur le côté, comme si elle essayait de voir derrière elle sans tourner la tête. *Ronnie les écoutait-il ?*

Bree insista.

— Avez-vous vu Ronnie ces derniers jours ?

— Je ne suis pas obligée de vous répondre.

Mme Marin fit un pas en arrière et fit mine de fermer la porte.

— Non, madame, c'est exact, mais votre neveu a tué une femme.

Bree ne révélait rien de confidentiel. La photo de Ronnie était passée aux infos le soir précédent.

— Tous les policiers de la ville le recherchent. Il vaudrait mieux pour Ronnie qu'il vienne avec moi de son plein gré.

Bree laissa planer l'idée que se rendre serait plus sûr pour lui.

Ronnie avait commis un meurtre pervers. Il s'était fait filmer par une caméra de surveillance. De toute évidence, ce n'était pas un génie du crime. La police le trouverait rapidement. Étant donné son intelligence limitée, Ronnie allait résister et/ou fuir.

Mme Marin hésita pendant deux secondes, puis leur ferma la porte au nez.

Dana descendit du perron. Du sel craqua sous ses bottes. Elle toussa en se couvrant la bouche.

— Il est là.

— Ouaip.

Sans se retourner, Bree se dirigea vers la voiture.

Dana marqua le pas.

— On ne peut pas prouver qu'il est à l'intérieur.

— Non.

Bree inspira profondément et sentit l'air froid lui brûler les sinus.

— On n'a qu'à faire le tour du pâté de maisons et surveiller la porte de derrière. Maintenant qu'il sait qu'on l'a trouvé, Ronnie va avoir envie de s'enfuir au plus vite.

— Il nous faudrait une autre unité pour monter la garde ici.

Elles s'assirent dans le véhicule et appelèrent des renforts. Puis Dana démarra, tourna deux coins de rue plus loin et alla se garer le long d'une haie, à l'entrée de l'allée qui divisait le pâté de maisons en deux. Les côtés étaient plongés dans l'ombre, mais la largeur du passage leur offrait un point de vue acceptable. Chaque maison avait un petit patio en ciment entouré d'une sorte de clôture, le plus souvent en grillage métallique. Les portes arrière étaient surélevées de trois marches et, en général, surmontées d'une lampe, ce qui permettait à Bree de les distinguer clairement. La maison de Mme Marin était la troisième à partir du coin. Bree venait de la localiser lorsque la porte arrière s'ouvrit et qu'une tête familière apparut. Ronnie inspectait les alentours.

— Et le voilà.

Elle se laissa glisser plus bas sur son siège en attendant que Ronnie sorte de la maison.

— On devrait attendre les renforts.

— Non. Je ne le laisserai pas s'échapper.

Dana lui lança un regard sévère.

— Ne me regarde pas comme ça. Tu sais ce qu'il a fait. Je veux qu'il soit mis hors d'état de nuire, pour qu'il ne puisse plus blesser personne d'autre.

Ronnie sortit de la maison et ferma la porte derrière lui. Bree se saisit de la poignée de la portière.

— J'y vais à pied. Tu me le rabats avec la voiture.

— J'aime pas que tu y ailles toute seule.

Dana enleva le frein à main.

— Tu seras juste derrière moi. Tu viens d'avoir une bronchite. Tu ne pourras pas suivre.

Elles savaient toutes deux que Dana n'aurait jamais pu suivre Bree de toute façon.

Dana acquiesça d'un grommellement.

— Quand on te donnera un bleu à chaperonner, t'auras qu'à le faire courir à ta place.

Bree n'était pas prête à envisager la perspective d'un nouveau partenaire. Il lui fallait toujours longtemps pour faire confiance à quelqu'un.

Dana se fit sérieuse.

— Fais gaffe à toi, Bree. Ronnie est un dangereux petit sac à merde.

— Ouaip.

Bree se glissa hors de la voiture. Dana démarra pour faire le tour du pâté de maisons. Bree se pencha pour jeter un œil derrière la haie. Ronnie s'éloignait dans l'allée. Comme s'il savait qu'elle était sur ses traces, il se lança dans une course effrénée.

Merde !

Bree piqua un sprint à son tour, mais le fugitif atteignit le bout de l'allée, tourna à droite et disparut derrière une palissade. Craignant une embuscade, Bree s'arrêta au coin et se plaqua contre les planches. Sortant son arme, elle bondit dans la rue, en position de tir. Son cœur battait contre son sternum. Malgré le froid, un filet de sueur coulait dans son dos, trempant sa chemise. Mais Ronnie n'était pas en vue.

En émergeant dans la rue suivante, elle reprit son souffle et inspecta les maisons environnantes à la recherche de son suspect. *Il est où, ce petit bâtard ?*

— Bree !

Juste devant elle, Dana avait arrêté la Crown Vic au milieu de l'intersection. Par la fenêtre ouverte du véhicule, elle indiqua l'allée du pâté de maisons suivant.

— Par là !

Bree pivota sur une plaque de glace et suivit la direction indiquée par sa partenaire, en accélérant encore. Derrière elle, elle entendit un crissement de pneus et devina que Dana faisait demi-tour. Elle allait essayer de couper la trajectoire de Ronnie à la rue suivante et appelait sans doute des renforts en même temps. Il y avait certainement des unités supplémentaires dans le secteur.

Bree traversa une congère et dépassa une benne à ordures juste à temps pour voir son suspect escalader une clôture en grillage métallique de deux mètres de haut.

Elle fonça vers lui.

— Arrêtez ! Police !

Comme elle s'y attendait, Ronnie l'ignora et continua à courir. Bree ne prit pas la peine de crier à nouveau.

Elle gardait son souffle pour la poursuite.

Dans sa vision périphérique, elle aperçut le tourbillon de lumières rouges et bleues, tandis qu'une voiture de police traversait l'intersection. Ses chaussures de sport noires dérapèrent sur l'asphalte couvert de sel. Elle bondit sur la clôture qui trembla sous l'impact. S'accrochant au sommet, elle se hissa et se laissa retomber de l'autre côté.

Ronnie n'était qu'à quelques mètres de là, près de l'endroit où l'allée croisait la rue principale. Bree poursuivit son effort. Elle courait trois jours par semaine. Le sprint initial avait été douloureux pour ses poumons et ses muscles froids, mais maintenant elle se réchauffait. Sa foulée s'allongea et elle gagna du terrain sur Ronnie.

Dana devrait se trouver à l'autre bout de l'allée pour bloquer sa fuite. Mais Ronnie regarda par-dessus son épaule, vit Bree juste derrière lui et piqua sur la droite, sautant sur une benne à ordures d'où il comptait franchir une vieille palissade en bois.

Bree était à moins de deux mètres de lui. Elle se jeta en avant et parvint à attraper le dos de sa veste.

Presque.

Les mains de Ronnie atteignirent le haut de la palissade. Bree empoigna sa capuche au moment où il rassemblait ses forces pour sauter par-dessus. Tout à coup, un choc massif secoua les planches et l'aboiement rauque d'un gros chien retentit. Ronnie ne put stopper son élan à temps, mais Bree le tenait fermement et le col de son sweat l'arrêta net. Portant les mains à sa gorge, il tomba à genoux et sa tête heurta la palissade. Bree s'écrasa à son tour sur les planches et sa joue vint frapper celle du haut. L'énorme tête d'un pitbull blanc apparut et ses puissantes mâchoires claquèrent à quelques centimètres de ses yeux. Bree sentit l'haleine du molosse sur son visage et de la bave lui éclaboussa la joue.

Un souvenir fit irruption, des dents qui s'enfonçaient dans sa chair, le tout accompagné d'une douleur fantôme aussi vive que si trente ans ne la séparaient pas des événements. Un sursaut de terreur la fit se jeter en arrière. Elle glissa sur la benne et tomba les fesses dans la neige, Ronnie suivant le mouvement dans un entremêlement de bras et de jambes. Quelque chose heurta violemment Bree à l'estomac, lui coupant le souffle. Mais elle prêta à peine attention au déchirement qui s'immisçait entre ses côtes.

Où est le chien ?

Le pitbull frappa à nouveau la palissade. Les faibles planches cliquetèrent, grincèrent et menacèrent de céder sous les assauts du chien, dont elle entendait les grognements sourds et la respiration saccadée. Les plaques d'identification de l'animal tintèrent tandis que celui-ci faisait des allers et retours le long de la palissade. Puis des pas martelèrent le trottoir. Les renforts étaient là. Mais l'instinct de survie de Bree ne voulait pas croire que le danger était passé. Son pouls battait la chamade dans ses veines. Elle s'efforça de reprendre son souffle et d'endiguer la panique qui avait envahi sa poitrine, avec la lenteur d'un semi-remorque faisant un démarrage en côte.

La palissade tiendra.

Mais Bree n'arrivait pas à respirer. Elle essaya de rouler sur le côté, mais Ronnie était plus lourd qu'elle et son poids la clouait au sol. Une paire de grosses chaussures noires de policier apparut à côté de son visage et elle fut soudain libérée.

Mais ses poumons étaient toujours bloqués et elle avait besoin d'air.

— Je le tiens, inspectrice Taggert ! dit une voix. Vous pouvez le lâcher maintenant.

Bree prit une profonde inspiration, ses poumons s'emplirent d'air et sa vision redevint normale. Les chaussures appartenaient à un policier en uniforme, un gars costaud. Un deuxième agent apparut à côté du premier. Le chien aboyait furieusement, mais il était derrière la clôture.

— Bree !

La voix de Dana la fit revenir à elle.

— *Lâche-le.*

Bree regarda sa main en clignant des yeux. Ses phalanges avaient été éraflées par l'impact avec la clôture, mais ses doigts étaient encore bien serrés sur la capuche de Ronnie. Le tissu était pressé contre sa trachée et sa tête était tirée en arrière dans un angle inhabituel. Elle ouvrit son poing et le relâcha.

— Merde, Taggert, dit le policier numéro deux. Vous l'avez vraiment *arrêté.*

Les deux flics en uniforme retournèrent Ronnie sur le ventre, lui passèrent les menottes et l'emmenèrent. Un autre véhicule de police se gara derrière le premier.

Dana lui tendit la main.

— Ça va ?

En hochant la tête, Bree laissa sa partenaire la remettre debout. Elle avait les genoux qui tremblaient, mais elle se fit violence et se força à se tenir droite. Les autres flics devaient attribuer son essoufflement à la poursuite. En tout cas, elle l'espérait.

Le visage grave, Dana l'examinait du regard.

— Tu es sûre que tu n'es pas blessée ?

Consciente que ses collègues l'observaient, Bree jeta un coup d'œil circulaire. Leurs regards la mettaient mal à l'aise. Elle se frotta le plexus solaire.

— J'ai eu le souffle coupé. Ça ira mieux dans quelques minutes.

— OK.

Dana la fit sortir de l'allée et la soutint jusqu'à la voiture, dont elle ouvrit la porte passager.

— Assieds-toi et reprends ton souffle.

Bree s'assit sur le côté, les pieds sur le trottoir, et but quelques gorgées d'eau. Puis elle essuya ses paumes moites sur ses cuisses. Maintenant que l'incident était terminé, les ecchymoses commençaient à se faire sentir. Son coccyx l'élançait à chaque battement de cœur. Mais ce n'étaient pas ses blessures qui la bouleversaient, ni le tueur qu'elle venait d'arrêter.

C'était le chien et les souvenirs que ses dents acérées évoquaient.

Elle frissonna, puis prit trois grandes inspirations avant de faire ce qu'elle faisait de mieux : elle compartimenta. Elle refoula cette vision d'horreur dans le trou sombre et profond où il devait rester. Elle parvenait tout juste à maîtriser son rythme cardiaque et sa respiration lorsque son portable vibra à sa ceinture. Bree regarda l'écran. Elle avait manqué un appel pendant qu'elle poursuivait Ronnie. Elle lut la notification du message vocal et se figea.

Erin ?

— Qu'est-ce qui ne va pas ? demanda Dana en la fixant de son regard bleu.

Bree indiqua son téléphone.

— Ma sœur a appelé.

— Quand est-ce que tu lui as parlé pour la dernière fois ?

— Il y a quelques semaines. Tu te souviens que ma famille est…

Bree chercha le mot juste.

— … compliquée.

— Hum hum.

Dana était devenue davantage qu'une collègue de travail. C'était désormais l'amie dont elle se sentait la plus proche.

— On se parle au téléphone, mais je ne l'ai pas vue depuis qu'elle a amené ses enfants à Philadelphie, l'été dernier.

Et la dernière fois que Bree s'était rendue à Grey's Hollow, c'était pour le mariage d'Erin quatre ans auparavant.

— Je me souviens.

Dana était une passionnée d'histoire. Quand Erin et les enfants venaient en ville, elle jouait le rôle de guide touristique, les emmenant au Constitution Center, à l'Independence Hall et autres sites.

— Elle t'a laissé un message ?

— Oui.

Le doigt de Bree hésita sur le bouton. Elle aurait préféré attendre d'être rentrée chez elle pour écouter le message de sa sœur. Des nouvelles inattendues de Grey's Hollow, ce n'était jamais bon signe. Le cœur de Bree accéléra à nouveau, de la sueur toute fraîche s'accumula sur ses paumes et tous ses efforts pour se contrôler furent réduits à néant.

— Tu pourrais me donner une minute, Dana ?

— Bien sûr. Pas de problème.

Elle fit volte-face et se dirigea vers le groupe de flics posté à l'entrée de l'allée.

Posant fermement ses pieds sur le trottoir, Bree appuya sur le bouton *Lecture* d'un geste déterminé. Sa sœur était essoufflée et parlait avec hâte : « Bree ? Je suis dans le pétrin. Je ne sais pas quoi faire. Je ne veux pas te donner les détails dans un message, mais j'ai besoin de ton aide. Rappelle-moi dès que tu as ce message. »

Inquiète, Bree appuya sur le bouton *Rappeler*. La ligne de sa sœur sonna trois fois et passa sur répondeur. Bree laissa un message.

— C'est Bree. Désolée de t'avoir manquée. Rappelle-moi.

Elle baissa le téléphone et le regarda fixement. Elle n'avait manqué l'appel de sa sœur que de quelques minutes. Où pouvait être Erin ? Bree écouta le message à nouveau. L'inquiétude perceptible de sa sœur lui noua le ventre.

Les sourcils froncés, Dana s'approcha.

— Tout va bien ?

— Elle ne répond pas au téléphone.

Bree appela son frère, Adam, mais l'appel passa aussitôt sur répondeur. Elle lui laissa un message. Ensuite, elle composa le numéro du salon de beauté où sa sœur travaillait, mais la réceptionniste lui dit qu'Erin était de repos ce soir.

— Essaie un peu plus tard, suggéra Dana. Elle est peut-être sous la douche.

Bree but une gorgée d'eau et appela Erin à nouveau. Toujours pas de réponse. Elle réécouta le message, inclinant le téléphone pour que Dana puisse en profiter.

Les sourcils blonds de Dana s'abaissèrent.

— Ta sœur ne semble pas du genre à avoir des ennuis.

— Non, pas du tout. C'est quelqu'un de sérieux, Erin. Elle travaille, elle élève ses enfants. Elle n'a pas le temps d'avoir des ennuis.

Bree frotta le rebord de son téléphone avec son pouce.

— Mais le fait qu'elle m'appelle à l'aide signifie que c'est quelque chose d'important. On n'est pas aussi proches que je le voudrais.

— Ce n'est ni ta faute ni la sienne si vous n'avez pas été élevées ensemble.

Erin et Adam avaient été élevés par leur grand-mère à Grey's Hollow ; Bree par un cousin à Philadelphie.

— Je ne suis pas responsable de mon enfance.

Bree tapota l'écran de son téléphone, mais il n'y avait pas de notifications.

— Mais les décisions que j'ai prises depuis que j'ai atteint l'âge adulte sont à 100 % de ma responsabilité.

— Qu'est-ce que tu vas faire ?

Enfants, Bree et ses frère et sœur avaient survécu à un cauchemar. Malgré les trois cents kilomètres qui les séparaient, ils auraient toujours un lien particulier. Ils étaient étonnamment sensibles aux embrouilles et Bree sentait bien, à la voix d'Erin, que quelque chose n'allait pas. Quelque chose de vraiment sérieux. Le ton d'Erin ne signifiait pas : *Je suis en retard pour payer mon loyer.* Elle semblait avoir vraiment peur.

Il n'y avait qu'une seule chose à faire.

Elle termina sa bouteille d'eau et se leva.

— Je rentre au bercail.

Chapitre Trois

Avec un soupçon d'appréhension, Matthew Flynn sonna une seconde fois à la porte de son ami. À nouveau, des carillons retentirent à l'intérieur de la petite maison de style longère. Mais personne ne vint lui ouvrir la porte.

Justin aurait pourtant dû être chez lui. Matt venait le chercher pour l'accompagner à sa réunion des Narcotiques Anonymes, comme tous les mardis soir depuis des mois.

Aux côtés de Matt, son berger allemand, Brody, poussa un gémissement. Matt jeta un coup d'œil à son chien. Brody avait les oreilles levées, l'échine raide.

— Qu'est-ce qu'il y a, mon grand ?

Brody gémit à nouveau et donna un coup de patte sur le perron en béton. Retraité de la brigade canine du shérif, Brody avait un instinct aiguisé par des années de formation et de pratique. Il aboya, une seule fois. Normalement, il était heureux et excité de voir Justin. Il aurait dû remuer la queue, avoir une posture détendue.

Quelque chose n'allait pas.

Sans trop savoir pourquoi, Matt faisait confiance à son chien. L'odorat et l'ouïe de Brody étaient bien supérieurs à ceux de n'importe quel être humain. Et il semblait toujours avoir un sixième sens. Lorsqu'ils faisaient équipe à la brigade canine, Brody avait plus d'une fois sauvé la mise à Matt, qui avait appris à faire davantage confiance à ce chien qu'à la plupart des gens.

Il déglutit amèrement à ce souvenir. Trois ans plus tôt, une fusillade avait mis fin à leur carrière. Matt aurait souhaité qu'il soit possible de décrire la manière dont son avenir lui avait été arraché aussi simplement que cela avait été résumé dans le communiqué de presse. La réalité avait été tout autre. Il fallait qu'il se libère de sa colère. Le shérif avait envoyé Matt et Brody par la mauvaise porte d'un entrepôt et ils avaient été touchés par les tirs d'autres adjoints qui échangeaient des coups de feu avec un trafiquant de drogue. Que les actions de l'ancien shérif aient été délibérées ou accidentelles, cela n'avait plus d'importance. L'homme était mort. Mais Matt peinait encore à abandonner sa rancune.

Il ouvrit la contre-porte et tourna la poignée de la porte principale, mais celle-ci était verrouillée. Comme il s'en éloignait, il examina la maison. La Ford Escape de Justin était garée dans l'allée, avec un panneau *À vendre* sur le pare-brise. Justin n'allait pas pouvoir prendre le volant pendant un moment. Quatre mois plus tôt, il s'était fait arrêter pour conduite sous l'effet de stupéfiants. Comme c'était la deuxième fois, les peines encourues étaient sérieuses dans l'État de New York. La femme de Justin lui avait demandé de quitter leur domicile. Justin était bien décidé à rester sobre et à regagner sa confiance, mais il y avait des jours où il ne parlait que de ses échecs. Il luttait contre la dépression et sa dépendance en même temps.

Inquiet, Matt s'éloigna de la porte. Son haleine givrait dans la nuit glaciale de janvier. Les lumières extérieures et intérieures étaient allumées. Justin ne roulait pas sur l'or. S'il n'avait pas été chez lui, tout aurait été éteint.

Matt sortit son téléphone. Vingt minutes plus tôt, il avait envoyé un SMS à Justin pour lui dire qu'il était en route. Il avait pris un peu de retard et n'avait pas attendu de message en retour avant de partir de chez lui, mais maintenant, l'absence de réponse lui semblait anormale. Justin répondait généralement par un pouce levé. Matt envoya un nouveau message : *Je suis dehors.*

Une minute s'écoula sans réponse.

Il n'y avait qu'une seule chose à faire : Matt devait entrer.

Il connaissait Justin depuis qu'ils étaient enfants. Son ami était tombé dans une spirale infernale, déclenchée par un accident de voiture, un mal de dos chronique et une dépendance aux opioïdes. Justin avait perdu pied, mais il semblait déterminé à reprendre sa vie en main. Matt était prêt à tout faire pour l'aider, y compris le conduire aux réunions de NA et entrer par effraction dans sa maison s'il y avait la moindre chance que son ami ait des ennuis.

Des scénarios possibles lui traversèrent l'esprit. La rechute et le suicide en faisaient partie.

— Viens, dit-il au chien en s'éloignant de la maison.

Mais Brody ne le suivit pas immédiatement. Au lieu de ça, il restait concentré sur la porte et recommençait à gémir. C'était un son plaintif, aigu et à peine audible.

— On va essayer une autre porte.

Obéissant mais manifestement réticent, Brody le suivit sur le côté de la maison. La neige gelée craqua sous leurs pas. Au niveau du patio se trouvait une porte vitrée coulissante, qui était ouverte. Matt passa la tête à l'intérieur. La cuisine était vide, mais éclairée. Deux canettes de Coca ouvertes étaient posées sur le comptoir à côté d'une boîte de pizza. Dans le salon, un canapé et une table basse faisaient face à la télévision murale dont l'écran luisait, retransmettant une chaîne d'information locale.

Où est Justin ?

Inquiet, Matt sentit son estomac se nouer. Comme pour canaliser l'anxiété de son maître, Brody se mit à creuser dans la neige devant la porte vitrée.

— Ouais, pas de soucis, mon pote. On y va.

Matt sortit une laisse de sa poche et l'accrocha au collier du chien. Puis il entra dans la cuisine. Quelques flocons de neige tombèrent de ses bottes. Il s'essuya les pieds sur le tapis et fit entrer Brody, laissant la porte ouverte derrière eux.

Le berger haletait et faisait les cent pas au bout de sa laisse. Matt le fit venir au pied d'un unique mot allemand : « *Fuss.* »

— Justin ? appela-t-il.

Rien ne bougeait. La petite maison semblait sinistrement calme. Brody se dirigea vers le couloir qui menait aux chambres, tirant sur sa laisse à tel point que Matt dut le retenir.

Le chien gémit à nouveau. Matt actionna un interrupteur dans le couloir. La buanderie et la salle de bains étaient vides. Matt regarda dans la chambre d'amis, qui ne contenait qu'une pile de cartons que Justin refusait de déballer, prétendant que son déménagement était temporaire.

Brody tirait de plus en plus fort.

« *Fuss* », répéta Matt.

Brody obéit, mais en gardant une attitude nerveuse. Il se comportait comme s'il était de retour en service actif et en situation de grand stress.

La chambre principale se trouvait devant eux. Matt envisagea la possibilité de ramener le chien à son véhicule, mais il n'était pas armé. S'il y avait un intrus dans la maison, Brody le saurait et le protégerait. Matt tendit l'oreille pendant quelques secondes, mais le seul bruit perceptible était celui des voix des présentateurs de télévision dans le salon. Brody ne se comportait pas comme en présence d'une menace, mais il était agité, geignard et ne tenait pas en place. Sa tête se balançait de droite à gauche, comme celle d'un boxeur professionnel.

— Justin ? cria Matt, hésitant à envahir l'intimité de son ami en pénétrant dans sa chambre.

Mais la dépression de Justin le décida à avancer. La pièce n'était éclairée que par une petite lampe de chevet, mais c'était suffisant pour qu'il distingue immédiatement ce qui se trouvait au milieu de la pièce.

Un cadavre et une mare de sang.

Matt fit la grimace.

Il n'avait pas besoin de prendre le pouls. Étant donné la taille de la tache rouge qui s'étendait sur le tapis, il savait que la personne était morte. Personne ne pouvait survivre à une telle perte de sang.

Le corps était trop petit pour être celui de Justin. Matt utilisa l'application « lampe de poche » de son téléphone pour mieux éclairer le corps. Ce qu'il découvrit le choqua profondément. C'était une femme. Elle portait des bottes, un jean et un pull. De longs cheveux noirs sortaient de sous un bonnet en tricot.

Il fit quelques pas sur le côté et éclaira le visage de la morte. Matt inspira fortement.

La femme de Justin, Erin, le regardait avec des yeux noisette vides.

Que fabrique-t-elle ici ?

Brody pleurnichait, émettant un son faible et plaintif. Matt posa une main rassurante sur la tête de son chien tout en appelant le 112 sur son téléphone portable.

Dans les zones rurales, les shérifs adjoints portaient généralement plusieurs chapeaux. Quelques-uns, dont le shérif actuel, faisaient également partie de l'équipe de recherche et de sauvetage du comté. D'autres faisaient partie de l'équipe de plongée. Plusieurs étaient pompiers volontaires. Matt avait été enquêteur et, plus tard, officier de la brigade canine. En donnant l'adresse au dispatcheur, il mit de côté ses émotions et considéra la scène comme le détective qu'il avait été.

Erin était étendue sur le côté, recroquevillée sur elle-même. Vu la taille de la blessure, Matt soupçonna qu'on lui avait tiré dessus.

Ses mains, couvertes de sang, se trouvaient près de sa blessure à la poitrine. Elle n'était pas morte immédiatement. Elle s'était rendu compte qu'elle saignait. Elle avait porté les mains à la plaie, peut-être même avait-elle essayé de stopper le saignement. Le cœur s'arrête de battre au moment du décès et il faut environ une minute pour pomper la quantité de sang nécessaire. Cela avait dû lui sembler à la fois long et court. Matt considéra à nouveau la taille de la tache de sang. Elle n'avait aucune chance de survivre. Il espérait qu'elle avait perdu conscience rapidement.

Une image de leur mariage lui revint à l'esprit. Justin et Erin posent pour une photo avec ses deux enfants à elle. Il ferma les yeux une seconde. Justin avait mentionné que les enfants n'avaient pas vu leur père depuis des années. Personne ne savait même où il était ni s'il était vivant. Ils pouvaient très bien être orphelins.

L'opérateur du 112 donna un temps de réponse de quatre minutes. Matt en prit deux pour photographier le reste de la pièce avec son téléphone portable. Il n'était plus adjoint. Depuis la mort de l'ancien shérif et la révélation de plusieurs cas de corruption dans le département, de nombreux autres adjoints étaient partis. Il y avait eu un certain nombre de nouvelles embauches, et parmi les adjoints de longue date, Matt ne savait pas à qui faire confiance. Combien avaient eu connaissance des crimes de l'ancien shérif ?

Il n'était sûr que d'une chose : ce serait sa seule chance de garder une trace de la scène du crime.

Justin n'avait pas prévu de vivre longtemps dans cette maison et n'avait pas investi dans beaucoup de mobilier. La chambre à coucher contenait un lit, une chaise et une table de nuit avec une lampe. Un manteau violet bouffant était posé sur la chaise. Il avait l'air trop petit et trop féminin pour être celui de Justin. *Celui d'Erin ?* Il le prit en photo, puis s'intéressa à une tache rouge foncé sur le cadre de la porte et à une autre sur le mur.

Sur le sol, devant la porte de la salle de bains, se trouvait une serviette. Matt se pencha et en toucha le coin. Humide.

Matt se glissa dans la salle de bains. Une autre serviette humide était suspendue sur un séchoir. Il utilisa la manche de sa veste pour ouvrir l'armoire à pharmacie, remarqua le dentifrice supplémentaire, un tube de mascara et un rouge à lèvres sur l'étagère en verre. Dans l'armoire sous l'évier, il trouva un sèche-cheveux, une brosse à cheveux ronde et une boîte de produits d'hygiène féminine. En photographiant le tout, il se demanda si les articles féminins appartenaient à Erin ou à une autre femme.

Une sirène approchait.

Il est temps d'y aller.

Accompagné de Brody, il rebroussa chemin en prenant d'autres photos au passage. Il suivit ses propres traces jusqu'au trottoir et attendit, notant et classant les détails dans sa tête. La porte d'entrée était fermée à clé. La porte du patio était ouverte, comme si quelqu'un était sorti précipitamment de la maison.

Qui a tué Erin ? Et où est Justin ?

***

Deux heures plus tard, les véhicules de secours bloquaient la rue. Le tourbillon des lumières rouges et bleues se reflétait sur la neige. Une camionnette de la police scientifique du comté était garée derrière les véhicules du département du shérif. Le médecin légiste avait été le dernier à arriver. Des hommes en uniforme effectuaient des allers-retours entre la maison et leur véhicule. Chacun faisait son travail, concentré sur une tâche spécifique. Au pied de l'allée, un bleu tenait le registre de la scène de crime, enregistrant chaque personne ayant mis le pied sur les lieux.

Debout sur le trottoir à côté de son quatre-quatre, Matt ne s'était jamais senti aussi isolé.

Le chef adjoint de Grey's Hollow, Todd Harvey, s'approcha. Avant la fusillade, Matt avait travaillé avec Todd pendant des années et il était sûr à 80 % de pouvoir lui faire confiance. Todd s'arrêta devant Matt et s'accroupit pour caresser le chien.

— Comment se passe la retraite, Brody ?

Brody se pencha pour se faire gratter derrière l'oreille. Avec une dernière tape amicale, Todd se redressa.

— Depuis combien de temps tu connaissais Justin ?

— On est allés à l'école primaire ensemble.

— Tu connaissais aussi la victime ?

Matt hocha la tête.

— Mais pas aussi bien.

— Étant donné qu'il vit ici et que son adresse est sur une route rurale en dehors de la ville, je suppose qu'ils sont séparés ?

— Oui.

Matt inspira profondément. Les faits étaient les faits.

— Justin et Erin se sont mariés il y a quatre ans. J'étais leur témoin.

— Ils ont des enfants ?

— Elle en a deux, mais ils ne sont pas de Justin.

Matt eut un pincement au cœur en y repensant.

Todd se passa la main sur la mâchoire.

— Merde.

Oui. Merde.

Matt avait surtout du chagrin en pensant aux enfants.

— Ils ont quel âge ? demanda Todd.

Matt s'éclaircit la gorge.

— Luke est au lycée. Kayla est encore au primaire.

Todd sortit un petit bloc-notes de sa poche.

— Je vais informer les services sociaux. Je dois aussi prévenir les proches. Tu sais qui ça peut être ?

— Les parents d'Erin sont morts.

Matt se rappelait avoir vu la famille d'Erin lors du mariage. L'histoire de la mort de ses parents lui était restée gravée dans la mémoire.

— Elle a un frère et une sœur. La sœur vit à Philadelphie, mais le frère est du coin. Erin a gardé son nom de jeune fille, donc vous devriez pouvoir le retrouver.

Todd en prit note.

— Depuis combien de temps Justin habite ici ?

— Quatre mois, depuis sa deuxième arrestation pour conduite sous stupéfiants.

Matt réprima une pointe de culpabilité. Todd devait déjà avoir le dossier de Justin, mais Matt se sentit déloyal de lui fournir cette information.

— Leur rupture a été mouvementée ?

Todd se focalisait clairement sur Justin comme suspect principal. Le mari était toujours sur la liste, mais un bon inspecteur ne se lance pas dans une enquête avec des idées préconçues qui pourraient influencer sa vision de la scène et des preuves. De plus, Todd avait surtout une expérience de patrouilleur et de superviseur. Il n'avait jamais été enquêteur. De combien de meurtres s'était-il occupé ?

— Non.

Matt secoua la tête.

— Erin ne voulait pas de drogue à la maison avec ses enfants. Il ne lui donnait pas tort.

— Donc, il n'était pas du tout en colère que sa femme l'ait viré de chez lui ?

Todd avait l'air incrédule.

— C'est sa maison à elle, justement.

Todd se pinça les lèvres.

— Tu sais pourquoi elle était ici ce soir ?

— Non.

Matt sentit son estomac se nouer.

— J'ai parlé à Justin hier. Il ne m'a rien dit.

— OK.

Todd vit que le médecin légiste lui faisait signe sur le seuil de la maison.

— Je dois y retourner. Je vais probablement rester ici toute la nuit. J'aurais besoin que tu viennes au poste demain matin et que tu signes ta déclaration.

— Bien sûr.

Matt caressa la tête de Brody du bout des doigts. Le chien s'appuya contre ses jambes, manquant de lui faire perdre l'équilibre. Matt se pencha dans l'autre sens pour faire contrepoids.

Todd s'éloigna. Matt imagina la scène. Des questions sur la présence d'Erin lui passaient par la tête. Que faisait-elle là ?

— Vous avez retrouvé son téléphone portable ? demanda Matt en haussant la voix.

Todd ne répondit pas. Avait-il décidé de ne partager aucune information avec Matt ?

Matt regarda Brody. Comme d'habitude, les yeux bruns du berger le touchèrent profondément. Brody se mit à geindre à nouveau.

— Je sais. Moi aussi, je m'inquiète pour Justin.

En tant qu'ami, il s'inquiétait que Justin puisse avoir de sérieux problèmes. En tant qu'ancien enquêteur, il savait que Justin serait le suspect principal. Et en tant qu'ancien shérif, il s'inquiétait du manque d'expérience du chef adjoint, mais aussi des 20 % d'incertitude qui demeuraient quant à son honnêteté.

Avec ou sans la coopération de Todd, Matt allait découvrir ce qui s'était passé.

Chapitre Quatre

Il se savonna les mains et les bras jusqu'aux coudes, puis rinça à fond et répéta le processus encore deux fois. Il avait porté des gants, mais ne voulait pas prendre le risque que du sang, des résidus de poudre ou d'autres traces demeurent sur sa peau.

Quand il eut terminé, il se sécha les mains avec une serviette en papier et la jeta dans la poubelle. Des taches et des traînées de sang séché couvraient le devant de son pantalon et ses manches de chemise. Il retira ses vêtements et les mit dans un sac en papier kraft.

Il n'avait pas envisagé qu'il y aurait autant de sang.

Cela semblait stupide. Bien sûr, une blessure par balle, ça saignait. Mais la quantité l'avait surpris. Le sang avait jailli comme un ruisseau, formant une large flaque qui s'était rapidement étendue sous le corps, imprégnant le tapis pâle comme s'il avait renversé un pot de peinture rouge. Et l'odeur métallique, comme celle de pièces de monnaie, associée à celle de la poudre à canon, donnait un mélange âcre et nauséabond.

Rien ne s'était passé comme il s'y attendait.

Mais c'était fait. Elle faisait obstacle à ses projets, et il avait éliminé cet obstacle. D'une certaine manière, elle était morte de par sa propre faute, à cause de son obstination. Elle savait très bien ce qu'elle faisait. Il l'avait avertie à plusieurs reprises, mais elle avait refusé d'écouter. C'était même *elle* qui l'avait menacé.

En se souvenant de ce manque de respect, il sentit à nouveau la rage bouillonner en lui.

Oui, elle avait eu exactement ce qu'elle méritait.

Elle ne pouvait s'en prendre qu'à elle-même. Il lui aurait suffi de fermer sa putain de gueule et de faire ce qu'on lui disait. Mais non. Elle se croyait au-dessus de lui.

Et maintenant, elle était morte.

Elle se tairait à jamais.

Il se doucha, se savonnant et se rinçant à plusieurs reprises. Il avait pris ses précautions. Il y avait peu de chances que son corps puisse révéler des preuves de sa culpabilité, mais il ne pouvait pas s'en empêcher. Il frotta sa peau jusqu'à la mettre à vif, comme si le fait de laver son corps pouvait aussi purifier son âme. Puis il se rhabilla. Il nettoya les semelles de ses bottes avec de l'eau de javel. Le lendemain, il irait dans une ville voisine et les déposerait dans un bac de recyclage.

Il prit son sac de vêtements et sa veste, puis sortit. La cour était vide, l'air froid de la nuit sentait déjà la fumée. Dans les salons des maisons avoisinantes, des gens s'asseyaient devant des cheminées et profitaient de la chaleur d'une bonne flambée.

Le concernant, il s'agirait davantage d'un bûcher.

Il jeta ses vêtements dans un tonneau métallique utilisé pour brûler les feuilles et autres débris végétaux. Il ajouta du papier avant d'y mettre le feu. Les tissus étaient pour la plupart des mélanges de coton et brûlaient bien.

Les flammes consumèrent le combustible, puis s'éteignirent. Il ajouta du bois sec et laissa le feu brûler jusqu'à ce que les braises se transforment en cendres. À mesure que la lueur orange faiblissait, la colère s'atténuait, elle aussi.

C'était fini.

Rien ne s'opposait plus à ses projets. Il allait enfin obtenir ce qui lui revenait de droit. La vie pour laquelle il avait travaillé dur. La vie qu'il méritait.

Et personne d'autre n'avait intérêt à se mettre en travers de son chemin.

Chapitre Cinq

Bree quitta l'autoroute et, quelques minutes plus tard, dépassa le panneau souhaitant la bienvenue à Grey's Hollow. Elle prit un tube de comprimés antiacides dans la boîte à gants.

Comme toujours, revenir dans sa ville natale lui semblait irréel et lui donnait quelque peu la nausée.

Après l'appel de sa sœur, Bree avait terminé de rédiger ses rapports afin d'avoir ensuite deux jours de congé. Elle s'était organisée pour qu'un voisin nourrisse son chat, avait préparé un sac et était partie vers le nord à 2 heures du matin. Elle avait conduit en pilote automatique pendant cinq heures. À mesure qu'elle approchait de Grey's Hollow, le paysage familier la ramenait à l'enfance qu'elle s'était tant efforcée d'oublier.

Elle avait réessayé à plusieurs reprises d'appeler sa sœur. À chaque fois, elle tombait sur la messagerie et la boule qu'elle ressentait au niveau de l'estomac augmentait de volume. Le bon côté des choses, c'était que l'anxiété l'empêchait de s'endormir.

Elle avala une gorgée de café froid. Sa sœur vivait sur un terrain de quatre hectares dans le nord de l'État de New York. Erin voulait que ses enfants aient de la place pour courir et élever des animaux s'ils le souhaitaient, tout ce qu'elle avait le sentiment d'avoir perdu après la mort de leurs parents.

Tout était affaire de point de vue. Bree aussi avait perdu tout cela, mais elle ne voulait rien qui lui rappelle son enfance. Ceci dit, elle était l'aînée et gardait des souvenirs plus clairs de cette époque que sa sœur ou son frère. Erin ne se souvenait que de bribes de leur vie d'avant et, d'après elle, pas du tout de l'horrible nuit qui avait détruit leur famille. Adam était encore bébé. Il ne se rappelait rien de leurs parents.

Bree suivit les indications du GPS. Elle ne s'était pas souvent rendue chez sa sœur. Elle repéra la boîte aux lettres, qui ressemblait à une vache noire et blanche, et tourna dans le chemin. Une couche de neige et de glace recouvrait la terre et le gravier. Derrière la maison se trouvait une petite grange rouge. Des barbelés entouraient le pâturage. La dernière fois qu'elle était venue ici, c'était l'été. Tout était vert. Des chevaux paissaient dans des prés parsemés de fleurs. C'était paisible et beau. Maintenant, le paysage hivernal était morne et désert.

Deux véhicules du département du shérif étaient garés au bout du chemin.

Bree les regarda fixement, sentant tout à coup dans sa bouche une amertume qui n'était plus celle du café. L'incrédulité la submergeait. Elle n'osait pas imaginer les raisons possibles de leur présence.

Elle enfonça la pédale de l'accélérateur. Sa Honda cahota et dérapa jusqu'à la maison. Bree descendit de voiture et grimpa les marches en bois de la véranda. La porte d'entrée était fermée et elle mit ses mains en visière pour regarder à travers les vitres. Il n'y avait personne en vue.

Elle n'avait pas boutonné son manteau, mais la peur la rendait insensible à la température. Le shérif ne s'amuserait pas à fouiller la maison d'Erin, à moins qu'un crime majeur n'y ait été commis. Son regard fut attiré par la balançoire que sa sœur avait installée sous la véranda. La neige tapissait le siège en bois que des chaînes couvertes de glace reliaient au plafond, émettant sous l'effet du vent un grincement des plus irritants.

Bree entendit du mouvement à l'intérieur de la demeure. Elle tourna la poignée et la porte s'ouvrit. La maison était petite pour une ferme, mais Erin était tombée amoureuse de la grande véranda et de la grange pittoresque. Elle se sentait bien dans cet endroit qu'elle décrivait comme « coquet » et « charmant ».

— Il y a quelqu'un ? appela Bree depuis le perron, ne voulant pas surprendre les policiers ni s'immiscer dans leur travail.

Puis elle regarda méthodiquement autour d'elle. La porte d'entrée donnait sur un grand salon au sol en plancher massif. D'un côté, une porte-fenêtre menait à un bureau. Une cage d'escalier se trouvait contre le mur du fond et un couloir conduisait à la cuisine située à l'arrière de la maison.

Un bruit de bottes retentit dans les escaliers et un adjoint en uniforme apparut. Il sortit sur la véranda en faisant signe à Bree de reculer.

Il toucha le rebord de son chapeau.

— Madame, je peux vous aider ?

Bree lui montra son badge.

— C'est la maison de ma sœur. Qu'est-ce que vous faites ici ?

— Je suis désolé, madame, dit-il d'une voix mesurée. Vous allez devoir demander au chef adjoint.

— Il est là ?

— Non, madame.

— Où sont ma sœur et ses enfants ? demanda Bree.

L'adjoint répéta :

— Vous allez devoir demander au chef adjoint.

— Erin a été arrêtée ?

L'adjoint resta impassible

— Je sais. Je vais devoir demander au chef adjoint. Je peux le trouver où ?

— Au poste.

Bree se retourna et inspecta les alentours, le ventre noué par l'angoisse.

Pourquoi deux flics fouillent-ils la maison d'Erin ?

L'idée que sa sœur ait pu commettre un crime lui semblait ridicule. Erin était l'honnêteté incarnée. Mais il était arrivé quelque chose.

Bree passa par la véranda jusqu'à la porte arrière. Elle colla le nez aux vitres pour regarder à l'intérieur. La cuisine occupait tout l'arrière de la maison. À 7 h 30 du matin, Erin aurait dû être en train de boire du café et de préparer les enfants pour l'école, mais l'endroit était vide. Un couloir traversait la maison. Au bout, Bree aperçut des lumières et un adjoint qui se déplaçait dans le salon. À part l'intrusion des policiers, la maison semblait normale. Rien n'indiquait qu'une altercation physique ait eu lieu.

Qui d'autre Bree pouvait-elle appeler ? Lorsque l'inspectrice les avait vus pendant l'été, Kayla, 8 ans, n'avait pas de téléphone, mais Luke avait passé tout le voyage collé au sien.

Si tu étais une meilleure sœur et une meilleure tante, tu connaîtrais le numéro de ton neveu.

Mais ce n'était pas le cas. Elle voyait Erin et les enfants une fois par an quand *ils* lui rendaient visite. Elle n'avait pas su mettre de côté ses réticences à venir elle-même à Grey's Hollow.

Elle retourna à l'avant de la maison, ses bottes faisant un bruit sourd sur les planches de la véranda. L'adjoint était retourné à l'intérieur. Avec quatre hectares de terrain, Erin n'avait pas de voisins immédiats. La maison la plus proche se trouvait à près d'un kilomètre de là. Bree sortit son téléphone et rappela son frère. Son appel passa sur répondeur et elle laissa un nouveau message. Le fait qu'Adam ne réponde pas ne l'inquiétait pas. Il oubliait souvent de charger son téléphone. C'était un artiste. Si sa créativité était en marche, il pouvait se déconnecter pendant des jours. Il avait l'habitude de s'absenter durant des semaines pour peindre. Il n'était peut-être même pas en ville.

Il n'y avait qu'un seul moyen d'obtenir des réponses immédiates. Jetant un dernier regard sur la porte fermée, Bree remonta en voiture et prit la direction du bureau du shérif. La ville de Grey's Hollow était trop petite pour financer son propre service de police et comptait sur le shérif du comté pour faire régner l'ordre.

L'inquiétude lui serrait la poitrine. Elle ne respirerait mieux qu'en voyant devant elle sa sœur et les enfants.

À 7 h 45, le jour se levait, mais le ciel couvert cachait les rayons du soleil. Bree se gara devant le bureau du shérif du comté de Randolph, antenne de Grey's Hollow. Elle sortit de sa voiture, contourna largement deux journalistes qui faisaient des reportages en direct, et entra dans le bâtiment en briques brunes. En passant la sangle de son petit sac à main croisé au-dessus de sa tête, Bree s'approcha du comptoir séparant le hall d'entrée du bureau d'accueil. Sur le côté, deux hommes en costume étaient en grande conversation.

Encore des journalistes ?

Il se passait quelque chose, c'était sûr.

Une dame d'un certain âge, vêtue d'un épais cardigan, la salua.

— Puis-je vous aider ?

— J'aimerais parler au shérif, répondit Bree.

Tant pis pour le chef adjoint. Autant aller droit au sommet.

La dame retira ses lunettes de lecture.

— Concernant ?

Bree déglutit, baissa la voix pour que personne d'autre ne l'entende, et observa l'effet de sa réponse.

— Erin Taggert.

Le visage de son interlocutrice s'éclaira. Elle connaissait le nom d'Erin. Bree en eut le ventre noué

Ce n'était pas bon. Pas bon du tout.

— Votre nom et votre poste ? demanda la dame, supposant judicieusement que Bree était flic, ce dont Bree était prête à tirer profit.

— Bree Taggert.

Elle sortit son badge de sa poche.

— Brigade criminelle de Philadelphie.

La dame remarqua que le nom de famille de Bree correspondait à celui d'Erin. Quelque chose qui ressemblait à de la pitié traversa son visage, mais elle l'effaça rapidement.

— Attendez ici, s'il vous plaît, inspectrice.

Elle fit volte-face et s'éloigna dans le couloir.

Derrière Bree, une porte s'ouvrit et un homme entra, accompagné d'un berger allemand. L'homme se déplaçait comme un flic, mais l'attention de Bree se fixa sur le chien. *Une brigade canine ?*

L'inquiétude de Bree ne faisait que s'accroître. Elle avait attendu toute la nuit des réponses, mais craignait maintenant de les obtenir. La présence du chien ne l'aidait pas. Elle s'écarta vers le bout du comptoir, le plus loin possible de l'animal. Bree respira un peu mieux et son attention se tourna cette fois vers le maître du chien. La trentaine, il faisait un mètre quatre-vingt-dix, sans doute quatre-vingt-dix kilos, mais il était mince avec de larges épaules. Ses yeux bleus perçants, ses cheveux brun roux et une barbe de quelques jours sur sa mâchoire carrée évoquaient l'image d'un Viking. Bree se rendit compte qu'il ne lui était pas inconnu. Elle l'avait déjà vu quelque part. Elle croisa son regard et il la reconnut également.

Ils s'étaient certainement déjà rencontrés, mais où ?

L'inquiétude l'empêchait de réfléchir.

Il ouvrit la bouche, mais avant qu'il ne puisse émettre le moindre son, la dame réapparut.

— Inspectrice, vous pouvez me suivre.

Elle conduisit Bree jusqu'à une porte ouverte marquée du mot *Sheriff*. Bree remarqua à peine plusieurs adjoints en uniforme qui travaillaient sur des ordinateurs.

— Le chef adjoint Harvey est shérif par intérim. Nous n'avons pas de vrai shérif pour le moment.

Bree hésita sur le seuil. Elle savait instinctivement qu'une fois franchi celui-ci, sa vie ne serait plus jamais la même.

Un homme d'une trentaine d'années était assis derrière un immense bureau. Il se leva à son entrée, lui serra la main et lui indiqua une chaise.

— Je suis le chef adjoint Harvey.

Ils s'assirent tous les deux. Le fauteuil du chef adjoint était immense et il semblait flotter dedans.

— Je m'appelle Bree Taggert.

Bree sortit à nouveau son badge.

— Brigade criminelle de Philadelphie.

— Vous êtes une parente d'Erin Taggert ?

Il posa le coude sur le bras de son fauteuil.

— C'est ma sœur.

Bree mit sa main sur ses genoux, ses doigts serrant son badge au point de faire blanchir ses phalanges. Elle parla au chef adjoint du message d'Erin la nuit précédente et du fait qu'elle avait vu des adjoints qui fouillaient la maison ce matin.

— J'ai peur d'avoir une mauvaise nouvelle pour vous. Votre sœur a été tuée la nuit dernière. Toutes mes condoléances.

La nouvelle s'abattit sur Bree comme un torrent d'eau glacée. Son corps se figea, son cerveau s'engourdit. Pendant une minute entière, elle resta assise là, regardant fixement le chef adjoint dont les lèvres bougeaient sans qu'elle n'entende le moindre mot, comme si elle avait la tête pleine de parasites.

Celui-ci se leva et contourna son bureau pour venir s'accroupir devant elle.

— Mme Taggert ? dit-il d'une voix forte. Est-ce que ça va ?

Bree retrouva l'ouïe dans une ruée de sons et de sensations. Elle sursauta.

— Oui, je suis désolée. Je, euh…

Elle ne savait pas quoi dire, ni quoi faire. Son esprit était entièrement vide.

Erin est morte ?

Cela semblait impossible. Le chef adjoint quitta le bureau pendant une minute et revint avec une bouteille d'eau qu'il lui tendit après en avoir ôté le bouchon. Bree la prit mais se retint de boire. Sa gorge était si sèche qu'elle avait peur de s'étouffer.

— Vous êtes sûr que c'est ma sœur ? demanda-t-elle d'une voix à peine audible.

— Oui. Le médecin légiste l'a identifiée avec certitude.

Il se percha sur le coin de son bureau.

— Où sont les enfants ?

— Avec votre frère.

Qui n'avait pas répondu à son téléphone de toute la nuit. Bree réprima un accès de colère. Elle n'avait pas le droit d'être fâchée contre Adam. Il avait été là pour les enfants quand ils avaient eu le plus besoin de lui, tandis que Bree se trouvait à des centaines de kilomètres. De plus, Adam était généralement distrait et il avait dû être bien occupé toute la nuit.

— Qu'est-ce que vous avez dit aux enfants ? demanda-t-elle.

— Hier soir, je leur ai dit que leur mère avait été tuée.

Son visage exprima une profonde tristesse.

— Je ne leur ai donné aucun détail.

Bree ferma les yeux, le temps d'inspirer et d'expirer lentement afin de maîtriser son chagrin. Lorsqu'elle les rouvrit, elle dit d'une voix rauque :

— Je veux la voir.

— Bien sûr. Je vous le dirai dès que le médecin légiste en aura terminé avec le corps. Vous choisirez une entreprise de pompes funèbres ?

Bree fit la grimace en entendant le mot *corps*. Bien sûr, il y aurait une autopsie.

— Je veux la voir le plus vite possible.

Il se pencha en arrière et croisa les bras sur sa poitrine.

— Je vais vous donner le numéro du légiste.

— Merci.

Elle secoua la tête, non en réponse à sa déclaration, mais pour s'éclaircir les idées.

— Comment ma sœur est-elle morte ?

— Blessures par balles.

— Où et quand ?

— Chez son mari. Pouvez-vous me dire pourquoi ils étaient séparés ?

— Il avait un problème de drogue.

Bree réfléchit un instant.

— Où est Justin ?

— Nous l'ignorons.

Qu'est-ce que cela signifie ?

Le mari d'Erin l'avait-il tuée, comme leur père avait tué leur mère ?

Ses émotions s'entrechoquaient. Sa capacité à les réprimer était soumise à rude épreuve. Elle se raccrocha à sa colère pour ne pas perdre pied.

— Pourquoi était-elle chez Justin et qui a trouvé son corps ?

Le chef adjoint retourna s'asseoir, mettant une certaine distance entre eux. Il appuya les coudes sur son bureau et la considéra pendant quelques secondes.

— Son corps a été découvert par un ami de Justin. On ne sait pas pourquoi elle était là.

L'homme au chien qu'elle avait vu dans le hall d'entrée lui revint à l'esprit et elle se rappela où elle l'avait vu : au mariage d'Erin. C'était le témoin de Justin. Matt. Matt Flynn.

Le chef adjoint reprit :

— Écoutez, Mme Taggert…

— Inspectrice Taggert, lui rappela Bree.

— Inspectrice Taggert, se corrigea-t-il. Je comprends que vous soyez bouleversée. Mais ce n'est pas votre juridiction et je ne peux pas autoriser un membre de la famille de la victime à participer à cette enquête.

— Mais vous pouvez envisager de me tenir informée.

Bree avait pris un ton glacial et elle se concentra sur cette froideur qui montait toujours dans sa poitrine. Lorsque viendrait le dégel, sa douleur aurait libre cours, et elle n'avait aucunement l'intention d'y céder.

Le chef adjoint hocha la tête, mais en plissant les yeux.

— Voici les faits que je peux partager : votre sœur a été abattue dans la maison de son mari, Justin Moore, hier soir, entre 19 h 30 et 20 h 30.

Bree sentait qu'il y avait bien d'autres questions à poser, mais son esprit était en état de choc.

— Vous avez d'autres suspects ? demanda-t-elle.

— Nous commençons tout juste notre enquête.

Le chef adjoint se pencha en avant.

— Quand avez-vous vu votre sœur pour la dernière fois ?

— Elle et les enfants sont venus à Philadelphie en août, et nous nous parlons au téléphone une ou deux fois par mois.

Ce qui semblait maintenant tellement… insuffisant.

La souffrance bouillonnait dans la gorge de Bree. Elle la ravala.

Pas encore.

Contrôle-toi.

Mais sa maîtrise d'elle-même semblait ne plus tenir qu'à un fil.

— Et le pick-up d'Erin ?

Sa sœur conduisait un pick-up blanc, un vieux modèle Ford F150. Bree ne l'avait pas vu devant la maison.

— J'ai lancé un avis de recherche pour le véhicule, déclara le chef adjoint.

— Pensez-vous que Justin se soit enfui avec ?

— C'est une théorie crédible. Elle n'avait pas d'autre véhicule. Maintenant, il a disparu et le mari avec.

Bree pensa que si Justin avait tué Erin et s'était enfui dans son pick-up, il s'en serait déjà débarrassé. Il ne fallait pas avoir plus de deux neurones pour se douter que les forces de l'ordre allaient rechercher le véhicule.

— Je vous assure que nous examinons toutes les pistes, reprit le chef adjoint. Je vous tiendrai au courant lorsque nous aurons plus d'informations.

Son fauteuil grinça sous son poids tandis qu'il se balançait en arrière, signifiant que l'entretien était terminé.

— Je vais avoir d'autres questions à vous poser. J'aurai besoin de vos coordonnées.

Bree lui donna son numéro de portable. Elle allait avoir d'autres questions pour lui aussi, une fois qu'elle se serait ressaisie.

— Où logez-vous ? demanda-t-il.

— Je ne sais pas encore, répondit Bree. Quand la maison d'Erin sera-t-elle libre ?

— Je vous tiens informée. J'espère que les adjoints finiront la fouille aujourd'hui, mais je ne vous donne aucune garantie. Je ne peux pas savoir ce qu'ils vont trouver.

Mais Bree savait déjà qu'il n'était pas un enquêteur de terrain. Si ça avait été son enquête, elle aurait fouillé elle-même la maison de la victime, et pas seulement pour trouver des indices. Un enquêteur peut apprendre beaucoup de choses en étudiant l'espace intime d'une personne. Elle garda ses critiques pour elle. Dénigrer son travail d'enquêteur ne rendrait pas le chef adjoint plus coopératif.

— Il faudra nourrir et abreuver les chevaux ce soir, souligna-t-elle.

— Oui. Si nous n'avons pas terminé, un de mes adjoints s'en chargera. Le même qui s'est occupé d'eux ce matin.

— Merci.

Bree se leva trop brusquement et eut un bref étourdissement. Elle s'appuya d'une main sur le dossier de sa chaise.

— Vous n'avez aucune idée du genre de pétrin dans lequel votre sœur s'est fourrée ? demanda le chef adjoint.

Bree secoua la tête.

— Erin n'était pas du genre à avoir des problèmes.

Mais en prononçant ces mots, elle savait bien que ce n'était pas vrai.

Chapitre Six

Matt regarda Bree Taggert quitter le poste de police à vive allure. Elle avait le visage aussi pâle que le trottoir enneigé et semblait s'enfuir d'un bâtiment en flammes.

Ou bien elle essayait vainement d'échapper à la nouvelle de la mort de sa sœur.

Matt eut un mouvement d'empathie pour elle. Il connaissait son histoire. Bree avait perdu ses deux parents dans une horrible tragédie. Et voilà que sa sœur subissait le même sort.

Matt s'était souvenu de Bree instantanément. Elle avait un visage intéressant, étroit et sérieux, avec des yeux noisette qui semblaient passer du vert à l'ambre selon son humeur.

L'avait-elle reconnu ? Lorsqu'il était entré dans le hall, elle s'était éloignée autant que possible. Il repensa au mariage de Justin. À l'époque, il avait pensé percevoir entre eux une attirance réciproque, mais peut-être s'était-il trompé.

Derrière le comptoir, Marge Lancaster agitait un biscuit pour chien.

— Qui a mérité une bonne friandise ?

Brody se lécha les babines et se tourna vers Matt.

Matt fit passer le chien derrière le comptoir de réception.

— Allez, mon chien.

Quoi qu'il dise, Marge allait donner le biscuit à Brody. Elle faisait généralement ce qu'elle voulait. Le chef adjoint faisait peut-être office de shérif, mais c'était Marge la patronne des lieux.

Elle tendit le biscuit du bout des doigts. « *Setzen*[1] », ordonna Matt.

Brody s'assit et prit délicatement la friandise offerte.

— Quel beau garçon tu es !

Marge lui caressa la tête. La queue du chien frappa le sol comme s'il savait que Marge le flattait.

Matt secoua la tête.

— Vous le gâtez, Marge.

— Comme si ce n'était pas aussi votre cas, répondit-elle en haussant un sourcil. Mais c'est bien compréhensible. Il l'a mérité.

— Oui, c'est vrai.

Sans Brody, Matt n'aurait plus été de ce monde. Pourtant, il veillait à respecter les règles de base de l'éducation canine. Un chien de 40 kg devait avoir de bonnes manières.

— *Hier*[2].

Matt se dirigea vers la porte de Todd. Brody lui emboîta le pas, mais en s'arrêtant à chaque bureau pour dire bonjour. Depuis sa retraite, il s'était transformé en un foutu diplomate.

Dans le bureau du chef adjoint, Matt fit un signe en direction de la porte.

— C'était la sœur d'Erin, n'est-ce pas ?

— Oui.

Todd se frotta le visage d'un air las. Il s'était rasé et avait revêtu un uniforme propre, mais la longue nuit avait laissé des poches sombres sous ses yeux.

— Elle ne savait pas que sa sœur était morte.

---

1 « assis » [traduction]

2 « Ici » [traduction]

— Comment elle a pris la nouvelle ?

Matt s'assit face au chef adjoint et Brody s'allongea à côté de sa chaise, posant sa tête sur ses pieds.

Todd fronça les sourcils.

— Je ne pense pas qu'elle ait encore encaissé.

— Il semblerait, oui.

— Tu la connais bien ? demanda Todd.

— Pas tellement. On s'est rencontrés au mariage de Justin et Erin.

Mais ils étaient tous les deux allés au mariage en solo. Ils étaient à la même table. Ils avaient parlé. Ils avaient dansé.

Todd posa la main sur un dossier fermé posé au milieu de son bureau.

— Elle est inspectrice à la brigade criminelle de Philadelphie.

Matt était déjà enquêteur à l'époque. Ils avaient beaucoup en commun. Si elle n'avait pas quitté la ville dès le lendemain du mariage, Matt l'aurait appelée. Mais vu sa réaction aujourd'hui, c'était peut-être mieux qu'ils ne se soient pas revus.

— Elle va me rendre la vie difficile.

Todd tapota son dossier.

— Mais moi aussi, dit Matt.

Todd soupira.

— Je vais te dire la même chose qu'à elle. Tu es trop proche de l'affaire. Tu as une relation personnelle avec le principal suspect. Je ne peux pas te laisser participer à l'enquête, mais je te tiendrai informé autant que possible.

— Donc, Justin *est* le principal suspect, releva Matt.

Todd fit une grimace de regret.

— Je n'aurais pas dû dire ça.

— Ce n'est pas une grande révélation. Le mari est toujours suspect et Justin a disparu. Mais tu as d'autres suspects ?

— Je ne peux pas répondre à ça.

Donc, c'est un non.

— Tu as envisagé…

— Matt, interrompit Todd. Tu ne portes plus l'uniforme.

Matt se pinça les lèvres. La frustration et la colère se mêlaient dans sa poitrine. Todd se lançait dans l'enquête en supposant que Justin était coupable, et non en cherchant la vérité.

Todd soupira.

— Je vais te dire ce qui sera dans le communiqué de presse de ce matin.

Il consulta un document sur son bureau.

— La balle qui a tué Erin Taggert venait d'un 9 millimètres. Il manque au père de Justin un pistolet Sig Sauer P226 9 millimètres.

Merde.

Justin avait un casier judiciaire. Il ne pouvait pas légalement posséder une arme. S'il en avait voulu une, il aurait dû trouver un autre moyen.

— M. Moore ne savait pas qu'elle avait disparu avant que nous allions lui parler, poursuivit Todd. Il la rangeait dans sa table de nuit. Il est possible que Justin l'ait volée à son père. Il t'a dit qu'il voulait se procurer une arme ?

— Non.

Todd fronça les sourcils.

— Tu connais l'histoire de la famille d'Erin ?

— Oui.

— L'affaire fait déjà la une des médias. Ils l'appellent le Meurtre à répétition.

— Alors la presse a décidé que Justin était coupable.

— Je ne peux pas contrôler les médias, déclara Todd.

— Mais tu pourrais au moins dire que vous avez d'autres pistes d'investigation.

Le regard de Todd se fit glacial.

— Je vais publier un communiqué de presse plus tard dans la matinée. Pour l'instant, je n'ai pas d'autres théories. Le fait est que la future ex-femme de Justin a été abattue dans sa maison, et il n'y a aucun signe d'effraction.

— Je n'arrive pas à croire que Justin ait pu tuer quelqu'un, sans parler d'Erin.

Et si Justin était mort, lui aussi ? S'il avait été kidnappé par l'assassin d'Erin ? Si elle avait été tuée à cause de quelque chose que Justin avait fait, comme une dette envers un trafiquant de drogue ? Il achetait bien son oxy à quelqu'un. Avait-elle surpris une transaction illégale ?

Matt garda pour lui ses théories, qui impliquaient toutes que Justin consommait toujours de la drogue et non qu'il était innocent.

— Tu dois admettre que les affaires sont étrangement similaires, déclara Todd.

— Les parents d'Erin sont morts il y a plus de vingt ans, répondit Matt. Je doute fortement qu'il y ait un lien.

— Non.

Todd regarda vers la fenêtre. La persienne était baissée, bloquant la vue et la plupart de la lumière.

— Tu as raison. Les ressemblances sont *probablement* une coïncidence.

Matt réprima sa frustration. Todd se lançait dans cette enquête avec une théorie préconçue qui allait influencer la façon dont il percevrait les indices. Cela arrivait même aux enquêteurs les plus expérimentés.

Todd baissa la tête et se pinça l'arête nasale. Puis, relevant la tête, il tendit un dossier à Matt.

— Tiens, relis ta déclaration. Je dois me remettre au boulot.

Matt parcourut la déclaration que Todd avait préparée à partir de leur entretien de la nuit précédente et la signa.

S'apprêtant à se lever, il posa les mains sur ses genoux.

— Tu sais, dit Todd à voix basse, ça m'a surpris que le shérif me nomme chef adjoint. Le poste aurait dû te revenir. Tu avais plus d'expérience.

Matt hésita, surpris par cet aveu.

Malgré son parcours exemplaire, au lieu d'être promu, Matt avait été muté en brigade canine et renvoyé en patrouille. Le shérif avait présenté cette réaffectation comme un honneur, étant donné que Brody était le premier chien policier du comté de Randolph. Mais Matt savait qu'il s'agissait en fait d'une rétrogradation. L'ancien shérif ne voulait pas avoir Matt dans les pattes. Il préférait le savoir sur le terrain.

C'est-à-dire dans la ligne de tir.

Arrête !

Matt n'avait aucune preuve que le shérif ait voulu sa peau et, à chaque fois que la théorie d'une conspiration lui traversait l'esprit, il se faisait l'effet d'un lunatique paranoïaque.

Il haussa une épaule.

— Vu ce qui a suivi, ça n'a plus vraiment d'importance maintenant.

— Sans rancune alors ?

— Non.

La rancune de Matt était réservée à l'ancien shérif. Mais si Todd faisait foirer *cette* affaire, alors là, Matt lui en voudrait.

— Je t'appellerai quand j'aurai d'autres questions à te poser.

— Pas de problème.

Matt se leva et sortit, suivi de Brody. Marge était occupée à l'accueil et ils ne s'arrêtèrent pas pour lui dire au revoir. Matt sortit du poste et se dirigea vers sa Suburban. Le parking était traversé par des bourrasques glacées. Il aperçut Bree Taggert adossée à la portière d'une Honda Accord. Il s'arrêta à quelques mètres d'elle. Elle avait toujours le visage très pâle, les yeux perdus, et elle tremblait. Elle portait un jean et un manteau noir qui s'arrêtait aux hanches, mais pas de chapeau, de gants ni d'écharpe.

— J'aimerais qu'on se parle, dit-elle.

Elle avait les lèvres légèrement bleutées. Était-elle restée là tout le temps où il avait été dans le bureau de Todd ? Il jeta un coup d'œil au poste de police. Deux reporters en sortirent et se dirigèrent vers des camionnettes garées de l'autre côté du parking.

— Ne restons pas là, il fait trop froid.

Matt fit un geste vers son véhicule.

Elle n'arrêtait pas de regarder Brody.

— On peut se retrouver quelque part ?

— Au *diner* ? suggéra-t-il.

— Trop public.

— Vous pouvez conduire ?

— Oui.

— Alors, suivez-moi.

Matt se retourna et ouvrit le coffre de sa Suburban. Brody sauta dans le véhicule. Puis Matt se glissa derrière le volant. Sa maison était à dix minutes de là. Il garda un œil sur le rétroviseur en conduisant, pour s'assurer que la Honda le suivait bien.

Il vivait dans une ancienne ferme de dix hectares. Il tourna dans l'allée et se gara. Derrière sa maison, des aboiements provenaient des chenils. Matt et Brody sortirent du quatre-quatre et se dirigèrent vers la porte d'entrée. Bree se gara à son tour et les suivit en gardant toujours ses distances. Une fois dans la maison, Matt la précéda dans la cuisine et envoya Brody dans sa caisse.

Brody trotta sur le carrelage et disparut dans la chambre.

— Ce n'est pas nécessaire de mettre ton chien en cage, dit-elle.

— Pas de souci. Brody aime bien sa caisse. C'est son chez-lui, pas une punition.

Matt ne l'avait pas souvent utilisée depuis que le chien avait pris sa retraite, mais il sentait que Brody la rendait nerveuse.

Elle fit le tour de la cuisine.

Matt mit du café en route.

— Tu as mangé ?

— Je n'ai pas faim, mais je veux bien un café.

Elle enleva son manteau de laine et l'accrocha au dossier d'une chaise, avec son sac à main. Face aux portes vitrées qui donnaient sur le jardin, avec son chenil et son parcours canin, elle se frotta les bras.

— Tu as combien de chiens ?

— Ils sont six dans le chenil, mais seul Brody est à moi.

Matt vint se mettre à côté d'elle.

— Quand j'ai construit le chenil, mon but était d'entraîner les chiens de la brigade canine. Mais avant que je puisse lancer l'affaire, ma sœur a rempli le chenil. Elle dirige une association pour chiens abandonnés.

Il lui tendit une tasse qu'elle prit des deux mains.

— Merci.

— Tu n'aimes pas les chiens ? demanda-t-il en la regardant de côté.

Elle fronça les sourcils.

— J'ai été mordue quand j'étais enfant.

Elle se tut, comme gênée par cet aveu, mais il devina que l'histoire ne s'arrêtait pas là. Elle regarda fixement son café.

— Le chef adjoint a dit que tu avais découvert ma sœur.

— Oui. Je suis vraiment désolé.

Elle hocha la tête en déglutissant avec peine. Elle se reprit.

— Tu peux me dire ce qui s'est passé ?

— J'étais censé conduire Justin à sa réunion de Narcotiques Anonymes. Il n'a pas répondu à la sonnette, alors je suis entré. J'ai trouvé Erin sur le sol de la chambre.

Matt ne donna pas plus de détails. Elle les lui demanderait quand elle serait prête à les entendre.

Elle frissonna et ferma les yeux quelques secondes. Lorsqu'elle les rouvrit, elle s'était calmée.

— Mais Justin n'était pas là ?

— Non, dit Matt.

Pensait-elle qu'il avait aidé Justin à s'enfuir ?

— Pourquoi Erin était-elle chez lui ? Et où est Justin ?

— Je ne sais pas.

Matt imagina la scène.

Bree plissa les yeux.

— Ça n'a pas de sens.

Il haussa les épaules.

Elle resta silencieuse quelques minutes.

— Tu ne travailles plus au bureau du shérif ?

— Non. Brody et moi, on s'est fait blesser par balle, il y a trois ans.

— Je suis désolée d'entendre ça.

Elle lui lança un regard de sympathie.

— Qu'est-ce que tu fais maintenant ?

— C'était un tir ami, donc j'ai reçu une prime d'assurance. On ne meurt pas de faim.

Matt ouvrit la main. La cicatrice rose était bien visible au centre de sa paume. Il avait pris une balle dans le dos aussi. Ironiquement, celle-ci n'avait rien touché de vital. Mais les lésions nerveuses de sa main étaient permanentes.

— Je ne peux pas du tout tirer avec la main droite. Malheureusement, c'est ma main dominante. Pas pratique pour être policier.

Pas la peine de raconter ta vie non plus.

Il s'éclaircit la gorge.

— Je peux faire quelque chose pour t'aider ?

Elle secoua la tête.

— J'ai téléphoné au médecin légiste. Ils m'appelleront quand je pourrai voir Erin.

Sa voix se brisa. Elle détourna le regard et ses yeux se troublèrent.

— Laisse-moi y aller avec toi, proposa-t-il. Personne ne devrait avoir à affronter ça tout seul.

Elle lui jeta un regard. L'espace d'un instant, il crut qu'elle allait rejeter sa proposition.

— Merci. Je veux bien.

Elle inspira longuement et avec difficulté.

— Je n'ai pas encore vu les enfants. Je ne sais pas quoi leur dire.

— Tout ce que tu peux faire, c'est être là pour eux, dit-il.

— En parlant de ça, je devrais y aller.

Elle se retourna et posa sa tasse sur l'îlot central. Pivotant pour lui faire face à nouveau, elle dit :

— Qu'est-ce qui se passe avec le département du shérif et ce chef adjoint ?

— Il n'y a pas de shérif depuis un certain temps. Le précédent était corrompu et s'est suicidé. Depuis, le département a perdu la moitié de ses adjoints.

— Le chef adjoint Harvey ne s'est pas présenté aux élections ?

— Non. Il ne veut pas du job. Mais jusqu'à présent, personne d'autre ne le veut non plus. Tout le département a besoin d'être réorganisé.

— Tu as confiance en sa capacité à résoudre le meurtre de ma sœur ?

Matt décida d'être honnête.

— Je ne sais pas. Je pense qu'il va essayer, mais il n'a pas beaucoup d'expérience en matière d'enquête.

Elle croisa son regard.

— Tu crois que Justin est coupable ?

— Non, répondit Matt sans hésiter. Il n'est pas du genre violent ou abusif.

— Les toxicomanes peuvent être imprévisibles.

— Justin savait qu'il était responsable de leur séparation. Il était déterminé à rester sobre et à reconquérir Erin.

Matt marqua une pause.

— Il l'aimait toujours.

— Les indices semblent être contre lui.

— Je sais.

Bree porta le poing à sa bouche pendant un long moment. Puis elle redressa les épaules.

— Je vais découvrir la vérité, avec ou sans le chef adjoint.

— Je veux retrouver Justin. Je ne pense pas qu'il ait tué Erin.

Matt ne pouvait imaginer le moindre scénario dans lequel Justin aurait fait du mal à sa femme, ou à qui que ce soit. Justin n'était pas d'une nature violente.

— Le compagnon est toujours le principal suspect. Statistiquement, il y a de fortes chances qu'il soit coupable, objecta-t-elle. Mon père a tué ma mère.

— Je sais, reconnut Matt. Mais Justin n'est pas ton père, et Erin n'était pas ta mère.

— C'est juste.

Elle prit son manteau sur le dossier de la chaise de cuisine.

— Mais les faits restent les mêmes et Justin a l'air sacrément coupable.

Il se mit entre elle et la porte.

Elle eut un mouvement d'irritation et haussa un sourcil.

— Est-ce que *tu veux* qu'il soit coupable ? demanda-t-il.

Elle soupira et croisa son regard. Ce qu'il avait le plus apprécié chez elle, c'était sa manière d'être directe. On savait toujours à quoi s'en tenir avec elle.

— Non, dit-elle. Les enfants ont déjà perdu leur mère. Savoir que leur beau-père l'a tuée rendrait les choses encore pires pour eux.

Il s'attendait à ce qu'elle soit franche, mais sa réponse le surprit.

— Je ne suis pas sûr que le chef adjoint cherchera d'autres suspects.

— Il ne trouvera pas ce qu'il ne cherche pas, conclut Bree.

— Je pense qu'on devrait travailler ensemble.

Il leva la main.

— Laisse-moi t'expliquer. Tu mettrais Justin en haut de ta liste de suspects. Je le mettrais en bas. On veut tous les deux résoudre le meurtre d'Erin. Tu connais ta sœur et votre famille. Je connais Justin depuis l'école primaire et j'ai les contacts locaux.

De plus, il ne doutait absolument pas que Bree allait mener son enquête et il n'aimait pas l'idée qu'elle poursuive un tueur toute seule. Quand bien même elle serait la meilleure inspectrice au monde, elle avait besoin de quelqu'un pour l'épauler. Tout comme Matt. De plus, elle était intelligente et, soupçonnait-il, très douée pour son travail.

Elle le regarda en plissant les yeux.

— Tu veux retrouver Justin avant le shérif. Tu as peur qu'ils le tuent ?

Ils m'ont tiré dessus, donc oui.

Mais il choisit ses mots avec soin.

— Je veux connaître la vérité.

Elle se pinça les lèvres.

— Donc notre objectif est le même, mais nos motivations sont contradictoires.

— Oui, on s'équilibre mutuellement et nos chances de succès sont meilleures si on collabore.

Elle fit la moue.

— Ça fait sens, étrangement.

— Alors, tu es d'accord ?

— Je vais y réfléchir.

— Ça marche, déclara Matt. Prends mon numéro.

Bree sortit son téléphone de sa poche et y entra le numéro de Matt. Une seconde plus tard, son téléphone vibra. Il jeta un coup d'œil à l'écran. Elle lui avait envoyé un SMS.

— Contacte-moi pour aller au bureau du médecin légiste, dit-il.

Ses yeux s'embuèrent.

— D'accord.

Leurs regards se croisèrent un instant. Pensait-elle que le médecin légiste pratiquait l'autopsie de sa sœur à ce moment précis ? En tant que policière, elle savait ce que cette procédure impliquait.

Elle leva le menton et cligna des yeux. Non. Matt savait qu'elle ne se laisserait pas aller au désespoir. Elle allait consacrer toute son énergie à retrouver l'assassin de sa sœur.

Chapitre Sept

Bree se rendit à peine compte qu'elle arrivait chez son frère. Elle songeait à sa conversation avec Matt. Mais soudain, sa Honda rebondissait sur le chemin de terre qui menait à la grange rénovée dans laquelle Adam vivait depuis qu'il était sorti du lycée. C'était l'une des personnes les plus intelligentes que Bree connaissait, mais son intelligence n'était pas conventionnelle et les études ne lui avaient inspiré que du mépris. Sa remise de diplôme était l'un des rares événements qui avait ramené Bree à Grey's Hollow.

La grange se trouvait au milieu d'une grande prairie enneigée. L'antique Ford Bronco d'Adam était garée devant. La route n'avait pas été déneigée et Bree croisa les doigts pour que sa voiture ne reste pas coincée. Une fois arrivée, elle gara son véhicule et sortit dans le froid. Il n'y avait pas d'arbres pour couper le vent qui lançait de longues bourrasques glacées. Pendant quelques secondes, elle tourna le visage dans une rafale, espérant que cela engourdisse ses émotions autant que sa peau.

Que leur dirait-elle ? Comment les enfants vivaient-ils leur deuil ? Comment pouvait-elle les soutenir alors qu'elle n'arrivait même pas à gérer ses propres émotions ?

La porte d'entrée s'ouvrit et une grande silhouette dégingandée apparut dans l'embrasure. Au début, Bree crut que c'était son frère. Mais il avança et la lumière du jour lui éclaira le visage. C'était son neveu de 15 ans, Luke, qui semblait avoir grandi de plusieurs centimètres depuis qu'elle l'avait vu au mois d'août. Il ressemblait soudain plus à un homme qu'à un garçon.

Son corps était peut-être en train de mûrir, mais ses yeux étaient bien ceux d'un enfant perdu. Bree marcha vers lui sans réfléchir. Elle le prit dans ses bras et sentit son corps trembler.

— Qui est-ce ? demanda une petite voix.

Luke était plus grand que Bree désormais et elle dut incliner la tête pour voir sa nièce. Les yeux de Kayla étaient rouges et gonflés, son visage pâle et défait. Bree ouvrit un bras pour l'inclure dans leur étreinte. Les trois se tenaient sur le seuil de la porte, Bree bloquant le vent.

Lorsqu'elle s'écarta, son visage était baigné de larmes. Elle s'essuya les joues et regarda les enfants. Physiquement, ils semblaient aller bien. Leur souffrance n'était visible que dans leurs yeux. Mais elle comprit que ces regards étaient le reflet de sa propre douleur, d'un chagrin qui ne guérirait jamais.

— Où est l'oncle Adam ? demanda Bree.

Luke fit un signe du pouce par-dessus son épaule.

— Dans son atelier.

Bree entraîna les enfants à l'intérieur. De la neige était entrée avec eux. Elle la poussa du pied et ferma la porte. Le logis d'Adam consistait en une seule et vaste pièce. Un grand lit se trouvait dans un coin, avec une cuisine, un canapé et une télévision de l'autre côté. Une demi-cloison séparait son atelier de la pièce d'habitation.

Des boîtes à pizza, des vêtements et du matériel de peinture encombraient tout l'espace. Bree classa l'ouragan dans la catégorie 4, ce qui signifiait qu'Adam était en train de terminer un tableau. Le lendemain ou le surlendemain, les débris se répandaient sur le sol. Quand il avait fini, il ne faisait rien d'autre que manger et dormir pendant une semaine avant de déblayer le chaos et de tout recommencer.

Laissant tomber son manteau sur le dos du canapé, elle se dirigea vers l'atelier et jeta un coup d'œil derrière la cloison. La lumière d'une baie vitrée se déversait sur une immense toile. Adam la regardait, les yeux plissés. Il avait 28 ans, mais son visage était maigre et amorphe. Il pouvait passer pour un étudiant, jusqu'à ce que vous le regardiez dans les yeux. Il s'y lisait une profondeur insondable.

Il portait un jean déchiré et un sweat-shirt taché de peinture de l'université de Pennsylvanie, où Bree avait fait ses études. Ses cheveux longs et striés de peinture grise lui tombaient aux épaules. Son pinceau était également chargé de gris et il l'appliquait en larges touches sur une toile de la taille d'un tableau d'école. Bree observa son travail. C'était un sujet abstrait, mais elle y distingua un bouleversement. Des bleus audacieux et des rouges vivaces tourbillonnaient violemment dans le fond, mais la couche supérieure était devenue grise. C'était de la colère et de la tristesse, en strates de souffrance. Sans avoir à le demander, elle sut que le gris avait pris le dessus pendant la nuit, après avoir appris la mort d'Erin. Non pas que les couches sous-jacentes aient pu évoquer le bonheur. Les peintures d'Adam respiraient rarement la joie de vivre. Pour Bree, il semblait toujours que de terribles émotions explosaient sur ses toiles. Était-ce ainsi qu'Adam purgeait ses démons ?

Il n'était qu'un bébé quand leurs parents étaient morts. Il ne pouvait pas s'en souvenir. *C'était impossible.*

Mais bon sang, il vivait avec une telle noirceur au fond de lui qu'elle se demandait parfois comment il supportait ce poids.

Si elle avait dû donner un titre au tableau, elle l'aurait appelé *Toutes les nuances de la douleur.*

— Ce sweat-shirt a au moins l'âge de Luke, déclara-t-elle.

Adam resta silencieux quelques secondes, puis tourna le visage vers elle. Ses yeux reflétaient les émotions du tableau. Pour les Taggert, la tragédie était un trait familial qui se transmettait de génération en génération en même temps que leurs cheveux bruns et leurs yeux noisette.

— Bree.

Il franchit les trois mètres qui les séparaient et la serra très fort contre lui. En la relâchant, il la prit à bout de bras et fronça les sourcils.

— Je t'ai mis de la peinture partout.

Bree baissa les yeux. Son pull était taché de gris, comme pour symboliser leurs sentiments partagés.

— Peu importe.

Elle jeta un regard par-dessus son épaule. Les enfants s'étaient installés sur le canapé, où elle supposait qu'ils se trouvaient avant son arrivée. Kayla regardait la télévision. Luke était recroquevillé sur son téléphone.

Bree se tourna vers Adam. Des canettes de Red Bull jonchaient le rebord de la fenêtre.

— Les enfants ont mangé ?

Adam cligna des yeux et se tourna vers la fenêtre pendant quelques secondes, comme s'il venait de comprendre que c'était le milieu de la matinée.

— On a pris le petit-déjeuner.

Il se passa la main dans les cheveux, puis les tira en arrière.

— Si tu as faim, il y a des restes de pizza dans le frigo.

Son regard – en même temps que son attention – retournait déjà à sa peinture.

Bree lui frotta le bras. Il avait l'air mince, mais il perdait toujours du poids quand il travaillait.

— Tu dois manger aussi.

— OK, dit-il d'un air absent.

Il avait sans doute déjà oublié ce qu'elle avait dit. Quand il était sur un tableau, il ne mangeait et ne dormait que lorsque c'était inévitable. Quittant l'atelier, elle se rendit dans la cuisine. D'autres canettes de Red Bull encombraient le comptoir, à côté de trois boîtes de pizza vides et d'une boîte de Cheerios. Le lait avait tourné, mais par miracle, elle trouva des œufs et du fromage qui n'étaient pas périmés. Elle fit des œufs brouillés et apporta une assiette à Adam. Il la posa sur le rebord de la fenêtre en promettant de la manger plus tard. Bree prit un sac-poubelle et nettoya le comptoir, puis elle posa des assiettes sur le bar pour les enfants.

Que fallait-il leur dire ?

Kayla mangeait du bout des lèvres, en silence. Luke engloutit son assiette en moins de deux minutes. Il vida un verre d'eau et demanda :

— Quand est-ce qu'on rentre à la maison ?

— Avec un peu de chance, plus tard dans la journée.

Bree prit son neveu et sa nièce par la main.

— Je ne sais pas quoi faire, mais je veux que vous sachiez que je suis là pour vous.

Kayla se mit à pleurer. Bree fit le tour du bar et la prit dans ses bras.

— Je veux maman, sanglota Kayla.

— Je sais.

Bree posa la tête sur celle de l'enfant.

Kayla leva vers elle un visage plein de larmes.

— Pourquoi est-ce que c'est arrivé ?

— Je ne sais pas, mais je vais le découvrir, déclara Bree.

— Hier soir, les adjoints du shérif ont dit que c'était Justin qui l'avait fait, dit Luke d'un ton sec.

— Ils vous ont dit ça ? demanda Bree, furieuse.

Luke secoua la tête.

— Non, mais je les ai entendus parler entre eux.

— Personne ne sait encore ce qui s'est passé, affirma Bree.

Mais Matt avait raison à propos des adjoints et de leurs théories préconçues.

— Mais maman était chez lui et il a disparu.

Le visage de Luke se contracta, comme s'il faisait de son mieux pour garder le contrôle.

— Qu'est-ce qu'ils ont dit d'autre ? demanda Bree.

— C'est tout.

Luke haussa les épaules.

— Mais je veux en savoir plus.

Et Bree voulait avoir une petite discussion avec les adjoints qui avaient parlé de l'affaire à portée de voix des enfants de la victime.

— Justin a disparu, confirma Bree, autant pour se le rappeler à elle-même que pour en informer les enfants. Tant qu'on ne l'aura pas retrouvé, on ne saura pas ce qui s'est passé.

Les émotions se bousculaient sur le visage de Luke.

— Mais tu me diras la vérité ?

— C'est promis, répondit Bree.

Luke était presque un adulte. Elle n'allait pas le traiter comme un enfant.

Elle réfléchit au cas de Justin et aux probabilités qu'il ait tué Erin. Le père de Bree était un caméléon, amical et sympathique quand des étrangers étaient présents, tyrannique avec sa famille. Peut-être que Justin avait la même capacité à présenter une apparence agréable. Si c'était le cas, les enfants devaient connaître ses deux personnalités. Elle doutait qu'il ait pu cacher sa vraie nature à des personnes qui avaient vécu avec lui pendant quatre ans.

— Vous aimiez vivre avec Justin ? demanda Bree.

Kayla hocha la tête.

Luke haussa les épaules.

— Il est cool.

— Je ne voulais pas qu'il parte, dit Kayla en reniflant. Il était gentil avec moi. Il me manque.

Bree se souvenait de Justin comme d'un homme d'humeur égale, du moins en apparence. Erin ne voulait pas le forcer à quitter la maison, mais elle n'avait pas eu l'impression d'avoir le choix.

— Vous l'avez déjà vu être méchant avec votre mère ?

— Non, dit Luke.

— Ils se disputaient ? demanda Bree.

— Parfois.

Luke tripotait sa fourchette.

— Mais d'habitude, c'était maman qui criait sur Justin et lui qui s'excusait. Il se sentait mal à cause de la drogue. Il voulait arrêter. Il n'y arrivait pas.

— La dépendance, ça change une personne, déclara Bree.

Luke resta silencieux pendant quelques secondes.

— Justin était un peu casse-pieds, il voulait toujours faire des trucs avec moi. Mais il n'a jamais été méchant ou quoi que ce soit.

Erin avait dit en effet que Justin en faisait un peu trop et que Luke n'appréciait pas qu'il lui mette la pression. Luke leva les yeux et Bree y lut un conflit intérieur. L'adolescent avait fait passer un mauvais quart d'heure à Justin, et maintenant il le regrettait.

— Vous n'avez jamais eu peur de lui quand il vivait avec vous ? demanda Bree.

Les deux enfants secouèrent la tête.

Les enfants possédaient un instinct sûr. Quand elle était gamine, son père la terrifiait. Peut-être que Matt avait raison pour Justin aussi. Peut-être qu'il était innocent et que c'était Bree qui n'arrivait pas à séparer son passé du présent. Elle avait peut-être autant de préjugés que le chef adjoint.

Le téléphone de Bree vibra et elle jeta un coup d'œil à l'écran. Son cœur s'arrêta de battre.

C'était le bureau du médecin légiste.

Elle s'efforça de ne rien montrer de ses sentiments.

— Désolée. Il faut que je réponde.

En décrochant, Bree se glissa au-dehors et ferma la porte derrière elle. Heureusement, l'assistant de la morgue n'entendait pas entamer une conversation, mais simplement l'informer que l'autopsie était terminée et qu'elle pouvait voir le corps de sa sœur.

Bree raccrocha. L'inquiétude la fit hésiter. Voulait-elle faire cavalier seul ou bien accepter l'offre de Matt ? L'idée d'y aller sans aucun soutien lui retourna l'estomac. Ce n'était pas de la faiblesse, simplement, elle n'était pas un robot. Voir le corps de sa sœur la perturberait inévitablement. D'une main tremblante, elle envoya un SMS.

Il répondit presque aussitôt : *Je te retrouve dans dix minutes.*

Même si elle était frigorifiée sans son manteau, elle n'avait aucune envie de retourner à l'intérieur. Que fallait-il dire aux enfants ? Elle voulait être honnête avec eux, mais il y avait des détails qui pouvaient leur être épargnés.

Elle prit une expression neutre et entra.

— Il faut que j'aille faire quelques courses.

— Mais tu viens d'arriver, protesta Kayla, la lèvre frémissante.

— Je sais, je suis désolée.

Elle embrassa sa nièce.

— Je veux rentrer à la maison, dit Luke en regardant en direction de l'atelier.

Adam restait invisible.

— Moi aussi, dit Kayla.

— Laissez-moi régler quelques trucs, puis je verrai si c'est possible. Pour l'instant, il faut que vous restiez encore un peu avec l'oncle Adam, d'accord ?

Les enfants hochèrent la tête, mais ils semblaient déçus.

— Luke, tu te souviens d'un ami de Justin, Matt Flynn ? demanda Bree.

— Oui, répondit-il.

— Il faut que je dise quelque chose à l'oncle Adam. Si Matt frappe à la porte, tu le fais entrer ?

— OK.

Luke hocha la tête et se pencha sur son téléphone.

Un flash d'information interrompit l'émission télévisée de Kayla. Bree vit apparaître à l'écran les photos de sa sœur et de Justin. En dessous, un gros titre : « Le mari recherché pour le meurtre de sa femme. » Kayla regardait fixement, les yeux écarquillés.

L'histoire de la famille Taggert était déjà marquée par une violence tragique, commença le journaliste.

Se précipitant sur la télécommande, Bree appuya sur *Guide* et une grille de chaînes remplaça le bulletin d'information. Elle lança la télécommande à Luke.

— Tu peux mettre une chaîne pour enfants, s'il te plaît ?

— Ça marche, répondit-il, même si une expression de douleur dans le regard signifiait que le mal était fait.

Bree passa dans l'atelier de son frère pour lui dire qu'elle allait s'absenter un moment. Adam était concentré sur son tableau.

— Adam, dit Bree.

— Oui, répondit-il sans la regarder.

— Regarde-moi.

— Quoi ?

Il s'arracha à son travail en clignant des yeux.

Bree soupira.

— Je dois sortir. Garde la télé sur des chaînes qui ne diffusent pas les infos et essaie de distraire les enfants.

— Mais comment ?

— Il suffit d'être avec eux.

Bree s'interrompit, se rendant compte qu'elle avait pris un ton trop sévère.

— Écoute, je sais ce que tu deviens quand tu peins, mais là, ils ont besoin de toi. Pas seulement dans la même maison, mais vraiment avec eux.

— OK. J'ai compris.

Ses yeux dérivèrent vers la toile.

— J'aurai fini cette section dans quelques minutes.

Ça m'étonnerait.

Quelqu'un s'éclaircit la gorge et Bree se retourna, apercevant Matt sur le seuil de la porte.

— Je reviens aussi vite que je peux, dit-elle au dos de son frère.

Elle retourna voir les enfants et mit son manteau.

— Fermez la porte à clé après mon départ.

Elle suivit Matt à l'extérieur, mais attendit d'avoir entendu le verrou tourner avant de monter dans son quatre-quatre.

Elle avait déjà du mal à s'occuper des enfants pendant quelques heures. Comment les aiderait-elle à supporter l'enterrement d'Erin ? Et que se passerait-il ensuite ? Bree s'interdit de songer à l'avenir. L'après-midi allait déjà être assez difficile. Il fallait qu'elle se concentre sur une chose à la fois. Incapable de faire la conversation, elle regarda par la vitre pendant que Matt conduisait.

Le bureau du médecin légiste se trouvait dans le bâtiment municipal, non loin de celui du shérif. Le trajet était court et elle ne se sentait pas du tout prête lorsqu'ils arrivèrent.

Mais il était sans doute impossible de se préparer à voir le cadavre de sa sœur.

Après être sortie du quatre-quatre, elle resta quelques instants sur le trottoir, laissant le froid s'infiltrer dans son corps.

Matt vint attendre à côté d'elle.

— Il n'y a pas d'urgence. Prends tout le temps qu'il te faut.

Bree ne pensait pas que dix minutes supplémentaires puissent faire une différence.

— Allons-y.

À l'intérieur, Matt se dirigea vers la réception et dit quelque chose à la secrétaire. Avant que Bree ne puisse reprendre ses esprits, ils furent introduits dans un bureau. Elle avait l'impression que le temps s'accélérait, qu'il passait trop vite, qu'elle n'avait plus le contrôle de la situation.

Une Afro-Américaine en blouse noire vint à leur rencontre.

— Je suis le Dr Serena Jones. C'est moi qui me suis occupée de votre sœur.

Matt fit les présentations, mais sa voix semblait venir de très loin.

Le Dr Jones se tourna vers Bree.

— Vous pouvez voir votre sœur sur un moniteur…

— Non, coupa-t-elle aussitôt.

— Je ne pensais pas que vous choisiriez cette option, alors j'ai fait transférer votre sœur dans une chambre privée, déclara le Dr Jones, comme si Erin était sa patiente et non un cadavre. Suivez-moi.

Chaque pas dans le couloir carrelé rapprochait Bree du moment fatidique. Elle garda le regard rivé sur le dos du Dr Jones. Ils entrèrent dans une petite pièce au milieu de laquelle un corps recouvert d'un drap occupait un brancard. Le Dr Jones prit position de l'autre côté, tandis que Matt restait avec Bree.

Le médecin attendit que Bree lève les yeux vers elle et fasse un signe de tête. Puis elle souleva le drap pour ne révéler que le visage d'Erin. Elle lissa soigneusement le drap au-dessus des clavicules d'Erin, couvrant la blessure qui l'avait tuée et l'incision de l'autopsie. Le Dr Jones ou son assistant avait pris soin de disposer les cheveux d'Erin de manière à dissimuler l'incision du cuir chevelu.

Bree essaya d'oublier toutes les autopsies auxquelles elle avait assisté. Il était inutile d'imaginer le calvaire qui avait été infligé au corps de sa sœur. Erin n'était plus là. Ce qui était posé sur la table n'était qu'une coquille vide. Les organes avaient été prélevés et examinés, puis remis dans le corps dans un sac en plastique. Mais en observant le visage de la défunte, Bree n'avait pas l'impression que cela comptait. Erin avait les yeux fermés, le teint cireux et gris. Ses pommettes étaient creuses, comme si son corps s'était dégonflé lorsque son âme l'avait quittée. Jusqu'à ce moment, sa mort avait semblé abstraite. Maintenant, la réalité du drame frappait Bree comme un coup à l'estomac.

Une fois, alors que Bree était en patrouille, elle avait reçu une balle dans les côtes. Son gilet pare-balles avait absorbé le projectile, mais l'impact lui avait coupé la respiration. Ses jambes avaient cédé comme de la guimauve. Découvrir le visage inerte de sa sœur lui faisait à présent ressentir un choc similaire.

Matt l'attrapa par le coude et lui évita de tomber par terre. Elle ferma les yeux quelques instants et inspira profondément par la bouche. Elle fut reconnaissante à Matt et au médecin légiste de ne rien dire avant qu'elle n'ait retrouvé son équilibre.

— Je sais que vous êtes inspectrice à la criminelle, déclara le Dr Jones d'une voix basse et douce. Je répondrai à toutes vos questions sur la mort de votre sœur. Mais je voulais d'abord vous laisser réagir en tant qu'être humain.

Comme si Bree avait été capable de formuler une question cohérente.

Elle avait plusieurs fois communiqué des avis de décès. Elle avait accompagné les proches des victimes à la morgue. Elle leur avait tenu la main à cet instant précis. Mais elle n'avait jamais imaginé la violence du choc que cela représentait.

Jusqu'à ce moment.

Des vagues de chagrin, d'impuissance et de colère menaçaient à nouveau de bouleverser son équilibre. Le Dr Jones prit une chaise et l'avança vers Bree.

Trois respirations plus tard, Bree avait retrouvé sa voix, mais celle-ci était râpeuse, comme si elle fumait deux paquets de cigarettes par jour.

— Dites-moi la vérité. Est-ce qu'elle est partie rapidement ?

— Oui, répondit le Dr Jones sans hésiter. Elle a perdu conscience en quelques secondes et le décès a eu lieu en une minute environ.

Elle ne disait pas exactement combien de secondes, mais si Erin avait souffert, ce n'était pas longtemps. Bree imagina sa sœur étendue sur le sol, perdant son sang, pensant aux enfants qu'elle ne reverrait jamais.

Les enfants allaient demander à la voir et il faudrait que Bree l'accepte. Enfant, on lui avait refusé la possibilité de dire au revoir et elle avait toujours gardé de la rancœur du fait qu'on l'ait mise de côté, qu'on l'ait fait taire lorsqu'elle posait des questions, qu'on l'ait traitée comme quantité négligeable par rapport aux préoccupations des adultes. Elle ne ferait pas ça à Luke et Kayla. Ils pourraient choisir de la voir ou non.

— Pourrais-je avoir un moment seule avec elle ? demanda-t-elle en jetant un coup d'œil au médecin, puis à Matt.

— Oui. Son corps est prêt à être remis au funérarium de votre choix.

Le Dr Jones se dirigea vers la porte.

— Nous serons dans le hall quand vous aurez fini.

— Prends tout le temps qu'il te faut, dit Matt avant de suivre le docteur dans le couloir.

Une fois seule, Bree posa la main sur la joue de sa sœur. La peau était froide, sans vie sous sa paume. Elle ne souleva pas le drap. Elle n'examina pas la blessure. Elle offrit à sa sœur le respect qu'elle méritait.

— Je ferai de mon mieux pour les enfants.

Bree commença par ce qui était le plus important pour sa sœur, puis ajouta :

— Et je trouverai qui t'a fait ça.

Elle traça un X au centre de sa poitrine, comme quand elles étaient enfants.

— Croix de bois, croix de fer.

Chapitre Huit

Matt n'avait jamais rencontré le nouveau médecin légiste. Elle avait été embauchée récemment pour remplacer l'ancien, qui avait déménagé dans le Wyoming.

Il s'appuya sur le mur à côté de la porte.

— Je peux vous offrir un verre d'eau ? demanda le Dr Jones.

— Non, merci.

Matt ne pensait pas pouvoir avaler quoi que ce soit pour l'instant. Il avait vu bien des cadavres dans un cadre professionnel, mais il se souvenait encore trop d'Erin vivante et souriante.

Et cela faisait toute la différence.

En tant qu'enquêteur, il avait fait de son mieux pour séparer sa vie personnelle et son travail. Mais lorsque vous aviez assisté au mariage de la victime, ce n'était pas possible.

La porte s'ouvrit et Bree apparut. Elle avait les yeux secs, mais dévastés et déterminés.

— Je peux vous poser quelques questions ? demanda-t-elle au médecin légiste.

— Oui.

Le Dr Jones les reconduisit dans son bureau. Matt et Bree s'assirent face à elle. L'autopsie serait traitée de manière aussi confidentielle que les autres dossiers médicaux. En tant que parent le plus proche, Bree avait droit aux résultats, mais le rapport officiel ne serait pas disponible avant des mois.

— Êtes-vous sûre de vouloir faire ça maintenant ? demanda le Dr Jones.

Bree hocha la tête.

— Très bien.

Le médecin se pencha en avant, se reposant sur ses avant-bras et accordant à Bree toute son attention.

— Elle a été tuée par un seul coup de feu ? demanda Bree.

— Oui. Elle a subi une blessure cardiaque pénétrante, déclara le Dr Jones. De nombreuses blessures par balles à la poitrine offrent encore des chances de survie, de nos jours. Votre sœur n'a pas eu de chance. Une balle de 9 millimètres lui a lacéré l'artère coronaire, provoquant une hémorragie massive. La perte de sang a été rapide.

Matt se souvint de la mare de sang qu'il avait vue sous le corps d'Erin. Elle avait vécu assez longtemps pour qu'un grand volume de sang soit éjecté par le muscle cardiaque.

— Y a-t-il autre chose de saillant dans le rapport préliminaire ? demanda Bree d'une voix tendue.

— Non. À part la blessure par balle, elle était en bonne santé.

Le médecin fronça les sourcils.

— Elle a eu des rapports sexuels peu avant sa mort, mais je n'ai trouvé aucun signe de contrainte. Il n'y avait pas de contusions importantes sur le corps. Son dernier repas était une pizza, mangée une heure ou deux avant sa mort.

Bree reçut l'information sans réagir, pâle et impassible.

Le médecin légiste croisa les mains sur son bureau.

— Pourquoi ne pas rentrer chez vous et prendre le temps d'encaisser le choc ? Contactez-moi si vous avez d'autres questions et je vous appellerai si j'ai plus d'informations.

Les résultats de certains rapports, comme les analyses toxicologiques, ne seraient pas connus avant des semaines ou des mois.

Bree répondit d'un signe de tête.

— Merci.

Sa voix était plate, apparemment sans émotion, mais Matt percevait l'intensité de son chagrin. Ses yeux étaient brumeux, d'un vert plus sombre à mesure que la tristesse les inondait. Elle essuya une unique larme sur sa joue d'un doigt tremblant, puis glissa les mains dans les poches de son manteau. Matt ne pouvait pas imaginer le choc, l'horreur et la douleur qui s'accumulaient en elle. Il avait l'impression de s'immiscer dans un moment qui aurait dû être privé. Sa sœur avait été assassinée, sa vie anéantie par un acte violent. Bree devait avoir la possibilité de pleurer en paix. Dans des circonstances similaires, Matt n'aurait pas su se maîtriser à ce point.

Le médecin les raccompagna à la porte de son bureau, puis Matt suivit Bree dans les couloirs jusqu'à la sortie du bâtiment. Dehors, elle resta immobile sur le trottoir quelques secondes, le visage tourné vers le vent froid. Les pans de son manteau battaient furieusement, mais elle ne semblait pas remarquer la température glaciale.

Matt ouvrit la portière passager de son quatre-quatre. Bree grimpa sur le siège. Il contourna l'avant du véhicule, se glissa derrière le volant et démarra.

Elle se tourna vers la vitre.

— Pourquoi ma sœur était-elle chez Justin ?

— Je pense qu'elle allait le voir régulièrement.

Tout en sortant du parking, Matt régla la ventilation pour donner à Bree un flux d'air maximum et alluma le chauffage du siège passager.

— J'ai remarqué des choses dans la salle de bains de Justin en attendant les adjoints.

— Comme ?

— Il y avait une brosse à dents supplémentaire, une brosse à cheveux de femme, du maquillage, des produits d'hygiène féminine.

Matt tourna sur la route principale.

Bree fronça les sourcils.

— Ça pourrait appartenir à n'importe quelle femme.

— C'est vrai. Tu ne sais pas quelles marques elle utilisait ?

Bree secoua la tête.

— Tu vas ramener les enfants chez eux ? demanda-t-il en s'arrêtant à un feu rouge.

— Oui. C'est là qu'ils veulent aller.

— Alors on pourra comparer les produits de sa salle de bains à ceux que j'ai vus chez Justin.

— Oui, bonne idée.

Mais Bree semblait distraite et épuisée. Peut-être qu'elle en avait eu assez pour la journée. Elle avait fait preuve d'une force incroyable jusque-là, mais il y avait bien une limite à ce qu'elle pouvait supporter.

Matt la raccompagna jusque devant chez son frère. Elle posa la main sur la poignée de sa portière.

— Merci pour ton aide aujourd'hui.

— Aucun souci.

Matt lui prit la main et la serra brièvement avant de la relâcher.

— Sérieusement, je suis là pour toi. Je ne peux pas imaginer ce que tu traverses.

Et il espérait ne jamais avoir à le faire. Il préférait encore courir sous une grêle de balles plutôt que de vivre le genre de perte que Bree avait à gérer.

Hochant la tête, elle ouvrit la bouche pour répondre, mais sembla incapable d'articuler le moindre mot. Elle déglutit lentement, péniblement.

Son téléphone vibra. Elle regarda l'écran, puis s'éclaircit la gorge.

— C'est le bureau du shérif.

Elle décrocha.

— Bree Taggert. Oui. Merci.

Elle reposa le téléphone en expirant fortement.

— Le shérif a libéré la maison d'Erin. Je peux ramener les enfants à la maison maintenant. Je vais être occupée avec eux ce soir. On peut se voir demain ?

Cela veut-il dire qu'elle souhaite qu'ils mènent l'enquête ensemble ?

— Bien sûr.

Matt n'insista pas.

— Appelle-moi si tu as besoin de quelque chose.

Avec un bref signe de tête, elle sortit du véhicule et se dirigea vers la porte. Matt la regarda disparaître. Il fit quelques courses, puis rentra chez lui, incapable de penser à autre chose qu'au regard douloureux et au courage stoïque de Bree.

Le monospace de sa sœur était garé devant chez lui. Il sortit de son quatre-quatre et se dirigea vers le chenil. Sa sœur cadette, Cady, promenait dans le jardin un pointer anglais noir et blanc en surpoids. À la vue de Matt, le chien s'élança et faillit faire chuter Cady, ce qui n'était pas une mince affaire. Cady avait fait partie de l'équipe d'aviron à l'université. Elle était musclée et mesurait près d'un mètre quatre-vingts.

Matt ignora l'agitation de l'animal.

— Elle a besoin d'apprendre à marcher en laisse, mais sinon, c'est un vrai amour.

Cady posa le pied sur la laisse, empêchant l'énorme chienne de sauter sur Matt.

— Assis, Coccinelle.

La chienne posa les fesses sur le sol, mais tout son corps remuait encore.

Matt la récompensa en lui grattant les oreilles et il lui sembla la voir sourire.

— Je trouvais ce nom ridicule pour une chienne de vingt-cinq kilos, mais elle est tellement drôle que ça lui va bien.

— Elle devrait en faire cinq de moins.

Cady rajusta sa casquette sur de longs cheveux qui tiraient sur le blond.

— Je veux vraiment la placer bientôt. Comment elle s'est débrouillée au parc hier ?

— Super. Elle s'entend bien avec les autres chiens. Elle aime les enfants. Elle a un bon tempérament. Pas de réaction à la course, aux cris ou aux luges, sauf son moignon de queue qui remue.

Un idiot lui avait coupé la queue et fait du mauvais travail.

Cady sourit.

— Comment elle se comporte avec Brody ?

— Bien, mais sa propreté est encore à revoir. Elle a fait pipi dans la maison deux fois.

— Je vais la ramener chez moi et y travailler.

— Bonne idée. Une fois qu'elle est loin du chenil, elle est super cool.

Matt frotta les courtes oreilles de l'animal. Les chenils étaient bruyants et stressants pour les chiens.

— Coccinelle, au pied.

Cady fit demi-tour et se dirigea vers son monospace, la chienne se dandinant à ses côtés. Cady ouvrit le coffre et Coccinelle essaya de sauter à l'intérieur, mais manqua son coup et tomba à plat sur la gueule.

— Oh, non. Est-ce que ça va ?

Cady examina la gueule de Coccinelle, puis souleva son arrière-train disgracieux et l'aida à se hisser à l'intérieur.

Matt essaya de ne pas rire. Il suivit sa sœur jusqu'à la camionnette et la serra dans ses bras.

— Merci pour le divertissement. J'en avais besoin.

Elle ouvrit une cage en plastique, guida Coccinelle à l'intérieur et verrouilla la porte.

— J'ai vu le reportage cet après-midi. Ils ont montré la photo d'identité judiciaire de Justin.

Matt n'était pas surpris par le choix de cette image par les médias. Une photo d'identité judiciaire impliquait la culpabilité.

— Je n'arrive pas à croire qu'il ait tiré sur sa femme.

Cady ferma le coffre et se dirigea vers sa portière.

— Je ne pense pas qu'il l'ait fait.

— Le journaliste a parlé d'un « suspect », mais en sous-entendant bien qu'il n'y en avait pas d'autres.

Cady ouvrit la porte et grimpa dans son monospace.

— Je sais que tu vas t'impliquer. Ne fais rien de stupide. À bientôt.

Matt recula d'un pas.

— À très vite.

Elle ferma sa portière et démarra.

Matt entra dans le chenil et vérifia que le chauffage fonctionnait. Cady avait nourri et abreuvé les chiens et le chenil était propre. Certains chiens se précipitaient vers lui pour recevoir de l'attention, d'autres se recroquevillaient au fond de leur espace. Il passa un moment avec chacun. La nuit était tombée quand il quitta le chenil avant de se diriger vers la maison.

Il nourrit Brody et le sortit pour qu'il fasse ses besoins.

— Bon, qu'est-ce qu'on fait maintenant ?

Brody remua la queue.

— Tu veux aller faire un tour et parler à M. Moore ?

Le chien trotta jusqu'à la porte d'entrée et Matt attacha la laisse à son collier. L'une des raisons pour lesquelles Justin avait choisi de louer une maison près de la minuscule zone industrielle de Grey's Hollow était sa proximité avec le garage de son père. Il pouvait se rendre au travail à pied ou à vélo. Justin avait perdu son emploi à la banque suite à son arrestation.

Brody prit la place du passager et Matt baissa légèrement la vitre pour lui permettre de humer l'air. Dix minutes plus tard, ses phares balayaient l'entrée de Moore Auto Repair. Une poignée de voitures occupaient le parking. Matt se gara, sortit de son véhicule et attendit que Brody le rejoigne. Matt ramassa la laisse et ils se dirigèrent vers le bureau d'accueil.

À 18 h 45, la journée de travail se terminait. M. Moore se tenait à la caisse, expliquant une facture à un client. Il salua Matt d'un signe de la main et d'un froncement de sourcils inquiet avant de retourner à son client. Deux autres personnes attendaient pour payer. Matt et Brody s'approchèrent de la baie vitrée qui donnait sur l'atelier. Un des quatre postes de travail était vide. Deux véhicules surélevés attendaient dans les suivants. À l'autre bout de l'atelier, un mécanicien était penché sous le capot d'une Toyota Camry.

À 19 heures, M. Moore escorta le dernier client jusqu'à la sortie. Après avoir verrouillé la porte extérieure, il serra la main de Matt et tapota la tête de Brody.

— Matt, je suis content de te voir.

— Je voudrais vous parler de Justin.

— Oui, bien sûr. J'avais prévu de t'appeler ce soir.

M. Moore jeta un coup d'œil à travers la vitre au mécanicien qui travaillait encore.

— Allons dans mon bureau.

Il conduisit Matt dans une pièce exiguë où se trouvait un bureau métallique couvert d'un fouillis hétéroclite. M. Moore ferma la porte et Matt tira une chaise en plastique, Brody s'allongeant à ses pieds.

Les yeux de M. Moore étaient injectés de sang. C'était un homme grand, mais sa posture voûtée le faisait paraître plus petit. Il s'effondra sur un vieux fauteuil qui répondit par un grincement sonore.

— La police est venue me voir.

Ses yeux s'embuèrent.

— Je n'ai pas su quoi leur dire.

— La vérité, non ?

Le visage de M. Moore rougit de colère.

— Ils se comportent comme si Justin avait tué Erin. Il n'aurait jamais fait de mal à cette fille. Il l'aimait.

— Je sais.

M. Moore enleva sa casquette de baseball et passa la main dans ses cheveux gris clairsemés.

— Justin est faible, c'est tout. Il n'arrive pas à arrêter la drogue.

— Il essaie, dit Matt. Que s'est-il passé avec votre arme ?

M. Moore baissa la tête.

— Je ne sais pas. Elle était dans ma table de nuit la dernière fois que j'ai regardé.

— Vous souvenez-vous de quand c'était ?

M. Moore regarda brièvement le plafond.

— Il y a quelques semaines.

— L'arme n'était pas dans un coffre-fort ?

— Non. Je voulais l'avoir à portée de main.

M. Moore examina ses ongles graisseux. Il poussa un long soupir plein de regrets.

— Et vous êtes sûr que c'est Justin qui l'a pris ?

— Non, mais il est le seul à être venu chez moi récemment.

— C'était quand la dernière fois ?

— Il vient dîner quelques soirs par semaine. Son budget est très limité. Je ne peux pas me permettre de le payer ce qu'il gagnait à la banque. J'aurais préféré ne pas dire ça à la police, mais ils m'ont demandé si Justin avait accès à une arme, alors j'ai vérifié la mienne. J'ai été surpris qu'elle ait disparu et je n'avais pas les idées claires.

— Non, vous avez fait ce qu'il fallait.

Justin avait grandi dans ce garage. Il était reconnaissant à son père de lui avoir donné du travail, mais Matt l'avait vu frotter le bout de ses doigts jusqu'au sang pour enlever les taches de graisse qui restaient sous ses ongles.

— Pourquoi pensez-vous que Justin ait pris l'arme ? demanda-t-il.

— C'est de ça que je voulais te parler. Je ne l'ai pas dit aux flics, mais Justin avait peur.

— De quoi ? demanda Matt.

— Je n'en suis pas certain, mais il était nerveux depuis une semaine environ. Il vérifiait les caméras de sécurité du parking avant de quitter le garage, des trucs comme ça.

M. Moore posa la main sur sa hanche.

— Je n'ai rien dit aux flics, parce que j'avais peur que Justin n'achète à nouveau de la drogue. Tu penses que je devrais leur dire, même si ça lui donne l'air coupable ?

— Ne mentez pas aux autorités, mais vous n'êtes pas obligé de leur fournir plus d'informations, déclara Matt. Je vais essayer de retrouver Justin.

M. Moore sembla soulagé.

— J'espérais que tu dirais ça.

— Vous savez où Justin achetait sa drogue ? demanda Matt.

M. Moore secoua la tête.

— Autre chose que je n'ai pas dite au shérif : quand il se droguait, Justin avait deux téléphones, son portable normal et un de ces modèles prépayés bon marché.

— Pour se fournir en drogue, déclara Matt.

Il était facile d'acheter un téléphone prépayé sans donner d'informations personnelles, ce qui rendait l'utilisateur anonyme.

M. Moore baissa la tête.

— C'est ce que j'ai supposé.

— Vous savez s'il en a un actuellement ?

M. Moore détourna le regard.

— Oui. Il a une coque rouge sur son téléphone habituel et l'autre jour, je sortais les poubelles et je l'ai vu en utiliser un noir sur le parking. Il avait l'air plus petit aussi, et puis il faisait très froid à l'extérieur, il aurait pu passer ses appels depuis la salle de repos ou emprunter mon bureau.

— Vous avez entendu la conversation ?

— Seulement quelques mots. Il a dit : « Attends, Nico », et il a patienté jusqu'à ce que je retourne à l'intérieur avant de continuer.

M. Moore marqua une pause, l'air soudain extrêmement abattu.

— Les seuls moments où il me cachait des choses, c'était quand il se droguait.

— Vous n'avez pas dit cela à l'adjoint qui est venu vous interroger ?

— Non. Il ne me l'a pas demandé.

M. Moore remit sa casquette en place.

— Je ne sais pas quoi faire, Matt. Est-ce que je fais confiance au bureau du shérif ou pas ? Aux infos, on dirait bien qu'ils lui ont mis la mort d'Erin sur le dos.

Parce que c'est ce vers quoi pointent tous les indices.

— Vous n'êtes pas dans une situation facile, répondit Matt. Vous n'avez pas une idée de l'endroit où Justin irait s'il avait besoin de faire profil bas pendant quelques jours ?

— J'y ai réfléchi toute la journée, mais je ne sais pas. Il aime bien camper pour se vider la tête, mais pas par ce genre de temps.

Matt nota de vérifier si le matériel de camping de Justin se trouvait dans son garage. Il se leva.

— Je vais faire mon possible.

M. Moore lui serra vigoureusement la main.

— Merci. Je sais que tu feras ce qui est juste.

— Vous auriez une clé de la maison de Justin ?

Matt voulait fouiller les lieux, lorsque le shérif aurait libéré la scène de crime.

— Oui.

M. Moore détacha une clé de son trousseau et la tendit à Matt.

— Tiens.

Matt glissa la clé dans sa poche. Puis lui et Brody quittèrent le garage et remontèrent dans le quatre-quatre. Matt fit rapidement le court trajet jusque chez Justin. La porte était encore scellée avec du ruban adhésif jaune. Il ne pouvait pas entrer. Il se gara sur le trottoir.

— Je reviens tout de suite, dit-il à Brody.

Il s'approcha de la porte du garage et pointa sa lampe de poche à travers les petites fenêtres. Matt avait aidé Justin à emménager. Il se souvenait de cartons portant l'étiquette *Camping*, rangés contre le mur du fond, à côté du VTT de Justin. Ils avaient disparu.

Matt retourna à son véhicule. Il fit une caresse à Brody.

— Où est-ce qu'il irait camper par ce temps ?

Brody n'avait pas la réponse, et Matt non plus. Pour se rendre en voiture ou à pied aux endroits qu'affectionnait Justin pour camper, il fallait attendre le matin.

Matt sortit son téléphone et fit défiler ses contacts. Il s'arrêta sur un nom et un numéro qu'il n'avait pas appelé depuis des années. Kevin Locke. Est-ce qu'il lui répondrait ? Plus important encore, était-ce raisonnable de reprendre contact avec son ancien indic ? Matt n'avait plus de badge ni de statut légal. Mais que pouvait-il faire d'autre ? Il fallait retrouver Justin et la piste à suivre était claire : interroger son dealer. L'horloge tournait. Le fait que Justin ait pris son matériel de camping pouvait laisser penser qu'il était encore en vie, mais les forces de l'ordre de tout l'État étaient sur ses traces. Lorsqu'ils le dénicheraient, la sécurité des civils et des policiers, et non celle du suspect, serait leur priorité, ce qui était exactement la façon dont Matt gérerait la situation s'il était toujours adjoint.

Il envoya un SMS : *Comment va ?*

La réponse fut presque immédiate : *Comme d'hab.*

Ce qui signifiait : *Rendez-vous à l'endroit habituel.*

Matt conduisit jusqu'à un ancien complexe industriel à la périphérie de Grey's Hollow. Il fit le tour des bâtiments. Les entrepôts les plus proches de la rue semblaient être encore utilisés, mais ceux qui se trouvaient à l'arrière étaient clairement vides, vu le nombre de fenêtres cassées qui défiguraient les bâtiments comme autant de dents manquantes. Le parking n'avait pas été déneigé au-delà du bâtiment 1. Mais la plupart des lampadaires fonctionnaient encore.

— Il n'a pas donné d'heure, dit Matt.

Brody dressa les oreilles et inclina la tête.

— Je sais.

Matt n'aimait pas traiter avec les indics quand il était enquêteur. Mais il fallait parfois composer avec des ordures de bas niveau pour attraper les criminels de haut vol, et Kevin avait toujours été bien informé.

Les nerfs de Matt le démangeaient comme des punaises, tandis qu'il traversait le parking et se garait à l'ombre d'un bâtiment. Le froid extérieur s'infiltrait dans le véhicule et lui faisait mal à la main. Il prit des gros gants dans la poche du siège arrière et les enfila. À deux reprises, il démarra le moteur pour réchauffer le véhicule. Brody avait une épaisse fourrure pour le protéger : il se recroquevilla sur le siège passager et s'endormit. Matt prit un sweat polaire sur le siège arrière et le passa sous son manteau. Puis il s'installa pour attendre.

Chapitre Neuf

Bree ouvrit la porte d'entrée, essuya ses bottes sur le paillasson et pénétra dans le salon. Les enfants la dépassèrent et grimpèrent l'escalier en direction de leur chambre. Elle les laissa partir. La maison d'Adam n'était composée que d'une seule pièce. Ils n'avaient pas eu de moment à eux pour appréhender la mort de leur mère.

Elle déposa son sac sur le sol à côté des marches et traversa la cuisine. Contrairement à Bree et Adam, qui étaient d'humeur sombre, Erin avait un tempérament optimiste et sa maison reflétait cet état d'esprit. Le décor était joyeux, avec des murs jaune vif, du carrelage en damier et divers éléments de déco fantaisistes. Un porte-serviettes noir et blanc en forme de vache était posé sur la table. Une horloge, également en forme de vache, était accrochée au mur. Bree peinait à retenir ses larmes. Elle respira profondément jusqu'à ce que la sensation soit passée.

Les enfants n'étaient pas les seuls à ne pas avoir eu de moment à eux pour pleurer la mort d'Erin.

Bree se tourna vers la large fenêtre qui donnait sur la grange. Une lumière extérieure se reflétait sur le sol gelé. Elle parcourut le rez-de-chaussée, s'arrêtant devant une étagère pleine de photos encadrées. Elle effleura le cadre d'une photo d'Erin, où les deux sœurs se trouvaient avec les enfants devant la Cloche de la Liberté. Bree se souvint qu'Erin avait supplié un autre touriste de bien vouloir prendre la photo et que l'inspectrice lui avait dit qu'elle risquait de se faire voler son téléphone. Erin avait laissé sa photo de mariage sur l'étagère du haut, une photo naturelle d'elle et de Justin en train de trinquer avec des coupes de champagne. Les femmes qui haïssaient ou craignaient leur ex ne gardaient généralement pas leurs photos de mariage.

Bree se détourna et retourna dans la cuisine. Ils n'avaient pas encore dîné. Elle trouva une boîte de macaronis au fromage dans le garde-manger et mit une casserole d'eau à bouillir.

Luke traversa la cuisine et enfila une paire de bottes.

— Je vais aller nourrir les chevaux.

— Très bien. Tu peux noter ce qu'ils mangent au cas où je devrais le faire ?

— Déjà écrit sur la poubelle.

— Super. Je vais nous préparer quelque chose à manger.

Il jeta un regard en arrière.

— J'ai pas faim. Peut-être plus tard.

— OK. Ce sera prêt quand tu en auras envie.

Bree ne savait pas quoi dire d'autre.

Il se retourna et la regarda fixement.

— Est-ce que je vais à l'école demain ?

— Tu voudrais ?

Il resta impassible.

— Et Kayla, elle y va ?

— Je ne sais pas.

Bree se frotta la tempe.

— Pourquoi ne pas voir comment vous vous sentez tous les deux demain matin ? Si vous voulez prendre un peu de temps libre, c'est possible. Mais si vous préférez garder votre routine habituelle, ça va aussi. Je ne pense pas qu'il y ait une seule bonne réponse ici.

Il eut l'air soulagé.

— OK. Je vais peut-être y aller. Ce sera mieux que de rester ici à rien faire.

L'inactivité laissait trop de temps pour réfléchir. Elle ne le comprenait que trop bien.

— Tu me diras demain, dit Bree.

— OK.

Il décrocha une veste du portemanteau et sortit.

Bree décida de contacter les conseillers scolaires des deux enfants dès le lendemain. Elle avait besoin d'un avis professionnel. De toutes les choses qu'elle avait dû faire dans sa vie, c'était celle-ci qu'il ne fallait pas foirer. La façon dont ces enfants allaient gérer la mort de leur mère demeurerait gravée dans leur mémoire pour le reste de leur vie.

Que se passera-t-il après l'enterrement ?

Des décisions allaient être nécessaires. Erin avait-elle laissé un testament ?

Bree se massa le front. Il fallait qu'elle jette un œil dans le bureau de sa sœur.

Allait-elle devoir retrouver le père des enfants ? L'idée que Craig Vance ait la garde de Luke et Kayla la fit frissonner. Erin et lui avaient-ils signé quelque chose à ce sujet ?

Elle en doutait. Concernant Craig, Erin avait tenté de tout oublier. Il avait été une drogue pour elle et, comme une droguée, elle ne pouvait pas s'approcher de la source de sa dépendance sans risquer une rechute.

La migraine de Bree s'intensifia. Il ne servait à rien d'envisager le pire scénario avant qu'il ne se produise. Malheureusement, c'était ce que le cerveau d'une inspectrice de la criminelle était entraîné à faire. En attendant que l'eau bouille, elle fouilla les tiroirs de la cuisine, sans rien trouver d'intéressant. Un panier de courrier contenait surtout des factures et quelques coupons, rien d'anormal. Bree se tourna vers un tableau blanc fixé au mur, qui servait d'agenda. Sa sœur y avait noté ses horaires de travail, les entraînements de basket de Luke et les réunions de scout de Kayla. Bree regarda fixement un carré marqué « K, leçon de violon ».

Bree avait commencé à jouer du violon au même âge, juste après la mort de ses parents. Le parallèle entre la vie des enfants d'Erin et le passé de Bree était frappant. Et regrettable. Allaient-ils finir comme Adam et elle ? Distants ou incapables d'entretenir des relations personnelles au-delà d'un cercle restreint ?

L'eau bouillait. Bree prépara les macaronis au fromage, puis monta chercher Kayla. La porte de sa chambre était entrouverte. Elle était assise sur son lit, pleurant en silence et serrant dans ses bras un animal en peluche qui ressemblait à un cochon.

Bree frappa sur le cadre de la porte.

— J'ai fait des macaronis au fromage. Tu en veux ?

Kayla secoua la tête en tirant sur la couture du cochon en peluche. Bree avança vers le lit et s'assit à côté d'elle. La petite fille se jeta sur Bree, enfonçant son visage dans son épaule et sanglotant fortement. Ses larmes mouillèrent le pull de Bree, qui enveloppa sa nièce de ses bras, lui frotta le dos et la laissa pleurer. À nouveau, Bree sentit son cœur se briser.

Dix minutes plus tard, Kayla renifla et se redressa. Bree prit des mouchoirs en papier sur la table de nuit et en donna une poignée à Kayla pour qu'elle se sèche le visage.

Kayla s'essuya le nez.

— Je peux dormir avec toi ce soir dans le lit de maman ?

— Bien sûr.

Bree avait prévu de dormir dans la chambre d'amis. Elle n'avait pas eu l'intention de prendre le lit de sa sœur, mais elle allait faire avec. Si c'était là que Kayla voulait dormir, c'est là qu'elles dormiraient. Elle songea à Luke. Avait-il terminé de nourrir les chevaux ?

— Tu peux essayer de manger quelque chose ?

Kayla hocha la tête et se leva.

En bas, Bree remplit deux bols de macaronis au fromage, qui avaient refroidi.

— Tu peux les mettre au micro-ondes trente secondes chacun ? Je reviens tout de suite.

Kayla enfourna le premier bol dans le micro-ondes et appuya sur les boutons. Bree enfila les bottes de sa sœur, qui se trouvaient à côté de la porte, et attrapa une veste avant de traverser le jardin pour rejoindre la grange. La porte coulissante était à demi ouverte. Bree se glissa à l'intérieur sans faire de bruit et avança dans l'allée. La porte de la dernière stalle était entrouverte. Bree jeta un coup d'œil à l'intérieur. Luke se tenait à côté du cheval bai, les bras autour de son cou, sanglotant dans sa crinière.

Bree retint son souffle. Elle recula, laissant à Luke son intimité. À son âge, il pouvait être gêné. Elle retourna à la maison et mangea avec Kayla. Les macaronis au fromage avaient un goût de colle. Luke revint une demi-heure plus tard, les yeux rouges et silencieux. Bree fit réchauffer son dîner sans commentaire, mais face à la tristesse de ces enfants, elle ne s'était jamais sentie aussi impuissante.

Ils étaient tous épuisés. Luke fit un dernier tour dans la grange et se coucha à 9 heures. Bree enleva ses chaussures, s'allongea sur le lit et alluma la télévision pour attendre que Kayla ait terminé dans la salle de bains. Kayla apparut vêtue de son pyjama et grimpa dans le lit.

Ce qui lui sembla être une seconde s'écoula, puis Bree sursauta. Un film qu'elle ne reconnaissait pas passait à la télévision. Elle regarda le réveil sur la table de nuit. Il était juste après minuit. Son arme de poing lui rentrait dans la hanche. Elle s'était endormie tout habillée. Qu'est-ce qui l'avait réveillée ?

Un bruit sourd se fit entendre quelque part dans la maison.

Bree tendit l'oreille, les nerfs à vif. Luke était probablement en train de prendre une collation ou un verre d'eau. Elle se glissa hors du lit, laissant Kayla ronfler doucement, et se dirigea sur la pointe des pieds vers la porte. Le couloir était sombre, mais Bree n'alluma pas. Elle longea le mur jusqu'à la chambre de Luke et ouvrit doucement la porte. À la lueur de la lune qui flottait à la fenêtre, elle distingua sa tête sur l'oreiller.

Ce n'était pas lui qui l'avait réveillée.

Elle recula dans le couloir. En bas, quelque chose grinça. Bree sentit les poils de sa nuque se dresser.

Elle sortit son arme. Un mouvement dans la chambre de Luke attira son attention. Il se tenait sur le seuil de la porte, en pyjama de flanelle et T-shirt. Posant un doigt sur ses lèvres, Bree s'approcha de lui, se pencha et lui murmura à l'oreille :

— J'ai entendu quelque chose en bas. Ce n'est probablement rien, mais reste avec ta sœur pendant que je vérifie.

Bree descendit les marches, tandis que Luke se glissait dans la chambre principale. Elle s'arrêta au bas de l'escalier, puis jeta un coup d'œil dans le salon. Elle scruta tous les recoins de la pièce, mais ne vit rien.

Les vieilles maisons font toujours du bruit, non ?

Après avoir inspecté le placard, elle s'engagea dans le petit couloir qui menait à la cuisine. À la porte, elle s'arrêta, se mit dos au mur et regarda à l'intérieur en prenant soin de s'exposer le moins possible. Une silhouette sombre se tenait devant l'îlot de cuisine. À l'aide d'une petite lampe, l'intrus examinait le contenu d'un tiroir.

La pièce était sombre, mais pour Bree, sa taille et sa corpulence semblaient masculines. Était-ce Justin ? Elle ne pouvait pas en être sûre.

Il se figea. Puis sa tête se mit à tourner. Bree n'avait pas fait de bruit, mais il avait dû sentir sa présence. Il portait une cagoule noire, mais Bree sentit son regard sur elle.

L'arme de Bree était déjà pointée sur son torse. Elle était toujours en partie protégée par le mur.

— Ne bougez plus.

Au lieu d'obéir, il se rua vers la porte. *Bon sang.* Bree ne pouvait pas lui tirer dans le dos. Elle n'avait pas vu d'arme et un homme qui s'enfuit ne peut pas être considéré comme une menace. Elle s'élança derrière lui, mais ses chaussettes glissaient sur le carrelage. Elle perdit de précieuses secondes à essayer de gagner en traction. Quand elle atteignit la porte, il était déjà au milieu de la cour. Bree enfila une paire de bottes et reprit sa course, juste à temps pour le voir disparaître dans la grange.

Elle sprinta sur la neige craquante et s'arrêta en glissant à la porte de la grange. Elle jeta un coup d'œil à l'intérieur. Tout était sombre, mais une forme massive jaillit soudain de l'obscurité.

Elle se jeta en arrière, sans pouvoir éviter le cheval au galop qui la heurta à l'épaule et la fit chuter sur les fesses. Deux autres animaux déboulèrent à la suite du premier.

Bree se releva d'un bond. Le vent soufflait à travers son pull en tricot, mais en dessous, sa peau était trempée de sueur froide. L'arme au poing, elle pénétra dans la grange. L'allée centrale était vide. La porte du fond était ouverte. Était-il parti ou se cachait-il quelque part ?

Elle leva les yeux vers la soupente, mais elle n'en distinguait qu'une infime partie. Il n'y avait qu'un seul moyen de monter, une échelle clouée au mur. Pour l'escalader, il lui aurait fallu ranger son arme.

Aucune chance.

Mais elle écouta attentivement ce qui se passait au-dessus de sa tête, tout en avançant lentement dans l'allée.

Un bruit de paille, comme un froissement.

Bree sentit son estomac se nouer.

Elle se dirigea vers la première stalle en longeant le mur. Elle pivota, balayant l'espace du canon de son arme. D'une étroite fenêtre placée haut dans le mur, la lumière de la lune ruisselait sur le foin.

Personne.

Bree scruta la porte de la troisième stalle, de l'autre côté de l'allée centrale. La sueur coulait dans son dos et hérissait les poils de sa nuque. Elle traversa prudemment, ses yeux s'adaptant à la pénombre.

Un couinement.

Une petite boule de couleur claire jaillit de sous la porte de la stalle, juste devant sa botte. Bree sauta en arrière par pur réflexe, tout en se rendant compte qu'il s'agissait d'un rat énorme, plus gros qu'un chat domestique. L'animal fila à toute vitesse et disparut dans la réserve de foin.

Bree frissonna, puis se concentra à nouveau.

Qu'est-ce qui a fait peur au rat ?

Elle atteignit la porte de la troisième stalle. La lune s'était levée derrière la grange. Il faisait plus sombre de ce côté-ci. Appuyant l'épaule contre le mur, elle s'apprêtait à faire irruption dans la stalle lorsqu'elle entendit un grattement au-dessus d'elle. Bree leva les yeux. Des morceaux de foin et de poussière tombaient du plafond, suivis bientôt par une botte entière. Elle se retourna et se protégea le visage et la tête avec les bras, amortissant l'impact avec le haut du dos. La violence du choc la projeta au sol, à quatre pattes, le souffle coupé.

Du coin de l'œil, elle vit un homme bondir dans l'allée et courir vers la porte du fond. Chassant le foin de son visage, elle se releva et sprinta à sa suite. Les poumons en feu, elle se rua hors de la grange.

Où est-il ?

Elle repéra sa silhouette sombre dans le paysage enneigé alors qu'il utilisait une souche d'arbre et un poteau pour franchir la clôture de fil de fer barbelé. Bree se remit à sa poursuite. Sachant qu'il pouvait s'agir de l'homme qui avait tué sa sœur, elle était animée d'une énergie extrême.

Lorsqu'elle atteignit la clôture du pâturage, il n'avait plus que dix mètres d'avance. Elle bondit sur la souche d'arbre, mais sa botte en caoutchouc glissa sur une plaque de glace. Entraînée par son élan, elle atterrit sur le fil barbelé. Une douleur vive lui transperça la cheville. Le vieux poteau se brisa et le fil de fer se détacha, s'enroulant soudain comme un ressort. Bree glissa un genou vers l'avant et poussa de toutes ses forces, mais le fil de fer s'était entortillé autour de ses jambes. Tous ses efforts ne faisaient que resserrer l'étau du barbelé qui lui déchirait le jean et s'enfonçait dans sa peau. Mais elle sentit à peine la douleur.

Prisonnière, elle regarda l'homme qui avait peut être tué sa sœur s'échapper entre les arbres.

Elle roula sur le dos et fixa le ciel pendant une longue minute. Elle ne pouvait plus retenir son chagrin, sa frustration et sa peur. Des sanglots lui déchirèrent la poitrine et ses larmes coulèrent enfin. Elle avait perdu ses parents et le cousin qui l'avait élevée. Mais la mort d'Erin était différente. Bree aurait dû protéger sa petite sœur.

Les émotions lui serraient le cœur aussi fort et aussi douloureusement que les barbelés autour de ses chevilles. Grey's Hollow l'avait prise dans ses griffes et ne la laisserait jamais partir. Elle respirait douloureusement, comme si l'air raclait ses poumons, la laissant à vif, vulnérable et vide. Des images du visage de sa sœur, depuis l'enfance jusqu'au mois d'août dernier, défilèrent dans son esprit, chacune laissant sa trace comme des griffures dans sa chair.

Le froid s'infiltra dans son pull et elle se mit à frissonner. La crise n'avait duré qu'une minute ou deux. Ses sanglots se calmèrent et elle reprit son souffle.

Elle s'assit et s'essuya le visage de sa manche couverte de neige. Des fragments de glace collaient à son pull. Assez pleuré. Elle avait du travail à faire.

Elle allait attraper l'ordure qui avait tué sa sœur. Mais elle ne pouvait pas y parvenir seule. Elle avait besoin d'aide.

Elle sortit son téléphone, appela le 112 et donna l'adresse à l'opérateur. Ignorant la demande qu'on lui faisait de rester en ligne, Bree mit fin à l'appel.

Elle démêla soigneusement le fil barbelé enroulé autour de ses chevilles, ce qui s'avéra bien plus difficile que de s'y faire prendre. Elle s'entailla les doigts en s'efforçant de dégager son jean. Une fois qu'elle eut terminé, elle se releva avec peine.

Trempée, frigorifiée, elle retourna vers la grange. Heureusement, les chevaux n'étaient pas partis loin. Ils fouillaient dans la neige derrière la maison. Bree les fit rentrer et se dirigea vers la porte de la cuisine.

Luke se tenait sur le seuil, un fusil de chasse dans les mains, le canon pointé vers le sol. Le visage pâle de Kayla apparaissait derrière lui.

— Voilà comment il est entré.

Luke indiqua un trou circulaire découpé dans la vitre au-dessus du verrou.

Bree monta les marches de la véranda. Elle ouvrit l'application « lampe de poche » de son téléphone et éclaira la vitre.

Les yeux de Kayla s'agrandirent.

— Ne t'inquiète pas.

Bree lui serra l'épaule.

— Ça n'arrivera plus. Je vais m'en assurer.

Kayla hocha la tête, mais elle avait toujours l'air effrayée.

— Je ferais mieux de prendre ça.

Bree fit un geste vers le fusil.

— La police est en route.

— Il est à maman, dit Luke en lui tendant l'arme.

Mais Erin détestait les armes.

Bree se saisit du calibre 20.

— Quand est-ce qu'elle l'a acheté ?

— Il y a quelques mois. On a pris un cours de sécurité ensemble, et un cours de tir aussi.

— C'est bien.

Elle déchargea l'arme et glissa les cartouches dans sa poche.

— Où est-ce qu'elle le range ?

— Il y a un coffre-fort sous son lit, dit Luke. Elle m'a donné la combinaison. J'ai pensé qu'il valait mieux le sortir au cas où le gars reviendrait.

— Tu as bien fait, Luke.

Bree lui tapa sur l'épaule.

— Ça va, Kayla ?

Kayla hocha la tête sans lâcher la jambe de son frère. Bree remit le fusil de chasse dans le coffre-fort, puis serra les deux enfants dans ses bras en attendant dans le salon l'arrivée des hommes du shérif. Bientôt, des lumières rouges et bleues clignotèrent devant la maison.

Bree ouvrit la porte d'entrée.

— Je suis policier et je suis armée.

Elle salua l'adjoint, lui montra son badge et résuma l'incident. Elle indiqua du doigt les arbres qui bordaient la propriété.

— Il s'est échappé dans les bois.

— Il y a une route derrière. Nous allons vérifier.

L'adjoint utilisa sa radio portable pour appeler une autre unité. Quand il eut fini, il demanda :

— Vous savez comment il est entré ?

— Par la porte de derrière.

Bree le conduisit à la cuisine.

— Je vais vérifier le reste de la maison et chercher des empreintes, déclara l'adjoint.

Toujours accrochée à son frère, Kayla frissonnait. Pendant que l'adjoint se mettait au travail, Bree se lava les mains et mit des pansements sur ses coupures. Puis elle prépara du chocolat chaud. Personne n'allait pouvoir se rendormir pour l'instant. Elle installa les enfants dans le salon avec leurs boissons chaudes et des biscuits qu'elle sortit du garde-manger. Luke alluma la télé et laissa Kayla choisir un film de Disney.

Bree entra dans le bureau et ferma les portes vitrées. Les enfants pouvaient la voir depuis le canapé. Elle ne savait pas comment les réconforter, mais sentait qu'ils avaient plus besoin de sa présence que des mots.

Elle commença à planifier ses actions. La sécurité des enfants était sa priorité et il n'y avait qu'une seule personne qu'elle puisse appeler au milieu de la nuit pour lui demander de l'aide : Dana. Puis le visage de Matt lui apparut.

Il y en avait peut-être deux.

Sortant son téléphone, elle pensa au fusil de chasse de sa sœur. Après ce qui était arrivé à leurs parents, Erin avait décidé qu'il n'y aurait jamais d'arme à feu chez elle. Il n'y avait qu'une seule raison pour qu'elle ait acheté un fusil de chasse.

Elle avait peur.

Mais de qui ?

Chapitre Dix

Assis au volant de son quatre-quatre, Matt attendait avec impatience l'arrivée de son indic. Brody geignit en regardant la route.

Matt caressa le dos du chien.

— Tout va bien.

Une minute plus tard, il entendit le grondement d'un moteur en approche. Il se redressa en voyant des phares balayer la neige. Son corps était engourdi par le froid. Malgré les gants, ses mains étaient glaciales.

Une camionnette s'engagea sur le parking. Il approcha lentement et prudemment par la droite, puis s'arrêta.

Matt alluma et éteignit ses phares trois fois de suite. Le camion répondit par deux clignotements.

C'était bien Kevin.

— Nous y voilà.

Matt remit le moteur en marche et se dirigea vers le milieu du parking. L'aération ne soufflait encore que de l'air froid.

Brody geignit à nouveau.

— Ça va aller.

Le chien inclina la tête comme s'il n'était pas d'accord

Ne voulant pas que Kevin voie Brody, Matt lui ordonna de se coucher en allemand. Le chien obéit, mais resta en éveil alors que Matt baissait la fenêtre.

Matt lui ordonna de ne pas bouger, puis descendit du quatre-quatre. La température était largement négative et l'air lui piquait la peau.

Kevin sortit de son camion en pointant un pistolet sur la poitrine de Matt.

— Putain, qu'est-ce que tu crois, toi, à m'envoyer des SMS ?

Matt leva les mains devant lui.

— Du calme. J'avais juste besoin de te parler. Je vais faire en sorte que ça en vaille la peine. Depuis quand tu portes une arme ?

— Va te faire foutre.

Kevin cracha par terre. La main qui tenait le pistolet trembla légèrement.

— J'ai pas eu de nouvelles de toi depuis des années. T'es même plus flic. Qu'est-ce que tu veux ?

Matt resta immobile. Il ne voulait pas effrayer Kevin davantage. L'indic était nettement plus nerveux que la dernière fois où Matt l'avait vu.

— Rien. Promis, dit-il d'une voix calme. On se connaît depuis dix ans, mec.

— Mais tu veux quelque chose, pas vrai ? répliqua Kevin d'un ton accusateur.

— Oui, c'est vrai, admit Matt. Mais je te paierai pour l'information, comme toujours.

— Va te faire foutre.

Kevin leva le bras, pointant son arme droit sur le visage de Matt.

Matt sentit son cœur s'arrêter. Il se mit à transpirer sous son manteau. Comment désamorcer la situation ?

Avant qu'il ne puisse réagir, les plaques d'identification de Brody tintèrent. Le chien bondit hors du quatre-quatre, toucha brièvement le sol et mit Kevin à terre. L'arme s'envola et tomba dans la neige.

— Au secours ! À l'aide ! cria Kevin en essayant de se couvrir la tête avec les mains. Le laisse pas me buter !

Brody se tenait sur la poitrine de Kevin, ses dents acérées à quelques centimètres du visage de l'indic. Matt éloigna le pistolet d'un coup de pied avant de rappeler le chien. Brody n'obéit pas tout de suite et Matt dut répéter son ordre. Le chien recula, l'air déçu, et retourna se poster à côté de Matt.

Matt attrapa sa laisse.

— Tu peux te lever maintenant, Kevin. Le chien te fera pas de mal tant que tu fais rien de stupide.

Kevin se mit debout, les jambes tremblantes. En le regardant de plus près, Matt vit que Kevin était décharné. Il avait dû consommer plus de drogue que de nourriture, ces dernières années. Il avait 24 ans, mais semblait beaucoup, beaucoup plus âgé.

— Qu'est-ce qui t'est arrivé, Kevin ? demanda Matt.

Kevin garda les yeux rivés sur le sol.

— Tu veux quoi ?

— Je cherche un dealer local qui vend de l'oxy.

— Tout le monde vend de l'oxy, mec.

— On l'appelle Nico, dit Matt.

Kevin cligna des yeux. De la peur traversa son regard une seconde avant qu'il ne se maîtrise.

— Connais pas.

Mais si, tu le connais.

— T'es sûr ?

Matt glissa la main dans sa poche et en sortit deux billets de vingt qu'il agita devant lui.

— Désolé.

Kevin secoua la tête.

— Je peux pas t'aider.

Kevin avait de toute évidence peur de Nico, mais c'était aussi un toxicomane. Et on pouvait toujours acheter la bonne volonté d'un drogué, parce qu'il tenait plus à sa défonce qu'à sa vie.

Matt ajouta un troisième billet.

— Et maintenant ?

Kevin lécha ses lèvres gercées.

— J'aimerais bien.

Avec un sentiment de culpabilité, Matt ajouta encore un billet à son offre. Il voulait donner à Kevin juste assez d'argent pour s'organiser une petite fête, mais pas assez pour qu'elle dure longtemps. Il voulait que Kevin ait besoin de revenir le voir.

Kevin se figea. Ses épaules s'affaissèrent et il hocha la tête presque imperceptiblement. Matt lui tendit l'argent et Kevin approcha la main. Brody poussa un grognement guttural et Kevin attrapa les billets avant de reculer vivement.

— Ce Nico est dangereux ? demanda Matt.

Il devait l'être pour que Kevin tienne si longtemps.

— Ouais.

Kevin tripota les billets dans sa poche.

— Qu'est-ce que tu sais sur lui ?

Kevin se mordit la lèvre.

— Tu connais son nom de famille ? demanda Matt.

— Non. Je pense pas que Nico soit son vrai prénom.

— Il ressemble à quoi ?

— Mince. Chauve. Sérieux.

Kevin frissonna.

— Il a pas l'air de grand-chose, mais il rigole pas.

Le vent se leva et fouetta la neige. Kevin se balança d'un pied sur l'autre.

— C'est tout ce que je sais. Il faut que j'y aille.

— Il faut que je trouve Nico.

— Pas question.

Kevin fit deux pas en arrière et commença à faire demi-tour.

— Je te paierai 200 dollars pour m'aider.

Kevin s'immobilisa.

— Dis-lui que je veux acheter de l'oxy.

Kevin secoua la tête.

— Tu as toujours l'air d'un flic. Il va te buter.

— Ne lui mens pas, alors. Dis-lui que j'étais flic. On m'a tiré dessus, et maintenant j'ai besoin d'oxy.

Les meilleurs mensonges devaient rester aussi près de la vérité que possible.

— Je te promets rien.

Kevin haussa les épaules, récupéra son arme et se dirigea vers sa camionnette.

— Attends, Kevin.

Matt ouvrit son coffre et y prit une barre de protéines et un sac d'amandes qu'il conservait en cas d'urgence. Il les offrit à Kevin qui rougit, détourna les yeux et les empocha.

— Garde une partie de l'argent pour bouffer, dit Matt.

Kevin hocha la tête. Mais ils savaient tous les deux qu'il n'en ferait rien. Il remonta dans sa voiture et repartit, accélérant brusquement pour sortir du parking.

Matt et Brody se réinstallèrent dans le quatre-quatre. Matt gratta le chien derrière les oreilles.

— Merci de m'avoir aidé.

Brody remua la queue.

Le téléphone de Matt vibra. Il le sortit de sa poche. Le numéro de Bree apparut sur son écran. Il vérifia l'heure sur son tableau de bord. 1 h 30. Avec un mouvement d'inquiétude, il répondit.

— Bree ?

— Oui. Je suis désolée d'appeler si tard, mais quelqu'un s'est introduit dans la maison.

Le son de sa voix l'a encore plus alarmé.

— Est-ce que tout le monde va bien ?

Matt appuya sur l'accélérateur. Sa Suburban bondit en avant.

— On va bien. Mais les enfants ont peur. Je pense qu'ils se sentiraient mieux avec un adulte supplémentaire dans la maison.

— J'arrive.

Matt laissa tomber le téléphone dans un porte-gobelet, sortit du parking et enfonça l'accélérateur. Il arriva moins d'un quart d'heure plus tard et se gara à côté d'un véhicule de police. Elle devait l'attendre car elle ouvrit la porte avant qu'il ne frappe.

— Merci d'être venu.

Son regard se posa sur le chien à ses côtés.

— Je ne l'ai pas amené pour rien.

Matt posa la main sur la tête de Brody.

— Ses sens sont mille fois plus aiguisés que les nôtres. On ne peut pas installer un système de sécurité au milieu de la nuit, mais personne n'entrera dans cette maison tant que Brody est là.

— Je sais combien les chiens sont précieux. J'ai un vieux problème qui n'a rien à voir avec lui.

Mais elle s'écarta de Brody en les faisant entrer.

Les enfants regardaient la télévision, l'air fatigué. Kayla était roulée en boule sur le canapé. Elle aperçut le chien et se redressa en souriant.

— Brody !

Le chien trotta à travers la pièce, sauta sur le canapé et se blottit entre les enfants en remuant la queue. Luke et Kayla se mirent à le caresser et à lui faire des papouilles.

— Avant qu'Erin et Justin se séparent, Brody et moi, on venait dîner ici de temps en temps, expliqua Matt.

Bree ferma la porte à clé et le conduisit dans la cuisine. Elle portait un jean, un pull et son Glock.

Il s'appuya sur l'îlot central.

— Où est l'adjoint ?

— Il cherche l'intrus.

Bree indiqua l'arrière de la maison.

— Qui s'est enfui dans les bois.

La lumière vive de la cuisine faisait ressortir des cernes sombres sous ses yeux.

— Quand est-ce que tu as dormi pour la dernière fois ?

— Ça fait deux jours, admit-elle. J'essaierai de faire une sieste plus tard.

— On peut rester toute la nuit, Brody et moi. Tu as besoin d'autre chose ?

— Merci, ça va. J'attends du renfort de Philadelphie demain – tout à l'heure – avec mes affaires.

Du renfort ?

Matt réprima un accès d'irritation. Bree pouvait appeler qui elle voulait, ça ne le concernait pas.

— Tu penses que c'est Justin qui est entré par effraction ce soir ? demanda-t-il.

— Aucune idée. Il portait une cagoule et je n'ai pas vu Justin depuis des années. Il n'est jamais venu avec Erin quand elle me rendait visite avec les enfants.

Elle ferma les yeux pour mieux revoir la situation.

— Le type faisait la même taille, un peu moins d'un mètre quatre-vingts. Il portait un gros manteau d'hiver, mais il semblait plutôt mince. Il ne courait pas particulièrement vite. Si je n'avais pas glissé et atterri dans les barbelés, je l'aurais rattrapé.

— Ça ne suffit pas pour savoir si c'était lui ou non. Tu sais si Justin avait encore la clé de la maison ? demanda Matt. Si c'était le cas, il n'aurait pas eu besoin d'entrer par effraction.

Elle secoua la tête.

— Je ne sais pas, mais pourquoi Justin aurait-il besoin d'entrer chez Erin, de toute façon ?

— S'il avait besoin de quelque chose qui se trouve ici, il ne pouvait pas appeler pour le demander. Il est recherché. Son visage était partout dans les journaux aujourd'hui.

On frappa à la porte. Un policier se tenait à l'extérieur. Matt reconnut Jim Rogers, qui travaillait au bureau du shérif depuis de nombreuses années.

Rogers entra dans la cuisine et se figea en apercevant Matt aux côtés de Bree.

— Flynn.

— Rogers.

Les salutations auraient pu être plus cordiales.

— Vous vous connaissez ? demanda Rogers en les pointant du doigt tour à tour.

— En effet, déclara Matt.

Bree jeta un coup d'œil à Matt et se tourna vers Rogers.

— Vous avez retrouvé des traces ?

— Ouais.

Rogers s'éclaircit la gorge.

— Il a traversé les champs, puis les traces de pas disparaissent de l'autre côté de la route. En plus de celles qui s'éloignent, il y en a aussi qui viennent par ici. Il a probablement laissé son véhicule là-bas et continué à pied. Je vais relever les empreintes sur la porte et le tiroir de la cuisine avant de partir. Vous pourrez passer au poste après-demain pour prendre une copie du rapport.

Bree ferma les yeux pendant quelques secondes.

— Je ne me souviens pas si le type portait des gants.

— On ne perd rien à tenter le coup.

Rogers se hâta hors de la cuisine, retournant à son véhicule pour y récupérer son kit d'empreintes digitales. Il releva plusieurs empreintes autour de la poignée de porte et une, partielle, dans le tiroir de la cuisine.

— Je vous tiendrai au courant si on a des correspondances.

Il allait passer les empreintes dans l'AFIS, le système automatisé d'identification des empreintes digitales, et rechercher des correspondances dans les bases de données criminelles. Les empreintes appartenaient probablement à des membres de la famille, mais cela valait toujours la peine d'essayer. Les criminels pouvaient être incroyablement stupides.

Après le départ de Rogers, Bree alla voir les enfants et Matt se rendit dans le garage chercher un morceau de bois au moyen duquel colmater la vitre. Puis ils se retrouvèrent dans la cuisine.

— Les enfants dorment profondément.

Bree se mit à faire les cent pas.

— Je suppose que la présence du chien les aide à se sentir en sécurité.

— Brody entendra le moindre bruit inhabituel.

Elle l'observa pendant un instant.

— Qu'est-ce que c'était, entre toi et l'adjoint ? Je suppose que vous avez travaillé ensemble.

— Il m'a tiré dessus.

Matt fut lui-même surpris de la brutalité de sa réponse.

— Lui et un autre adjoint. C'était un accident. On avait un mandat d'arrêt contre un dealer de drogue dans un entrepôt. Le shérif devait nous envoyer, Brody et moi, à l'entrée sud, mais il nous a envoyés au nord. On a été pris dans le feu croisé des trafiquants et des adjoints. Je n'en veux pas à Jim. Ce n'était pas sa faute et il s'est senti très mal après. Mais c'est vrai que ça a jeté un froid entre nous.

— Ça ne m'étonne pas, dit Bree. Mais tu n'as pas l'air très convaincant quand tu dis que c'était un accident.

— Tu te souviens de l'ancien shérif corrompu dont je t'ai parlé ?

— Celui qui s'est suicidé ?

— Lui-même.

Matt réfléchit à ce qu'il fallait lui dire.

— Je l'ai vu frapper un suspect aux reins avec une matraque, à plusieurs reprises. Le gars était allongé par terre avec des menottes. Il n'était une menace pour personne.

— Un usage excessif de la force ?

— Le shérif avait mauvais caractère, répondit Matt en hochant la tête. J'aurais dû le dénoncer. Ce n'était pas la première fois. C'était un vrai salaud. Il se croyait au-dessus des lois. Non, se corrigea-t-il. Il pensait *être* la loi. Mais c'est là que ça devient délicat avec un shérif. Un chef de police peut être renvoyé par le maire ou le conseil municipal, mais un shérif est élu. Il doit être accusé d'un crime et/ ou destitué.

— Ce n'est pas un processus facile.

— Non. Il était très populaire à l'époque. Il n'était pas question que je persuade le procureur de l'inculper. Le type que le shérif avait tabassé avait trop peur pour témoigner. Le shérif était un homme puissant qui était en fonction depuis longtemps. C'était sa parole contre la mienne.

Bree plissa les yeux tout en réfléchissant.

— Tu penses que le shérif t'a envoyé à la mauvaise porte intentionnellement.

— Ça m'a traversé l'esprit, oui.

— Merde.

— Exactement, convint Matt. C'était déjà assez grave qu'on me tire dessus. Mais Brody…

Il fit une pause.

— Je pense que Rogers s'est senti encore plus mal d'avoir tiré sur le chien.

— Tu fais encore confiance à quelqu'un, au bureau du shérif ? demanda Bree.

— J'ai confiance en Marge, répondit Matt.

— Et le chef adjoint Harvey ?

— Je ne sais pas, pour Todd.

Matt secoua la tête.

— Je n'aime pas imaginer qu'il savait. Il a toujours eu l'air d'un type bien, mais quand je suis sorti de l'hôpital, Todd et les autres adjoints m'ont traité différemment.

Comme si le shérif avait déjà tourné l'histoire de la fusillade en sa faveur et que tout le monde l'avait cru. C'était un homme très convaincant. Il racontait des mensonges grossiers et effrontés avec un aplomb contagieux.

— Todd t'a aussi tiré dessus ? demanda Bree.

— Non. L'autre type a quitté le département après que le shérif s'est suicidé.

— Alors, peut-être que ce type savait.

— Peut-être. Il y a eu une enquête après la fusillade. Tout le monde a fait sa déclaration officielle et s'est tu. Le shérif a dit que je m'étais trompé de porte. C'était faux.

— Sa parole contre la tienne, là aussi.

— C'est exact.

Matt serra le poing.

— Le shérif est venu me voir à la maison. Il m'a offert une compensation financière importante pour laisser tomber.

Techniquement, l'argent venait du comté, mais c'était le shérif qui tirait les ficelles.

— Et tu l'as prise.

— Seulement après qu'il a accepté de mettre Brody à la retraite et de me le donner. Sa blessure n'était pas trop grave, mais il n'était pas question que je le laisse à nouveau mettre sa vie en danger pour ce connard.

— Maintenant je comprends pourquoi il y a une certaine gêne entre toi et les services du shérif.

Le regard de Matt tomba sur une tache rouge sur le carrelage.

— Tu saignes ?

— Peut-être.

— Peut-être ?

— Je me suis coincée dans les barbelés.

Elle agita ses doigts dans sa direction. Ses phalanges étaient couvertes de pansements. Elle se pencha pour remonter l'ourlet de son jean.

— Assieds-toi là.

Matt tapota l'îlot en granit.

Bree se hissa et balança son pied au-dessus du lavabo.

Matt remonta la jambe de son pantalon.

— Ton jean est mouillé.

Avec un soupir, Bree lui raconta ce qui s'était passé plus tôt dans la soirée. Évidemment, c'était plus compliqué que de simplement courir après un cambrioleur.

Matt frissonna. Flic ou pas, elle aurait pu se faire tuer.

— Tu aurais dû fermer la porte et le laisser courir. Et s'il avait été armé ?

La colère, et peut-être un soupçon d'embarras, la firent rougir.

— Je voulais le choper. Et si c'était le type qui avait tué ma sœur ?

Matt ouvrit le robinet. Elle ne se rendait pas compte à quel point elle était importante ? Son cerveau n'avait pas encore intégré les nouvelles responsabilités qu'elle avait assumées à la mort de sa sœur ? Matt l'observa pendant quelques secondes. Non, jugea-t-il. Elle n'avait pas encore assimilé la mort de sa sœur et toutes ses conséquences.

Elle était habituée à être seule, à n'avoir personne à sa charge. Combien de temps lui faudrait-il pour comprendre que sa vie était désormais complètement différente ?

— Ces enfants ont besoin de toi, dit-il simplement.

Elle fronça les sourcils, comme si elle ne pensait pas que s'occuper d'eux signifiait d'abord qu'elle devait prendre soin d'elle-même.

— Je sais, mais il ne m'a pas attaquée. Il s'est enfui.

Ce n'est pas la question.

Matt reformula ses pensées dans un langage qu'elle comprendrait.

— La prochaine fois, promets-moi d'attendre les renforts, OK ?

— OK.

Elle accepta son point de vue d'un hochement de tête, mais il avait toujours l'impression qu'elle ne comprenait pas son nouveau rôle dans la vie des enfants. Le frère de Bree, Adam, ne pouvait pas les prendre à sa charge. Il était trop distrait. Trop concentré sur son propre monde. Les enfants ne venaient qu'après. Ce n'était peut-être pas intentionnel, mais les enfants souffraient toujours de ce genre de chose.

Mais pas avec Bree. Elle ferait passer Luke et Kayla en premier.

Matt retira une chaussette ensanglantée. Il s'attendait à découvrir les deux coupures sur sa cheville, mais la vue d'un tatouage le surprit. C'était une vigne sinueuse, dans des tons de vert foncé, et parsemée de quelques petites fleurs bleues. Le travail était soigné.

— Où est la trousse de premiers secours ?

Elle indiqua une porte derrière lui.

— Dans le garde-manger.

Il trouva une petite boîte en plastique sur une étagère et la rapporta dans la cuisine.

— Je n'arrive pas à croire que ça ne te fasse pas mal.

— La nuit a été rude. Je suis peut-être engourdie.

Matt nettoya les coupures avec de l'eau et du savon, les referma avec des Steri-Strip et termina avec des pansements.

— Ce tatouage est un beau travail.

— Merci.

Elle le regarda un instant.

Matt l'examina aussi de plus près. Sous l'encre, deux lignes dentelées en relief étaient à peine visibles. Le tatoueur avait fait un travail incroyable.

— Ça recouvre une cicatrice ?

— Oui.

Elle pâlit et fronça les sourcils.

— C'est là que j'ai été mordue. Ça a laissé une vilaine marque. Avant de me faire tatouer, je ne portais jamais de shorts ou de robes.

Matt toucha la cicatrice. Elle était fine, mais boursouflée par endroits.

— Combien de points de suture ?

Elle tressaillit à son contact.

— Je ferais mieux d'aller voir les enfants.

Elle fit mine de s'écarter, mais il la bloqua en posant une main de chaque côté d'elle.

— Le fait que tu aies appelé, ça signifie que tu es prête à travailler avec moi ?

Elle haussa un sourcil. Ses yeux noisette croisèrent son regard sans cligner.

— Je suis fatiguée. Je voulais un autre adulte dans la maison pour être sûre que les enfants soient en sécurité ce soir. Je préférais quelqu'un de solide dont j'étais raisonnablement sûre qu'il était compétent. J'ai pensé à toi.

— Je suis flatté.

Elle inclina la tête. Bien qu'il fasse une bonne tête de plus qu'elle, elle ne céderait pas un pouce de terrain.

— Est-ce que ton aide ce soir est assortie de conditions ?

— Bien sûr que non.

Il fit un pas en arrière, regrettant ce mouvement impulsif. Qu'est-ce qui lui avait fait croire qu'il pouvait de cette manière convaincre Bree de s'associer avec lui afin d'enquêter sur la mort d'Erin et la disparition de Justin ?

— Bien.

Elle se passa une main sur le crâne, non pour lisser ses cheveux, mais comme si elle avait mal à la tête.

Égoïstement, au-delà de l'enquête, Bree lui plaisait. C'était une femme attirante, mais des comme ça, il en connaissait beaucoup. Il était assez âgé pour vouloir plus que du sexe et un joli visage dans une relation. Quelque chose la rendait différente. Sa complexité.

Sa résilience. Le destin ne lui avait pas rendu la vie facile. Elle avait dû lutter, mais avait trouvé son équilibre. Son attitude franche était également rafraîchissante. Il s'était montré cavalier, et elle l'avait tout de suite rappelé à l'ordre.

Et parce qu'il avait été cavalier – et qu'il voulait toujours travailler avec elle –, il allait devoir être le premier à offrir des informations.

— Ton appel ne m'a pas dérangé. Je n'étais pas couché.

Il raconta sa visite au père de Justin et les informations qu'il avait recueillies sur un possible dealer de drogue.

— Peut-être que Justin devait de l'argent à son dealer.

Elle se frotta les yeux.

— Je déteste penser qu'il se droguait à nouveau, mais ce serait logique. Dans le cas contraire, Erin l'aurait laissé revenir. Elle n'était pas douée pour mettre fin aux relations.

Quelque chose remua dans le salon et Bree se dirigea vers la porte.

— On dirait qu'un des enfants est réveillé.

En le regardant, elle dit à voix basse :

— On continuera cette discussion demain, quand mon cerveau fonctionnera. Je vais essayer de mettre les enfants au lit.

— Tu devrais aussi dormir un peu.

— Je vais essayer.

Elle fit un signe de tête.

— Il y a une chambre d'amis.

— Je peux me mettre sur le canapé.

Matt voulait rester près des portes, de manière à entendre le moindre bruit.

— Brody montera la garde.

— Merci encore.

Elle quitta la pièce.

Matt se servit un verre d'eau. Le matin, il essaierait de retrouver le dealer de Justin. Il avait très envie d'offrir un autre suspect au chef adjoint.

Il songea au matériel de camping. Pourquoi Justin se serait-il enfui et caché ? Avait-il peur de l'homme qui avait tué Erin ? Ou de la police ?

Ou des deux ?

Chapitre Onze

Assis dans son véhicule, il observa la petite ferme à travers le téléobjectif de son appareil photo.

La maison était sombre et il y avait un véhicule supplémentaire garé devant. Il prit une photo du quatre-quatre. Un lampadaire éclairait la plaque d'immatriculation.

Il y avait eu un reportage sur la mort d'Erin et l'histoire de sa famille. Ils avaient montré des photos de la famille, y compris une photo de la sœur d'Erin entrant dans le bureau du shérif ce matin-là. Celle-ci était inspectrice de la brigade criminelle de Philadelphie. Elle allait lui poser des problèmes, il le sentait. Elle allait se mettre en travers de son chemin, tout comme Erin.

Mais que pouvait-il y faire ?

La colère gronda en lui, s'élevant aussi rapidement qu'une rivière en crue. Erin se croyait tellement intelligente. Elle pensait le connaître, pouvoir se mêler de sa vie. Elle avait appris une dure leçon. Ce souvenir l'apaisa. Il s'était bien occupé d'elle. Et il ne permettrait à personne d'autre de l'emmerder.

Personne n'allait lui prendre ce qui lui appartenait. Ni la pétasse morte, ni sa sœur.

Il avait déjà tué une fois et il était plus que disposé à le refaire, bien que la sœur soit flic et plus difficile à atteindre. Il toucha sa poche et sentit la forme rassurante de son arme. Comme il l'avait démontré mardi soir, une balle dans la poitrine à bout portant met rapidement une personne au tapis. Impossible de discuter avec une arme à feu.

Un rideau bougea à l'étage – la fenêtre d'Erin – et une silhouette sombre apparut. La sœur regardait-elle à l'extérieur ? Pouvait-elle le sentir en train de la surveiller ?

Il prit une photo. Elle semblait le regarder droit dans les yeux.

Son souffle s'arrêta dans sa poitrine. Même s'il était certain qu'elle ne pouvait pas le voir, il se laissa glisser sur son siège et baissa la caméra. Sans l'aide du téléobjectif, elle n'était plus visible.

Ses poumons se détendirent.

S'il ne pouvait pas la voir, alors elle ne le pouvait pas non plus.

La colère lui revint, comme une flamme intérieure. Il ne devrait pas avoir à s'inquiéter comme ça. Après Erin, la sœur allait provoquer sa propre mort. Étant flic, elle allait sûrement se mêler de ce qui ne la regardait pas.

Il fallait qu'il la tue, mais il n'était pas prêt à le faire ce soir. Tuer un flic nécessiterait une bonne préparation. La sœur portait une arme et elle était méfiante, entraînée. Il devrait la prendre par surprise. Il avait planifié la mort d'Erin et tout s'était passé comme sur des roulettes. Enfin, presque. Mais il pourrait se servir du seul imprévu qui s'était présenté. Il ferait preuve de la même prudence lorsqu'il tuerait la sœur.

Il leva de nouveau son appareil. À la fenêtre, la silhouette avait disparu. Était-elle retournée se coucher ?

Il avait aussi espionné Erin. Son comportement s'était révélé pathétiquement routinier, ennuyeux au possible. Songeant au plan à venir, il prit un bloc-notes sur le siège passager et nota l'heure à laquelle la silhouette était apparue à la fenêtre. Si elle ne dormait pas bien et se relevait souvent la nuit, il devait le savoir.

La maison resta calme pendant le quart d'heure qui suivit. Il démarra son moteur et s'éloigna du bas-côté.

Sa colère avait diminué, sans totalement disparaître. Elle couvait dans sa poitrine comme une veilleuse attendant d'allumer une flamme plus grande.

La sœur avait intérêt à ne pas intervenir, car il ferait le nécessaire pour garder ce qui lui appartenait.

Chapitre Douze

La maison était silencieuse en ce jeudi matin, tandis que Bree faisait ses salutations au soleil. Elle posa la tête sur son tapis, leva ses hanches et redressa lentement le corps jusqu'à se retrouver en position debout. Le yoga lui avait appris à contrôler son corps et sa respiration, et la concentration nécessaire pour ne pas tomber à plat sur le visage lui permettait de se vider la tête. Elle termina par une posture en équilibre sur ses avant-bras et cinq respirations en chien tête en bas. Puis elle se doucha, s'habilla et descendit les escaliers à pas de louve. Les enfants dormaient encore profondément, mais ils ne s'étaient couchés qu'à 3 heures, et seulement après que Matt avait promis que Brody serait là toute la nuit.

Du bas des marches, Bree aperçut Matt qui dormait sur le canapé. Sur le sol, à ses côtés, Brody était allongé sur une couette pliée que Kayla lui avait donnée après avoir insisté. La tête du chien était levée, ses grands yeux bruns rivés sur Bree. Elle s'arrêta, le cœur battant sous l'effet de la peur.

Elle inspira profondément et contrôla son expiration. *Le chien ne te fera pas de mal.*

Cette phrase allait être son nouveau mantra. Elle prit une seconde inspiration lente et se força à traverser le salon, accélérant malgré elle une fois hors de vue du chien.

Dans la cuisine, elle prépara du café. Le soleil brillait à travers les fenêtres. Dehors, le ciel hivernal était d'un bleu éclatant. Bree regarda l'horloge. 9 heures. Il fallait nourrir les chevaux. Elle enfila la veste de Luke et les bottes de sa sœur et ouvrit la porte. Le froid la frappa au visage comme un mur de glace. Elle jeta un coup d'œil au thermomètre monté sur la véranda : - 13 degrés.

Elle descendit les marches, fouilla les poches du manteau et y trouva des gants. La lumière du soleil brillait sur la glace et l'aveuglait. Elle posa la main en visière sur son front et approcha de la grange. Trois chevaux passèrent la tête par-dessus la porte de leur stalle. Le poney alezan de Kayla, Pumpkin, occupait la première stalle. Il regarda Bree à travers sa crinière blonde. Le quarter horse de Luke, Riot, donna un coup de pied dans sa porte. Le dernier animal, un joli alezan pie qu'Erin avait nommé Cowboy, lui réclama gentiment son attention. Les chevaux piétinaient leur litière. L'air sentait l'animal, le foin et le fumier. Bree n'avait pas vécu dans une ferme depuis l'âge de 8 ans, mais les odeurs et les sons lui semblaient familiers, comme s'ils faisaient partie d'elle, même si cela lui coûtait de l'admettre.

Elle utilisa la pelle en plastique pour mesurer la nourriture et donna du foin à chaque cheval. De la glace s'était formée dans leurs seaux d'eau pendant la nuit. Bree la brisa avec un marteau et remplit les récipients d'eau fraîche. L'alimentation en eau de la grange était isolée et chauffée pour éviter le gel. Elle se glissa dans chaque stalle, redressa les couvertures et examina chaque animal à la lumière du jour. Ils semblaient aller bien.

Ironiquement, ces animaux de cinq cents kilos, qui pouvaient facilement l'écraser, ne l'effrayaient pas du tout.

Elle leur donna des tapes amicales et repartit vers la maison. Luke pourrait nettoyer les stalles plus tard. Elle traversa la cour et ouvrit la porte de la cuisine. Une délicieuse odeur de café l'accueillit et la chaleur lui procura des picotements au visage.

Matt se tenait au comptoir, versant le café dans deux tasses. Instinctivement, Bree chercha le chien. Brody était allongé sous la table, la gueule posée sur les pattes, les yeux rivés sur Matt. Elle ne put s'empêcher d'accélérer le pas en le dépassant.

— Bonjour, dit Matt.

Il avait les cheveux ébouriffés et une barbe brun-rouge semblait avoir poussé en une nuit.

Ce n'était pas normal d'être si réveillé – et si beau – avant même le premier café.

Elle était clairement en manque de caféine. Elle ajouta du sucre à sa tasse et en but la moitié avant de lui rendre son salut.

— Bonjour.

— As-tu des projets pour la journée et comment puis-je t'aider ?

Même de bon matin, ses yeux bleus étaient vifs, dynamiques. Ceux de Bree étaient gonflés et elle devait avoir de gros cernes. Elle avait mal dormi, se réveillant plusieurs fois avec l'étrange sentiment d'être observée. L'intrusion de la soirée avait laissé des traces.

— Je dois appeler mon patron. Il est clair que je vais rester ici plus de deux jours. Mon amie devrait être ici ce matin avec mes affaires. Je compte passer quelques coups de fil et voir à quelle vitesse je peux faire installer une alarme.

— Je connais un type. Je vais le faire venir ici aujourd'hui.

— Merci.

Bree termina son café. La caféine n'atteignait pas son système assez rapidement. Elle se versa une nouvelle tasse. Son estomac gargouilla, elle ouvrit le frigo et y trouva du yaourt.

— Plus de sucre que je n'aimerais, mais ça ira.

Elle en offrit un à Matt.

Il refusa.

— Le café me suffit pour l'instant.

Merci d'être resté la nuit dernière.

— De rien.

Bree regarda le chien.

— Je pense que la présence de Brody a donné aux enfants un sentiment de sécurité.

— Les chiens sont parfaits pour protéger une maison. Même les plus gentils vous alerteront généralement s'il y a quelqu'un dehors. Les petits aboient comme des fous.

Bree avala son yaourt et vida une deuxième tasse de café, ce qui eut pour effet de la réveiller un peu.

— Je vais aller voir les enfants. Je reviens tout de suite.

Elle grimpa l'escalier sur la pointe des pieds. Kayla dormait profondément dans le lit d'Erin, qu'elle avait partagé avec Bree. Dans sa chambre, Luke était inerte, bras et jambes écartés, les pieds dépassant du matelas. Bree retourna dans la cuisine et reprit son café.

— Les deux sont encore KO.

— Ils ont eu une journée longue et difficile hier.

— Oui.

La tristesse l'envahit à nouveau, et avec elle une grande fatigue.

Matt passa la main sur le comptoir en granit.

— J'ai une question pour toi. Comment ta sœur a-t-elle pu se payer un endroit aussi sympa avec un salaire de coiffeuse ?

— La ferme n'est pas à elle.

Matt haussa un sourcil.

— C'est Adam qui en est propriétaire.

— Ton frère ?

Le visage de Matt reflétait la surprise.

— Je sais. On dirait qu'il est au bord de la misère.

Bree essayait de comprendre Adam, mais le fait d'avoir passé leur enfance séparés avait eu des conséquences sur leur relation.

— Ses peintures se vendent très cher, mais l'argent ne l'intéresse pas.

— Tout le monde s'intéresse à l'argent.

— Non. Pas Adam. Tout ce qu'il veut, c'est qu'on le laisse peindre tranquille. Il conduit toujours le vieux tacot qu'il a acheté au lycée. Il a acheté son atelier il y a des années et n'y a pas investi un centime depuis. Tout ce qu'il voit, c'est la lumière naturelle qui lui permet de travailler.

— Il semble se désintéresser de toi et des enfants.

— Non, il se soucie de nous à sa façon. Si je l'appelais maintenant et lui demandais 10 000 dollars, il transférerait l'argent sur mon compte immédiatement. Il ne me demanderait même pas pourquoi j'en ai besoin.

Bree roula des épaules et étendit les bras dans son dos.

— Mais il a toujours eu une dissociation émotionnelle. Je ne sais pas s'il est né comme ça ou si cela s'est développé comme un mécanisme d'adaptation à la mort de nos parents. Il fait du mieux qu'il peut pour nous montrer qu'il nous aime. Mais il est comme il est. Personne n'est parfait.

Aimer sa famille, c'était avant tout l'accepter telle qu'elle était.

— Il soutenait Erin financièrement.

— Il voulait mettre la ferme au nom d'Erin, mais je l'en ai dissuadé.

— Pourquoi ? Elle ne savait pas gérer son argent ?

— Non. Elle avait mauvais goût en matière d'hommes.

Avant que Bree ne puisse s'expliquer, Brody dressa la tête. Puis il bondit et trotta vers le hall d'entrée.

— Il y a quelqu'un, dit Matt en suivant le chien.

Bree alla regarder par la fenêtre du salon. Une Dodge Durango était garée devant la maison. Le coffre était ouvert et Dana déchargeait une valise et une caisse pour chat. Bree faillit en verser des larmes de joie.

— C'est mon amie, Dana. C'est aussi ma partenaire.

Matt éloigna Brody de la porte pour que Bree puisse sortir. Dana approchait de la véranda en faisant rouler sa valise. Bree l'accueillit sur la marche inférieure et la prit dans ses bras. Dana lui tapota les omoplates.

— Je suis vraiment désolée.

— Merci.

Les yeux luisants, Bree la relâcha.

Dana lui tendit la caisse du chat.

— Voilà le monstre. Il a miaulé pendant les cinq heures de trajet.

— Merci de l'avoir amené. Je vais probablement rester ici quelques semaines. Je ne veux pas le laisser seul aussi longtemps et il y avait trop à faire ici pour que je puisse aller le chercher.

Bree fit entrer Dana dans la maison et la présenta à Matt et Brody. Dana caressa la tête du chien, mais adressa à Bree un regard interrogateur.

— Il reste des affaires dans la voiture ? demanda Matt.

— Quelques-unes, dit Dana.

— Je m'en occupe.

Matt sortit, le chien sur ses talons.

Dana releva ses lunettes de soleil et le suivit des yeux par la fenêtre. En se retournant, elle jeta un coup d'œil éloquent à Bree.

— Eh bien, ma vieille !

Bree leva les yeux au ciel.

— C'est juste un ami.

— Dommage.

— C'est compliqué.

— Hum hum.

Dana rangea la valise contre le mur.

— C'est le meilleur ami de l'ex de ma sœur.

— Le même ex que les policiers locaux considèrent comme le principal suspect ?

— Ouaip.

— OK. C'est compliqué.

Dana enleva son manteau.

— C'est un flic ?

— C'*était* un flic.

— Donc, il va mettre son nez dans l'affaire. Tout comme toi.

— Ouaip.

— Tu penses qu'il va te créer des ennuis ? demanda Dana.

Bree secoua la tête.

— Non, je pense qu'il est réglo.

— Bien.

Dana enleva son bonnet bleu vif et s'arrangea les cheveux.

— Tu t'en sors avec son chien ?

— J'essaie. C'est un bon chien. Les enfants l'aiment bien.

— Bon, tant mieux.

Dana fourra son bonnet dans la poche de sa veste.

— J'ai apporté tout ce qui était sur ta liste et j'ai ajouté quelques trucs qui pourraient t'être utiles.

— Je ne te remercierai jamais assez d'être venue.

Bree lui prit son manteau et le suspendit dans le placard.

— Bien sûr que je suis venue.

Dana avait l'air offensée.

— On est partenaires, non ?

— Eh bien, merci encore. Je dois appeler le capitaine et les RH ce matin, et demander un congé.

— Tu as une idée de ce que tu vas faire à long terme ?

— Non.

Bree ne pouvait pas encore y penser.

— Pour l'instant, je me concentre sur les prochains jours.

Matt revint chargé de deux autres valises et d'un carton. Il posa le tout près de la porte d'entrée. Brody alla aussitôt renifler la caisse du chat.

Bree considéra la quantité de bagages et se tourna vers Dana.

— Tu as pris tout ce qu'il y avait dans mon placard ?

— Juste les trucs d'hiver. La valise bleue est à moi.

— Tu restes ?

Bree était sous le choc.

— J'ai eu l'impression que tu avais besoin de plus que des habits et ton chat, déclara Dana. Je peux rester aussi longtemps que tu le souhaites.

— Qu'est-ce que tu as dit au capitaine ? demanda Bree.

— J'ai dit bye-bye.

Dana agita la main.

— J'ai pris des jours de congé. Ils devaient me les payer, mais c'est pas grave. Je prends toujours officiellement ma retraite comme prévu. En attendant, je suis juste en vacances.

— Je ne sais pas quoi dire.

Bree était bouleversée.

— Pas besoin de dire quoi que ce soit. Tu ferais la même chose pour moi.

Dana haussa les épaules.

— En plus, ça me donne un sursis avant de retrouver mon cousin et ce boulot merdique dans la sécurité de nuit.

Le chat laissa échapper un miaulement depuis sa caisse. Brody remua la queue.

— Comment se comporte votre chien avec les chats ? demanda Dana à Matt.

— Il les aime bien, répondit Matt.

Bree ouvrit la porte grillagée.

— Il s'appelle Vader.

Le chat s'éloigna de sa caisse et s'assit, contemplant calmement le chien aux yeux jaunes et brillants. Il leva une patte noire comme du charbon et commença à se laver les moustaches.

Brody poussa un gémissement et avança le museau vers le félin. À la vitesse de l'éclair, Vader lui donna une solide claque sur le nez et se remit à se lécher la patte et à nettoyer ses moustaches comme si de rien n'était.

Le chien fit trois pas en arrière et regarda Matt.

— Désolé, mon pote, dit Matt. C'est un chat. Je ne peux rien faire.

— Il a son petit caractère. Allons t'installer, Vader.

Soulevant la boîte d'accessoires pour chats, Bree fit signe à tout le monde de la suivre dans la cuisine.

Matt s'adossa au comptoir et croisa les bras. Dana posa son sac à main, ses clés et ses lunettes de soleil sur l'îlot central. Bree remplit des bols de nourriture et d'eau. Le chat sauta sur l'îlot, regarda Dana et avança la patte vers ses lunettes de soleil.

— T'as pas intérêt, dit Dana en le pointant du doigt.

Sans la quitter des yeux, Vader fit tomber ses lunettes de soleil sur le sol.

— Ton chat est un connard, des fois.

Dana ramassa ses lunettes, les mit avec ses clés dans son sac à main qu'elle rangea hors de portée de Vader.

— Oui, mais c'est mon connard à moi, dit Bree.

Dana se servit un café.

— Il s'est passé quelque chose depuis qu'on s'est parlé hier soir ?

— Non, répondit Bree.

— Bien.

Dana but une gorgée de café noir.

— J'ai passé tout le trajet à penser aux enfants. Est-ce que Justin les avait officiellement adoptés ?

— Non, et avec son passé de toxicomane, je doute qu'il puisse obtenir leur garde maintenant. Le fait qu'Erin l'a forcé à déménager indique clairement ses sentiments sur la question.

— Oui. Et sinon, où est leur père ? demanda Dana.

Un frisson traversa le corps de Bree.

— Je n'en ai aucune idée, et ça me fait très peur. Luke a 15 ans, presque 16. Il pourra choisir son lieu de résidence. Mais Kayla n'a que 8 ans et elle a un père biologique quelque part, qu'elle n'a jamais rencontré.

— Comment il est ? demanda Matt.

— Beau gosse. Beau parleur. Quand il travaille, c'est généralement comme vendeur. Il est capable d'adapter sa personnalité à la situation. Il joue à être à la fois charmeur avec les femmes et macho avec les hommes.

Bree se rappela son visage arrogant.

— La plupart des gens l'aiment instantanément.

— Mais pas toi, dit Matt.

— Non, reconnut Bree. La toute première fois que je l'ai rencontré, il m'a rappelé mon père.

Jake Taggert était quelqu'un de complètement différent selon qu'il y avait d'autres personnes en sa présence ou qu'il était seul avec sa famille. Elle avait vu une fois une photo de lui avec un sourire sur le visage et elle l'avait à peine reconnu.

— Craig a immédiatement déclenché mon alarme à connards.

— Ta sœur n'avait pas l'air bête. Comment il a fait pour la séduire ? demanda Dana.

Le café de Bree devint plus amer.

— Craig Vance pourrait vendre du sable à un désert. La relation d'Erin avec lui était instable. Il l'a mise enceinte de Luke quand elle avait 16 ans. Puis il est entré et sorti de sa vie pendant des années. Elle n'a jamais pu compter sur lui pour un soutien financier ou parental. Mais à chaque fois qu'il se présentait sur le pas de sa porte, elle se remettait avec lui, comme s'il avait une sorte d'emprise sur elle.

Dana tambourina sur l'îlot central.

— Quand l'a-t-elle vu pour la dernière fois ?

La colère bouillonnait en Bree.

— Quand elle lui a dit qu'elle était enceinte de Kayla, il était furieux. Il l'a battue et est allé dans un bar.

Dana baissa son mug.

— Et tu ne l'as pas buté ?

— Je n'étais pas là, dit Bree, retrouvant son sentiment de culpabilité comme un vieux pull qui gratte. De toute façon, comme il l'avait frappée alors qu'elle était enceinte, Erin a enfin compris qu'il fallait le larguer. Pendant qu'il était sorti boire, elle a changé les serrures, emballé ses affaires et tout mis dans l'allée. Quand il est rentré, elle lui a dit que c'était fini. Pour autant que je sache, c'est la dernière fois qu'elle a été en contact avec Craig.

— Tant mieux pour elle.

Les yeux de Dana étaient féroces.

— Donc, s'il se montre, on tire à vue ?

Matt leva le pouce en direction de Dana.

— Je l'aime bien, ton amie, dit-il à Bree.

— Moi aussi, mais je ne pense pas que ce soit un plan viable.

Bree se mit à faire les cent pas.

— Je ne tiens pas spécialement à retrouver Craig, mais je suppose qu'il serait préférable de savoir où il est et ce qu'il fait. Je n'imagine pas qu'il veuille se charger à présent de la garde de deux enfants, alors qu'il a tout fait pour échapper à ses responsabilités depuis des années.

— Exact, approuva Matt. Mais le père biologique des enfants n'obtient-il pas automatiquement leur garde ? Le tribunal ne va pas essayer de le trouver ou t'obliger à le contacter ?

Bree secoua la tête.

— Il n'était pas là quand ils sont nés, ni l'un ni l'autre, donc il n'est pas inscrit sur leur certificat de naissance. Légalement, les enfants n'ont pas de père. Même lorsque lui et Erin se sont remis ensemble la dernière fois, il n'a pas reconnu légalement la paternité de Luke. Il ne voulait pas en assumer la responsabilité financière.

— Ta sœur n'a jamais cherché à obtenir une pension alimentaire pour ses enfants ? demanda Matt.

— Elle avait peur qu'il la quitte si elle insistait sur ce point, admit Bree.

Craig avait sans aucun doute été un point faible pour Erin.

Matt fronça les sourcils.

— Il y a une raison pour laquelle il aurait pu tuer Erin ?

— Pas qui me vienne à l'esprit.

Mais l'idée retint l'attention de Bree. Craig était assez égoïste pour être un tueur, même si elle n'arrivait pas à imaginer un motif.

Matt non plus ne semblait pas convaincu par sa réponse.

— Je commencerai des recherches dès ce matin, déclara Dana. Peut-être que tu auras de la chance et qu'il est mort entre-temps.

Aussi morbide que cela puisse paraître, Bree était d'accord avec elle.

— Brody et moi, on va repasser à la maison.

Matt s'écarta du comptoir.

— Il a besoin d'un petit-déjeuner, et moi d'une douche. Ensuite, j'irai parler aux voisins de Justin, puis peut-être faire un tour dans les emplacements de campings qu'il préfère. Quand j'étais chez lui, j'ai remarqué que son matériel avait disparu. Je veux aussi suivre cette autre piste dont on a parlé hier soir. Je vous tiens au courant si j'apprends quelque chose d'intéressant.

Bree hocha la tête.

— J'ai une tonne d'appels à passer ce matin. Puis j'ai pensé que je pourrais aller au salon de beauté. La plupart des amies d'Erin y travaillaient. Je peux aussi parler à son patron.

— Vous cherchez un tueur, dit Dana. Je n'aime pas l'idée que vous soyez seuls quand ça se produira. Je me sentirais mieux si vous vous épauliez.

— Bien sûr, dit Matt avec un petit sourire satisfait. On pourrait faire ça.

— Matt et moi, on a déjà décidé de travailler ensemble.

Bree avait juste omis de l'en informer. Mais elle avait tourné et retourné dans ses pensées ce qu'il avait dit la veille pendant qu'elle essayait de s'endormir.

Ces enfants ont besoin de toi.

Il avait raison, elle avait été bête de poursuivre l'intrus dans le noir. Elle était habituée à être seule, à n'avoir personne d'autre que Vader à sa charge. Mais tout cela avait changé avec la mort de sa sœur. Bree devait être plus prudente.

— Bien.

Dana fit un signe de tête.

— Alors c'est réglé.

Des pas se firent entendre sur les marches. Luke et Kayla déboulèrent dans la cuisine.

— Dana !

Kayla courut vers elle.

Luke resta un peu en retrait, mais Dana les attira tous les deux dans ses bras.

— Vous m'avez manqué tous les deux.

Pendant que Dana saluait les enfants, Bree raccompagnait Matt à la porte.

— Quand veux-tu qu'on se retrouve ?

Matt regarda l'heure sur son téléphone.

— Je viens te chercher à midi ?

Bree hocha la tête.

— Ça me donnera le temps de passer des coups de fil, mais tu n'as pas besoin de venir me chercher. Je peux te retrouver quelque part.

— Je passe te prendre.

Matt et le chien s'éloignèrent.

Bree fronça les sourcils, irritée par son assurance ainsi que par le soulagement qui l'envahissait dès que le chien s'éloignait. Elle n'était toujours pas sûre de ce qu'elle pensait de Matt. Il était certain de l'innocence de Justin, et Bree ne l'était pas. Pourtant, son instinct lui disait qu'il était franc avec elle. Ils avaient un autre suspect, mais ils ne connaissaient même pas le nom complet de Nico, le dealer. Justin était toujours le premier suspect à ses yeux, mais penser à Craig lui donnait tout de même… quelques doutes.

Chapitre Treize

Matt but une gorgée de café tandis que Bree approchait au petit trot du quatre-quatre.

Il avait passé les dernières heures à faire le tour des endroits où il savait que Justin aimait camper. Il avait également appelé les amis de Justin. Personne ne l'avait vu.

— Tu n'étais pas obligé de laisser Brody chez toi, dit Bree en se glissant sur le siège passager, même si elle semblait soulagée que le chien ne soit pas avec lui.

— Pas de souci.

Matt démarra.

— Ma sœur a promis de l'emmener faire une longue promenade cet après-midi. Elle va le gâter. Par où on commence ?

— Le salon de beauté où travaillait Erin. J'ai pris rendez-vous pour parler avec le propriétaire, Jack Halo. J'aimerais aussi parler à la meilleure amie de ma sœur, Stéphanie Wallace, mais elle ne répond pas au téléphone. Steph et Erin ont travaillé côte à côte pendant des années. Halo a changé de propriétaire il y a environ un an. Erin était inquiète pour son job, pendant un certain temps. Elle était soulagée d'avoir survécu à la transition.

— Comment tu fais pour ton boulot à toi ?

— Avec mes jours de congé et autres, je peux me libérer trois ou quatre semaines.

— Tu pourrais aussi demander un congé familial et médical.

— Il faudrait que les enfants soient légalement à ma charge pour que je puisse en faire la demande.

Matt savait qu'elle allait élever ces enfants, même si elle-même n'était pas encore prête à l'admettre.

— Tu as appelé leur école ?

— Oui. Les conseillers ont tous les deux dit de laisser aux enfants le soin de décider quand ils voudraient retourner en cours. J'espérais des conseils plus concrets.

— Au moins, ils ont confirmé ce que tu pensais.

Matt se frotta la mâchoire. Il s'était douché et rasé, mais se sentait encore léthargique.

— Tu devrais faire confiance à ton instinct avec les enfants. Tu es douée avec eux.

— Sans doute, mais j'ai l'impression de nager en plein océan, sans terre en vue. Bien sûr, je sais comment bouger les bras et les jambes pour rester à flot. Mais combien de temps je pourrai tenir le coup avant de couler ?

La quantité de responsabilités qu'elle assumait soudainement devait être écrasante.

— Tu tiens le coup ? demanda-t-il en plongeant son regard dans le sien.

Bree ne répondit pas. Elle avait l'air de ne pas trop savoir où elle en était.

— Erin aimait son travail. J'ai essayé de la convaincre d'aller à l'université, peut-être de devenir comptable ou autre. Mais elle aimait faire quelque chose de différent tous les jours. Elle aimait être créative et faire en sorte que les femmes se sentent bien dans leur peau. J'aurais probablement dû apprécier ce qu'elle était au lieu de toujours essayer de la changer.

Matt haussa les épaules.

— Les sœurs sont censées être autoritaires. La mienne est plus jeune que moi. Elle aime me dire quoi faire.

Bree rit, ce qui le surprit.

— Sérieusement, ne te mets pas trop la pression, dit Matt. Tu aimais ta sœur. Tu t'intéressais assez à sa vie pour lui parler et lui donner des conseils.

Bree acquiesça et soupira.

— Tu sais tout sur ma famille. Parle-moi de la tienne.

— J'ai deux frère et sœur. Mon frère aîné est un champion d'arts martiaux à la retraite. Il vient d'ouvrir une école de MMA. Ma petite sœur vient en aide aux chiens abandonnés et gère le secrétariat de mon frère. Mon père est un médecin de famille à la retraite. Maman enseignait l'anglais au lycée.

— Pas de sombres et profonds secrets de famille ?

— Je crains que non, répondit Matt. Mes parents n'étaient pas enchantés que Nolan passe professionnel, mais le fait qu'il devienne un mouton noir est la seule vraie controverse familiale.

— Ça doit être bien.

— On y est.

Matt tourna sur le parking du salon de beauté Halo & Spa et se gara.

— Prête ?

— Oui.

Ils sortirent du véhicule et traversèrent le parking. Matt lui ouvrit la porte vitrée et Bree entra. Le hall était ouvert et moderne, avec une vue dégagée sur le salon principal. Les postes de coiffure se trouvaient sur le côté gauche de la pièce. Des éviers à shampoing étaient alignés sur le mur du fond. À droite, une zone de manucure. Par une porte ouverte, Matt aperçut des chaises avec des bains de pieds. Dans les coins, une porte de chaque côté menait à l'arrière du bâtiment. Face à eux, le comptoir de réception séparait le hall du salon. En forme de virgule, il tournait partiellement autour d'un escalier en colimaçon ouvert.

Ils avancèrent jusqu'au comptoir.

Une femme d'âge moyen, habillée de noir, les accueillit. Des reflets roses brillaient dans ses cheveux blonds.

— Puis-je vous aider ?

Bree donna son nom et présenta Matt.

— Nous sommes ici pour voir Jack Halo. Nous avons rendez-vous.

Matt se demanda si c'était son vrai nom.

— Par ici.

La réceptionniste sortit de derrière le comptoir et précéda Bree et Matt dans l'escalier en colimaçon jusqu'au palier du deuxième étage. Face au palier se trouvait un couloir bordé de portes. D'autres couloirs s'éloignaient sur les côtés.

— Qu'est-ce qu'il y a par là ? demanda Bree.

La réceptionniste tourna vers la gauche et baissa la voix.

— Des salles privées pour les soins du visage, les massages et l'épilation à la cire, ainsi que des bureaux administratifs.

Ils passèrent devant une série de portes fermées. La réceptionniste frappa légèrement sur l'une d'elles, puis l'ouvrit. Passant la tête à l'intérieur, elle dit :

— Jack, Mme Taggert et M. Flynn sont ici.

Elle s'écarta et Bree et Matt entrèrent dans la pièce. Une longue table couverte de dessins dominait l'espace.

Un homme d'une cinquantaine d'années se tenait à côté de la table. Il posa une paire de lunettes à monture rouge très tendance. Son T-shirt noir bien ajusté mettait en valeur sa bedaine. Il avait des cheveux argentés, lissés en arrière et brillants. Il rentra le ventre en se retournant pour les saluer.

Bree lui tendit la main.

— Merci de nous recevoir.

— Bien sûr.

Il se dirigea vers Bree, mettant ses mains sur ses épaules.

— Je suis désolé pour la perte que vous avez subie.

Il l'attira vers lui et l'embrassa sur la joue.

Bien qu'elle ne soit manifestement pas à l'aise avec ce comportement, Bree accepta le baiser avec grâce.

— Nous avons tous le cœur brisé.

Jack libéra Bree.

— Erin faisait partie de la grande famille de Halo & Spa.

— Merci.

Bree recula et présenta Matt comme un ami.

Les deux hommes se serrèrent la main. Jack saisit le coude de Matt et lui tira la main vers lui, comme un mâle dominant. Matt était plus grand que lui de 15 cm et plus lourd de 15 kg. L'idée que Jack soit le mâle alpha était risible, mais Matt lui laissa ses illusions. Tout ce qui pouvait le rendre plus bavard était le bienvenu.

— J'espérais que vous pourriez répondre à quelques questions, déclara Bree. Comme vous pouvez l'imaginer, tout cela a été un tel choc. Nous n'avons toujours pas les idées claires.

— Bien sûr.

Jack lui passa un bras autour des épaules et la conduisit vers une chaise, contrôlant physiquement ses mouvements, comme il l'avait fait avec Matt.

— S'il vous plaît, asseyez-vous.

Bree s'installa et Jack ouvrit un mini-frigo. Il en sortit une bouteille d'eau.

Elle indiqua les dessins sur la table.

— Qu'est-ce que c'est ?

Jack enleva le bouchon de la bouteille d'eau et la tendit à Bree.

— Nous allons rénover le rez-de-chaussée. Ce sont quelques concepts initiaux que j'ai établis.

Bree prit la bouteille. Matt regarda les dessins. Jack avait du talent. Ses plans étaient modernes et épurés, avec beaucoup de gris et de blanc.

Au lieu de s'asseoir à la table, Matt croisa les bras et s'appuya contre le mur. Jack voulait parler à Bree, donc Matt la laissait diriger l'entretien.

— À présent, comment puis-je vous aider ?

Jack tourna une chaise pour faire face à Bree et s'assit.

— J'essaie de comprendre ce qui est arrivé à ma sœur.

Bree avala une gorgée d'eau.

Jack prit la main de Bree et la tapota.

— Ce qui est arrivé à Erin est horrible. Je ne comprends pas. Elle était si… normale. Pas le genre de personne que l'on s'attend à voir assassinée.

Bree cligna des yeux au mot *assassinée*. En secouant rapidement la tête, elle s'éclaircit la gorge.

— Erin travaillait pour vous depuis longtemps.

— Elle travaillait pour le salon depuis dix ans, déclara Jack. Mais je n'ai acheté Halo que l'année dernière.

— Ses clients l'appréciaient.

— Pour la plupart.

La voix de Jack se fit plus vague.

— Mais elle se comportait différemment ces derniers temps.

Bree attendit qu'il donne des précisions. Jack semblait vouloir parler, mais quelque chose le retenait.

— Ses performances professionnelles ont-elles été affectées ? demanda Bree.

— Erin a été une employée modèle pendant les onze premiers mois où elle a travaillé pour moi. Fiable. Jamais en retard. Elle ne s'absentait que si un des enfants était malade.

Jack enveloppa la main de Bree entre les siennes.

Bree haussa un sourcil, mais ne bougea pas.

— Je sens venir un *mais*.

Jack détourna le regard pendant quelques secondes, ses sourcils s'abaissèrent.

— Elle semblait distraite ces dernières semaines. Elle a été en retard deux fois. Elle a quitté son poste pour prendre des appels téléphoniques personnels, ce qui est contraire à la politique de l'entreprise. J'ai dû la réprimander.

La gêne lui plissa le front.

— Son ex est venu ici, exigeant de lui parler alors qu'elle était en plein travail.

— Justin est venu ici ? demanda Bree.

— Oui.

Jack hocha la tête.

— Ils se sont disputés. Il est devenu bruyant et très émotif.

— Avez-vous entendu leur conversation ? demanda Bree.

— Non. Sur ma suggestion, ils sont sortis sur le parking.

Jack relâcha la main de Bree et s'assit.

— Mais elle est restée dehors pendant vingt minutes. Sa cliente était très mécontente. J'ai dû lui offrir une manucure gratuite et lui promettre un nouveau styliste pour la prochaine fois.

Il secoua la tête.

— Erin et moi avons eu une longue discussion après ça. Je lui ai dit que cela ne pouvait plus se reproduire ou qu'elle perdrait son emploi.

Bree sembla momentanément sans voix. Selon Matt, la visite d'un petit ami agité ressemblait davantage à une situation où l'employeur devait intervenir et s'assurer que son employée était en sécurité plutôt que de la réprimander.

— A-t-elle dit quelque chose à propos de la dispute ? demanda Bree.

Pour la première fois, il semblait qu'elle avait du mal à garder son calme.

— Non, et je n'ai pas demandé. Je n'ai pas le temps d'être l'ami de tout le monde. J'ai un business à faire tourner.

Jack rougit et lissa les plis de son T-shirt.

— Nous avons des règles strictes. J'ai plus de cinquante employés. Je ne peux pas faire d'exceptions.

Vous ne pouvez pas ? Ou vous ne voulez pas ?

La mâchoire de Bree se contracta, comme si elle essayait de conserver son sang-froid. Sa réaction montrait bien pourquoi il était difficile d'enquêter sur une affaire qui vous touchait de près. Mais l'important était de faire parler Jack, pas de lui rabattre le caquet ou de lui faire savoir qu'il était un connard.

— Bien sûr.

Matt intervint.

— Ça doit être dur.

— Ces jeunes…

Jack secoua la tête.

— Ils n'ont aucune éthique du travail. Vous leur laissez du mou, ils ne savent plus se tenir.

La colère brilla dans les yeux de Bree comme une éruption solaire.

Matt s'éclaircit la gorge.

— Vous vous souvenez de quel jour c'est arrivé ?

— Oui, dit Jack. L'adjoint a posé la même question, alors j'ai vérifié. J'ai déposé une réprimande dans le dossier personnel d'Erin vendredi dernier.

Il ouvrit un dossier qui se trouvait sur la table et le montra à Bree.

Bree lui adressa un petit sourire qui ressemblait plus à un grincement de dents.

— Savez-vous quand Erin a quitté le travail mardi ?

— L'adjoint a demandé ça aussi.

Jack hocha la tête.

— Elle a travaillé de 8 à 4 heures.

— Merci beaucoup pour votre aide, mentit Matt. Nous apprécions votre coopération.

— Pas de souci, déclara Jack. J'espère qu'ils trouveront qui a fait ça à votre sœur.

— Merci.

Bree posa la bouteille d'eau sur la table.

— J'aimerais parler à vos employées. Je sais qu'Erin était proche de certaines d'entre elles.

— Non, je suis désolé. Vous devrez leur parler en dehors des locaux, répondit Jack. Un adjoint du shérif était ici ce matin. Il a interrogé le personnel et les a toutes fait pleurer. C'était très perturbant.

Il écarta les mains.

— Il y a du monde au salon. Je ne peux pas vous laisser perturber les filles à nouveau. Je suis sûr que vous comprenez.

Matt ne comprenait pas, mais ni lui ni Bree ne pouvaient rien y faire. Il ne faisait plus partie des forces de l'ordre et ce n'était pas du ressort de Bree. Personne n'était obligé de leur parler.

Jack se leva.

— Je vais vous donner les affaires qui étaient dans son casier. Attendez ici.

Il quitta la pièce.

Matt se redressa.

— Je vais utiliser les toilettes. Je te rejoins dans le hall

Comme Jack avait tourné à gauche, Matt partit sur la droite Le code incendie imposait un ou deux escaliers en plus de celui en spirale derrière la réception. Au bout du couloir, Matt repéra un panneau *Sortie*. Il franchit une porte en acier et descendit une série de marches en béton. Au premier étage, il ouvrit une autre porte en acier et se retrouva dans un couloir qui faisait toute la longueur du salon. Il ne rencontra personne avant de passer devant les toilettes.

Matt se rendit à la réception pour demander où il pouvait trouver Stéphanie Wallace, puis il suivit les indications de la réceptionniste jusqu'à un poste de travail situé de l'autre côté de la pièce. Stéphanie était une petite brune qui portait une paire de bottes à talons très hauts. Elle balayait des cheveux coupés sous sa chaise pivotante.

— Je suis un ami de la sœur d'Erin, expliqua-t-il. Il faut que je vous parle.

Ses yeux, lourdement maquillés, se remplirent de larmes. Elle jeta un regard vers le bureau.

— Mon patron...

Elle prit une carte de visite et y inscrivit un numéro de téléphone.

— Je suis de repos demain matin. On pourra se voir à ce moment-là. Envoyez-moi un SMS.

Elle se tourna pour saluer sa prochaine cliente.

Matt glissa la carte dans sa poche.

Lorsqu'il rejoignit Bree dans le hall quelques minutes plus tard, elle portait un sac noir avec le logo *Halo & Spa* sur le côté. L'expression de son regard suggérait qu'elle aurait aimé arracher la tête au propriétaire des lieux.

Des bruits de voix et de sèche-cheveux résonnaient dans l'espace carrelé et l'air sentait fortement le parfum.

Il se pencha à l'oreille de Bree.

— On parlera à Steph demain.

— Merci, dit Bree, les lèvres pincées.

Matt poussa les portes vitrées et inspira l'air frais avec satisfaction.

Bree garda ses émotions sous contrôle jusqu'à ce qu'elle monte dans le quatre-quatre et ferme la porte.

— Ma sœur a travaillé dix ans dans ce salon et il n'en reste que le contenu d'un sac en nylon réutilisable dont il avait hâte de se débarrasser.

— Quel con.

Matt démarra le moteur.

— C'est bien de ne pas l'avoir étranglé.

— Oui.

Elle soupira.

— Maintenant, on sait que Justin est venu ici et s'est disputé avec Erin.

Matt fronça les sourcils sans faire de commentaire et sortit du parking.

— J'espère aussi qu'il n'est pas coupable, dit Bree. Mais tu dois quand même envisager cette possibilité.

Ce qui ne signifiait pas qu'il doive s'en réjouir.

— On va où maintenant ?

— J'aimerais voir la scène du crime et parler avec les voisins de Justin. J'ai appelé Todd Harvey ce matin. Il a dit que la maison de Justin avait été entièrement fouillée et libérée.

— Tu es sûre de vouloir y aller ? demanda Matt.

Le regard de Bree répondit que non, tandis que sa voix prétendait le contraire :

— Oui, ce n'est pas que j'en aie envie, mais je le dois à Erin.

Elle soupira

— Si le chef adjoint trouvait un téléphone prépayé, il te le dirait ?

— Je ne sais pas.

Matt prit la route de chez Justin.

— Je pense qu'il m'aurait posé des questions à ce sujet.

— Tu lui as parlé de celui de Justin ?

— Non, reconnut Matt.

— Pourquoi ?

— Je ne suis pas sûr de faire entièrement confiance à Todd.

— Tu es sûr que c'est pour ça ? Ou parce que ça rend Justin encore plus coupable ?

Matt ne répondit pas, mais songea *peut-être*.

Bree se pinça les lèvres.

— Ça pourrait être une piste importante et on ne sait pas ce que le département du shérif a comme indices pour le moment.

— Tu as raison. Je vais lui dire. Je voulais le contacter plus tard dans la journée de toute façon.

Mais Matt espérait que d'ici la fin de la journée, il serait également en mesure de donner au chef adjoint des indices qui incrimineraient un autre suspect. Ils firent le reste du chemin en silence. Matt se gara devant la maison. Il sortit du quatre-quatre, mit la main dans sa poche et prit la clé. Bree se tenait sur le trottoir d'en face, regardant fixement la porte d'entrée.

— Tu es sûre de vouloir entrer ? demanda Matt.

Bree hocha la tête.

— Mais j'aimerais d'abord inspecter l'extérieur de la propriété.

Ils firent le tour de la maison. Le jardin de Justin n'avait pas de clôture et la neige était couverte de traces de pas.

— La neige était aussi pleine de traces cette nuit-là ? demanda-t-elle en regardant autour d'elle.

— Oui. Elle était tombée la semaine précédente et il y a beaucoup d'enfants dans ce quartier.

Matt indiqua la porte vitrée.

— C'était ouvert.

— Justin est sorti par là ?

— Nous ne savons pas ce qui s'est passé, y compris qui était là quand Erin a été abattue.

Ils retournèrent vers le perron. Matt déverrouilla la porte et ils entrèrent. En pénétrant dans le couloir, Matt huma l'air. La maison semblait normale, sans odeur de sang.

Bree hésita sur le seuil. Il n'en fut pas surpris. Sa sœur était morte ici.

— Pourquoi tu ne fouilles pas la cuisine et le salon, tandis que je m'occupe de la chambre à coucher ? suggéra-t-il.

Bree s'arrêta, se frottant le plexus solaire d'une main, comme s'il la brûlait.

— D'habitude, j'aime voir la scène entière. En tant qu'enquêteur, il y a beaucoup à apprendre sur le point de vue du tueur.

Est-ce une étape nécessaire pour accepter la mort de sa sœur ?

— Je suis d'accord, dit-il. J'inspectais les scènes de crime en entier à chaque fois que je pouvais, mais la victime n'a jamais été ma sœur. As-tu *vraiment* besoin de voir ça ?

— On restera ensemble.

Elle avait le poing serré contre son ventre et Matt sentait la brûlure comme si c'était la sienne.

— Tu ne me fais toujours pas confiance ? demanda-t-il.

— Pas entièrement.

Elle se dirigea vers la cuisine.

— Mais ce n'est pas pour ça. Tu as dit tout à l'heure que le matériel de camping de Justin avait disparu. Tu es déjà venu ici. Moi pas. Tu es le seul à pouvoir repérer les autres choses qui manquent.

Matt la suivit.

— C'est logique.

Ils firent le tour de la cuisine, ouvrant les armoires et les tiroirs. Bree vérifia le réfrigérateur.

Elle toucha la boîte de pizza posée sur le comptoir.

— Erin aimait la pizza.

Elle eut du mal à respirer et prit une grande inspiration avant de passer à autre chose.

Matt alla dans le salon.

— La console de jeux de Justin n'est pas là.

Bree le rejoignit.

Il indiqua un rectangle sans poussière sous la télévision.

— Tout le reste semble identique dans cette pièce.

— Alors attaquons la chambre à coucher.

Bree se tourna vers le couloir et la scène du crime.

Chapitre Quatorze

Bree avança dans le couloir. Si elle hésitait ne serait-ce qu'une seconde, elle perdrait son sang-froid. Elle s'arrêta sur le seuil de la chambre de Justin. Un grand carré de tapis avait été découpé. La police scientifique avait emporté le morceau imbibé de sang. Le contreplaqué brut était taché de rouge foncé. Erin avait perdu tellement de sang que celui-ci avait saturé la moquette et s'était infiltré jusqu'au sol. La colère rugit à l'intérieur de Bree, une rage si rapide et si vive que sa vision se troubla et se teinta de rouge.

Elle sentit des mains sur ses bras, la tirant hors de la pièce. Le moment passa, sa poitrine se relâcha et l'air s'engouffra dans ses poumons. Elle essaya de se dégager.

— J'ai besoin de voir.

— Non.

Il la serra plus fort et la força à sortir de la maison. Elle inspira l'air froid, se libérant peu à peu de sa colère.

De retour au quatre-quatre, elle se retourna et s'appuya contre le véhicule. Elle haletait.

— J'ai *besoin de* savoir ce qui s'est passé.

Elle voulait l'imprimer dans son esprit pour ne jamais l'oublier.

— Pourquoi ?

Sa question l'ébranla.

— Pourquoi tu as besoin de t'imposer ça ?

Bree regarda la maison. Des images de sa sœur saignant sur le tapis beige lui traversèrent l'esprit comme un métro fantôme. Incapable de les stopper, elle les laissait passer, frissonnant lorsque cela s'arrêta enfin.

Pourquoi voulait-elle savoir ? Pour connaître l'endroit où sa sœur était morte. Pourquoi était-ce si important pour elle ?

— Est-ce que c'est pour nourrir ton besoin de vengeance ? demanda-t-il.

— Non. C'est vrai que je veux la justice pour Erin, mais pas la faire moi-même.

Au fond d'elle-même, Bree savait que même ce désir de justice n'était pas à l'origine de son besoin de revivre la mort de sa sœur.

— Il y a des photos de la scène de crime. Pourquoi tu veux t'infliger ce genre de douleur inutile ?

Les yeux de Matt exprimèrent une idée soudaine.

— C'est ça ? Tu veux te punir toi-même.

Bree se détourna. Son évaluation n'était que trop juste. Elle voulait se faire du mal. La douleur lui faisait du bien, comme une sorte de libération.

Matt s'appuya sur la voiture à côté d'elle, son épaule reposant légèrement contre la sienne.

— Est-ce que ça va ?

Bree tourna son regard vers le soleil d'hiver. Les rayons – ou la honte – lui chauffaient le visage.

— Je devrais savoir ce qui se passait dans la tête d'Erin. La vie de ma sœur ne devrait pas être un mystère pour moi.

— Quand elle était en difficulté, tu étais la personne à qui elle s'adressait. Mais quelqu'un l'a tuée avant que tu ne puisses l'aider. Ce n'est pas ta faute. Tu as tout laissé tomber, parce que tu t'inquiétais pour elle.

Elle le regarda.

— Erin a été assassinée dans cette maison et je ne suis même pas capable d'entrer sur les lieux.

Matt haussa un sourcil.

— À mes yeux, tu es une sacrée dure à cuire. Mais tu es quand même un être humain. Ne sois pas trop dure envers toi-même. Cette affaire ne ressemble à aucune autre sur laquelle tu as travaillé. Tu ne peux pas prendre de distance. Ni considérer les choses objectivement. C'est pour ça qu'on travaille ensemble, tu te souviens ?

Elle déglutit, puis hocha la tête.

— Tu es prête à parler aux voisins ?

— Oui.

Elle avait besoin d'action. Mais la rue était longue.

— Séparons-nous. Il y a vingt maisons dans cette rue. Je vais prendre ce côté.

— OK.

Matt se détourna et se dirigea vers la maison voisine de celle de Justin.

Bree traversa la route au pas de course. Personne, aux deux premières demeures où elle frappa, ne lui répondit. Elle s'approcha d'une maison blanche située juste en face de celle de Justin. Évitant une plaque de glace sur le perron, elle sonna. La peinture rouge de la porte d'entrée faisait des cloques comme une peau brûlée par le soleil. Elle entendit des pas et un rideau bougea à la fenêtre.

Une seconde plus tard, la porte s'ouvrit. Un jeune homme se tenait dans l'ouverture, se passant la main dans les cheveux.

— Je peux vous aider ?

— Salut.

Bree aurait aimé avoir un badge à lui montrer.

— J'enquête sur le meurtre qui s'est passé de l'autre côté de la rue mardi soir. Je peux vous poser quelques questions ?

Il redressa la tête et recula, comme s'il se préparait à fermer la porte.

— Vous êtes flic ?

Mais peut-être était-il préférable qu'elle n'ait pas de badge. Elle secoua la tête.

— Ce n'est pas une visite officielle. La victime était ma sœur.

Il se détendit.

— Oh, désolé. Ça craint.

— Vous étiez chez vous mardi soir ?

Il hocha la tête.

— Je m'appelle Bree.

— Je suis Porter Ryan.

— Tu connais Justin, Porter ?

Bree indiqua la maison de Justin.

Il haussa les épaules.

— Pas vraiment, enfin vous voyez, je lui dis bonjour quand je le croise.

— Tu as vu quelque chose mardi soir ?

Il secoua la tête.

— J'ai travaillé tard. Mais j'ai remarqué quelque chose de bizarre hier soir.

Il plissa le front.

— J'ai vu une lampe torche dans la maison.

— Une lampe torche ?

— Ouais. Et pas seulement pour quelques minutes. La lumière était là pendant, genre, une demi-heure.

— À quelle heure c'était ?

Bree se demanda s'il s'agissait de la même personne qu'elle avait surprise chez sa sœur.

— Entre six et sept ?

Il n'avait pas l'air sûr.

— Tu l'as dit aux agents du shérif ?

— Non. Un adjoint est venu me parler mardi soir tard. Avant, donc.

— Tu serais prêt à faire une déposition à ce sujet ?

— Bien sûr. C'est important ?

— Peut-être, fit Bree en ouvrant les mains pour signifier qu'elle ne savait pas.

Elle lui demanda son numéro et il le lui donna.

— Merci de m'avoir répondu.

— Pas de problème. Désolé pour votre sœur.

— Merci.

Bree s'éloigna.

Elle prit note de ce qu'il avait dit et passa aux maisons suivantes. Elle frappa aux portes et interrogea d'autres voisins. Personne n'avait rien d'intéressant à ajouter, mais cela n'a pas empêché les gens de parler. C'était déjà la fin d'après-midi lorsqu'elle retrouva Matt au bout de la rue.

Pendant qu'ils rebroussaient chemin, elle lui parla de la lumière que Porter Ryan avait vue.

— C'est étrange. Si un adjoint ou un technicien de la police scientifique avait eu besoin de rentrer dans la maison, il aurait allumé les lumières. Seul quelqu'un qui ne voulait pas être vu aurait utilisé une lampe de poche. C'est peut-être le même intrus qui s'est introduit chez Erin.

— Exact, dit Bree. Et de ton côté ?

— J'ai eu moins de chance. La plupart des gens n'étaient pas chez eux. Une voisine a cru entendre une voiture vers 20 heures, à une demi-heure près, ce qu'elle avait déjà dit au shérif.

Qu'est-ce qu'on fait maintenant ?

Elle s'arrêta à côté du quatre-quatre.

— J'aimerais savoir qui était dans la maison et pourquoi.

— Moi aussi.

Matt regarda la maison.

— Ça te dirait de rester surveiller les lieux ?

— Oui.

— Il est 4 heures. Porter a dit que les lumières n'apparaissaient pas avant 6 ou 7 heures. Allons chercher de la nourriture et revenons.

Matt contourna l'avant de son véhicule et ouvrit la porte.

Bree se glissa sur le siège passager. Ils conduisirent jusqu'à une station-service, utilisèrent les toilettes et achetèrent du café et des sandwiches. Il faisait nuit quand Matt se gara de nouveau dans la rue de Justin. Ils mangèrent tout en surveillant la maison.

Matt appela sa sœur et lui demanda de nourrir Brody. Ne voulant pas d'une autre pause pipi, Bree se limita à quelques gorgées de café. Ils gardèrent un silence paisible jusqu'à ce que des lumières apparaissent à la fenêtre de Justin.

— On y va.

Matt posa son café dans le porte-gobelet de la console.

Elle regarda l'heure sur son téléphone.

— 6 h 30.

— C'est courageux.

Matt se pencha sur le siège et ouvrit sa boîte à gants. Il en sortit une grande lampe torche Maglite noire, puis en dénicha une autre plus petite dans la console.

— Les gens n'ont pas encore fini de rentrer chez eux après le travail. Quelqu'un de plus expérimenté aurait attendu que le quartier se calme.

— Oui. Chez Erin, l'intrus a attendu que nous soyons tous endormis, mais il sait que personne n'est ici.

Comme Matt n'était pas armé, et qu'une lampe de poche en métal lourd faisait une excellente arme, Bree prit la petite lampe.

Ils se glissèrent hors du quatre-quatre et coururent dans la rue sombre.

— Tu as la clé, dit Bree. Tu prends la porte d'entrée. Il est probablement passé par-derrière en laissant ouvert derrière lui. Je vais aller par là.

— Je n'aime pas qu'on se sépare.

— Je n'aime pas que tu ne sois pas armé.

Bree sortit son arme.

— Tu veux mon pétard de secours ?

— Non.

Elle soupira.

— Il faut quand même qu'on couvre les deux sorties.

En maugréant, Matt se dirigea vers la porte d'entrée. Bree se glissa jusqu'à l'arrière de la maison. En se mettant dos au mur, elle jeta un coup d'œil à l'intérieur. Pas de lumière. Était-il dans la chambre ? Ou les avait-il entendus ?

Elle avait une vue directe sur le bout du couloir. La porte d'entrée s'ouvrit et la silhouette de Matt apparut. Pendant qu'il s'approchait, Bree tenta la porte et constata qu'elle était ouverte. Elle entra. Aucun des deux n'utilisa sa lampe de poche.

Matt vira vers la chambre. Bree considéra la porte fermée du garde-manger de la cuisine. Elle s'y rendit sur la pointe des pieds et tourna doucement le bouton. Vide. Elle se dirigea vers le placard à manteaux, tandis que Matt passait dans le salon.

Bree saisit la poignée de la porte. Brusquement, la porte s'ouvrit. Une silhouette cagoulée se rua hors du placard et la heurta de plein fouet.

Chapitre Quinze

Bree atterrit à plat sur le tapis. L'impact fit jaillir l'air de ses poumons et la personne avec laquelle elle était entrée en collision trébucha sous l'impact.

— Hé !

Matt se précipita vers eux.

L'intrus reprit pied et bondit vers la porte vitrée. Alors qu'il sautait par-dessus Bree, elle lança un coup de pied qui lui balaya les jambes. Il tomba la tête en avant sur le tapis. Bree était sur lui avant que Matt n'ait pu traverser la pièce. Lorsqu'il la rejoignit, quelques secondes plus tard, elle avait un genou dans le bas du dos de l'intrus et lui faisait une clé de bras. Son visage était enfoncé dans le tapis.

— Besoin d'aide ? demanda Matt par-dessus son épaule.

— Non.

En serrant les dents, Bree se pencha en avant.

— Je le tiens.

Il ne s'échapperait pas.

Matt sortit son téléphone et appela le bureau du shérif. Il remit son téléphone dans sa poche trente secondes plus tard.

— Un adjoint est en route.

— Aïe, aïe ! Stop ! cria l'intrus en se débattant. Ça fait mal.

Ignorant ses protestations, Bree demanda :

— Êtes-vous armé ?

— Non.

Elle commença à palper ses poches.

— Y a-t-il quelque chose dans vos poches qui pourrait me couper ? Couteaux, aiguilles, rasoirs…

— Non, dit-il. Attendez. Les clés. Est-ce que ça compte ?

Sa voix était haut perchée, son débit saccadé.

Il avait peur.

C'est ça, l'assassin d'Erin ?

La rage et le chagrin aveuglèrent Bree pendant quelques secondes. Elle ferma les yeux, prit une grande inspiration et les rouvrit. L'entraînement et l'expérience prirent le dessus et elle recommença sa fouille. Elle retourna les poches de son jean, faisant tomber un trousseau de clés par terre. Elle jeta un portefeuille à Matt. L'homme était allongé sur les poches de sa veste.

— Je vais te libérer le bras. Tu ne vas pas bouger.

— OK. OK.

Il se figea alors qu'elle changeait de position.

— Roule sur le dos, ordonna-t-elle. Tends les bras sur les côtés.

Il fit exactement ce qu'elle lui disait. La cagoule tomba de son visage. Il avait une vingtaine d'années, mais de l'acné couvrait encore la plus grande partie de sa peau. Des poils fins et clairsemés parsemaient sa mâchoire, ressemblant plus à de la crasse qu'à une barbe. La fermeture éclair de sa veste était ouverte. En dessous, il portait un T-shirt noir surdimensionné et un jean ample sur un corps grassouillet.

Bree se releva. Elle se balança des talons aux orteils, incapable de rester immobile avec l'adrénaline qui coulait dans ses veines.

Matt ouvrit le portefeuille. Il sortit le permis de conduire et compara la photo au visage du jeune homme.

— Son nom est Trey White. Il a 27 ans. Il habite sur Pine Road. C'est seulement à quelques pâtés de maisons d'ici.

— Pourquoi es-tu entré par effraction ici aujourd'hui, Trey ?

Bree fouilla les poches de sa veste.

— Et pourquoi es-tu entré par effraction chez ma sœur la nuit dernière ?

— Quoi ? demanda Trey.

Un morceau de tissu tomba de la poche de sa veste. Une petite culotte en soie noire atterrit sur le sol. Bree eut une expression de dégoût. Le médecin légiste s'était-il trompé ? Erin avait-elle été violée ? Ce type pouvait être un déviant sexuel qui était retourné sur la scène du crime pour récupérer un trophée de sa victime. Elle inspira profondément par le nez pour calmer sa nausée.

— Où as-tu trouvé ça ?

Trey ouvrit de grands yeux.

— Dans un tiroir de la chambre.

— Es-tu un pervers, Trey ? demanda Matt.

— Je n'ai pas à vous répondre, protesta Trey d'une voix faible.

— Peut-être que tu l'as vue par la fenêtre et que tu n'as pas pu résister, suggéra Matt. C'est compréhensible. C'était une belle femme. Les belles femmes ne s'intéressent jamais à toi, n'est-ce pas ? Ça te met en colère ? Assez pour la tuer ?

Trey se lécha les lèvres.

— Non. Vous ne comprenez pas. Je n'ai fait de mal à personne. Je n'aurais jamais…

Matt fit un geste vers la culotte.

— C'est difficile à expliquer.

Trey gémit.

Bree se redressa. Elle écarta son manteau de laine pour mettre en évidence le pistolet à sa hanche. Elle ne pouvait pas sortir son badge, mais elle pouvait toujours tenter de le bluffer.

— Essayez.

— Merde ! Vous êtes flic ?

Trey n'avait pas besoin de savoir que Bree se trouvait à quelques centaines de kilomètres de sa juridiction. Au lieu de répondre, elle dit :

— Le bureau du shérif est en route. C'est leur affaire.

Trey se couvrit les yeux d'une main et se mit à pleurer.

Cela ne fonctionnait pas. Il était en train de craquer. Bree décida de changer de tactique. Ils n'avaient pas besoin que ce gars se mette à réclamer un avocat. Si c'était un criminel expérimenté, il aurait déjà arrêté de coopérer. Elle voulait qu'il parle, et peu importait comment elle y parviendrait. Si se montrer amicale pouvait réussir, ça ne la gênait pas.

— Écoute, Trey.

Bree changea de ton, passant de flic en colère à grande sœur.

— Tu es déjà venu ici ?

Il hocha la tête.

— J'arrivais pas à croire qu'elle soit morte. J'avais besoin de voir le dernier endroit où elle s'était assise. Pour me reconnecter avec elle.

Son regard se posa sur le sous-vêtement et l'embarras fit rougir ses joues.

— Je voulais juste un truc à elle.

Le regard de Trey passa de Matt à Bree. Comme aucun des deux ne répondait, il continua :

— Un souvenir, quoi.

— Tu la connaissais ? demanda Matt.

Trey acquiesça avec enthousiasme.

— Je travaille au magasin en face de Halo & Spa.

Son regard s'était tourné vers la culotte et son visage prit une teinte verdâtre, comme s'il venait de comprendre ce qu'il avait fait.

— Erin venait au magasin, genre, une fois par semaine. Elle me parlait de ses enfants, à qui elle achetait plein de trucs. Elle était gentille avec moi, pas comme la plupart des gens.

L'adrénaline s'évacua du corps de Bree. Elle se sentit soudain frigorifiée.

— Tu es entré par effraction dans cette maison et tu as volé des sous-vêtements à une femme morte, parce qu'elle était gentille avec toi ?

Il détourna le regard en clignant des yeux.

— Quand vous le dites comme ça, évidemment.

— C'est ce que tu faisais chez elle hier soir ? demanda Bree. Tu étais aussi venu chercher un souvenir ?

Trey secoua la tête.

— Je ne sais pas de quoi vous parlez. Je savais que cet endroit était vide et que ce serait facile de faire sauter la porte coulissante.

Matt se pencha sur lui.

— Tu fais ça souvent ?

— Non, non ! Mon Dieu, non, bégaya Trey. C'est comme ça que je me faufilais dans la maison de mon père quand j'étais enfant et que je manquais le couvre-feu. Je suis pas un criminel.

— L'entrée par effraction, le cambriolage et le fait de déranger une scène de crime sont des délits, déclara Bree.

La réalité finit par apparaître au jeune homme.

— Je suis baisé.

— Tu l'es, convint Bree.

Mais elle n'était pas du tout sûre que ce soit le même homme qui s'était introduit chez Erin la nuit précédente.

Une porte de voiture claqua à l'extérieur. Matt alla ouvrir et fit entrer un adjoint.

— Voici Trey White, dit Bree. Il est sorti d'un placard et a essayé de s'enfuir avec ça.

Elle indiqua la culotte.

— Je vais le laisser s'expliquer.

Trey bégaya des phrases décousues, tandis que l'adjoint lui passait les menottes, récupérait ses effets personnels et mettait le sous-vêtement dans un sac pour servir de preuve. L'adjoint dit à Bree et Matt :

— Le chef adjoint Harvey veut vous voir tous les deux dans son bureau.

Bree hocha la tête.

— Très bien.

Après que l'adjoint eut emmené Trey, Bree laissa Matt verrouiller la maison. Elle attendit sur le trottoir. L'air était glacé et lui piquait les poumons à chaque inspiration, mais l'odeur de fumée dans la nuit était réconfortante. Quelqu'un à proximité avait allumé un feu de bois. Quelqu'un menait une vie normale.

Matt la rejoignit une minute plus tard. Il l'inspecta de haut en bas.

— Pas de bobo ?

— Non.

Ses quelques contusions ne valaient pas la peine d'être mentionnées. Mais une grosse fatigue s'abattit sur elle. Avait-elle déjà été aussi fatiguée ?

— Alors, allons parler à Todd.

Il lui ouvrit la porte du véhicule. Matt se glissa derrière le volant et sortit une bouteille d'eau de la portière. Après avoir dévissé le bouchon, il la lui tendit et démarra.

Elle but doucement pendant le trajet. À leur arrivée, elle fut surprise de voir que la secrétaire était toujours derrière le comptoir en dehors des heures de bureau.

Marge les escorta jusqu'à une salle de conférences.

— Todd sera là dans une minute.

Elle évalua l'état de Bree d'un seul regard.

— Vous avez une tête de déterrée.

Elle se tourna vers Matt.

— Apporte-lui du thé avec beaucoup de sucre.

— Le thé serait le bienvenu, mais je ne prends pas de sucre, dit Bree.

— Aujourd'hui, si.

Marge fit signe à Matt de se dépêcher.

— Prends-lui des crackers au distributeur aussi.

Lorsqu'il eut quitté la pièce, Marge baissa la voix.

— Tu as vraiment l'air fatiguée. Va t'asperger le visage avec de l'eau froide.

Bree se redressa et se rendit aux toilettes. Marge avait raison. Bree ressemblait à un cadavre. Elle suivit les instructions de Marge et sembla revenir à la vie.

De retour dans la salle de conférences, Matt indiqua une tasse de thé en polystyrène et un sachet de crackers sur la table.

— Tu fais toujours ce que dit Marge ? dit Bree en s'asseyant.

— Oui.

En haussant les épaules, il but une gorgée de café.

— Elle travaille ici depuis plus longtemps que quiconque. Elle sait tout sur tout le monde.

— Je note.

Bree termina les crackers et le thé, et son estomac se calma. Le temps que le chef adjoint entre dans la pièce, elle était remise en selle.

Todd s'assit en face d'elle. Il prit leur déposition, puis posa son bloc-notes sur un dossier clos.

— Trey White est un délinquant sexuel connu. Il a déjà été condamné pour voyeurisme et attentat à la pudeur. Il travaillait dans un grand magasin. Il a fait un trou dans le mur pour regarder dans les cabines des femmes et se masturber en les matant.

— Trey est maintenant un récidiviste, dit Matt d'un ton sévère.

Todd tapa du doigt sur son bloc-notes fermé.

— A-t-il un alibi pour les dernières nuits ? demanda Bree.

— Trey vit seul dans le garage d'une résidence privée, déclara Todd. Personne ne le voit entrer ou sortir. Mais il dit qu'il était au travail mardi soir jusqu'à 21 heures. J'ai envoyé un adjoint au magasin pour obtenir une copie de leurs cassettes de surveillance. Il vient d'appeler. Les caméras de sécurité du magasin ne fonctionnent pas, mais le gérant dit que Trey devait faire la fermeture mardi soir, que sa carte de pointage a été tamponnée à 15 heures et qu'il est sorti à 21 h 30.

— Laissez-moi deviner, dit Bree. Il travaillait seul.

— Oui.

Todd hocha la tête.

— Et la dernière transaction en caisse a eu lieu à 18 h 44. Trey dit qu'il remplissait des étagères. Il n'y a jamais beaucoup de monde la nuit, donc le manque d'activité n'était pas inhabituel. L'alarme a été activée à 21 h 11. Mon adjoint est en train de contacter les commerces environnants. S'il dit la vérité, il devrait apparaître sur leurs vidéos de surveillance.

— L'absence d'alibi ne suffit pas à faire de lui le tueur.

La frustration faisait comme une brûlure dans la gorge de Bree.

— En effet, reconnut Todd. Nous allons également comparer son ADN et ses empreintes digitales aux échantillons prélevés sur la scène de crime, et demander un mandat de perquisition pour son appartement.

Bree doutait fortement que Trey soit l'assassin d'Erin. Un alibi professionnel était trop facile à vérifier. S'il n'avait pas été au travail, il aurait inventé quelque chose de plus difficile à prouver ou à réfuter.

— Que ferez-vous de lui si son alibi est vérifié, chef ? demanda-t-elle.

— Appelez-moi Todd, et pour l'instant, il sera accusé d'effraction et de cambriolage.

Le chef adjoint posa les coudes sur la table et se pinça l'arête du nez.

— Il est entré par effraction dans une maison et a volé quelque chose de très personnel. Son crime est troublant, mais il n'a pas d'antécédents de violence.

— C'est toujours un délinquant sexuel, déclara Matt.

— C'est vrai, et il ne va pas s'en tirer à bon compte. Le cambriolage est pris très au sérieux dans l'État de New York.

Todd se pencha en arrière et passa la main sur son crâne.

— Trey n'a pas beaucoup d'argent. Avec ses condamnations antérieures, il y aura une caution qu'on espère qu'il ne pourra pas payer.

Il se pencha en avant, s'appuyant sur ses coudes.

— Vous devez vous attendre à ce que d'autres personnages étranges fassent leur apparition après le reportage diffusé hier sur la chaîne 15.

— Quel reportage ? demanda Bree.

— Je suis désolé, dit Todd. Ils ont repris toute l'histoire de votre famille.

Bree utilisa son téléphone pour rechercher le site Web de la chaîne. Elle lança la vidéo et monta le volume.

— La famille Taggert a une longue histoire de violence et de tragédie, commença le journaliste.

Bree reconnut l'émission qu'elle avait éteinte lorsque Kayla regardait la télévision chez Adam.

Le journaliste poursuivit.

— Erin Taggert, la sœur du célèbre artiste Adam Taggert, a été tuée mardi soir au domicile de son mari, dont elle était séparée. En 1993, Erin et ses frère et sœur, Adam et Bree, ont survécu au meurtre horrible de leur mère par leur père. Après avoir tiré sur sa femme, leur père a retourné son arme contre lui. Les trois enfants étaient à la maison au moment du meurtre-suicide. Comme en écho à ce crime vieux de plusieurs décennies, le mari d'Erin, Justin Moore, est actuellement recherché pour le meurtre de sa femme. L'histoire se répète-t-elle ? Ces meurtres sont-ils liés ou s'agit-il simplement d'un cas de déjà-vu ?

Le journaliste avait interviewé d'anciens voisins et des habitants de la ville. La vidéo se terminait par un diaporama de photos de famille. Bree eut le souffle coupé en découvrant un cliché d'elle, Erin et Adam peu avant la mort de leurs parents. Elle aurait aimé voir une famille normale, mais c'était loin d'être le cas. Ses yeux de 8 ans étaient ravagés avant même le meurtre. La violence avait commencé bien avant l'explosion de cette nuit de janvier.

Elle cliqua sur *Fin*. Elle en avait assez entendu.

Todd s'éclaircit la gorge.

— Lorsque nous avons donné aux médias le nom de Justin comme suspect principal, nous avons affiché un numéro de téléphone d'urgence. Il y a eu les habituelles fausses confessions et fausses observations, mais les appels ont décuplé depuis la diffusion de l'émission. Les gens appellent pour chaque camionnette blanche qu'ils croisent, et trente-sept personnes auraient vu Justin au cours des dernières vingt-quatre heures.

L'épuisement qui s'abattit sur Bree était plus que physique. Une heure plus tôt, elle pensait avoir attrapé l'assassin de sa sœur. Maintenant, personne ne semblait vraiment croire que Trey soit coupable. Elle était de retour à la case départ.

— Avez-vous de nouveaux indices dans l'affaire de ma sœur ? demanda-t-elle.

— En effet, oui.

Todd se pencha de nouveau en avant.

— Les empreintes de Justin ont été retrouvées dans le sang à plusieurs endroits de la maison.

Chapitre Seize

Matt digérait la déclaration de Todd.

— Justin était bien dans la maison quand Erin est morte.

— Oui.

Todd joignit les mains devant lui.

Matt se mit debout et fit les cent pas derrière la table de conférences.

— Je n'arrive toujours pas à croire qu'il lui ait tiré dessus.

— C'était peut-être un accident, dit Todd. Plusieurs employés du garage ont déclaré que Justin était nerveux ces dernières semaines. Peut-être qu'il a pris l'arme parce qu'il pensait avoir besoin de protection.

Matt secoua la tête.

— Si lui et Erin venaient de faire l'amour, alors elle ne l'a pas surpris. Il savait qu'elle était là.

— Exact.

Todd l'observa pendant quelques secondes, puis fit de même avec Bree.

— Vous êtes tous les deux liés à cette affaire. Je ne peux pas vous permettre d'interférer avec l'enquête de quelque façon que ce soit.

Matt ne répondit rien. Il sentait un *mais* magistral arriver.

Todd hocha la tête dans sa direction.

— Mais je connais Matt, et j'ai fait quelques recherches sur vous, dit-il en se tournant vers Bree. Vous avez de multiples décorations et vos collègues de Philadelphie n'ont que du respect pour vous.

Il inspira longuement et profondément.

— Vous avez tous deux l'expérience des enquêtes criminelles. Vos points de vue me seraient précieux. Nous ne pouvons pas travailler ensemble de façon formelle, mais j'aimerais qu'il y ait un partage d'informations, à deux conditions.

Matt s'immobilisa.

— Qui sont ?

— Notre arrangement reste entre nous.

Todd rougit légèrement.

— Personne ici ne doit être au courant, sauf Marge. Elle sait tout de toute façon.

Matt lut entre les lignes. Todd ne faisait pas confiance à tous ses hommes.

— Pas de soucis, dit Matt. Ce n'est pas à moi qu'il faut expliquer les problèmes du département.

Bree opina du chef.

— Et aucun de vous ne parle aux médias.

Todd les regarda tour à tour.

— J'aimerais contrôler les informations qui sont rendues publiques.

— OK.

Matt se rassit à côté de Bree.

— Je détestais être traîné dans les conférences de presse, de toute façon.

— Ça me va aussi, dit Bree à Todd. Qu'est-ce que vous avez, à part les empreintes digitales ?

— Voilà ce que nous savons.

Todd sortit un dossier de sous son bloc-notes et l'ouvrit.

— Les empreintes digitales d'Erin ont été retrouvées sur les produits de maquillage et de toilette dans la maison de Justin, et les marques correspondent aux produits de sa propre salle de bains. Elle passait certainement pas mal de temps chez Justin. La plupart des appels passés sur son téléphone étaient destinés à Justin et à ses enfants, et quelques-uns à vous et à son amie du salon de beauté, Stéphanie Wallace.

Todd regarda Bree.

— Mais au cours des trois dernières semaines, elle a reçu et passé sept appels depuis et vers un numéro inconnu. Pas de SMS. Des appels seulement. Chaque appel a duré de huit à vingt et une minutes. Ce numéro semble être associé à un téléphone prépayé. L'opérateur ne dispose d'aucune information personnelle sur l'utilisateur.

— Le père de Justin a dit que son fils avait un téléphone jetable, dit Matt. Jusqu'à présent, on n'a pas été en mesure de le localiser.

Todd ouvrit son bloc-notes et y inscrivit quelque chose.

— On ne connaît pas le numéro ?

— Non.

Matt martela la table avec ses doigts. Justin n'avait probablement utilisé le téléphone jetable que pour appeler son dealer.

Todd leva son stylo.

— Les relevés bancaires d'Erin indiquent deux retraits en espèces de 3 000 dollars chacun au cours des trois dernières semaines. En octobre, elle a retiré 4 000 dollars supplémentaires. Ces retraits ont épuisé ses économies. Ses revenus couvraient ses frais de subsistance et elle s'efforçait de transférer chaque mois une partie de son argent sur son compte épargne. Mais il lui a fallu beaucoup de temps pour accumuler ces 10 000 dollars.

Todd tapota le dossier avec son stylo.

— Les appels vers le téléphone prépayé ont eu lieu juste avant les retraits. Il est possible qu'elle ait donné de l'argent à quelqu'un, volontairement ou sous la contrainte.

— Pouvez-vous obtenir plus d'informations sur ce numéro de téléphone prépayé ? s'enquit Bree.

— J'ai demandé un mandat, déclaré Todd. Cet opérateur n'est pas très coopératif.

Chaque entreprise de téléphonie mobile avait des attitudes différentes en matière de partage d'informations avec les autorités.

— Selon mon neveu, dit Bree, octobre est à peu près l'époque où Erin a acheté un fusil de chasse. Avant cela, elle était très claire sur le fait qu'elle ne voulait jamais posséder d'arme à feu.

— De toute évidence, elle se sentait menacée, déclara Matt.

— Je crois savoir que la ferme appartient à Adam Taggert ? demanda Todd.

— Oui, dit Bree. Adam paie l'assurance et les impôts.

Todd pencha la tête.

— Elle vous aurait appelée si elle avait eu besoin d'argent ?

— Non.

Bree secoua la tête.

— Adam lui aurait fait un chèque sans poser de questions. C'est à lui qu'elle aurait demandé.

Todd fit tourner son stylo entre ses doigts.

— Pourquoi votre frère est-il le propriétaire de la ferme ?

Bree soupira.

— Ça semblait plus sûr. Erin a du mal à dire non aux hommes de sa vie.

Todd remplissait les pages de son bloc-notes.

— Alors, pourquoi vous a-t-elle appelée mardi soir si ce n'était pas pour de l'argent ?

— Je ne sais pas, mais elle avait l'air effrayée.

Bree fronça les sourcils.

— Vous avez entendu le message.

— Peut-être que quelqu'un la faisait chanter, dit Todd.

— Peut-être.

Bree haussa une épaule.

— Avez-vous trouvé quelque chose d'intéressant sur l'ordinateur portable d'Erin ?

— Rien, dit Todd. Celui de Justin était clean aussi, sauf qu'il a récemment vendu des biens personnels en ligne.

Matt se pencha sur la table.

— Quel genre de biens personnels ?

Todd tourna plusieurs pages de son bloc-notes.

— Du matériel de camping. Une console de jeux. Quelques outils électriques.

Justin n'avait donc pas emporté son matériel de camping avec lui.

Todd posa la main sur le bloc-notes.

— Vous comprenez bien que c'est le comportement d'un drogué à la recherche d'argent rapide.

Matt ne dit rien, mais ces nouvelles informations ne le réjouissaient pas. Tout indiquait que Justin se droguait à nouveau.

Todd se frotta la tempe.

— Nous avons essayé d'interroger son parrain des Narcotiques Anonymes, mais il a refusé de nous parler.

— NA n'impose pas de politique de confidentialité, souligna Bree.

— Il n'est ni l'avocat ni le médecin de Justin.

Todd se frotta la nuque.

— On ne peut quand même pas le forcer à répondre à nos questions.

— Vous pourriez l'assigner à comparaître, suggéra-t-elle.

Todd posa son stylo.

— Et son avocat se battrait, et au final, on ne peut pas prouver qu'il sache quoi que ce soit d'important sur Justin. Ça ne vaut ni le temps ni les efforts nécessaires, à moins que nous n'accusions Justin d'un crime et que nous soyons certains que son parrain a des informations importantes.

— Vous avez des théories sur le mardi soir ? demanda Matt.

— Peut-être.

Todd plissa le front.

— On pense qu'Erin avait un…

Il hésita en rougissant.

— … rendez-vous avec Justin.

— Sexe et pizza, compléta Bree.

Todd hocha la tête.

— Elle s'est douchée et a accroché sa serviette dans la salle de bains. Pendant qu'elle s'habillait, Justin a pris une douche à son tour.

Matt ferma les yeux et repensa à la maison de Justin. Erin était entièrement habillée, avec un bonnet de laine de surcroît.

— Ça correspond à la chronologie. Justin devait m'accompagner à la réunion des NA.

— Peut-être que quelqu'un a tiré sur Erin pendant que Justin était sous la douche, dit Bree.

— Oui.

Matt rouvrit les yeux.

— Justin a entendu le coup de feu, est sorti en courant de la salle de bains, a laissé tomber la serviette…

Le scénario de Matt se termina dans l'incertitude.

— A-t-il poursuivi le tueur ? Le tueur l'a-t-il forcé à partir avec lui ? S'est-il enfui ?

— Si cette théorie est correcte, alors c'est ce qu'on doit encore découvrir.

Todd se leva.

— Il y a toujours un voisin qu'on n'a pas pu joindre pour un entretien. Tenez-moi au courant si vous faites des découvertes. Je sais que vous allez enquêter. Si j'étais à votre place, c'est ce que je ferais.

Bree et Matt lui serrèrent la main, puis s'en allèrent.

La lune brillait dans un ciel étoilé. Une fois dans le quatre-quatre, Matt démarra le moteur et alluma le chauffage du volant. Le véhicule était gelé et sa main blessée appréciait la chaleur.

— Tu ne lui as pas parlé du père biologique des enfants.

— Il n'a pas demandé.

Matt haussa les sourcils. *Vraiment ?*

— Je lui ai parlé du téléphone prépayé.

Elle détourna le regard, les lèvres pincées.

— Todd essaierait de retrouver Craig. Après quoi, il prendrait contact avec lui et lui annoncerait la mort d'Erin. Je préfère laisser Dana le trouver tranquillement et voir ce qu'il fabrique avant de lui mettre la puce à l'oreille.

— Et si Craig avait tué ta sœur ?

— Je ne vois pas pourquoi il l'aurait fait.

Le regard de Bree s'assombrit.

— Mais tu dois me croire quand je te dis que les enfants ne seraient pas en sécurité avec lui. C'est un arnaqueur. Il les utiliserait. C'est ce que fait Craig. Il utilise les gens.

La frustration de Matt augmenta. Il ne voulait pas nuire à sa relation de travail avec Bree. Il ne voulait pas non plus mettre en danger la sécurité des enfants, mais cacher à Todd des informations sur un suspect potentiel ne lui convenait pas non plus.

— Promets-moi que tu ne le diras pas à Todd, dit Bree d'une voix râpeuse.

— Je ne peux pas faire ça.

Matt ne pouvait pas laisser Justin être accusé d'un crime qu'il n'avait pas commis.

— Rien n'indique que Craig soit à New York.

— Todd devrait savoir qu'il existe, insista Matt.

En fait, Todd aurait dû poser des questions sur le père des enfants. Manque d'expérience ou pas, Todd aurait dû penser à tous les ex de la victime.

— Alors, maintenant, tu lui fais confiance ?

Les yeux de Bree irradiaient de colère. Si son regard avait pu blesser, il aurait été mal en point.

Matt haussa les épaules.

— Il n'était pas obligé de partager ces informations aujourd'hui. Il l'a fait quand même. J'ai l'impression qu'il est franc avec nous.

Bree fit la moue sans répondre. Matt savait qu'elle mentirait au pape pour protéger ces enfants. Il admirait son sens aigu de la loyauté, mais pas au détriment de Justin.

— Penses-y.

Il la regarda. Elle avait l'air épuisée, mais pas moins têtue pour autant.

— On va où maintenant ?

— À la maison.

Bree jeta un coup d'œil à son téléphone.

— J'ai manqué le dîner, et je veux passer du temps avec les enfants.

— Ça va être difficile de tout concilier.

— C'est certain.

Matt la ramena à la ferme en silence.

Il se gara devant la maison et sortit le sac d'affaires de derrière le siège.

— Tiens, tu as oublié ça.

— Merci.

Elle posa la main sur la poignée de la porte.

— Pourquoi tu ne l'ouvres pas ici ?

— Tu ne me fais plus confiance ?

Il lui jeta un regard.

Avec un soupir résigné, elle ouvrit le sac sur ses genoux et commença à en sortir des objets et à les placer à côté d'elle sur le siège : une veste noire à fermeture éclair, un T-shirt noir et une petite trousse de maquillage.

— Erin devait être élégante et maquillée pour travailler.

Matt ramassa la veste et vérifia les poches.

— Vide.

Bree ouvrit la trousse de maquillage et la fouilla.

— Mascara, anticernes, rouge à lèvres.

Elle se figea.

— Qu'est-ce que c'est ? demanda Matt.

Bree ouvrit plus grand la trousse et l'inclina pour qu'il puisse voir à l'intérieur. Sous les produits de maquillage se trouvait un téléphone portable. Il ressemblait à un modèle bon marché sans connexion Internet.

— Ce n'est pas son téléphone habituel ? demanda-t-il.

— Non. Erin avait un smartphone normal.

— Ces téléphones bon marché sont généralement prépayés.

— Oui.

Bree lui tendit la trousse.

— Todd pourra obtenir un mandat pour consulter son journal d'appels.

— Je vais le déposer au poste du shérif.

— Peut-être que le téléphone va impliquer quelqu'un d'autre et innocenter Justin.

Matt pouvait l'espérer.

— On se parle demain.

Bree descendit du quatre-quatre.

Lorsqu'elle eut disparu à l'intérieur de la maison, Matt recula dans l'allée. Il y avait de fortes chances que les informations fournies par ce téléphone fassent paraître Justin encore plus coupable. Todd était occupé quand Matt s'arrêta au bureau du shérif. Il laissa le téléphone à Marge et rentra chez lui.

Brody l'accueillit comme s'il était parti depuis un mois. Puis le chien s'assit, leva une patte et Matt lui caressa la poitrine.

— Ne fais pas ces grands yeux tristes. Je sais que Cady t'a nourri et promené.

La maison semblait vide. Matt était habitué à vivre seul. En général, ça ne le dérangeait pas. Mais ce soir, il était sur les nerfs. Était-ce l'enquête qui le préoccupait ?

Ou Bree ?

Quelle qu'en soit la raison, il n'était pas prêt à s'installer pour la soirée. Brody aboya à la porte et Matt regarda par la fenêtre. La camionnette de sa sœur était garée à côté de son quatre-quatre.

— Cady est de retour. Allons la voir.

Matt ouvrit la porte et Brody sortit au petit trot. Il s'assit à côté de la camionnette jusqu'à ce que Cady sorte et ferme la portière.

Elle se pencha pour le caresser.

— Tu es un vrai gentleman.

La queue de Brody frappa le trottoir.

— Laisse-moi faire sortir Coccinelle.

Cady laissa le chien noir et blanc descendre du coffre.

L'animal bondit et posa les pattes sur les cuisses de Matt. Il pivota pour la forcer à poser les quatre pattes au sol.

— Assis.

Toujours frétillante, elle posa les fesses sur le trottoir.

— Bonne fille.

Il la gratta derrière les oreilles.

— Comment elle s'est débrouillée ?

— Mieux. Je l'ai gardée dans la cuisine toute la nuit. Pas d'accident.

— C'est du progrès.

Matt se redressa. Coccinelle et Brody se reniflaient en remuant la queue.

— Elle n'aboie pas. Quand elle a besoin de sortir, elle fixe simplement la porte. Si je ne regarde pas, je ne m'en rends pas compte. Je pense que si elle développe une routine, tout ira bien.

Cady sourit.

— Elle est si douce et si calme.

— Elle ferait un super chien pour enfants.

— Je vais la remettre au chenil et j'emmènerai un autre chien à la maison pour la nuit.

Cady essayait de faire tourner les nouvelles recrues pour qu'elles passent la nuit avec ses trois chiens.

Matt regarda Coccinelle faire la révérence devant Brody.

— Je ne veux pas la voir retourner au chenil. Je vais la garder dans la maison jusqu'à ce que tu l'aies placée. Brody a besoin de compagnie.

Cady s'approcha et l'embrassa sur la joue.

— Merci.

Il sourit.

— Je veux aussi qu'elle trouve un foyer. C'est un chien formidable.

— Je l'ai promenée avant de prendre la voiture. Ça devrait aller jusqu'à l'heure du coucher.

Cady lui tendit la laisse et se dirigea vers le chenil.

Matt la suivit. Son téléphone vibra juste avant qu'ils n'entrent. C'était Todd. Matt s'éloigna des aboiements pour répondre à l'appel.

— Dis-moi comment vous avez trouvé le téléphone, dit Todd.

Matt expliqua que Bree avait reçu les effets personnels d'Erin de la part du propriétaire du salon de beauté.

— Vous ne savez pas où Erin se l'est procuré ? demanda Todd.

— Non.

— OK. Merci, dit Todd.

Erin avait déjà un téléphone portable. Pourquoi aurait-elle eu besoin de celui-ci ?

Chapitre Dix-Sept

La maison sentait l'ail. Bree en inhala une grande bouffée et son estomac gronda de faim pour la première fois depuis des jours. Dans la cuisine, Dana était en train de vider le lave-vaisselle. Luke et Kayla étaient assis à la table de la cuisine. Kayla écrivait dans un carnet à spirales. Luke tapait sur son ordinateur portable. Dana avait su insuffler un peu de normalité dans la maison.

La banalité de la scène fendit le cœur de Bree. Debout dans l'embrasure de la porte, elle laissa passer une vague de chagrin.

— Philadelphie était vraiment la capitale des États-Unis ? demanda Luke.

— Oui.

Dana sortit une cuillère d'un tiroir.

— De 1790 à 1800, pendant la construction de la capitale à Washington.

Bree entra dans la pièce.

— Qu'est-ce qu'il y avait pour le dîner ?

— Des capellini.

Dana ouvrit le frigo et en sortit un énorme récipient.

— Ne t'inquiète pas. J'en ai fait plein.

— C'est de la sauce maison ?

Bree remplit la bouilloire et la mit sur le feu. Dans le garde-manger, elle trouva une boîte de sachets de thé. Il était trop tard pour du café.

— Bien sûr, qu'est-ce que tu crois ?

Dana avait l'air offensée.

— Les enfants et moi, on est allés à l'épicerie. Luke a conduit. Tu savais qu'il avait son permis ?

— L'examen définitif est le mois prochain, déclara Luke.

Elle l'ignorait. Heureusement, Dana était attentive aux détails. Bree se sentit désorientée, ce qui n'était pas fréquent chez elle.

Kayla leva les yeux de son bloc-notes.

— On a acheté des cupcakes au chocolat. On t'attendait pour les manger.

À quelle heure Kayla devait-elle aller se coucher ? Bree jeta un coup d'œil à l'horloge en forme de vache. 21 heures. Cela n'avait pas d'importance pour ce soir, décida-t-elle. Kayla se coucherait quand elle le voudrait.

— J'adore les cupcakes.

Bree se dirigea vers la table.

— Tu dois d'abord manger ton dîner, dit Kayla d'un ton sérieux.

— Bien sûr.

En regardant l'ordinateur portable de Luke, Bree lui posa la main sur l'épaule.

— Sur quoi tu travailles ?

— Un devoir d'histoire.

Il cligna des yeux.

— Je veux aller au lycée demain.

— OK, dit Bree.

Luke sauvegarda son document, ferma l'ordinateur et décolla le bord d'un autocollant des Rangers de New York.

— Ça va être bizarre.

— Oui, au début.

Vingt-sept ans s'étaient écoulés, mais Bree se souvenait des regards, des chuchotements et de l'isolement qu'elle avait vécus avec une clarté étonnante. Elle était dans une salle de classe avec trente autres enfants, et pourtant elle était aussi complètement seule.

— Je pense que plus j'attends, plus ce sera bizarre.

Luke lissa l'autocollant pour le remettre en place.

— Je veux en finir avec ça.

Bree hocha la tête.

— Si tu veux rentrer à la maison à n'importe quelle heure demain, appelle-moi, ou Dana.

— OK, dit-il.

Kayla ferma son carnet à spirales.

— Je vais pratiquer mon violon. Est-ce que je vais à ma leçon demain ?

Bree hésita. Elle ne savait pas ce que le lendemain lui réservait. Les enfants devaient être sa priorité, mais elle voulait aussi attraper l'assassin de sa sœur. Ce n'était pas une décision à laquelle elle était préparée.

— Si tu veux y aller, dit Dana, l'une d'entre nous t'emmènera.

Apparemment satisfaite, Kayla glissa de sa chaise et quitta la pièce.

— Je vais m'occuper des chevaux avant d'aller me coucher, dit Luke en se levant.

— Je vais le faire, dit Bree. Je serai debout pendant un moment de toute façon.

— OK.

Luke monta à l'étage.

Le son des notes plus ou moins juste leur parvint dans la cuisine.

— Comment tu penses qu'ils s'en sortent ? demanda Bree.

Dana mit des pâtes dans une assiette.

— Je pense que ça va devenir plus dur après l'enterrement. Pour l'instant, ils sont encore sous le choc.

— Je dois leur parler de l'enterrement d'Erin. Ils devraient avoir leur mot à dire sur la façon dont ça va se passer.

— C'était ton cas, à l'époque ?

— Non. L'enterrement de ma mère est un peu flou. Toute la ville est venue. Je ne sais pas si c'était pour soutenir la famille ou par curiosité. Il n'y a pas eu d'enterrement pour mon père.

Personne ne faisait publiquement le deuil d'un tueur.

Dana se tourna vers elle.

— Tu sais mieux que quiconque ce que ces enfants vivent.

Bree hocha la tête.

— Quand penses-tu que je devrais leur parler de l'organisation des funérailles ?

Dana mit l'assiette dans le micro-ondes et appuya sur un bouton.

— Ils ont eu deux jours difficiles. Je leur laisserais une bonne nuit de sommeil. Demain, c'est bien assez tôt. Où est Erin ?

Bree s'était arrangée pour qu'un funérarium local récupère le corps de sa sœur. Il fallait environ vingt-quatre heures à l'entrepreneur de pompes funèbres pour rendre Erin présentable, au cas où les enfants voudraient lui dire au revoir. Dans le temps, Bree n'avait pas eu le choix et cela lui avait déplu.

— J'ai fouillé le bureau de ta sœur aujourd'hui, dit Dana. J'ai trouvé une copie de son testament et la carte de son avocat. J'ai laissé un message à l'avocat.

— Est-ce qu'elle a nommé un tuteur ?

Mais Bree connaissait la réponse avant même d'avoir terminé la question. Leurs parents étaient morts. Leurs grands-parents étaient morts. La cousine qui avait élevé Bree était également morte. Les frères et sœurs Taggert n'avaient personne d'autre.

Et maintenant, ils n'étaient plus que deux.

Dana l'a regardée, impassible.

— Tu es leur tutrice légale, mais tu le savais déjà. Je suis sûre qu'Adam aidera pour les finances, mais il n'est pas capable de les élever.

Les pensées de Bree se télescopèrent.

— Mon appartement est trop petit pour trois personnes.

— Il y a des appartements plus grands à Philadelphie, souligna Dana.

Bree jeta un coup d'œil à la grange.

— Il n'y a nulle part où garder des chevaux à Philadelphie.

— Je sais qu'il y a des écuries près du parc Fairmount, mais j'imagine qu'elles sont chères.

L'idée de forcer les enfants à quitter leur maison donna la nausée à Bree, et elle n'avait même pas encore mangé.

— Je ne peux pas le faire. Je ne peux pas les emmener loin d'ici.

Dana ne dit rien en attendant que Bree dise tout haut ce qui aurait dû être évident depuis le moment où elle avait appris la mort de sa sœur.

— Je déménage à Grey's Hollow.

Bree vit mentalement sa carrière vaciller au bord d'une falaise.

— Qu'est-ce que tu vas faire niveau travail ?

— Je ne sais pas. Je suppose que je vais voir si un des services de police locaux embauche. Je n'ai pas vraiment envie de retourner patrouiller, mais je n'aurai peut-être pas beaucoup d'options.

Ou d'autre option.

Les enfants devaient passer en premier. Ils venaient de perdre leur mère. Bree ne voulait pas les arracher à leur vie. Elle ne pouvait rien faire pour atténuer leur chagrin, mais autant ne pas ajouter à leur traumatisme. Ce qui signifiait qu'elle était celle qui allait abandonner sa vie.

— Vois le bon côté des choses. Tu n'as pas à mettre un terme à une relation sérieuse.

— La semaine dernière, je ne considérais pas mon statut de célibataire comme un avantage.

— Tu vois ? Le bon côté des choses.

Dana vérifia les pâtes.

— Pourquoi tu as rompu avec cet avocat ?

— Il était obsédé par ses cheveux. Il utilisait plus de produits que moi.

Dana rit.

— Et le gars avec qui tu es sortie avant lui, l'enquêteur spécialiste des incendies criminels ?

— Il avait un rire effrayant.

Et le sexe était bof.

— Et on n'avait pas d'alchimie.

Dana prit l'assiette dans le micro-ondes.

— Tu as du mal à t'engager, quand même.

— Tu peux parler, Mme Deux Ex-Maris.

— Au moins, je prends des engagements.

Dana ouvrit un tiroir et en sortit une fourchette.

Bree leva les yeux au ciel.

— Ma vie sentimentale n'est pas très importante en ce moment. On peut revenir aux problèmes immédiats ? Tu as trouvé quelque chose qui pourrait indiquer quel genre d'ennuis ma sœur avait ?

— Non, répondit Dana. J'ai trouvé des papiers personnels normaux et ennuyeux : polices d'assurance, déclarations d'impôts, etc. Ses dossiers sont méticuleusement ordonnés. Elle classait ses manuels d'appareils ménagers par ordre alphabétique. Elle avait un dossier pour les comptes et les mots de passe en ligne, ce qui nous permet d'accéder à tous ses relevés téléphoniques et financiers. Je commencerai à les examiner demain, si je peux. Mais peut-être qu'il n'y a rien à trouver. Deux adjoints du shérif ont déjà fouillé toute la maison.

— On ne sait pas s'ils ont été minutieux, et puis ils ne connaissaient pas ma sœur.

Bree se mit à faire les cent pas.

— J'ai le sentiment qu'Erin a dû laisser un document quelque part. Elle était organisée. Elle gardait une trace de tout. Je fouillerai sa chambre plus tard dans la soirée. C'est là qu'elle aurait caché tout ce qui était personnel et qu'elle ne voulait pas que les enfants voient. Et tu as trouvé Craig ?

Dana donna l'assiette à Bree.

— J'ai trouvé plus de quarante hommes du nom de Craig Vance. Tu n'as pas son numéro de Sécurité sociale, n'est-ce pas ?

Bree posa son dîner sur la table et s'assit.

— Désolée, non.

— Donc, à partir de la liste, j'ai compilé les données, éliminé tous ceux qui n'ont pas le bon âge et j'appelle tous ceux qui peuvent correspondre à son profil général.

— Quelle excuse tu utilises ? demanda Bree.

— Je dis que son oncle est mort et lui a laissé de l'argent.

— Bien joué. Les gens coopèrent s'ils pensent qu'ils vont en tirer de l'argent.

— Jusqu'à présent, j'ai réduit la liste à une douzaine de possibilités dans les États voisins. Si aucune d'entre elles n'aboutit, j'élargirai la recherche.

Dana prit quelques papiers et les apporta à la table.

— Par ailleurs, l'ami de Matt est passé et a fait un devis pour le système de sécurité.

Elle posa les documents devant Bree.

— Son projet semble complet.

Bree énuméra son cahier des charges :

— Fenêtres et portes toutes couvertes, batterie de secours, surveillance centrale ?

— Oui, oui et oui.

— Alors, c'est parti.

— Je l'appellerai demain matin, dit Dana.

Bree entendit des notes de violon de plus en plus grinçantes au-dessus de sa tête.

— Comment je vais pouvoir les élever ? Je n'ai jamais *été* un parent ni *eu* un bon parent.

— Tu les aimes, alors tu vas l'apprendre au fur et à mesure. Tu sais déjà ce qu'il ne faut pas faire.

Dana jeta un coup d'œil au plafond, d'où les fausses notes continuaient de tomber en masse.

— Mange ton dîner, puis va aider cette enfant avec son violon. J'ai couvert l'histoire américaine, mais je suis bonne à rien en musique.

Bree avala ses pâtes, puis monta les marches et frappa à la porte de Kayla. À la seconde où elle entra dans la pièce, la petite fille mit son violon dans son étui et s'assit par terre à côté.

— Je ne peux pas jouer aujourd'hui. Mon violon est trop triste.

— C'est pas grave.

Bree s'assit par terre en croisant les jambes.

— Tu n'es pas obligée de jouer aujourd'hui.

— Est-ce que tu peux jouer ça ?

Kayla pointa du doigt la mélodie de son livre de musique : « Quand trois poules vont aux champs. »

— Bien sûr.

Bree prit le violon, le glissa sous son menton et joua la mélodie.

— Joue autre chose.

Bree baissa le violon.

— Pas aujourd'hui. Ça fait longtemps. J'essaierai de me rappeler d'autres chansons.

Bree n'aimait pas mentir, mais elle avait des sentiments mitigés à propos du violon. Sa cousine, qui n'avait ni mari ni enfants, avait poussé Bree à apprendre, disant que cela améliorerait ses capacités en mathématiques. Cette activité forcée ne l'avait pas amusée. Mais le plaisir ne faisait pas partie du vocabulaire de sa cousine Tara. Bree avait fréquenté les meilleures écoles privées, mais son enfance n'avait jamais été heureuse. Le violon faisait partie de ces souvenirs.

— Luke a dit qu'il allait à l'école demain. Est-ce que je dois y aller ?

— Tu en as envie ?

Bree posa le violon dans son étui.

Kayla secoua la tête.

— Je pourrais pleurer. Je ne veux pas pleurer devant les autres enfants.

— Ce n'est pas grave si tu pleures. Ce n'est pas grave si tu veux rester à la maison aussi.

Bree se rapprocha jusqu'à ce que leurs épaules se touchent.

— J'ai parlé à ta conseillère d'orientation. Elle a dit que quand tu retourneras à l'école, tu pourras venir à son bureau à tout moment de la journée si tu as besoin d'espace.

— Je ne veux pas y aller.

La voix de Kayla semblait fine et fragile, au point de se briser.

— C'est d'accord. Tout le monde est différent. Ne te sens pas obligée de faire ce que Luke fait.

Kayla hocha la tête, puis se blottit sur les genoux de Bree et pleura doucement. Bree la serra contre elle jusqu'à ce qu'elle s'arrête.

— Tante Bree ?

— Oui.

— Comment ça se passera, l'enterrement de maman ?

— J'ai pensé que toi et Luke, vous pourriez m'aider à l'organiser. Comme ça, ce sera ce que vous voulez tous les deux.

Au diable les conventions.

Kayla hocha la tête contre sa poitrine.

— Tu veux manger les cupcakes maintenant ? demanda Bree.

— Peut-être.

Kayla se mit à genoux.

— Tante Bree ?

— Oui ?

— Qu'est-ce qu'il va nous arriver, à Luke et moi ? On va devoir déménager ?

— Tu aimerais mieux que je m'installe ici ?

Kayla se jeta au cou de Bree.

— Tu ferais ça ?

— Si c'est ce que vous voulez, oui.

Bree lui rendit son câlin. *Je ferais n'importe quoi pour toi.*

Elles frappèrent à la porte de Luke, puis tous les trois descendirent. Comme d'un commun accord, le dessert fut silencieux. Quand ils eurent terminé, Kayla tira sur la main de Dana.

— Tu veux regarder un film avec moi ?

— D'accord.

Dana la suivit dans le salon.

Luke se leva.

— Je dois réviser. Les examens de mi-trimestre arrivent.

— Tu me diras si ça ne te fait pas trop ? demanda Bree. Tes professeurs te donneront plus de temps si besoin. J'ai parlé à la conseillère. Elle m'a dit qu'il ne fallait pas que tu t'inquiètes pour ça.

Luke secoua la tête avec force.

— Non. Je ne veux pas de traitement particulier.

— Très bien, dit Bree. Tu peux changer d'avis à tout moment.

Une larme coula sur sa joue et il se détourna. Ne pas pleurer semblait la chose la plus épuisante qu'il ait jamais faite. Il se précipita hors de la pièce, cherchant probablement à s'isoler avant de craquer à nouveau.

Comment va-t-il se débrouiller à l'école ?

Dans quelle mesure pourrait-elle ou devrait-elle le protéger ?

Bree ne s'était jamais sentie aussi inutile. Elle débarrassa la table, trouvant du réconfort dans les tâches quotidiennes.

Lorsqu'elle alla voir Kayla et Dana, elle les trouva endormies sur le canapé.

Soudain épuisée, Bree revérifia les portes et les fenêtres, souhaitant presque que Matt et Brody soient dans la maison. Elle monta les marches jusqu'à la chambre de sa sœur. Le lit n'était pas fait, mais la chambre était rangée. Vader était couché au centre de l'oreiller. Erin gardait les papiers importants dans son bureau, mais ses affaires personnelles se trouvaient dans sa chambre, hors de portée des enfants.

Bree ouvrit le placard et commença à chercher. Elle vérifia toutes les boîtes, sacs et poches, mais sans rien trouver. La table de nuit était pleine de livres de poche. Bree se dirigea vers la commode. Elle fouilla entre les vêtements, puis retira chaque tiroir pour vérifier le dessous et l'arrière. Sans rien trouver.

Peut-être qu'il n'y avait rien de caché non plus.

À 10 h 30, elle descendit, vêtue d'un manteau et de bottes, et se rendit à l'étable pour préparer les chevaux pour la nuit. Les animaux restèrent silencieux pendant qu'elle vérifiait les couvertures et les seaux d'eau. Elle entendit un grattement derrière elle et une ombre apparut dans l'allée. Bree se retourna, s'attendant à voir Dana ou Luke dans l'embrasure de la porte.

Elle se figea en reconnaissant l'homme qui la regardait.

— Bonjour, Bree, dit-il.

— Craig.

La peur frappa Bree au ventre comme un coup de poing.

— Qu'est-ce que tu fais ici ?

— Plus tôt dans la journée, quelqu'un a appelé ma secrétaire et a dit que j'avais peut-être hérité de l'argent d'un oncle. Comme je n'ai pas d'oncle, l'appel – et la nature personnelle des questions posées par l'interlocuteur – m'a paru suspect.

Deux types de personnes étaient les plus suspects : les flics et les criminels.

— J'ai fait quelques recherches en ligne et j'ai vu les nouvelles sur la mort d'Erin. Puis tout a pris un sens.

Il s'est avancé dans la lumière. Il portait un jean et une parka bleue. Ses cheveux blonds brillaient dans la lumière de l'étable, mais ses yeux gris-bleu étaient de la même couleur – et à peu près aussi chaleureux – que ceux d'un requin.

— C'est toi qui as appelé ?

— Non.

Les yeux de Craig brillèrent.

— Eh bien, quoi qu'il en soit, je suis là.

Bree verrouilla la stalle du cheval pie et s'en éloigna.

— Qu'est-ce que tu veux ?

— Je ne vois pas ce que tu veux dire.

Bree s'immobilisa et attendit.

Une minute s'écoula avant qu'il ne cède.

— Je suis venu voir mes enfants.

— Quels enfants ?

— Luke et Kayla, dit-il en faisant la moue.

— Ah, tu connais leurs noms ?

— Bien sûr que je connais leurs noms ! s'emporta-t-il.

— Mais ils ne te connaissent pas.

Bree s'était exprimée d'une voix calme, ce qui l'avait toujours ennuyé.

— Ne fais pas ta salope…

Il s'interrompit.

— Je suis désolé. Je sais que je n'ai pas été un bon père pour les enfants dans le passé, mais je suis un homme nouveau. J'ai trouvé Dieu, et il m'a changé. La mort d'Erin est un signe de sa part, c'est la prochaine étape du nouveau chemin qu'il m'a tracé.

Bree trouva que les conneries de Craig sentaient plus fort que le crottin de cheval.

— Pourquoi es-tu vraiment ici, Craig ?

— Je veux voir Luke et Kayla. Je veux être leur père.

— Tu es un étranger pour eux.

Aussi calme que sa voix pouvait paraître, à l'intérieur, Bree paniquait.

Craig prit son intonation douce et suave d'escroc expérimenté.

— J'ai l'intention de rectifier cette situation.

Bree secoua la tête.

— Non. Ils sont tous les deux bouleversés. Ils n'ont pas besoin que tu viennes chambouler leur vie.

— Ce sont mes enfants.

Il s'avança vers elle.

— Je suis venu ici ce soir pour te donner un avertissement.

— Un avertissement ? demanda Bree.

Craig rougit.

— J'ai l'intention d'obtenir la garde de mes enfants, que tu rendes les choses faciles pour eux ou non.

— Un bon père fait passer les intérêts de ses enfants avant les siens, souligna Bree.

Il se pencha tout près de son visage.

— Ce sont *mes* enfants, répéta-t-il. Erin est morte. Il n'y a pas un seul tribunal dans l'État qui ne me donnera pas la garde de ces enfants.

— Sauf si tu es inapte aux fonctions parentales.

Un muscle de son cou frémit. Il déglutit et lissa ses traits.

— Je comprends que tu sois en colère et en deuil. Ta sœur doit te manquer, et qu'elle te soit enlevée de manière aussi violente doit être encore plus choquant. Je prierai pour toi.

Bree ne répondit pas.

— Je suis un homme changé. Je suis pasteur, maintenant.

Il leva le menton.

Elle réprima un ricanement. Craig, pasteur ?

— Où exerces-tu ?

— Dans une petite église à Albany. À peine à une heure de route.

— Tu t'es fait ordonner en ligne ?

— Soit tu m'autorises à voir mes enfants, soit je demande à mon avocat d'organiser ça.

Il éluda sa question, ce qui tenait lieu de réponse.

— Tu ferais mieux de l'appeler alors.

Bree n'allait pas lui faciliter la tâche. Multiplier les obstacles juridiques lui ferait gagner du temps.

— Ce soir, c'était une visite de courtoisie. Je veux que la transition soit la plus douce possible pour les enfants. Apparemment, tu ne te soucies pas de leur bien-être. Tu auras donc des nouvelles de mon avocat. Si tu changes d'avis et décides d'être raisonnable, voici ma carte.

Après en avoir tiré une de sa poche, il la jeta en l'air. Elle tournoya en tombant vers le sol. Puis il fit volte-face et quitta la grange.

Bree sortit dans le froid et le regarda se frayer un chemin à travers la neige jusqu'à une berline qu'il avait garée à quelque distance de la maison. Craig affirmait avoir trouvé Dieu, mais Bree savait que la seule chose qu'il avait trouvée était un moyen de séparer une congrégation de l'argent de ses paroissiens. Elle ne pouvait pas croire qu'il veuille vraiment s'occuper de ses enfants. Il n'avait montré aucun intérêt pour eux pendant toute leur vie. Quel était son but ? Que voulait-il vraiment ?

Quoi qu'il en soit, Bree savait qu'il ne mijotait rien de bon. Elle rentra dans la grange, prit la carte et la mit dans sa poche.

La colère qui montait dans sa poitrine était trop forte pour qu'une heure de yoga puisse la soulager. Elle envoya un SMS à Matt :

— *Y a-t-il un champ de tir à proximité ?*

— *Oui.*

— *On peut y aller demain avant de voir Stéphanie ?*

— *Bien sûr.*

— *Merci.*

Bree remit son téléphone dans sa poche. Rien de tel qu'une visite de Craig pour lui donner envie de tirer sur quelque chose.

Bree ferma la porte de la grange et s'immobilisa, son regard balayant les champs qui entouraient la maison. La campagne était calme et paisible. Il faisait également très sombre. Il n'y avait pas de lampadaires, pas de panneaux d'affichage, pas de phares. N'importe qui pouvait être aux alentours. Elle pouvait faire installer un système d'alarme dans la maison, mais elle était impuissante face au vide absolu qui l'entourait.

Chapitre Dix-Huit

Matt prit la direction du champ de tir. Le soleil matinal brillait sur le capot de son quatre-quatre. Il regarda Bree qui somnolait sur le siège passager.

— On dirait que tu n'as pas du tout dormi.

— C'est exact.

Bree regarda par la fenêtre.

— L'ex d'Erin est passé hier soir.

— Craig Vance ?

— Oui. Il a dit qu'il voulait la garde des enfants.

Les sourcils froncés, Bree résuma sa conversation avec Craig.

— À un moment donné, tout ce qu'elle voulait, c'était qu'il soit un mari et un père. Mais ça s'est terminé la nuit où il l'a battue.

— Est-ce que tu as des preuves qu'il est incapable d'être parent ?

— Non, soupira-t-elle. J'ai appelé un avocat spécialisé en droit de la famille ce matin. Craig peut déposer une requête en paternité au tribunal de la famille, qui ordonnera probablement un test ADN. Erin n'est pas là pour s'y opposer.

— Il peut obtenir la garde ?

— Oui.

La voix de Bree était amère.

— Si Luke s'y oppose, les enfants seront séparés, tout comme moi et mes frère et sœur.

— Comment c'est arrivé, pour toi ?

Cela avait dû être insoutenable, d'être séparée de ses parents et de ses frère et sœur en même temps.

Bree hésita.

— Erin et Adam ont été élevés par mes grands-parents. J'étais trop difficile à gérer. J'étais insupportable à l'école. Je me battais. Je piquais des crises de colère. Ce dont je me souviens le plus, c'est que j'avais l'impression que tout – ma vie, mes émotions – était hors de contrôle. Mes grands-parents étaient âgés et n'étaient pas en très bonne santé. Ils ne pouvaient pas s'occuper de moi. Une cousine de Philadelphie s'est portée volontaire.

— Tu étais plus âgée et probablement plus traumatisée.

— Pas plus traumatisée, juste différemment traumatisée, précisa-t-elle calmement. Erin et Adam avaient leurs propres problèmes. Adam a encore du mal à établir des liens affectifs. Tu as pu le voir. Erin était le contraire. Elle avait des problèmes de dépendance émotionnelle, et Craig manipulait son besoin d'être aimée.

— C'est terrible.

Matt respectait sa manière de ne pas s'apitoyer sur elle-même.

Bree haussa les épaules.

— Ma cousine a fait du mieux qu'elle pouvait. Elle a fait en sorte que je reçoive toute la thérapie dont j'avais besoin. Je suis allée dans des écoles privées. Elle m'a offert tous les privilèges qu'elle jugeait nécessaires dans la vie, mais elle n'était pas chaleureuse. Elle n'a pas compris à quel point était important le lien qui m'unissait à Erin et Adam, avec qui l'on se comprenait d'une manière unique et irremplaçable. Après mon déménagement à Philadelphie, on ne se voyait que pour les anniversaires et les fêtes. On aurait dû rester ensemble. Ce n'est pas l'Ivy League qui pouvait compenser notre absence de liens.

— Ils ont dû te manquer.

— Ouais.

Sa voix était mélancolique.

— Tu es allée dans une université de l'Ivy League ?

— Oui. À Penn. Ma cousine a été très déçue lorsque j'ai postulé à l'école de police au lieu de la fac de droit.

— Mais tu voulais être flic.

Bree garda le silence un instant.

— Je me souviens presque trop bien de la nuit où mes parents sont morts. Je me souviens qu'on était cachés sous la véranda. C'est le shérif qui nous a trouvés. Je me souviens qu'il nous a sortis de sous le plancher, m'a enveloppée dans son manteau en me disant que j'étais en sécurité.

Elle marqua une pause.

— Ça peut sembler niais, mais la façon dont il nous a traités a fait une différence dans ma vie, et je voulais apporter ça à d'autres. Je ne pense pas qu'il faille être un génie pour comprendre pourquoi je voulais être flic.

— Ce n'est pas du tout niais.

Matt respectait son désir d'aider les autres.

— Pourquoi tu es devenu shérif adjoint ? demanda-t-elle.

— Je voulais aider les gens et j'aimais que chaque jour soit un nouveau défi.

— Alors, qu'est-ce que tu vas faire maintenant ?

— C'est une bonne question.

Une question devant laquelle Matt était désemparé. S'il avait eu besoin d'argent, il aurait probablement déjà trouvé une réponse.

— Je veux toujours éduquer des chiens. Je pourrais commencer avec une des chiennes de ma sœur, qui est trop nerveuse pour trouver une famille adoptive.

— Pas d'objectifs à long terme ?

— Pas encore. J'ai passé les deux premières années à refuser d'admettre que ma carrière dans les forces de l'ordre était terminée.

Mais maintenant qu'il avait accepté ce fait, il se sentait un peu dépourvu de motivation.

— Il n'y a aucune chance pour que tu puisses reprendre ?

— Non. Je ne peux pas tirer avec ma main dominante et je ne suis même pas assez bon de l'autre pour avoir un permis de port dissimulé.

Les anciens agents des forces de l'ordre pouvaient porter une arme dissimulée à condition qu'ils aient démontré leur compétence de tireur.

— Tu pourrais entrer dans l'administration de la police, suggéra Bree.

— Un travail de bureau ? Non, merci. La routine me rendrait fou.

Il se gara devant le champ de tir. Il récupéra son arme et ses munitions dans le coffre-fort du SUV et entra dans la boutique, qui venait d'ouvrir.

— Salut, Matt, l'accueillit Carl de derrière le comptoir. Vous avez toute la place pour vous. Mettez-vous où vous voulez.

— Merci.

Matt présenta Bree, paya les frais et choisit la dernière cabine cloisonnée. Il posa son arme. Il était content que l'endroit soit vide. Il n'aimait pas croiser quelqu'un qu'il connaissait.

Bree s'installa dans la cabine voisine. Ils mirent tous les deux leur protection auditive.

Matt chargea son arme. Juste pour voir, il la prit d'abord de la main droite et visa la cible en papier à vingt-cinq mètres de distance. Mais il ne pouvait même pas presser la détente.

Putain de froid.

Avec un soupir agacé, il saisit l'arme de sa main gauche et visa la cible. Il tira six coups, baissa le pistolet et appuya sur le bouton pour récupérer la cible.

— Hé, ça va mieux ! cria Carl.

Matt aurait aimé que Carl ait autre chose à faire.

Mais il avait raison. Cinq des tirs de Matt avaient atteint le torse de la silhouette imprimée sur le papier. Le sixième était juste un peu en dessous, dans le ventre.

Au cours de la première année qui avait suivi la fusillade, il avait subi trois opérations à la main. L'année suivante avait été consacrée à la rééducation. Il avait eu droit à trois séances de physiothérapie par semaine. Entre étirements et renforcements, dans des douleurs atroces, il avait progressé avec la lenteur d'un glacier.

Ce n'était qu'à partir de la troisième année qu'il avait vraiment accepté la réalité. Il ne retrouverait jamais le plein usage de sa main droite. Elle pouvait remplir les principales fonctions motrices, prendre des objets et les poser, mais sa motricité fine avait atteint ses limites. Matt avait passé quelques mois en dépression, puis il avait commencé à venir au champ de tir et à travailler sur la précision de sa main gauche. Au cours des six derniers mois, il s'était beaucoup amélioré.

Il jeta un coup d'œil à Bree dans la cabine voisine. Elle était en train de tirer sur sa cible.

Il renvoya sa cible au loin, en augmentant la distance. En tant qu'adjoint, il s'était surtout entraîné au tir à bout portant. Il était sûr d'atteindre sa cible dans ces conditions, mais sa précision diminuait à plus grande distance. Il tira près de cinquante balles, inspectant et remplaçant la cible si nécessaire.

Matt vida son chargeur, puis ramena la cible pour la dernière fois. La plupart de ses tirs étaient dans les limites du contour. Certains avaient complètement manqué le papier, mais il s'était clairement amélioré.

Bree s'approcha et retira sa protection auditive, laissant le casque pendre autour de son cou.

— C'est pas mal.

Il indiqua les cibles qu'elle avait utilisées.

— Pas aussi bien que toi.

Elle haussa les épaules.

— J'étais le meilleur tireur de ma promotion à l'académie. La plupart des flics ne peuvent pas tirer comme ça.

— Moi, je pouvais.

Elle indiqua sa cible.

— Je pense que tu pourrais obtenir le permis.

— Je manque de régularité, dit Matt en secouant la tête. De toute façon, il est temps d'aller rencontrer Stéphanie.

Il rangea son arme et sortit du champ de tir sans donner à Bree la possibilité de réagir. Après avoir refermé le coffre de son quatre-quatre, Matt se glissa derrière le volant. Bree grimpa à côté de lui. Il sentit son regard sur lui tout en conduisant. Il avait été grossier, mais il ne voulait pas parler de ses compétences de tir. Pouvait-il respecter les normes minimales pour obtenir un permis ? Peut-être. Mais le fait était que Matt n'était pas à l'aise avec ses capacités désormais limitées, et il ne le serait peut-être jamais.

Les Wallace vivaient sur une route de campagne à environ quinze minutes de la ville. Ce n'était pas une vraie banlieue, mais il y avait des boîtes à lettres au bord de la route, chaque terrain faisant environ un demi-hectare.

La maison de Stéphanie était grise, avec une porte rouge. Matt se gara devant la maison, même si l'allée la contournait pour mener à un double garage indépendant. Derrière celui-ci se trouvait un autre bâtiment. Une camionnette portait le logo de Wallace Charpente.

Ils s'approchèrent de la maison et sonnèrent.

Un homme d'une trentaine d'années ouvrit la porte. Il portait un jean et une chemise de flanelle sur un T-shirt bleu.

— Je suis le mari de Steph, Zack. Steph est dans la cuisine.

Elle sortait une plaque de cuisson du four. Vêtue de son uniforme de travail, elle portait de grandes bottes, des collants noirs et une courte robe noire. Des larmes coulaient sur son visage. Matt huma l'air. Des frites. Steph les jeta dans un bol, les sala et les posa sur la table.

— S'il vous plaît, asseyez-vous, dit Zack.

Matt et Bree prirent des chaises l'un à côté de l'autre, face à Steph et à son mari.

Steph se laissa tomber sur une chaise.

— Quelqu'un d'autre veut des frites ?

Matt et Bree refusèrent.

— Oh, mon Dieu. Je n'arrive pas à croire qu'elle ne soit plus là ! s'écria Steph.

Elle sanglotait au point d'avoir du mal à respirer.

— Vous allez faire de l'hyperventilation, dit Bree. Respirez lentement.

— Tu dois te calmer, ma chérie.

La voix de Zack était ferme.

— Ce n'est pas bon pour le bébé.

— Vous êtes enceinte ? demanda Matt.

— On vient de l'apprendre.

Zack tapota la main de sa femme.

— Je lui ai dit qu'elle ne devrait pas vous parler. C'était déjà assez stressant quand la police l'a interrogée. Elle n'a pas besoin de ça.

De la colère apparut dans son regard.

— Je vais bien, dit Steph. Juste quelques nausées matinales.

Elle mangea une frite, puis une autre.

Zack porta sa main à ses lèvres et l'embrassa.

— Ce n'est pas bon pour le bébé et la graisse va te faire mal au ventre.

Elle fronça les sourcils.

— J'ai besoin de manger avant le travail et je n'ai rien pu avaler. C'est la première chose qui me fait envie aujourd'hui.

— Je vais te chercher du lait.

Zack se leva et se dirigea vers le frigo.

Elle sourit faiblement.

— Il prend tellement bien soin de moi.

Elle essuya ses yeux larmoyants avec une serviette.

— Je suis désolée. C'est juste que…

Elle hoqueta.

— … Erin me manque.

— Nous comprenons, déclara Bree.

Steph se pencha sur la table et agrippa les avant-bras de Bree.

— Vous savez qui l'a tuée ?

— Non, dit Bree. Qu'est-ce qui se passait dans la vie d'Erin ces dernières semaines ?

Zack posa un verre de lait devant Steph, qui ne le toucha pas.

— Je ne sais pas trop.

Steph avala une autre frite.

— Au début, je pensais que c'était peut-être le truc avec Jack, mais maintenant je ne pense pas.

— Quel truc avec Jack ? demanda Matt.

— Elle ne vous l'avait pas dit ?

Steph renifla le lait. Son nez se plissa de dégoût.

— Non.

Bree secoua la tête.

Steph but une gorgée de lait, puis fit la grimace.

— Il la draguait. Elle faisait de son mieux pour l'éviter, mais aussi pour ne pas faire de vagues.

Les narines de Zack se dilatèrent.

— Tu dois quitter ce job. Jack est un connard.

Matt approuva.

— Erin aurait pu le poursuivre pour harcèlement sexuel.

— Encore aurait-il fallu le prouver.

Steph posa le verre et le repoussa.

— Dans le monde réel, elle se serait fait virer. Ça aurait été sa parole contre celle du patron. Jack aurait dit à tous les salons du coin qu'elle était une fille à problèmes. Elle n'aurait pas pu retrouver du travail. C'est une petite ville. Elle n'avait pas d'autres compétences. Sa carrière aurait été terminée.

Matt ravala sa colère. C'était ça, le problème dont Erin avait parlé à Bree ? Avait-elle pensé que Bree, en tant que flic, aurait pu persuader Jack d'arrêter ou bien la conseiller d'un point de vue juridique ?

— Vous avez vu Erin mardi ? demanda Bree.

— Ouais. On s'est dit au revoir quand elle est partie vers 4 heures.

Une larme roula sur le visage de Steph.

— C'est la dernière fois que je lui ai parlé.

Bree lui toucha l'avant-bras.

— Erin a-t-elle parlé de quelque chose d'inhabituel récemment ?

— La semaine dernière – je crois que c'était vendredi –, Justin s'est présenté au salon. Il était vraiment bouleversé. Erin a essayé de le calmer. Jack les a fait sortir dans le parking, puis il l'a réprimandée pour avoir quitté son poste. Je pense qu'il voulait lui mettre la pression pour qu'elle couche avec lui.

— Il avait déjà fait ça auparavant ? demanda Bree.

Les prédateurs sexuels étaient généralement des récidivistes.

Steph haussa les épaules.

— J'ai entendu dire qu'il faisait pression sur d'autres filles, mais pas sur moi. Il sait que Zack est très protecteur.

— C'est clair.

Zack avait le visage rouge de colère. Il se tapa dans la paume.

— Il sait qu'il a pas intérêt.

— Vous savez quand Jack a commencé à draguer Erin ? demanda Matt.

— Quand elle a rompu avec Justin. Il ne cible que les filles sans mari ni petit ami.

Steph mordit dans une frite.

— Il ne veut pas énerver quelqu'un qui pourrait lui botter le cul, grommela Zack.

Il poussa le verre de lait vers sa femme.

En le regardant, Steph se couvrit la bouche et fila dans la cuisine.

— Merde, dit Zack. Ses nausées matinales sont généralement moins fortes.

Quelques secondes de silence s'écoulèrent.

— Alors, Zack, vous êtes menuisier ? demanda Matt pendant qu'ils attendaient le retour de Steph.

— Ouais, dit Zack.

Matt se souvint du camion garé dehors.

— Vous avez votre propre entreprise ?

— Maintenant, oui.

Zack fronça les sourcils.

— Je travaillais pour une petite entreprise, mais elle a eu des problèmes financiers et a dû me licencier.

— Ça craint, dit Matt.

Zack haussa les épaules.

— Posséder ma propre entreprise a ses hauts et ses bas. J'aime être mon propre patron, mais les journées sont longues.

Steph revint, le visage pâle.

— Je suis désolée.

Zack jeta un regard sur sa femme.

— Tu ne peux pas aller travailler tant que tu n'as pas mangé correctement. Tu n'as toujours pas pris de poids.

Son téléphone vibra et il décrocha.

— C'est un client. Il faut que je réponde. Excusez-moi.

Il passa dans la pièce d'à côté en fermant la porte derrière lui.

— Je suis désolée si cet entretien vous bouleverse, dit Bree.

— C'est bon.

Steph fit un signe de la main.

— Il s'inquiète trop. Le médecin a dit qu'il était parfaitement normal de perdre quelques kilos dans les premiers mois.

Elle s'interrompit et soupira.

— La grossesse arrive à un très mauvais moment. On ne peut pas se permettre d'avoir un bébé maintenant. Zack vit déjà pratiquement dans son atelier, et quand il rentre, il doit se doucher tout de suite, parce que l'odeur de la sciure me rend malade. Le fait que je sois tombée enceinte a beaucoup ajouté à son stress.

— Tu n'es pas tombée enceinte toute seule, souligna Bree.

— Je sais.

Les yeux de Steph étaient troubles.

— C'est ce qu'Erin a dit. C'était une si bonne amie.

Elle baissa la voix.

— Zack et moi, on s'est brièvement séparés il y a quelques mois. Erin était mon roc. Elle était toujours là pour moi. Je ne sais pas comment j'aurais pu m'en sortir sans elle. Elle m'a même laissé dormir chez elle pendant quelques semaines. Elle ne m'a pas jugée ou ne m'a pas dit de retourner chez lui comme ma mère.

Erin comprenait sa situation. Steph posa une main sur son ventre encore plat.

— C'était ma *meilleure* amie. Je n'en aurai jamais une autre comme elle.

— Erin vous a parlé de Justin pendant que vous étiez chez elle ? demanda Bree.

Steph hocha la tête.

— On a beaucoup parlé de nos mariages. Ils étaient séparés depuis un peu plus longtemps, mais le sujet était encore douloureux. Je sais qu'elle l'aimait. Le faire déménager était la chose la plus difficile qu'elle ait jamais faite. C'était vraiment pour les enfants, à cause de la drogue.

— Est-ce qu'elle a mentionné quelque chose d'autre qui la préoccupait ? demanda Matt.

Steph fronça les sourcils.

— Ouais. Elle avait reçu des appels bizarres sur son téléphone. Et il y a quelques semaines, quelqu'un a crevé les pneus de sa voiture alors qu'elle était au salon.

Bree se redressa.

— Est-ce que quelqu'un a vérifié les caméras de surveillance du parking ?

Steph secoua la tête.

— Les employés doivent se garer loin derrière. Les caméras ne montrent pas cette partie du parking.

— OK. Si vous pensez à autre chose, appelez-moi, s'il vous plaît.

Bree donna à Steph son numéro de portable.

— Vous avez déjà mon numéro, dit Matt. Vous pouvez nous appeler tous les deux.

Ils dirent au revoir et quittèrent la maison. De retour dans le quatre-quatre, Matt prit son téléphone qui vibrait. Il jeta un coup d'œil à l'écran. Kevin. Il posa un doigt sur ses lèvres.

Bree attendit.

— Ouais, répondit Matt.

— J'ai entendu des rumeurs sur un pick-up blanc, dit Kevin. Qu'est-ce que ça vaut pour vous ?

— 50 dollars, dit Matt.

— Le camion est à l'ancienne usine Fresh.

— Je te paierai les 50 dollars supplémentaires quand tu auras organisé la rencontre avec Nico.

Si Matt donnait plus d'argent à Kevin, l'indic disparaîtrait pour faire la fête pendant quelques jours.

— Tu es un connard.

Il raccrocha.

Matt baissa le téléphone et le regarda. Serait-ce leur premier indice sérieux ?

Bree se redressa sur le siège passager.

— Quoi ?

— C'était un ancien indic. Je lui ai demandé de me dire s'il trouvait des infos sur Justin ou le véhicule d'Erin. Il dit qu'il y a un pick-up blanc à l'ancienne usine de boissons.

— C'est une bonne piste.

Bree boucla sa ceinture de sécurité.

Matt démarra et fit demi-tour sur la route principale en faisant crisser les pneus. Puis il enfonça l'accélérateur. C'était un moment important. Il le sentait.

Matt se dirigea vers son domicile, prenant les virages assez vite pour que Bree doive se tenir à l'accoudoir afin de garder l'équilibre.

— Ce n'est pas le chemin de l'usine, remarqua-t-elle.

— Je veux passer prendre Brody. Est-ce que ça te va ?

Mais sa réponse n'aurait pas changé le cours des choses. Il avait besoin du chien.

— Bien sûr, dit Bree sur un ton tiède.

— C'est important. Il sentira les gens avant qu'on ne les voie. Et si Justin est dans l'usine, Brody le trouvera plus vite.

— Je sais. Je me débrouillerai, dit-elle froidement.

Il faudra bien, pensa-t-il avec une petite pointe de culpabilité.

Chez Matt, Bree attendit dans le quatre-quatre pendant qu'il courait chercher le chien. Brody sauta sur le siège arrière et regarda Bree par-dessus son dossier.

Elle lui jeta un coup d'œil. En se raidissant, elle glissa de quelques centimètres vers la portière.

— J'ai l'impression qu'il veut monter à l'avant.

— Ça ira. Il a connu la banquette arrière pendant toute sa carrière dans la police.

Matt s'éloigna de la maison.

L'usine Fresh avait fait faillite vingt ans auparavant. Elle se trouvait à sept miles de la ville, au milieu de nulle part. Des champs et des bois enneigés bordaient la route de campagne. Le bâtiment était un énorme carré de briques entouré d'un parking, avec nettement plus de traces de pneus qu'on aurait pu s'y attendre pour un endroit abandonné.

— Ce bâtiment posait problème quand j'étais adjoint. Des squatteurs, des sans-abri, des dealers, des ados. S'il y avait quelque chose d'illégal à faire, ça se passait ici.

Matt arrêta le quatre-quatre et sortit. Après avoir ouvert la portière arrière, Matt attacha la laisse au collier du chien. Brody sauta du véhicule, la truffe déjà au travail.

Bree garda ses distances tandis qu'ils traversaient le parking.

— La société qui possède la propriété a renoncé à empêcher les gens d'entrer.

Matt conduisit Brody vers le grillage qui entourait la propriété. Sur la façade du bâtiment, la plupart des carreaux étaient cassés.

Le portail pendait sur ses gonds. Matt l'écarta pour laisser Brody et Bree entrer dans la cour. Ils avancèrent sur l'asphalte glacé et fissuré, couvert de neige ou dégagé selon le hasard des coups de vent. Ils grimpèrent sur le trottoir en béton. Les portes d'entrée étaient en acier massif et cadenassées. Ils firent le tour du bâtiment. À l'arrière, des baies de chargement étaient alignées. Plusieurs portes de service étaient ouvertes.

Bree se dirigea vers la première.

Matt lui toucha le bras pour l'arrêter.

— C'est trop calme.

Elle haussa un sourcil.

— Je n'aime pas ça. Il y a toujours quelqu'un ici.

Matt jeta un coup d'œil à Brody. Le chien était calme et ne semblait pas sentir la présence d'autres personnes.

— Peut-être qu'il fait trop froid pour que quiconque vive ici, dit Bree en frissonnant.

Elle avait le nez rouge et son haleine formait des nuages de buée devant son visage. Elle sortit un chapeau et des gants de sa poche et les enfila.

Matt passa en premier, laissant le chien le guider. Ils entrèrent dans une grande pièce haute de plafond avec un sol en béton. Des barils étaient empilés contre un mur. Des ordures, des cartons, des aiguilles usagées et ce que Matt soupçonnait être des excréments humains jonchaient le sol. Ils traversèrent la pièce et approchèrent d'une autre porte.

Brody leva soudain la tête, la truffe frémissante. Il était entraîné pour plusieurs types de missions : détecter de la drogue et des explosifs, fouiller des bâtiments et traquer des suspects. L'intelligence du chien et sa capacité d'adaptation avaient toujours impressionné Matt.

Bree fronça les sourcils en désignant Brody.

— Qu'est-ce que c'est ?

— Pas sûr.

Mais il y avait vraiment quelque chose.

— Il a quelque chose dans le nez.

Un bruit de métal résonna dans l'espace vide.

Le vent ?

Brody se raidit. Il gémit et tira sur sa laisse. Faisant signe à Bree de reculer, Matt se prépara. L'attention de Brody était tout entière dirigée vers l'avant, sur la porte et ce qui se trouvait de l'autre côté.

Chapitre Dix-Neuf

Bree sortit son arme et se positionna dos au mur d'un côté de la porte. Matt se mit de l'autre côté et retint Brody. Le chien pleurnichait et déplaçait son poids d'avant en arrière. Il ne grognait pas. Bien que Bree évitât d'approcher les chiens policiers, elle savait que chacun avait ses propres signaux d'alerte.

— Une menace ? dit-elle.

Matt haussa les épaules et répondit :

— Pas sûr.

Super.

Bree jeta un coup d'œil par la porte. Un F150 blanc était garé au milieu d'une autre grande baie d'expédition.

Son cœur fit un bond. Le pick-up d'Erin. Elle ne vit personne à travers le pare-brise. Elle inspecta le reste de la pièce, sans rien voir. Donnant du mou à Brody, Matt le laissa le guider.

Bree les suivit, balayant la pièce d'un côté à l'autre avec son arme.

Elle avança, dépassa le chien et s'approcha du véhicule. Soudain, Brody aboya et se précipita vers elle. Bree sursauta et bondit sur le côté. Son cœur battait à toute allure.

Matt tira sur la laisse, mais il avait clairement du mal à maîtriser son chien.

Bree était sur les nerfs.

Le chien bondit à nouveau et elle s'écarta encore plus.

— Tu peux le contrôler ? dit-elle d'un ton sec.

— Oui, désolé. Il n'est jamais comme ça.

Matt raccourcit la laisse et donna quelques ordres précis en allemand. La seule réaction visible chez le chien fut un frémissement d'oreille. Toute son attention était concentrée sur le pick-up. Son poids était réparti sur ses quatre pattes et tendu vers l'avant. Matt le traîna en arrière sur quelques mètres, mais il resta focalisé sur le pick-up.

En gardant un œil sur le chien, Bree s'approcha du véhicule. Elle pointa son arme à travers la fenêtre du conducteur.

— Sortez du camion les mains en l'air.

Rien ne bougea.

Elle se mit sur la pointe des pieds et inspecta l'intérieur du véhicule, à l'avant et à l'arrière. Elle s'attendait à y voir un cadavre, peut-être celui de Justin, mais l'habitacle était vide. En regardant de plus près, elle remarqua des taches rouge foncé sur le tableau de bord, le volant et le siège du conducteur.

— Qu'est-ce que tu vois ? demanda Matt.

— Du sang.

En deux secondes, Matt était à ses côtés. Brody se tenait sur ses pattes arrière, grattant la porte du camion, son flair fonctionnant à plein régime. Il se mit à souffler. Sa gueule s'ouvrait comme pour goûter l'air. D'instinct, Bree s'éloigna du chien.

— Je suis désolé qu'il panique.

Matt attrapa le collier du chien et le tira en arrière.

Bree passa de l'autre côté du véhicule.

— Ce n'est pas ta faute. Je suis désolée d'avoir craqué tout à l'heure. Il faut que j'arrive à contrôler ma peur des chiens.

Avec le camion entre elle et Brody, Bree put prendre trois grandes inspirations, en expirant lentement pour faire baisser son rythme cardiaque. Son cerveau savait que Brody n'était pas une menace pour elle, mais sa réaction était un réflexe.

Matt fit asseoir l'animal

— Ce n'est pas quelque chose que tu peux contrôler.

Et c'était ce qui irritait Bree plus que tout.

Elle étudia l'intérieur gris du camion.

— Ça fait beaucoup de sang.

— Il y avait une trace de sang sur la porte de la chambre de Justin, dit Matt. Il a pu toucher Erin. Il a peut-être vérifié son pouls ou essayé de l'aider.

Ils restèrent tous les deux silencieux pendant quelques secondes. Selon le médecin légiste, il n'y avait pas eu grand-chose à faire pour l'aider.

Bree regarda par la fenêtre arrière. Elle repéra une tache sur la banquette et une trace de main claire sur le tableau de bord.

— Todd devrait être capable d'en tirer des empreintes digitales.

Matt fit un pas en arrière, le visage fermé.

— Je ne sais pas ce que ça signifie. Du sang sur les sièges avant et arrière ? Une personne était sur le siège arrière pendant qu'une autre conduisait ? Ou est-ce que le conducteur est monté à l'arrière pour se reposer et a saigné pendant un moment ?

— La police scientifique pourra nous dire s'il y a une ou deux sources de sang.

Matt resta silencieux.

— Il y a un morceau de papier sur le siège passager.

Bree se tordit le cou, sans pouvoir lire le message. Le sang avait éclaboussé le papier.

Matt se dirigea vers le côté passager du véhicule.

— Je n'arrive pas à lire non plus.

Bree s'éloigna du camion et sortit son téléphone.

— Il faut que j'appelle Todd. La police scientifique doit s'occuper de ce camion.

— Je sais.

Matt se passa la main dans les cheveux.

Une minute plus tard, Bree baissa son téléphone.

— Todd est en route. Arrivée prévue dans dix minutes.

— Je ne pourrais pas justifier l'ouverture du camion.

— Non, dit Bree. On ne peut pas contaminer la scène.

Elle prit des photos du camion sous le plus grand nombre d'angles possible sans le toucher.

Il faisait plus froid à l'intérieur de l'usine qu'à l'extérieur. Le froid semblait irradier du béton, à travers la semelle de ses baskets, jusqu'aux os de ses pieds. Ses orteils menaçaient de se transformer en glaçons et elle sauta sur place pour activer sa circulation.

Matt fronça les sourcils.

— Pourquoi tu ne portes pas de bottes ?

Bree souleva une basket.

— Je peux courir plus vite avec ça.

— Mais tu as une paire de bottes ?

— Oui. Elles sont bien rangées dans ma voiture à la ferme.

Lorsqu'elle était de garde, elle avait toujours des bottes et des vêtements de rechange dans son coffre, ainsi que des lingettes désinfectantes.

Matt secoua la tête.

— Tu vas geler si on doit fouiller les bois.

— Oui.

Bree tapa des pieds.

— Ça va craindre.

Leur conversation fut interrompue par un bruit de véhicules en provenance du parking. Todd et deux adjoints entrèrent dans la baie de chargement. Todd s'approcha du pick-up et le contourna, examinant ce qui était visible de l'extérieur. Pendant ce temps, les deux adjoints faisaient évacuer le bâtiment. À leur retour, Todd ordonna à l'un d'eux de relever les empreintes sur les poignées de porte, et à l'autre d'appeler une dépanneuse.

Todd s'approcha de Matt et Bree.

— Qu'est-ce qui vous a conduits ici ?

— J'ai pris contact avec d'anciens informateurs, dit Matt. On m'a appelé aujourd'hui pour me faire part de rumeurs sur l'emplacement d'un pick-up blanc. Vu le nombre de fausses observations que vous avez faites, nous voulions nous assurer que c'était bien celui d'Erin avant de vous amener ici.

Todd retourna vers le pick-up. Après que l'adjoint eut relevé une empreinte partielle sur la porte du conducteur, Todd mit des gants et ouvrit la porte.

Bree s'approcha. Matt retint Brody. Le chien renifla l'air et gémit. *En réaction à l'odeur du sang ? Ou est-ce qu'il sent Justin ?*

Todd examina l'intérieur de la porte et le côté conducteur de l'habitacle.

— Le sang ici est surtout sous forme de taches. Les tests ADN nous diront s'il appartient à Erin, à Justin ou à une autre personne que nous n'avons pas encore identifiée.

— Quel est le délai de réalisation des tests ADN dans votre laboratoire ? demanda Bree.

— De deux semaines à six mois.

Todd ouvrit la porte arrière pour examiner la banquette arrière du véhicule.

— Il y a beaucoup de sang sur le siège.

Il s'accroupit pour regarder de plus près.

— Et encore plus sur le tapis.

Bree indiqua une flaque gelée sur le tapis.

— C'est beaucoup trop de sang pour un transfert passif. C'était une blessure qui saignait activement.

Todd se releva. Il contourna le véhicule et ouvrit les portières du côté passager. Todd photographia le papier sur le siège passager, puis le ramassa avec soin. Il l'inclina dans la lumière.

Il s'agissait de trois mots tracés d'une main tremblante. Bree les lut à haute voix par-dessus son épaule : « *Je suis désolé.* »

Todd se pinça les lèvres.

— Qu'est-ce que ça signifie ? Si Justin est suicidaire, il a pu se servir de son arme. Mais il aurait pu se tirer dessus chez lui ou ici même. Pourquoi avoir quitté le camion ? Ça n'a pas de sens.

Bree frémit. C'était la même chose que son père. La mort d'Erin était-elle une terrible répétition, comme l'avaient dit les médias ?

— S'il est suicidaire, il n'a pas les idées claires.

Matt fit la moue.

— On ne sait pas quand le camion a été abandonné ici. On ne sait pas si Justin le conduisait. Il faut commencer à chercher.

Bree afficha une carte de la région sur son téléphone.

— Il n'y a rien d'autre ici que des bois et des champs. La ville est à environ sept miles. Dans quelle direction irait-il ?

Justin pouvait être étendu dans le froid, mort ou mourant.

— Je vais appeler la police d'État et voir s'ils peuvent nous prêter une équipe canine.

Todd s'éloigna pour utiliser sa radio.

— Et si le conducteur n'était pas Justin ? suggéra Matt. Et si quelqu'un d'autre conduisait, alors qu'il saignait sur le siège arrière ? Justin a pu être capturé par celui qui a tiré sur Erin.

— Si Justin a été kidnappé, dit Bree, alors le vrai tueur le retient quelque part ou il a jeté son corps avant d'abandonner le pick-up ici.

Matt indiqua le véhicule.

— Alors comment le tueur est-il reparti d'ici ? Peu de gens voudraient marcher sept miles dans ce froid.

Bree pensa à l'homme qu'elle avait poursuivi dans le champ d'Erin. Il n'était pas exceptionnellement en forme. Elle proposa des théories, en les comptant sur ses doigts.

— Il a pu utiliser un complice. Il a pu laisser un véhicule ici avant. Il a pu marcher un kilomètre et demi, puis appeler un ami pour qu'il l'emmène. Une application de covoiturage est une autre possibilité.

Todd revint vers eux.

— Je peux faire venir une unité canine à la première heure demain matin.

— C'est trop long, dit Matt.

Todd fit un geste en direction de Brody.

— C'est le mieux que je puisse faire, à moins que tu ne veuilles laisser Brody essayer.

Matt soupira.

— On va essayer, mais il ne porte pas son harnais de travail et ça fait des années qu'il n'a pas suivi de traces. Est-ce qu'un des adjoints peut courir vers mon véhicule pour récupérer quelque chose ? Sans laisser Brody le voir.

— Bien sûr.

Todd appela un adjoint, qui s'éloigna bientôt au pas de course.

Quelques minutes plus tard, il revint et donna discrètement à Matt un animal en peluche qui ressemblait à un rat. Matt le mit dans sa poche, puis il conduisit Brody du côté conducteur du pick-up et indiqua le siège. Brody se mit debout sur ses pattes arrière et renifla le tissu. Matt le laissa prendre son temps, puis lui donna un ordre. Ils tournèrent en rond autour du camion, le chien reniflant l'air et le sol tout en se déplaçant. Bree n'était pas une experte, mais Brody semblait savoir ce qu'il faisait.

Ils avaient fait trois fois le tour du véhicule, chaque fois un peu plus largement que la précédente, lorsque la posture du chien changea. Ses oreilles se dressèrent vers l'avant, sa queue pointa en arrière et il indiqua une direction précise.

— Il a quelque chose, dit Matt.

Brody se dirigea vers la sortie. Dans l'embrasure de la porte, il s'arrêta pour renifler à nouveau, puis reprit son chemin. Bree et

Todd le suivaient. Dans le parking, il sembla perdre la piste, marchant en rond, reniflant l'air.

— Il ne sent pas le sol, dit Bree en mettant ses mains dans ses poches.

— Le vent dissipe les particules, répondit Matt en donnant plus de laisse au chien. Il n'y aura pas de piste parfaite. Il doit suivre toutes les particules d'odeur qu'il peut trouver. C'est comme relier des points pour former un dessin.

Après quelques instants d'errance apparemment sans but, Brody s'éloigna de la sortie et se dirigea vers un bosquet. Il n'allait plus en ligne droite comme à l'intérieur du bâtiment, mais zigzaguait.

À la limite du parking, Matt dit :

— Regardez si vous voyez des traces dans la neige.

Bree et Todd se déployèrent de chaque côté du chien. Bree enjamba le trottoir. La neige était profonde jusqu'à la cheville et commença immédiatement à imbiber ses baskets. Juste devant, elle aperçut un trou dans la neige.

— Attendez !

Elle s'approcha et découvrit une empreinte partielle.

— J'ai trouvé une trace.

Elle suivit visuellement la ligne reliant l'empreinte et le parking et repéra d'autres marques dans la neige.

— Il y en a d'autres. Quelqu'un est passé par là.

Elle se pencha sur l'empreinte la plus proche. La neige l'avait déjà partiellement remplie.

Todd s'approcha et s'accroupit à côté d'elle.

— La trace n'est pas claire, sauf ici sur le bord.

Bree pointa du doigt quelques marques d'aspect bombé.

— Probablement une botte de travail d'un certain type.

— Ce n'est pas assez clair pour déterminer quelle marque.

Todd se mit debout et regarda vers les arbres.

— Voyons où il est allé.

Brody ouvrit la voie. Ils trouvèrent d'autres empreintes de bottes le long de la piste suivie par le chien. Quinze ou vingt minutes plus tard, les bois donnaient sur une autre route. Bree la traversa. Plus de traces.

— Il a dû marcher le long de la route.

Brody se remit à zigzaguer, le nez en l'air, humant profondément. Il se dirigea vers le nord en serpentant le long de l'accotement.

— Il y a une ferme là-bas.

Todd fit un geste de la main. À un demi-mile de là, de l'autre côté de la route, de grandes dépendances étaient regroupées autour d'une maison blanche.

— C'est Empire Acre Farms, dit Todd. C'est une grosse affaire. Elle semble déserte maintenant, mais à l'automne, ils ont des arbres de Noël, organisent des promenades et des cueillettes de citrouilles.

À un quart de mile de la ferme, Brody s'arrêta. Sa queue se détendit et ses oreilles s'abaissèrent.

Matt le fit chercher tout autour. Le chien renifla, mais sans réaction.

— C'est la fin de la piste, déclara Matt.

Brody s'assit sur la route et geignit.

— Il a l'air déprimé, dit Bree.

— Il aime trouver la personne qu'il cherche.

Matt se tourna vers le chien et le félicita d'une voix enthousiaste. Il mit la main dans la poche de son manteau et en sortit le jouet que l'adjoint avait apporté de son quatre-quatre.

— Tu es un bon chien !

La queue de Brody remua et ses oreilles se dressèrent à nouveau lorsque Matt fit couiner le jouet.

— Tu veux M. Hérisson ?

Bree fut impressionnée par son utilisation désinvolte du langage enfantin.

— Tu as apporté un jouet pour chien ?

— Il aime ce vieux truc. Je le garde dans le camion au cas où il s'ennuierait, mais là, c'est sa récompense pour son travail.

Matt lança le hérisson en l'air. Brody sauta pour l'attraper au vol. Lorsque ses pattes touchèrent à nouveau l'asphalte, il secoua le jouet comme pour lui briser le cou.

Bree frissonna et réprima un flash-back. De l'air froid et humide. Une odeur de chien mouillé. Le cliquetis d'une chaîne. Des dents qui s'enfoncent dans sa chair. Le tremblement. La voix de Todd la fit émerger de sa rêverie.

— Vous pensez qu'il est parti d'ici dans un véhicule ?

Todd regarda la route.

— Probablement.

Matt gratta Brody derrière les oreilles.

— La neige a pu avoir un impact sur l'odeur ? demanda Bree.

— J'en doute, dans ce cas. Si c'est de la neige fraîche, ça peut cacher l'odeur. Mais cette neige est là depuis une semaine et Brody n'a eu aucun mal à suivre la piste jusqu'ici.

Todd scruta la route dans les deux directions.

— Peut-être qu'une voiture l'attendait.

Bree ne le pensait pas.

— Abandonner une voiture au milieu de nulle part ou se faire récupérer nécessite une autre personne. Même si cette personne n'est pas complice, elle serait témoin de la présence de notre suspect à cet endroit. Et je doute qu'il ait marché. La ville est à sept miles de là.

— Et Brody aurait continué à suivre son odeur.

Matt caressa la tête du chien.

Le regard de Bree revint sur la grande ferme au bout de la route.

— Ou bien il a utilisé la ferme d'Empire Acre comme point de rendez-vous pour le Uber ou le Lyft dont on a parlé plus tôt. De cette façon, il n'y aurait aucune trace de lui à l'usine où il a laissé le camion.

— Ce qui nous fait deux théories plausibles, déclara Todd. Il avait une voiture qui l'attendait ou il utilisait une application de covoiturage.

Matt se tourna vers Todd.

— Tu peux obtenir un mandat pour les dossiers de la société de covoiturage ?

— Oui.

Todd hocha la tête.

— Entre la note et le sang, on peut argumenter qu'un blessé grave ou un risque de suicide constituent une situation d'urgence.

Ils firent demi-tour et se remirent à marcher. Le vent soufflait au visage de Bree. Son nez était engourdi et ses pieds lourds comme des blocs de glace jusqu'à ce qu'ils atteignent enfin l'usine. À l'intérieur, Todd attrapa un de ses adjoints et le chargea de demander un mandat pour les données des sociétés de covoiturage.

De retour sur le parking de l'usine, Todd se dirigea vers son véhicule.

— Je vais faire remorquer le pick-up au garage municipal. Un technicien médico-légal pourra l'examiner là-bas.

Ils s'arrêtèrent à côté de la voiture officielle de Todd. Les autres adjoints étaient toujours à l'intérieur de l'usine avec le pick-up d'Erin.

— Tu as une minute, Todd ? demanda Matt.

Todd haussa les sourcils.

— Vous avez une piste ?

— Une ou deux, dit Matt. D'abord, as-tu entendu des rumeurs sur des faits de harcèlement sexuel de Jack Halo envers son personnel ?

— Non.

Todd se redressa.

— Et nous avons interrogé tous ceux avec qui Erin travaillait.

— Il intimide ses employées, dit Bree. Elles n'étaient probablement pas à l'aise pour parler librement avec les adjoints.

Lorsqu'elle voulait des informations sur un employeur, elle interrogeait les employés hors site.

Todd mit la main dans sa poche pour prendre un petit bloc-notes. Il nota quelques informations, puis leva la tête.

— Vous aviez parlé de plusieurs pistes.

— L'ex de ma sœur est passé hier soir.

Bree frissonna en racontant à Todd la visite de Craig.

— Je vais voir ce que je peux trouver sur lui.

Todd prit quelques notes supplémentaires.

— Vous voyez une raison pour laquelle il aurait voulu faire du mal à votre sœur ?

— Non, dit Bree. Craig ne s'intéresse qu'à l'argent. Il revenait toujours vers Erin quand il avait besoin d'un endroit où vivre. Je ne vois pas comment il pourrait tirer profit de sa mort.

— Les enfants recevront des allocations du fond des victimes, déclara Todd.

Bree n'y avait pas pensé.

— Ça ne semble pas suffisant pour commettre un meurtre.

Todd leva la main.

— L'adolescent n'est plus concerné que pour quelques années, mais la petite fille recevra une pension jusqu'à ses 18 ans. C'est dix ans de paiements mensuels.

— Craig est toujours en quête d'argent, dit Bree. Il a dit qu'il avait un travail, mais peut-être que pasteur ne paie pas autant qu'il l'espérait.

— J'ai aussi des nouvelles pour vous, dit Todd en ouvrant la portière de son véhicule. Le mandat de perquisition pour la maison de Trey White est arrivé juste avant que vous appeliez pour le pick-up. J'enverrai des adjoints exécuter le mandat à la première heure demain matin. On a récupéré les cassettes de surveillance des commerces environnants, mais aucune ne montre l'avant du magasin. Son alibi n'est toujours pas vérifié.

— Vous avez tiré des informations du téléphone jetable qui se trouvait parmi les affaires d'Erin au salon de beauté ? demanda Matt.

Todd s'appuya contre la portière.

— Les empreintes digitales d'Erin et de Justin étaient sur le téléphone. Il a été acheté chez Eddy's Electronics il y a quatre mois. On a de la chance que le magasin soit passé à des vidéos de surveillance en numérique l'année dernière. Ils conservent les enregistrements pendant six mois et ont pu récupérer la vidéo d'un homme achetant le téléphone. Il a utilisé de l'argent liquide, mais l'image est très claire. Il n'y a aucun doute. C'était Justin.

Todd s'interrompit, son regard se dirigeant vers l'usine avant de continuer.

— On savait déjà que Justin et Erin s'étaient disputés sur le parking du salon de beauté vendredi dernier. On a demandé au propriétaire du salon de tirer les images des caméras de sécurité du parking. Dans la vidéo, Justin se comporte de manière très agitée et il a certainement donné un téléphone à Erin.

— Qu'est-ce qu'il y a sur le téléphone ? demanda Matt.

— Pas grand-chose.

Todd rajusta son chapeau.

— Selon le journal des appels, environ une fois par semaine, il recevait un SMS sans message, provenant d'un numéro de téléphone différent. Si un appel a été passé cette semaine-là, c'est ce numéro qui a été utilisé. En dehors de ces SMS à numéro unique, le téléphone n'était utilisé que pour passer des appels. Il n'y avait pas d'autres messages texte.

Les fournisseurs de services sans fil conservaient pendant un certain temps les enregistrements du contenu des messages texte.

Mais il n'y avait aucun moyen de voir le contenu d'une discussion verbale. Justin ne voulait pas qu'on enregistre son activité.

Todd poursuivit.

— Chacun des numéros appelés par le portable de Justin semble appartenir à d'autres téléphones jetables.

Bree alla droit au but.

— Les trafiquants de drogue changent constamment de téléphone pour éviter d'être suivis ou traqués par les forces de l'ordre.

— Oui.

Todd posa les mains sur son ceinturon de service.

— Nous pensons que Justin utilisait son téléphone jetable pour acheter de la drogue.

— Quand a-t-il passé un appel pour la dernière fois ? demanda Matt.

— Vendredi dernier, répondit Todd.

— Merde.

Matt fit volte-face avec un mouvement de frustration. Assis à ses pieds, Brody le regarda et se mit à pleurnicher. La main de Matt se posa sur la tête du chien, mais Bree se demanda qui réconfortait qui.

Parce que l'ami de Matt avait appelé son dealer quatre jours avant qu'Erin ne soit tuée.

Chapitre Vingt

Il faisait les cent pas, son anxiété tournant à plein régime.

Le journal télévisé venait de passer à la télévision. La police avait retrouvé le pick-up d'Erin.

Ça n'a pas d'importance.

Il n'avait laissé aucun indice derrière lui. Il avait porté des gants. Ils n'avaient rien trouvé dans le camion qui puisse mener à lui. Il ne risquait rien. Il devait rester concentré sur ce qui était important, pour atteindre son objectif.

Après avoir ouvert son ordinateur portable, il alluma son appareil photo et transféra ses photos récentes sur l'ordinateur. Elle était là. Le téléobjectif lui avait permis de la photographier sans qu'elle ne se doute de rien.

Il ouvrit Excel et transféra ses activités dans le tableur qu'il avait créé. Il ne pouvait pas la surveiller vingt-quatre heures sur vingt-quatre, sept jours sur sept. Il avait fait de son mieux, mais ce n'était pas suffisant. Il y avait trop de lacunes dans son agenda, trop de temps non comptabilisé. Il devait savoir où elle se trouvait et avec qui elle était à chaque instant de la journée.

Mais il avait d'autres responsabilités. Il ne pouvait pas consacrer tout son temps à la surveiller. Il ne devrait pas avoir à le faire, pensa-t-il avec un élan de colère immédiat qui rétrécit sa vision et brouilla ses réflexions. Il avait envie d'enfoncer ses poings dans quelque chose. Il inspira goulûment jusqu'à ce que la crise passe.

Il prit ses clés. Il avait une course à faire. Il devait être prêt au cas où elle le trahirait. Un homme ne peut jamais être trop prévoyant. Les armes ne servaient à rien sans munitions.

Chapitre Vingt Et Un

De retour dans son quatre-quatre, Matt mit le chauffage à fond et dirigea la ventilation vers Bree.

— Qu'est-ce qu'on fait maintenant ?

Brody s'allongea sur le siège arrière en geignant doucement.

Sur le siège passager, Bree frissonnait, les mains encore dans ses poches.

— Il faut qu'on fasse le point.

— Il faut surtout qu'on retrouve Justin.

Mais Matt n'avait aucune idée de l'endroit où chercher. Son ami pouvait être en train de mourir en ce moment même.

— Je veux éplucher les relevés de téléphone portable de ma sœur. Retournons à la maison.

— OK.

Matt quitta le parking. Intérieurement, il avait envie de parcourir la ville et d'enfoncer des portes jusqu'à trouver Justin. Mais Bree avait raison. Ils avaient besoin de faire le point. Courir partout comme des idiots leur ferait perdre un temps précieux.

— Dana a trouvé les numéros de compte et les mots de passe de ma sœur. On a accès à tous ses comptes en ligne.

— Todd aussi.

Bien que Matt n'ait pas très confiance dans la capacité de Todd à interpréter les données.

— Je veux voir les informations par moi-même. Je ne sais jamais ce qui va me sauter aux yeux. En plus, je connais Erin. Je pourrais voir un schéma que quelqu'un d'autre ne reconnaîtrait pas.

Il était 4 heures quand Matt se gara devant la ferme. Le soleil était déjà bas au-dessus des arbres.

— L'hiver est déprimant.

Bree ouvrit sa portière et descendit du quatre-quatre.

— Il fera nuit dans une demi-heure.

Ils entrèrent dans la maison. Bree retira ses baskets. Ses chaussettes laissèrent des traces de pas humides sur le sol. Elle devait avoir les pieds gelés. Dans l'entrée, Brody leva soudainement le nez. Matt sentit des odeurs d'ail et de basilic.

Bree accrocha leurs manteaux derrière la porte.

— Dana s'occupe de la cuisine. Si c'était moi, on alternerait entre les plats à emporter chinois, les pizzas et les Cheerios.

Ils passèrent dans la cuisine. Dana et Kayla étaient assises à la table et jouaient au backgammon. Kayla bondit pour accueillir Brody.

— Où est Luke ? demanda Bree.

— Dans sa chambre, dit Dana.

Bree approcha du four, alluma et regarda à travers la porte.

— Qu'est-ce qu'il y a là-dedans ?

— Des lasagnes.

Dana se leva, remplit un bol d'eau et le posa par terre pour le chien.

— Du café ? Il est frais.

— Oui, dit Bree. Je vais chercher des chaussettes sèches. Excusez-moi une minute.

Elle se glissa dans la buanderie.

Matt accepta le café. Il prit la tasse dans sa main blessée pour soulager les douleurs causées par le froid.

— Ma sœur laisse toujours des lasagnes végétariennes dans mon congélateur.

Dana se remplit une tasse à son tour.

— Tu es végétarien ?

— Non, dit-il en s'efforçant de faire la conversation. Mais ma sœur persiste à essayer de me convertir. Elle dirige un refuge pour animaux.

— Bien.

Dana retourna s'asseoir.

— Parce que les miennes sont plutôt carnivores. J'utilise du bœuf haché dans la garniture et des os de porc pour faire la sauce. Tu restes dîner.

Ce n'était pas une question.

Kayla se rassit également et Brody s'allongea sur le sol à ses pieds. Elle retira ses pantoufles et passa les orteils dans son pelage.

— Maman a sauvé nos chevaux.

Matt eut le cœur serré en entendant le ton mélancolique de la petite fille.

— Comment ça ?

Kayla glissa sur le sol et enfonça son visage dans le pelage de Brody.

— Erin les a achetés à une vente de bétail aux enchères, dit Bree en rentrant de la buanderie, les yeux embués. Sinon, ils allaient finir à l'abattoir. Erin se souciait de leur personnalité, pas de ce que disaient les papiers.

— Ma sœur serait d'accord, déclara Matt.

Kayla leva la tête et tapota le flanc de Brody avant de retourner à sa chaise.

Bree prit son café et se pencha sur l'épaule de Kayla.

— Tu sais jouer ?

Kayla secoua la tête.

— Dana m'apprend.

— Elle apprend vite.

Dana ramassa les dés sur le tableau.

— Tu pourras jouer après, dit Kayla.

— J'ai un peu de travail pour l'instant, mais on pourra jouer plus tard.

Bree prit son café et se dirigea vers la porte.

— Nous serons dans le bureau si tu as besoin de nous.

Matt la suivit dans le bureau. Bree ferma la porte vitrée et s'assit dans le grand fauteuil. Matt tira une chaise en bois et s'installa à côté d'elle. Un ordinateur portable était posé sur le bureau.

Bree le mit en route.

— Ça peut prendre quelques minutes. Mon ordinateur est très lent. Je suis toujours trop occupée pour mettre à jour le logiciel.

Elle marqua une pause.

— L'ordinateur d'Erin, celui que le bureau du shérif a pris, est un dinosaure. Elle en a acheté un nouveau à Luke pour Noël. Elle pensait toujours à elle en dernier.

— C'était une bonne mère.

Impatient de revenir à l'enquête, Matt tapa des doigts sur le bureau.

— Le sang sur le siège arrière du camion est-il suffisant pour te convaincre que Justin n'a pas tué Erin ? Que quelqu'un d'autre l'a tuée, et probablement lui aussi ?

— Je ne dirais pas que je suis convaincue, mais j'accepte que ce soit une théorie viable.

Bree hocha la tête.

— Supposons pour l'instant que Justin n'a pas tué ma sœur. Qui sont nos autres suspects ?

— Nico, le dealer de Justin. Je voulais me convaincre que Justin était clean, mais j'avais tort.

Avant la mort d'Erin, Matt ne soupçonnait pas que Justin se droguait encore.

— Il m'a totalement berné.

— Quelle serait la motivation de Nico ?

Bree tira un morceau de papier de l'imprimante qui se trouvait sur l'étagère derrière elle.

— J'aimerais avoir un tableau noir pour recouper les indices et les suspects, mais une liste devrait suffire.

— L'argent, peut-être la réputation. Les trafiquants de drogue ne peuvent pas laisser leurs clients s'en tirer en cas de non-paiement.

— OK. On n'en sait pas encore assez sur ce Nico pour aller plus loin.

Bree nota son nom et le symbole du dollar.

— Qui d'autre ?

— Jack Halo.

Bree réfléchit en faisant la moue.

— Peut-être qu'Erin avait la preuve qu'il harcelait sexuellement ses employées.

— Ça peut se concevoir, acquiesça Matt. Les dommages financiers accordés dans un procès civil peuvent être imprévisibles.

— Il ne voudrait pas que ses méfaits soient rendus publics, d'autant plus que son entreprise s'adresse en grande partie aux femmes.

— Des méfaits présumés, souligna Matt.

Bree rougit sous l'effet de la colère.

— Ma sœur n'était pas une menteuse et elle n'était pas non plus trop sensible. Si elle a dit à Steph que Jack la harcelait, ça devait être assez grave.

Matt leva les mains en signe d'excuse.

— Je suis désolé. Je voulais dire que nous n'avons aucune preuve. Les ouï-dire ne comptent pas.

— Si Erin était une menace pour Jack Halo, elle devait avoir une preuve. Quelque part.

— C'est vrai, répondit Matt. Dans ce cas, il aurait dû lui offrir un accord financier. Ce qui n'aurait pas été donné.

Bree tourna la page et écrivit le nom de Jack Halo ainsi que le mot *harcèlement*.

— Il faut qu'on demande à Todd si Jack a un alibi pour le meurtre d'Erin.

— Oui, dit Matt. Qui est le prochain ?

— Le père des enfants, Craig Vance.

Bree commença une liste.

— Peut-être qu'il en veut à leur pension ou – plus vraisemblablement – il pense que ma sœur a mis de l'argent de côté pour les enfants. Le motif de Craig est toujours l'argent.

Matt indiqua l'ordinateur.

— Ouvre un navigateur. Voyons combien le survivant lambda perçoit comme pension.

— La prestation mensuelle moyenne est de 800 dollars.

Bree se rassit.

— Je doute toujours que quelqu'un tue pour cette somme.

Elle semblait sceptique.

— Je suppose que ça dépend de ta situation financière. Dix ans de paiements mensuels… dit Matt en fermant les yeux quelques secondes. Regardons les appels que ta sœur a reçus et ses retraits d'argent.

Bree se connecta aux comptes de sa sœur et imprima ses relevés bancaires et sa liste d'appels des quatre derniers mois. Puis elle posa les documents côte à côte devant Matt.

Il prit un surligneur dans un pot à crayons et marqua les retraits.

— Il n'y a pas vraiment d'autres gros mouvements d'argent, à part les trois retraits d'argent liquide.

— Erin était payée à l'heure par le salon, plus les pourboires. Elle avait une clientèle fidèle et se débrouillait bien, mais elle n'aurait pas pu garder cette ferme si Adam n'avait pas couvert l'hypothèque, les impôts et l'assurance. La plupart de ses revenus étaient consacrés aux frais de subsistance.

Matt donna les dates à Bree et elle sortit les pages correspondantes des journaux d'appels.

— Il y a plusieurs appels de ce numéro dans les jours qui précèdent les retraits.

Bree utilisa le surligneur pour marquer les appels.

Matt tapa sur le numéro surligné.

— Ça pourrait être le téléphone jetable de Craig ? On peut imaginer qu'il ait fait chanter ta sœur ?

— Maintenant, cela semble tout à fait plausible.

Bree posa la main sur le bureau.

— Todd avait besoin d'un mandat pour les données de l'opérateur téléphonique. Ça va probablement prendre quelques jours pour obtenir les enregistrements.

Matt sortit son téléphone et composa le numéro. Personne ne répondit et le message de la boîte vocale était généré par ordinateur. Il ne laissa pas de message.

— Essaie la recherche inversée.

La seule information fut le nom de l'opérateur téléphonique.

— Laisse-moi passer un appel. Je connais un ancien flic local qui est maintenant un détective privé. Il a accès à d'autres moteurs de recherche.

Matt appela Lance Kruger, qui le rappela dans les dix minutes. Matt le remercia, puis transmit l'info à Bree.

— Il n'y a pas d'informations personnelles disponibles, mais le numéro a été activé à Albany, New York.

Bree se figea.

— Craig vit à Albany.

Elle se leva et se mit à faire les cent pas dans le petit bureau.

— Il faut qu'on sache ce qu'il mijote.

— On pourrait parler à son employeur ?

Elle secoua la tête avec agacement.

— On n'a aucun statut officiel dans cette affaire.

— Todd si, déclara Matt.

— Il enverrait un adjoint ou demanderait à un flic local.

Bree fit la grimace.

— On va devoir mentir pour obtenir les informations dont on a besoin. Et il faut qu'on mette Craig hors d'état de nuire.

— Tu as un moyen de le contacter ?

— Oui. Il m'a donné un numéro.

— Organise un rendez-vous avec lui pour discuter de ses intentions.

Bree fit volte-face.

— Je n'ai pas…

— Pendant que tu l'occuperas, je mettrai une balise GPS sur son véhicule.

Un sourire rusé apparut sur le visage de Bree.

— J'aime cette idée.

— Je pensais bien que ça te plairait.

Matt sortit une feuille de papier de l'imprimante.

— Ce n'est pas légal.

— Aucun plan n'est parfait.

Matt était prêt à prendre des risques pour retrouver Justin.

— Je ne laisserai pas d'empreintes.

Il commença à noter leur plan d'action.

— Une fois qu'on saura qu'il est loin de son lieu de travail, on décidera d'un bon mensonge pour son employeur.

— Il est pasteur dans une église, dit Bree sèchement.

Matt ricana.

— Si le ciel ne nous tombe pas sur la tête, on doit pouvoir obtenir des informations utiles.

— Les données GPS sur Craig pourraient s'avérer intéressantes.

Bree se remit à marcher.

— D'autres suspects ?

— Trey White ? demanda Matt. Il était assez obsédé par Erin pour s'introduire chez Justin à plusieurs reprises et lui voler ses sous-vêtements. Todd n'a pas pu vérifier son alibi au magasin où il travaille.

— Il nous faut plus que l'absence d'alibi. J'aurais aimé qu'on puisse fouiller sa résidence.

Matt haussa les épaules.

— Il vit seul et il est en prison. Qui dit qu'on ne peut pas ?

— La loi.

— On ne prendra rien.

Matt ne voulait pas attendre et il avait peur que les adjoints ratent quelque chose. La vie de Justin pouvait être en jeu dans cette enquête.

— C'est quand même illégal.

— Seulement si on se fait prendre, dit Matt. Il fera bientôt nuit. Ce soir, c'est notre dernière chance. Le département du shérif exécutera son mandat de perquisition dans la matinée.

Matt voulait faire tout ce qu'il pouvait pour retrouver Justin au plus vite. Il pouvait mourir à tout moment.

— On devrait laisser les adjoints du shérif s'en occuper.

— Todd ne va pas effectuer la recherche lui-même. On ne sait pas qui il enverra.

Elle plissa les yeux d'un air sévère.

— Je ne peux pas croire que j'envisage cela.

Bree se mordilla la lèvre.

— Il faudrait attendre plus tard dans la soirée, après que les enfants seront couchés.

— Bien sûr, dit Matt, comme si c'était évident.

— On a quatre suspects et un plan pour enquêter sur trois d'entre eux.

Le téléphone de Matt vibra. Il jeta un coup d'œil à l'écran.

— C'est mon indic.

Il répondit :

— Oui.

— Minuit ce soir. L'endroit habituel. Apporte mon fric.

Kevin raccrocha sans attendre de réponse.

Matt posa son téléphone sur le bureau.

— Et ça complète notre liste. On dirait que je vais rencontrer Nico.

Bree cessa de faire les cent pas.

— Non. *Nous* allons rencontrer Nico.

Chapitre Vingt-Deux

Bree composa le numéro de la carte de visite que Craig lui avait donnée. Avec un œil sur Matt, elle se pencha et fit claquer la carte sur le bureau. Le titre de Craig était *Pasteur, Grace Community Church*.

Quand Craig répondit, il était essoufflé.

— Oui.

— Je veux qu'on se voie.

— Pourquoi ?

Il semblait soupçonneux.

Pour discuter de la situation.

Un instant de silence.

— Le Seigneur soit loué. Je savais qu'Il interviendrait et influencerait ta décision.

Malgré le vocabulaire religieux, son ton était arrogant. Il jubilait. Il croyait l'avoir forcée à se soumettre.

Bree serra les dents et continua d'une voix calme.

— Je veux juste ce qu'il y a de mieux pour les enfants.

— *Mes* enfants sont aussi ma priorité.

— Tu es libre demain matin ?

— J'ai un rendez-vous avec un groupe de jeunes l'après-midi. Il faudrait que ce soit tôt.

— Pas de problème, déclara Bree. Je peux venir te voir. J'ai l'adresse de l'église.

— Non.

Il répondit un peu trop vite. Il ne voulait pas qu'elle s'approche de son église. C'était révélateur.

— Je te rejoindrai à mi-chemin.

Il lui donna l'adresse d'un restaurant à Saratoga Springs.

— 10 h 30.

La ligne fut coupée.

Bree écrasa quand même le bouton rageusement.

— C'est vraiment un connard.

— Mais il a accepté le rendez-vous ? demanda Matt.

— Oui.

Elle glissa son téléphone dans la poche de son jean et lui résuma le contenu de l'appel.

Dana frappa à la porte vitrée, puis l'ouvrit.

— Le dîner est prêt.

Bree prit leurs notes sur le bureau, plia les papiers et les mit dans son sac à main avant d'enfermer le reste des documents dans le tiroir du bas. Puis ils retournèrent dans la cuisine et discutèrent en mangeant les lasagnes de Dana.

— Maman est-elle au paradis ? demanda Kayla.

— Oui, répondit Bree.

S'il y avait un paradis, Erin y était certainement.

— Mais tu as dit qu'on allait faire un enterrement.

Kayla semblait préoccupée.

Bree chercha une explication simple.

Luke intervint :

— Le corps de maman est toujours sur terre, mais son âme est allée au ciel.

Kayla se tourna vers son frère.

— C'est quoi une âme ?

— La partie de maman qui faisait d'elle notre maman.

La réponse de Luke sembla satisfaire Kayla.

— Tu veux qu'on fasse un enterrement pour ta mère ? lui demanda Bree.

— On devrait, n'est-ce pas ?

Luke pencha la tête.

— Je veux dire, beaucoup de gens aimaient maman. Tout le monde devrait pouvoir lui dire au revoir.

Bree approuva.

— Vous aussi, vous voulez lui dire au revoir ?

Les deux enfants firent signe que oui.

Luke baissa les yeux.

— Je pourrai la voir ?

— Oui, dit Bree. Si tu veux, mais tu n'es pas obligé. Ne vous sentez pas contraints de faire quoi que ce soit. Vous faites ce dont vous pensez avoir besoin.

Il redressa la tête.

— Je veux la voir, mais pas devant tout le monde.

— Tu veux qu'on fasse un visionnage privé et une cérémonie publique ?

— Je pense que c'est ça.

Ses yeux se chargèrent de larmes et il passa le doigt sous l'un d'eux.

— Et toi, Kayla, qu'est-ce que tu veux faire ? demanda Bree.

— Ce que dit Luke, répondit Kayla d'une toute petite voix.

Bree n'insista pas. Elle pouvait commencer à organiser la cérémonie et, honnêtement, l'enterrement de sa sœur était la dernière chose à laquelle elle voulait penser. Même si elle avait vu Erin, elle était encore partiellement dans le déni. Une fois les funérailles terminées, elle devrait accepter le fait que sa sœur était partie pour toujours.

Brody posa la tête sur la jambe de Luke en geignant, brisant la tension qui s'était installée dans la pièce.

— Je ferais mieux de le nourrir.

Matt alla chercher des croquettes dans le quatre-quatre. Quand il plaça la gamelle devant le chien, Brody poussa un soupir déçu et se mit à grignoter sans enthousiasme.

— Pauvre Brody.

Kayla débarrassa la table.

— Il veut des lasagnes.

Kayla glissa un reste de pâtes au chien et Matt fit semblant de ne pas le voir.

— Est-ce que je peux laisser Brody ici pour la nuit ? demanda Matt.

— Avec plaisir, répondit Dana.

— Je pourrai faire du dog-sitting !

Kayla passa les bras autour du cou du chien.

— Il peut dormir avec moi et tout.

Bree fit du café et joua avec les enfants avant leur coucher. À 9 heures, Luke alla lire dans sa chambre et Bree borda Kayla. Brody entra dans la chambre et sauta sur le lit. Bree s'éloigna de quelques pas, mais Kayla partagea son oreiller et lui fit un câlin.

Matt passa la tête dans l'embrasure de la porte.

— Est-ce que ça va ?

— À toi de me dire.

Bree ravala son anxiété.

Tout va bien. Les chiens de papa n'ont jamais été comme Brody.

Matt sembla lire dans ses pensées.

— Elle est plus en sécurité avec Brody que sans lui.

— OK, alors.

Bree éteignit la lumière.

— Tu ne m'embrasses pas pour me souhaiter bonne nuit ? demanda Kayla.

— Mais si.

Bree retourna à son chevet. Elle essuya ses paumes en sueur sur son jean. Il lui fallut quelques secondes pour trouver le courage de se pencher près du chien. Son visage était à quelques centimètres de celui de Brody. Elle embrassa Kayla et se redressa, reculant rapidement de quelques pas.

— Bonne nuit, Kayla. Je t'aime, dit Bree.

— Je t'aime, tante Bree.

Les genoux de Bree tremblaient en quittant la pièce.

— J'appellerais ça un progrès.

Matt la précéda dans l'escalier.

Bree appelait ça une indigestion. Elle s'arrêta dans la cuisine pour prendre un antiacide.

— Tu es sûre qu'elle est en sécurité avec lui ?

— Absolument. Il donnerait sa vie pour la protéger.

— Je te fais confiance.

Elle croisa son regard.

— Je sais.

Bree informa Dana de leurs projets, prit son sac à main et vérifia ses armes.

— Le chien est au lit avec Kayla.

— OK. J'irai les voir dans un instant. Faites attention à vous.

Dana avait l'air inquiète.

— On le fera, la rassura Matt.

À la porte d'entrée, Bree mit son manteau et ajouta un bonnet en laine, des gants et une écharpe. Elle alla chercher ses bottes et son gilet pare-balles dans son coffre. Elle enfila les bottes et porta le gilet en Kevlar jusqu'au quatre-quatre de Matt.

Trey White vivait sur Pine Road, à quatre pâtés de maisons de chez Justin. Matt ralentit en passant dans sa rue.

C'était une grande maison en brique de style colonial. Derrière, Bree repéra un garage indépendant avec une annexe au deuxième étage. Une lumière au-dessus de la porte du premier étage illuminait un escalier en bois.

— On dirait que l'entrée de l'appartement de Trey est par là.

De grandes haies de conifères bordaient la propriété.

— Beaucoup d'ombre entre la rue et le garage, mais on sera exposés dans les escaliers.

Dans la maison principale, une fenêtre brillait à l'étage.

— Il faut attendre que le propriétaire s'endorme.

Matt alla se garer en face d'un terrain vague au bout de la rue, d'où ils pouvaient encore voir la maison.

Bree tira sur ses gants. Dix minutes plus tard, la fenêtre du deuxième étage s'éteignit. Elle regarda sa montre.

— On donne trente minutes au propriétaire pour s'endormir ?

— OK, dit Matt. Ça ne devrait pas nous prendre longtemps pour fouiller l'endroit. C'est petit.

Matt ouvrit sa boîte à gants et en sortit une petite trousse à outils.

— Tu es doué pour crocheter les serrures ? demanda-t-elle en pensant à leur position vulnérable en haut des marches. Il faudra faire vite.

Il fléchit sa main gantée.

— Ce n'est pas une de mes meilleures compétences. Il faut de la dextérité.

Bree lui prit la trousse à outils et la posa sur sa cuisse.

— Quand j'étais au lycée, ma cousine avait l'habitude de fermer la porte à minuit. Elle pensait que cela m'apprendrait à être à l'heure à la maison. Au lieu de ça, j'ai juste appris à crocheter les serrures.

Matt sourit.

— Je suis soulagé.

— De quoi ?

— Que tu ne sois pas parfaite.

Il coupa le moteur.

— Parfaite ? Je suis terrifiée par ton chien qui est si bien élevé.

Songer à ce gros chien si proche de Kayla lui rappela un souvenir qu'elle avait longtemps refoulé. Son épaule lui faisait mal et elle se sentait humiliée. Si elle n'avait pas été choquée et vulnérable après la mort de sa sœur, aurait-elle partagé autant d'informations personnelles avec lui ?

Elle le regarda. C'était facile de parler avec lui et elle n'était pas sûre de ce qu'elle ressentait à ce sujet. Comment le fait d'être trop à l'aise avec quelqu'un pouvait-il la mettre mal à l'aise ?

Matt l'observait.

— Mais tu sembles aller mieux.

— J'essaie. Je déteste avoir peur des chiens. Chaque fois que je dois travailler avec une équipe canine, essayer d'agir normalement est un cauchemar.

Contrôler son anxiété à propos des chiens lui demandait de l'énergie qu'elle ne pouvait pas consacrer à son enquête. C'était épuisant et irrationnel.

— Personne ne sait ?

Il avait l'air surpris.

— Juste Dana. Elle me couvre quand elle peut.

Bree frotta ses mains gantées l'une contre l'autre. Le moteur éteint, le véhicule se refroidissait rapidement.

— Ce n'est pas le genre de chose qui peut se savoir dans le département. Tu imagines la honte que je me taperais ?

Normalement, Bree supportait bien les plaisanteries fréquentes entre policiers. Mais quand il s'agissait de cette terreur irrationnelle, elle était trop sensible. Et puis, il y avait les quelques machos qui ne croyaient pas que les femmes avaient leur place dans les forces de l'ordre et qui utiliseraient la moindre excuse pour la discréditer ou la désarmer.

— Les flics peuvent être brutaux.

— Je suppose que tu connais la question.

— Ouais.

Bree regarda la rue sombre à travers le pare-brise.

— J'avais 5 ans. Mon père avait au moins une douzaine de chiens. Je ne sais pas de quelle race ils étaient, mais ce n'étaient *pas* des animaux de compagnie. Il les appelait des chiens de chasse, mais c'étaient des conneries. En analysant mes souvenirs, je pense qu'il avait des chiens de combat. Ils étaient attachés à l'arrière de notre propriété et on m'avait dit de ne pas m'en approcher.

Les trente dernières années s'évaporèrent et elle entendit les aboiements et les halètements comme si elle était de retour à la ferme.

— Il faisait froid ce jour-là, aussi glacial que ces dernières semaines.

Ses mains tremblaient et elle les mit dans ses poches.

Au fil des souvenirs, elle sentit l'odeur des chiens et le froid de ses mitaines trempées.

— Il avait neigé la nuit précédente, de quelques centimètres seulement, mais j'étais déterminée à faire un bonhomme de neige. Je rassemblais la neige de toute la cour et je ne faisais pas attention à l'endroit où je me trouvais. Je me suis aventurée trop près de la zone des chiens. L'un d'eux a cassé sa chaîne et a chargé. Je savais qu'il ne fallait pas courir. Un enfant qui court et pleure peut déclencher l'instinct de chasse chez certains chiens, comme celui-ci. Mais je n'ai pas pu m'en empêcher. J'étais terrifiée.

Elle inspira lentement.

— Il m'a attrapée.

Elle imita une mâchoire se refermant sur son épaule gauche.

— Et m'a donné une bonne secousse pour me briser le cou.

Comme Brody l'avait fait avec M. Hérisson.

Bree sentit le regard de Matt rivé sur son visage de profil. Mais il ne dit pas un mot et ne bougea pas. L'intérieur du quatre-quatre était aussi immobile que la rue sombre devant elle. Elle se replongea dans sa mémoire, un nouvel accès de douleur fantôme lui brûlant l'épaule.

Elle poursuivit.

— Ce n'était pas vraiment la faute du chien. Je suis sûre que mon père était aussi abusif avec ses animaux qu'envers sa famille. Il aurait voulu avoir les chiens les plus agressifs du comté. Il en aurait été fier. Je me souviens qu'une fois, il m'a dit qu'il valait mieux ne pas les nourrir beaucoup. Les chiens affamés réagissaient mieux au dressage. Les siens étaient toujours sur les nerfs. S'ils attrapaient un écureuil ou un lapin, ils le déchiquetaient en quelques secondes. Il aimait le fait d'être le seul à pouvoir les contrôler. Cela jouait sur son ego.

Un frisson la traversa. Malgré les décennies écoulées, elle sentait encore la déchirure de sa chair, l'air froid sur sa peau exposée et le sang chaud qui coulait sur son torse et son bras.

— Je pensais qu'il allait m'arracher le bras, mais le chien m'a traînée jusqu'à son chenil. J'ai donné des coups de pied et je me suis débattue. Il a perdu sa prise pendant quelques secondes et m'a laissée tomber. J'ai essayé de ramper pour m'enfuir.

Bree eut un pincement à la poitrine et poursuivit d'une voix sifflante.

— Mais il m'a rattrapée par la cheville. J'ai dû hurler comme une dératée, parce que soudain le chien m'a lâchée.

Elle s'arrêta. Sous son manteau, la sueur imbibait son pull. Son cœur battait contre ses côtes.

— L'attaque n'a probablement duré qu'une minute environ. Mais ça m'avait semblé durer une éternité.

Elle s'arrêta, respirant, se souvenant.

— Ma mère m'a emmenée aux urgences. J'y suis restée toute la nuit. Après mon retour à la maison, mon père m'a ramenée au chenil. Il m'a dit que je devais apprendre une leçon sur la responsabilité, que les actions et la désobéissance avaient des conséquences.

L'estomac de Bree se révolta contre ce souvenir. Son histoire détaillée se terminait brusquement par une dernière image. Son père levait un fusil de chasse et lui ordonnait de regarder. Le coup de feu explosa à travers les bois et la grosse bête tomba sur le sol glacé, la moitié de sa tête désintégrée, le sang, les os et la cervelle éclaboussant la neige. Bree avait vomi. Trente ans plus tard, son corps s'en souvenait très bien.

— Il a tiré sur le chien devant moi et m'a dit que c'était de ma faute.

— C'est horrible.

Bree se détourna, son visage se réchauffant à nouveau. Même Dana ne connaissait pas toute l'histoire, seulement un résumé de trois phrases. Elle le regarda. Un rire bref qui sonnait faux jaillit de sa gorge.

— C'était probablement trop d'informations sur moi.

— Je suis content que tu me l'aies dit.

— Ce n'est pas mon genre de parler de moi.

— Je t'ai raconté quand je me suis fait tirer dessus.

Elle haussa un sourcil.

— Alors nous sommes quittes.

— Tu ne me devais rien.

Alors pourquoi le lui avait-elle dit ?

— Je suis désolé si j'ai été insistant pour le chien.

Matt fronça les sourcils.

— Tu m'as dit que tu avais peur, mais je ne savais pas à quel point ton expérience avait été traumatisante.

— Je ne m'attends pas à être dorlotée. Les chiens sont utiles et Brody est un bon compagnon. Je dois apprendre à gérer mes peurs.

— On sait tous les deux que ce n'est pas si facile. En plus, les bergers sont de gros chiens qui font peur.

Matt plissa le front.

— Ce qu'il te faut, c'est un chien de transition.

— Un chien de transition ?

— Ouais. Passer du temps avec un chien calme et moins menaçant pourrait t'aider à te désensibiliser à leur égard.

L'idée de passer du temps avec n'importe quel chien ne lui plaisait pas et elle ne voulait plus en parler. Bree vérifia l'heure et indiqua la maison.

— Je n'ai vu aucun mouvement depuis une demi-heure.

— Ouais. Allons-y.

Matt éteignit le plafonnier et ils sortirent du quatre-quatre.

Bree se dirigea vers la maison, contente de bouger plutôt que de penser.

— On est juste un couple normal qui fait une promenade.

Matt lui prit la main.

Bree regarda leurs gants joints. Le contact était… déroutant. Elle essaya de retirer sa main, mais il ne la laissa pas faire. Quand elle le regarda, il avait un petit sourire au coin des lèvres.

Elle leva les yeux au ciel.

— Je vais me faire une entorse à un globe oculaire à force de traîner avec toi.

Ils approchèrent de la maison en brique et il l'attira derrière la haie. Ils se glissèrent dans l'ombre jusqu'à parvenir au garage. Bree retira sa main de celle de Matt et lui fit signe de rester là. Elle grimpa l'escalier en bois d'un pas leste. Prenant deux petits outils, elle les inséra dans la serrure. Elle chercha les goupilles et fit sauter le loquet. Elle ouvrit la porte. Matt monta les escaliers et la suivit à l'intérieur. Il ferma la porte.

Des stores recouvraient les fenêtres, bloquant le clair de lune et laissant l'appartement dans le noir. Bree utilisa l'application « lampe de poche » de son téléphone pour éclairer la pièce. C'était un studio avec une kitchenette dans un coin et une petite salle de bains dans l'autre. Un lit et un coin salon occupaient le reste de l'espace.

Matt alla vers la cuisine. Il ouvrit un tiroir et y dirigea le faisceau d'une lampe de poche. Bree passa dans la petite salle de bains. Un lavabo, des toilettes et une douche de la taille d'une cabine téléphonique. Elle ouvrit l'armoire à pharmacie. L'étagère du bas contenait quelques produits d'hygiène et de toilette. Des flacons de médicaments étaient alignés sur l'étagère du haut. Elle photographia les étiquettes avec son téléphone portable.

Elle sortit de la salle de bains. Matt se tenait à côté du lit, éclairant le tiroir supérieur de la table de nuit.

— Tu as trouvé quelque chose ? demanda-t-elle à voix basse.

— Un appareil photo 35 millimètres coûteux avec un téléobjectif.

— Ça coûte cher d'être voyeur.

Matt prit une photo.

— Et du porno. Beaucoup de porno.

Elle s'installa dans le coin salon. Un canapé en cuir miteux faisait face à un centre de divertissement. La télévision était un écran plat de 40 pouces. Une console de jeux et une manette étaient installées à côté.

— Il a dépensé tout son argent dans la télévision et la console.

Elle ouvrit le premier tiroir sous la télévision. Il était rempli de jeux vidéo et de DVD. Elle mit son téléphone dans le tiroir pour minimiser la lumière. En tournant la tête, elle déchiffra un titre : *Game of Boners*. Elle ricana. Ça ne manquait pas de créativité.

— Du porno ici aussi.

Elle prit une photo et passa au tiroir du bas. Il n'y avait qu'un seul objet à l'intérieur, un album photo, de la taille d'un instantané. Elle l'ouvrit et eut le souffle coupé : le visage de sa sœur la regardait fixement en retour.

— Qu'est-ce que c'est ? demanda Matt par-dessus son épaule. Oh.

Bree tourna les pages. Sur l'une d'elles, sa sœur sortait de son pick-up sur le parking du salon de beauté. La suivante montrait sa sœur quittant le salon. Bree enregistra chaque photo avec son téléphone portable.

— Elles sont toutes comme ça.

— Elle ne savait pas qu'elle était photographiée.

— Non.

Bree eut la chair de poule.

— Il l'observait.

— Il la harcelait, corrigea Matt. Pendant combien de temps ?

— Des mois, au minimum.

Bree montra une image d'Erin en jupe et chemise à manches courtes.

— Erin ne porte pas de veste. Ça doit être l'été.

— Certaines de ces photos ont été prises depuis le magasin où travaille Trey, avec un téléobjectif.

— Pas celle-ci.

Bree s'arrêta sur une photo d'Erin entrant chez Justin. Elle remit son téléphone dans sa poche.

— Je dirais qu'on a établi un solide motif.

Matt acquiesça.

— Il y a de la neige sur le sol. Cette photo est récente. On a plus qu'un motif. C'est la scène de crime. On a la preuve que Trey était chez Justin la semaine dernière. Il faisait une fixation sur Erin et il était au courant de sa relation avec Justin. Il était jaloux.

— Peut-être assez jaloux pour la tuer, dit Bree. Les photos ne sont pas datées. On a toujours besoin de preuves matérielles qui situent Trey *dans* la maison de Justin la nuit du meurtre.

— Sois patiente. Les rapports de la police scientifique ne sont pas encore arrivés.

— C'est juste.

Un bruit sourd se fit entendre au-dehors. Bree se figea. Matt fit la même chose, puis éteignit sa lampe de poche. Un nouveau bruit le fit frissonner.

Pourquoi l'avait-elle laissé la convaincre d'entrer par effraction ? Parce qu'il se souciait de son ami et qu'elle respectait sa loyauté. Elle avait également ignoré les risques, parce qu'elle était obsédée par le besoin d'élucider le meurtre de sa sœur. Mais cela ne l'aiderait pas s'ils se faisaient prendre. Son arrestation serait un atout pour Craig dans une éventuelle bataille pour la garde des enfants.

Chapitre Vingt-Trois

Matt ferma délicatement le tiroir et s'approcha de la fenêtre. Il jeta un œil par l'interstice entre le cadre et le store. Dehors, un homme se dirigeait vers le garage depuis la maison. Matt indiqua la fenêtre et dit :

— Proprio.

Bree acquiesça, le visage sombre. Si Matt se faisait prendre dans l'appartement de Trey, il recevrait une remontrance et devrait peut-être payer une amende. En tant que policier, Bree avait beaucoup plus à perdre.

Le propriétaire approchait. Matt analysa l'appartement. Y avait-il un endroit pour se cacher ? Bree indiqua la salle de bains. C'était le seul espace assez grand pour les dissimuler. Matt regarda à nouveau par la fenêtre. Dehors, l'homme était presque arrivé au garage. Matt retint son souffle et s'écarta de la vitre.

Mais l'homme ne s'approcha pas des escaliers. Il ouvrit la porte du garage et entra. Matt jeta un coup d'œil derrière lui. Y avait-il une deuxième entrée dans l'appartement ? Il n'avait pas vu d'autre porte.

Quelques secondes plus tard, une portière de voiture claqua en contrebas. Puis un moteur démarra. Une Toyota Camry sortit et s'éloigna dans la rue.

Matt poussa un soupir.

— C'est bon.

Avec un bref hochement de tête, Bree se dirigea vers la porte.

— Sortons d'ici.

Ils laissèrent l'appartement exactement comme ils l'avaient trouvé. Bree verrouilla la porte en sortant. Ils descendirent les escaliers et se glissèrent dans l'ombre de la haie. En restant accroupis, ils se hâtèrent jusqu'au quatre-quatre de Matt.

Il démarra.

— Je suis désolé de t'avoir convaincue d'enfreindre la loi. Tu pourrais perdre ton job.

Bree lui faisait face depuis le siège passager.

— Ce n'est pas ta faute. Je suis adulte, j'ai pris ma décision. Ce n'est pas la question. Je ne retournerai peut-être pas au poste de toute façon. Avant que Craig n'arrive, j'avais décidé de venir vivre ici pour élever les enfants. C'est ce qu'Erin voulait. Mais s'il gagne… je ne sais pas ce que je ferai. Une partie de moi me dit que je dois rester près d'eux, quoi qu'il arrive. Mais Craig me déteste. S'il réussit à obtenir la garde, il ne me laissera pas les approcher. Mais s'il y a un procès pour la garde, une condamnation pour effraction n'aidera pas mon cas. Même si je veux résoudre le meurtre de ma sœur, je ne peux pas me permettre de refaire une chose pareille. Je ne peux pas laisser cette enquête me faire perdre de vue ce qui est important.

— S'il demande la garde, tu iras jusqu'au tribunal ?

— Je ne sais pas.

Bree réfléchit un instant.

— Ça dépend de ce que veulent les enfants, et de mes chances. La dernière chose que je veuille, c'est leur faire du mal. On verra ce que dira l'avocate quand elle disposera de toutes les informations.

Autant de facteurs à peser dans chaque décision. Tant d'enjeux pour deux enfants en deuil. Les responsabilités de Bree allaient bien au-delà de son besoin de rester en vie.

— Tu veux que je te ramène chez toi avant d'aller rencontrer Nico ?

— Non. Tu ne peux pas y aller seul. Il te faut du renfort. Au moins, Nico n'est pas une menace cachée. On sait dans quoi on se lance.

Pas tout à fait. Comment faire pour que Bree ne soit pas exposée à certains risques ce soir ?

— Comment tu te débrouilles avec une carabine ? demanda-t-il.

— Je suis au top.

Une confiance sans arrogance résonnait dans sa voix.

— Alors tu me couvriras.

D'aussi loin que possible.

Matt s'arrêta chez lui et prit son fusil à lunette. Puis il partit en direction du complexe d'entrepôts où il avait rencontré Kevin plus tôt dans la semaine. Le parking n'avait pas changé, hormis quelques traces de pneus supplémentaires qui traversaient l'asphalte enneigé.

— On a trente minutes. Il faut te mettre en position.

Bree revêtit son gilet pare-balles et passa son manteau de laine par-dessus. Elle lui fit un petit clin d'œil.

— Tu devrais aussi porter un gilet.

— Je ne suis plus flic.

— Tu saignes encore.

— Je n'ai aucune raison de mettre un gilet pare-balles.

Matt sortit du quatre-quatre.

Bree le retrouva à l'arrière du véhicule.

— On est sur le parking d'un entrepôt désaffecté et on retrouve ton ancien informateur confidentiel et un dealer. Je pense que c'est une sacrée bonne raison.

— Heureusement que je t'ai en renfort.

— Tu vas prendre ça.

Bree retira son arme de secours de son étui de cheville.

— Non.

— Merde. Et si quelque chose cloche et que tu dois venir en renfort pour m'aider ?

Elle se pencha dans le quatre-quatre et mit le pistolet dans la boîte à gants.

— Je sais que tu tires mieux que tu ne le penses.

— Bien.

Matt récupéra son fusil dans le coffre de son quatre-quatre et le lui donna.

— Désolé. Ce n'est pas un automatique.

— Je peux le faire à l'ancienne.

Elle prit l'arme en main, puis alluma la visée laser. Un point vert apparut sur le bâtiment, à une distance de quinze mètres.

Après avoir examiné le terrain, elle indiqua d'un signe de tête l'entrepôt abandonné à l'arrière du complexe. La plupart des fenêtres étaient brisées.

— Je vais trouver un endroit discret.

Elle plaça le fusil en équilibre au creux de son bras.

— Je t'ai à l'œil.

Elle fit volte-face, partit en courant dans la neige et disparut dans l'ombre du bâtiment.

Matt remonta dans son quatre-quatre pour attendre. La compagnie de Brody lui manquait, mais il ne voulait pas risquer que le chien se fasse tirer dessus ou distraie Bree. Kevin ne tomberait pas dans le même piège à nouveau. Il s'attendrait à une attaque du chien.

Matt prit son appareil photo dans la boîte à gants. Il ignora l'arme laissée par Bree.

Attendre, c'était pourri. Il faisait démarrer le camion toutes les dix minutes pour faire monter la chaleur, mais sa main commençait à avoir une crampe. Il regarda sa montre. Quinze minutes avant l'heure prévue pour le rendez-vous, des phares apparurent sur la route principale. Matt regarda dans son appareil photo en le dirigeant vers l'entrée du parking. Il faisait trop sombre pour voir la plaque d'immatriculation, mais le véhicule était bien le pick-up de Kevin.

Celui-ci tourna et s'arrêta à quelques mètres du cercle de lumière formé par le lampadaire. La porte du pick-up s'ouvrit en grinçant et Kevin sauta au sol. Matt sortit de sa Suburban. Ils se retrouvèrent au milieu, sous le lampadaire.

— Où est mon argent ? demanda Kevin.

— Ravi de te voir aussi.

— Va te faire foutre. On avait un accord.

— OK. OK. Détends-toi.

Matt mit la main dans la poche de son jean d'un mouvement lent et délibéré. Il en sortit les billets pliés et les offrit à Kevin.

Kevin portait un bonnet en tricot sur le front. En dessous, ses yeux évitaient de rencontrer ceux de Matt.

Matt reconnut une sensation familière entre ses omoplates.

— Qu'est-ce qui se passe, Kevin ?

— Je suis désolé, mec. J'ai essayé de t'avertir.

Kevin leva les yeux. Un sinistre froncement de sourcils fendit son visage décharné.

Des pneus crissèrent dans la neige. Matt tourna vivement la tête en direction du bruit. Un véhicule s'approchait à vive allure. Ses phares s'allumèrent.

Kevin recula en levant les mains.

— Je ne pouvais rien faire, mec. Nico n'aime pas que les gens posent des questions sur lui.

Le nouveau véhicule était un Ford Explorer noir. Il s'approcha, la lumière se reflétant sur le pare-brise et créant un effet de miroir. Le cœur de Matt battait la chamade. La lumière changea et il put distinguer une forme vague derrière le volant, mais sans pouvoir dire combien de personnes se trouvaient à l'intérieur. La boue masquait partiellement la plaque d'immatriculation, mais Matt nota mentalement les trois premières lettres.

Kevin sauta dans son pick-up et quitta le parking en toute hâte.

Malgré le vent glacial, un filet de sueur froide coula dans le dos de Matt pendant qu'il attendait. Trente secondes plus tard, la portière de l'Explorer s'ouvrit et un homme en sortit. Maigre et nerveux, il regarda Matt pendant quelques secondes avant de s'approcher. Le dealer portait un bonnet en laine noir et un épais manteau qui pouvait dissimuler bien des armes, et Matt était sûr qu'il en portait plusieurs. Il s'arrêta à quelques mètres de lui Il avait un visage étroit, des yeux plus froids que le vent qui soufflait sur les champs environnants.

— Tu es Nico ? demanda Matt.

Il ne répondit pas, mais frémit en reconnaissant son nom.

— Qu'est-ce que tu veux ?

— Je veux acheter de l'oxy.

Nico plissa les yeux, révélant une grosse cicatrice qui lui barrait le sourcil.

— Ne me casse pas les couilles. Je veux savoir ce que tu veux, tout de suite.

— J'ai besoin d'informations, déclara Matt.

Nico resta impassible.

— Tu es flic ?

— Non. En fait, j'essaie de trouver mon pote avant que les flics le fassent.

Il sortit une photo de Justin.

— Je sais que c'était une de tes *connaissances*.

Nico ne regarda même pas la photo.

— Je le connais pas.

— Je te paierai pour l'information, dit Matt.

Une colère froide s'alluma dans les yeux de Nico.

— Je ne vends pas d'*informations*.

Il mit la main dans sa poche et sortit un couteau.

— Comment je peux te faire comprendre que je ne suis pas intéressé ?

La sueur coulait sous les bras de Matt et il regretta de ne pas avoir l'arme de Bree dans sa poche. Mais non, il avait été têtu. Nico ouvrit le couteau d'un geste du poignet.

Un petit point vert apparut au centre de sa poitrine.

— Je ne ferais pas ça, si j'étais toi.

Matt indiqua la lumière verte d'un hochement de tête.

Nico se figea. Il baissa les yeux sur le point laser. La lumière se déplaça lentement du centre de sa poitrine jusqu'à son visage. Sa main s'ouvrit et il laissa tomber le couteau dans la neige.

Matt avança la photo vers le visage de Nico.

— Je veux juste le trouver. C'est tout.

Nico se concentra sur l'image.

— Je le connais. C'est le gars que les flics recherchent pour avoir tué sa femme.

— Mais tu le connaissais d'avant.

— Oui.

Matt abaissa la photo.

— Tu l'as tuée ?

Le regard de Nico suivit la lumière verte qui redescendait le long de la ligne médiane de son corps pour s'arrêter sur son entre-jambe. Des gouttes de sueur apparurent sur son front.

Tué qui ?

— La femme de Justin.

— Pourquoi je l'aurais tuée ? dit Nico en esquivant la question.

— Parce que Justin te devait de l'argent, suggéra Matt.

Nico haussa les épaules.

— Il me doit rien. Je fais pas crédit. C'est un business où on traite en cash. Et même si c'était le cas, tuer un client ne faciliterait pas la perception du paiement. Une bonne raclée, par contre, peut être une excellente motivation. Hypothétiquement parlant.

— Quand est-ce que tu as vu Justin pour la dernière fois ? demanda Matt.

— Je l'ai vu il y a une semaine environ.

Le point vert sur son entrejambe retenait encore son attention.

— Vendredi dernier, il m'a appelé dans la matinée, mais il n'avait pas assez d'argent pour ce qu'il voulait. Il en avait juste assez pour de l'héro, hypothétiquement parlant.

Cette info stupéfia Matt pendant un instant. L'héro, c'était l'héroïne, et beaucoup de gens qui étaient dépendants aux opioïdes finissaient par en prendre, parce que c'était une alternative moins chère. Mais il n'avait jamais pensé que Justin deviendrait accro à l'héroïne.

— Il t'a acheté de l'héroïne ?

Matt aurait aimé pouvoir arrêter Nico.

Ou le tuer.

Combien de personnes fournit-il en poison chaque jour ? Il devrait être en prison.

— Il a refusé, déclara Nico. Mais je m'attendais à ce qu'il rappelle pour me dire qu'il avait changé d'avis. C'est ce qui arrive généralement.

Il leva les mains.

— Écoute, mec. C'est tout ce que je sais.

— Tu as un alibi pour mardi soir ?

— J'étais à la veillée funèbre de ma grand-mère. Il y a cinquante personnes qui peuvent témoigner, dont le type des pompes funèbres.

Nico jeta un coup d'œil au point vert.

— Salon funéraire Murphy's à Scarlet Falls.

— Toutes mes condoléances.

Même les trafiquants de drogue ont des grands-mères, songea Matt.

— Yaya avait 92 ans et est morte dans son sommeil. On devrait tous avoir cette chance.

Mais une lueur dans les yeux de Nico démentait son attitude nonchalante.

Matt lança une centaine de dollars dans la neige à côté du cran d'arrêt, puis recula d'un pas et fit un geste vers le sol.

Nico ramassa l'argent et son couteau.

— Ne me rappelle plus. Je ne me ferai pas surprendre une deuxième fois.

Puis Nico recula jusqu'à son véhicule et partit à vive allure.

Matt regarda les feux arrière disparaître dans l'obscurité.

Quelques minutes plus tard, Bree apparut à ses côtés, fusil à la main, et ils se dirigèrent vers le quatre-quatre. Leur souffle faisait de petits nuages devant eux. Elle avait les joues brillantes de froid.

À l'intérieur du véhicule, Matt lui rendit son arme, démarra le moteur et sortit son téléphone de sa poche.

— J'ai enregistré la conversation, juste au cas où j'en aurais besoin plus tard.

Elle glissa son 9 millimètres miniature dans son étui de cheville.

Il mit l'enregistrement en lecture pour Bree en sortant du parking.

— Trois lettres, la marque et le modèle devraient suffire pour identifier Nico grâce à l'immatriculation de son véhicule.

— On pourra alors vérifier son alibi.

— Oui, dit-il.

— J'enverrai un mail au funérarium dans la matinée. C'est celui que j'ai contacté pour ma sœur. Je vais prendre rendez-vous avec le directeur.

— Je peux m'occuper de l'alibi si tu veux te concentrer sur l'enterrement de ta sœur.

— Non, en fait, ça me semble bien de travailler à trouver son assassin en même temps.

— Comme tu veux.

Bree étendit ses mains devant les bouches d'aération.

— Justin voulait acheter de l'oxy vendredi dernier, mais son dealer ne lui a proposé que de l'héroïne. Vendredi est aussi le jour où il s'est présenté au salon, bouleversé, et a exigé de voir Erin.

— Je connais Justin.

Matt se redressa sur son siège.

— Je pense qu'il était effrayé à l'idée de passer à l'héroïne. Il pourrait attribuer son addiction à l'oxy à son accident de voiture, mais se shooter à l'héroïne ? Les pilules, c'est un problème. L'héroïne, c'est irrécupérable.

— Alors pourquoi il est allé voir Erin ? Pourquoi pas toi ?

Matt fit la grimace.

— J'aurais insisté pour qu'il retourne en cure de désintoxication.

— Ça aurait été la bonne décision.

Bree enleva son manteau et son gilet pare-balles, puis remit le manteau. Elle jeta le gilet sur la banquette arrière.

— Pourquoi est-ce qu'il a donné à Erin son téléphone prépayé ?

— C'était peut-être une façon de couper les liens avec Nico et de s'assurer qu'il n'achèterait pas d'héroïne.

— Il aurait pu détruire le téléphone, dit Bree.

— Peut-être qu'il n'a pas pu.

Bree se redressa à son tour.

— Et si c'était son idée à elle ? Peut-être que c'est comme ça qu'elle l'a suffisamment calmé pour qu'il rentre seul chez lui.

— Elle a fait en sorte qu'il ne puisse pas appeler Nico et acheter de l'héroïne.

— Mais est-ce qu'elle savait à quel point il était au fond du trou avant vendredi ?

— Je ne sais pas. Peut-être. Il était devenu très doué pour dissimuler son addiction.

Matt enroula ses doigts autour du volant chauffant. La douleur dans sa paume commença à s'atténuer.

— D'une certaine manière, je comprends sa panique. Il était déboussolé et terrifié à l'idée d'essayer l'héroïne.

— Justin et moi, on a été blessés à peu près au même moment. On nous a prescrit des opioïdes à tous les deux. On a tous les deux des douleurs résiduelles. Pourquoi est-il devenu dépendant et pas moi ? Il ne m'est même pas venu à l'esprit de chercher d'autres drogues après que mon flacon a été épuisé.

— J'ai lu des études qui montrent que la tendance à la dépendance est héréditaire. Mon père était un ivrogne, son père était un ivrogne, etc. C'est pourquoi je ne bois jamais plus d'un verre, et c'est la raison pour laquelle j'ai refusé les analgésiques quand je me suis fait mal au dos en m'attaquant à un suspect il y a quelques années. La dépendance à la drogue et à l'alcool me fait presque autant peur que les chiens. J'ai trop de peurs.

— Tu n'as pas peur de poursuivre des criminels potentiellement armés, souligna Matt.

— C'est la perte de maîtrise de soi que je crains. L'alcool faisait ressortir la violence chez mon père. Sobre, il était juste méchant. Ivre, il était terrifiant.

Bree tapota l'accoudoir.

— L'addiction a détruit ma famille.

Matt se demanda si elle avait aussi tué sa sœur.

Chapitre Vingt-Quatre

Bree se leva avant l'aube et fit son yoga du matin. Elle aurait aimé aller courir, mais le froid si tôt le matin la découragea. Après s'être douchée et habillée, elle entra sur la pointe des pieds dans la chambre de Luke et éteignit son réveil. Normalement, il se levait pour nourrir les chevaux, mais il n'y avait aucune raison qu'ils se lèvent tous les deux aussi tôt. Sa lumière était encore allumée quand elle était rentrée après minuit. Elle ne dormait pas bien dernièrement et se doutait que lui non plus. Il ronflait lorsqu'elle quitta la chambre en tirant la porte derrière elle.

La porte de Kayla grinça et le nez de Brody apparut dans l'ouverture. Bree recula de l'autre côté du couloir. Son pouls s'accéléra et ses mains devinrent moites.

Frustrée, elle se força à respirer lentement. Elle savait que le chien ne lui ferait pas de mal, mais ne pouvait pas contrôler sa réaction.

Il avait probablement besoin de sortir. Sa laisse était en bas. Pouvait-elle le promener ? Pouvait-elle s'approcher suffisamment pour l'accrocher à son collier ?

La porte de la chambre d'amis s'ouvrit et Dana sortit de la chambre. Elle portait un jean et un pull de couleur vive. Son rouge à lèvres était assorti à une paire de lunettes de lecture couleur framboise qui pendait au col de son pull.

— Comment tu fais pour déjà ressembler à ça ? demanda Bree.

— Voici un conseil de pro de la part de quelqu'un qui a dû sortir de son lit à toute heure pendant les trente dernières années. Un peu de rouge à lèvres te donne l'impression d'avoir la pêche, même si tu es si fatiguée que tu pourrais à peine épeler ton nom.

— Je m'en souviendrai.

Dana fit un geste en direction du chien.

— Je vais le faire sortir.

Bree les laissa passer devant, se reprochant d'être lâche à ce point, jusqu'à ce que Dana et le chien aient disparu dans les escaliers. Puis elle descendit dans la cuisine et mit du café en route. Après avoir enfilé des bottes, un manteau et des gants, elle sortit. Le soleil brillait et l'air n'était pas aussi froid que les jours précédents.

Suivi de Dana, Brody reniflait la neige fondante. Bree les dépassa et alla dans la grange pour nourrir les chevaux. Elle accomplit ses tâches matinales avec un rythme qui lui sembla familier, presque réconfortant. Quand elle revint dans la cuisine, Dana se versait du café et Brody mangeait des croquettes. Vader sauta sur l'îlot central et miaula pour réclamer son petit-déjeuner. Bree remplit son bol et le gratta derrière les oreilles. Il ronronna tout en mangeant.

— Je sais que Brody est gros et imposant, mais c'est un très gentil chien.

Dana lui tendit une tasse de café.

Bree en but une gorgée.

— Je me sens bête, mais j'ai évité les chiens toute ma vie. Quand je regarde Brody, je vois un chien policier qui poursuit et fait tomber un suspect. Matt dit que j'ai besoin de passer du temps avec un chien moins intimidant.

— C'est une bonne idée.

— Peut-être quelque chose de vraiment petit et vieux, sans dents.

Dana rit.

— Quel est votre programme pour aujourd'hui ?

— Rien d'agréable.

À commencer par une visite au funérarium, puis une rencontre avec Craig. Bree informa Dana des activités de la nuit précédente.

— Je suis désolée. Ça va être pourri.

— Oui.

Il y avait tellement de choses en mouvement en ce moment que la mort d'Erin semblait encore irréelle. Mais Bree craignait le moment où l'enterrement serait passé et où il faudrait vivre dans cette nouvelle réalité.

— Même si j'arrive à supporter l'enterrement et à trouver son assassin, comment je vais empêcher Craig de prendre les enfants ?

— Si quelqu'un peut y arriver, c'est bien toi.

Dana lui tapota l'épaule.

— Laisse-moi te préparer un petit-déjeuner.

— Tu n'as pas à cuisiner pour moi.

— J'adore cuisiner et je suis à la retraite. Je peux faire tout ce que je veux maintenant, déclara-t-elle sur un ton *qui ne souffrait pas la contradiction.*

Bree leva les deux mains en signe de reddition.

— Très bien.

— J'ai trouvé un gaufrier hier.

Dana s'affaira dans la cuisine. Vingt minutes plus tard, la cuisine sentait les gaufres et le bacon. Les enfants descendirent les marches.

— Est-ce que je sens du bacon ? dit Luke en se frottant des yeux rougis.

Kayla bondit dans la cuisine, son visage s'illuminant du premier vrai sourire depuis des jours.

— Chouette ! Des gaufres.

Luke se versa un verre de lait et s'installa à table. Avant que Bree n'ait fini sa première gaufre, il en avait avalé deux portions, dont une demi-livre de bacon.

Dana versa du lait dans son verre et secoua la brique, qui semblait presque vide.

— Je vais acheter plus de lait aujourd'hui. Vous voulez que je vous prenne des choses au supermarché ?

— Qu'est-ce qu'on mange pour dîner ? demanda Luke en prenant une autre gaufre.

— Que pensez-vous d'un poulet au parmesan et d'une focaccia maison ?

Dana commença une liste de courses.

Kayla trempa un morceau de gaufre dans du sirop.

— C'est quoi, la focaccia ? demanda-t-elle en articulant soigneusement chaque syllabe.

— Un pain plat fait avec des herbes, dit Dana. Je vais en faire deux et on pourra avoir une pizza maison demain.

— Je pourrai t'aider à le faire ?

Kayla se fourra un morceau de gaufre dans la bouche.

— Bien sûr !

Dana ajouta quelque chose à sa liste.

— J'y comptais bien.

En observant l'échange entre Dana et les enfants, Bree réprima une vague de panique. Dana n'était ici que temporairement. Elle avait sa propre vie à Philadelphie. Si Bree réussissait à avoir la garde des enfants, comment pourrait-elle gérer tout cela par elle-même *et* trouver du travail ? Simplement s'occuper de deux enfants en deuil semblait être un travail à plein temps. Les enfants seraient-ils mieux lotis avec Craig ? Avait-il vraiment changé ?

Son instinct lui dit que non. Mais peut-être qu'elle ne voulait tout simplement pas laisser les enfants partir. Ils étaient son seul lien avec sa sœur. Son désir de les garder était-il égoïste ?

Brody alla à la porte de la cuisine et aboya une seule fois. Une minute plus tard, Matt apparut sur la véranda.

Dana lui ouvrit la porte.

— Je pensais vous trouver dans la cuisine, dit Matt.

— Gaufres, café, bacon ? demanda Dana.

— Non, merci. J'ai déjà mangé.

Bree déposa sa vaisselle sale dans l'évier.

— Je vais chercher mon manteau.

— Tu pars ? Mais c'est samedi, protesta Kayla.

— Je suis désolée.

Bree lui toucha la tête.

— Je dois aller au funérarium pour leur dire ce qu'on veut faire. Je vais essayer d'être rapide pour qu'on puisse passer l'après-midi ensemble.

La petite fille hocha la tête, mais son sourire avait disparu. Bree se sentit coupable en s'éloignant de la maison avec Matt.

Elle s'arrêta à côté de sa voiture.

— Comment les mères célibataires et les mères qui travaillent s'en sortent ?

— Je suppose qu'elles font juste de leur mieux.

Matt fit tinter ses clés.

— J'ai appelé Todd ce matin. Il a pu identifier Nico grâce à sa plaque d'immatriculation. Son nom est Nicolas Kosta. Il a une condamnation antérieure pour possession de stupéfiants avec intention de vendre, pour laquelle il a purgé dix-huit mois. Il a été libéré il y a trois ans sans aucune arrestation ultérieure.

— Todd va l'arrêter ?

— Non.

Matt fronça les sourcils.

— On n'a aucune preuve qu'il deale.

Il fit attention à bien choisir ses mots.

— Je pense que son alibi va tenir la route. J'ai vérifié les nécrologies. Une veillée funèbre pour Helena Kosta, 92 ans, a eu lieu chez Murphy mardi soir, de 19 heures à 21 heures.

— L'alibi de Nico est probablement légitime.

Bree ouvrit sa portière.

— J'espérais qu'il avait menti la nuit dernière.

— Moi aussi.

Ne voulant pas arriver ensemble au rendez-vous avec Craig, ils prirent chacun leur voiture. Matt la suivit jusqu'au funérarium. Dehors, Bree se gara sur le trottoir. Les rayons du soleil étaient chauds sur son visage.

— Tu es prête ? demanda Matt.

Bree essaya de prendre une profonde inspiration, mais le chagrin lui serrait la poitrine.

— Non. Mais ça ne changerait rien d'attendre.

Ils entrèrent. L'air sentait fort les fleurs. Deux gerbes fraîches, violette et blanche, se trouvaient sur un buffet dans le hall.

— Mme Taggert ?

Un homme en costume sombre avança vers eux.

Bree hocha la tête et présenta Matt comme un ami.

Le directeur les fit entrer dans une salle de réunion.

— Avant tout, je vous présente mes plus sincères condoléances.

— Merci.

Bree réussit à contrôler ses émotions tandis qu'ils organisaient la cérémonie du mardi.

Elle ne craqua qu'au moment où ils évoquèrent les demandes des enfants.

Le directeur lui tendit une boîte de mouchoirs.

— C'est particulièrement triste quand un être cher meurt à un si jeune âge.

Bree retira un mouchoir de la boîte et se tamponna les yeux. Elle avait la gorge nouée et sèche.

Matt lui prit la main, la serra et reprit la conversation.

— Vous nous avez été chaudement recommandé par une famille qui a organisé une veillée ici mardi soir dernier.

— Ah, oui. Mme Kosta.

Le directeur croisa les mains sur la table.

— C'était un beau service.

— Son petit-fils vous a recommandé, déclara Matt.

Le directeur eut un hochement de tête solennel.

— Nicolas a fait en sorte que le service de sa grand-mère fasse honneur à son existence.

— Il était là pendant toute la veillée ? demanda Matt.

— Pourquoi ? Oui. Il n'a jamais quitté le côté de sa grand-mère.

Un regard méfiant apparut sur le visage du directeur.

— Pourquoi me posez-vous cette question ?

Bree s'éclaircit la gorge.

— Je dois vous faire un chèque ?

L'entrepreneur de pompes funèbres oublia immédiatement ses soupçons et lui donna le montant de la caution requise.

Matt et Bree sortirent sur le parking. Dix minutes plus tard, ils se dirigeaient vers le sud sur l'autoroute 87. Matt accéléra. Bree resta à la limite de la vitesse autorisée. Elle ne voulait pas qu'ils arrivent trop près l'un de l'autre. Elle prit la sortie de Saratoga Springs et conduisit encore un mile jusqu'au restaurant. Elle repéra le quatre-quatre de Matt et se gara deux rangées plus loin. Il buvait un café au bar quand elle entra dans le restaurant. Le décor était celui d'un pub irlandais classique, avec du bois sombre et du linge de maison vert et blanc.

Bree balaya le restaurant du regard, mais sans voir Craig. Il y avait des tables rectangulaires avec des bancs dans l'espace voisin du bar et des tables et des chaises normales dans la salle à manger principale. Environ un tiers des places étaient occupées. Bree laissa l'hôtesse l'installer, puis elle choisit un siège face à la porte et commanda du café.

Craig entra dans le restaurant avec dix minutes de retard. Il fit un sourire charmant à l'hôtesse, qui rougit et bégaya en le conduisant à la table.

Bree retint une envie de lever les yeux au ciel.

— Du café ? proposa l'hôtesse.

— Oui, s'il vous plaît.

Il s'assit, secoua sa serviette et la posa sur ses genoux. Il croisa le regard de Bree au-dessus de la table.

— Je suis heureux que tu aies demandé à me rencontrer. Ce sera plus facile pour les enfants si nous nous comportons de façon civilisée.

— Je compte bien faire ce qui est le mieux pour les enfants.

Du coin de l'œil, Bree vit Matt quitter le bar et sortir du restaurant.

Craig ouvrit la carte des menus. La serveuse lui apporta son café.

— Êtes-vous prêt à commander ?

— Je vais m'en tenir au café, dit Bree.

Le visage arrogant de Craig lui avait coupé l'appétit.

La serveuse prit la commande de ce dernier, une omelette jambon fromage, et s'éloigna. Lorsqu'ils furent seuls, Bree demanda :

— Comment es-tu devenu pasteur ?

— Ce n'est pas quelque chose que j'avais l'intention de faire.

Craig posa ses coudes sur la table et joignit les mains.

— J'ai été appelé à le faire.

— Comment est-ce que c'est arrivé ?

— Il y a quelques années, je faisais de la voile sur un lac. Je ne suis pas le meilleur des marins. Un coup de vent a frappé les voiles et fait chavirer le bateau. Je me suis cogné la tête, et l'eau était froide. J'étais désorienté et je pouvais à peine garder la tête hors de l'eau. J'étais presque inconscient, accroché à la coque, tremblant, quand j'ai entendu une voix me disant de me retourner. Je l'ai fait et j'ai vu un gilet de sauvetage qui flottait à quelques mètres de là. Un autre bateau est arrivé quelques minutes plus tard. L'homme qui le conduisait m'a dit qu'il n'avait pas prévu de sortir son bateau ce jour-là, mais qu'il s'était réveillé en ayant *besoin* de le faire. Le lendemain, j'ai entendu la même voix me dire que je devais aller à l'église. Je me suis assis sur le banc et un sentiment de calme s'est emparé de moi.

Il s'interrompit pour siroter son café.

— Ma vie n'a jamais plus été la même.

— C'est incroyable.

Bree se resservit du café.

— Je ne savais pas que tu naviguais.

Il plissa les yeux.

— Ce n'est pas difficile.

Son visage reprit une expression affable.

— Je travaillais dans un centre de vacances.

— Et tu habites où ?

— L'église me fournit une petite maison. Il y a trois chambres, donc il y a de la place pour Kayla et Luke.

— Et s'ils ne veulent pas déménager ?

Il fit la moue.

— Ce sont des enfants. Il est préférable de laisser les décisions importantes aux adultes. Les enfants ont besoin d'être guidés. Ils tireront un grand profit de leur appartenance à l'Église. Ils n'y vont pas, n'est-ce pas ?

— Tu devrais probablement le leur demander, dit Bree en prenant soin de rester neutre.

Craig voulait voir qui arriverait à garder le plus longtemps cette sincérité de façade. Une fois, alors qu'elle interrogeait un suspect, Bree avait fait semblant d'avoir un mari et trois enfants pour qu'un homme avoue avoir tué sa femme et ses enfants. L'interrogatoire avait duré douze heures. Elle était aussi douée que Craig pour mentir.

— Tu t'es renseigné sur le système scolaire ?

Il cligna des yeux.

— Les écoles sont excellentes.

Menteur. L'idée de vérifier les écoles ne lui était jamais venue à l'esprit.

— Comment vas-tu demander aux enfants de vivre avec toi ? s'enquit Bree.

Le serveur apporta son plat et Craig entama son omelette.

— Je ne demanderai pas. Je vais leur dire où ils vont. Je suis sûr qu'ils seront contrariés au début. Je reconnais que nous ne nous connaissons pas très bien.

— Tu es un parfait étranger pour Kayla.

— Oui.

Il posa sa fourchette.

— J'en assume l'entière responsabilité, mais je suis un homme changé.

— Tu vas les éloigner de tout ce qu'ils connaissent et de la seule maison dont ils se souviennent.

— Ce sera difficile au début, mais ils s'adapteront.

— Où mettras-tu leurs chevaux ?

Craig s'étouffa. Il but une gorgée de café et se frappa le sternum à coups de poing.

— Excuse-moi. C'est tombé dans le mauvais tuyau.

Il n'avait pas plus pensé aux animaux des enfants qu'aux écoles.

Bree attendit patiemment, pendant qu'il faisait signe au serveur et demandait de l'eau. Il s'efforçait de gagner du temps, essayant de trouver une réponse à sa question.

Il s'essuya la bouche avec sa serviette.

— J'ai peur qu'être pasteur ne paie pas assez pour garder les chevaux. Il faudra les vendre.

— Ça serait très douloureux pour les enfants. Ils ont déjà perdu leur mère.

— C'est malheureux, mais je ne peux tout simplement pas me le permettre.

Le ton de Craig se fit plus tranchant.

— Si tu veux couvrir les frais, ils pourront les garder.

— Les flics ne gagnent pas tant d'argent non plus.

Par-dessus son épaule, Bree vit Matt passer les portes et retourner s'asseoir au bar.

— Alors, comment as-tu prévu de t'occuper des chevaux ? demanda-t-il d'une voix hautaine.

— Je suis prête à abandonner ma vie entière et à déménager à Grey's Hollow pour ces enfants.

— Je ne peux pas faire ça.

Un éclair d'irritation passa dans son regard.

— Ils vont s'en remettre. Les gens sont plus importants que les animaux.

Bree aurait voulu le gifler, mais se contenta d'un sourire triste.

— Je détesterais qu'ils aient le cœur brisé à nouveau.

Craig leva les yeux. Il avait les joues rouges de colère.

— On n'y peut rien.

Bree finit de boire son café et repoussa sa tasse. Elle avait hâte d'en terminer avec cette conversation.

— Tu as engagé un avocat ?

— Non. J'ai supposé que je n'en aurais pas besoin, puisque tu avais demandé cet entretien.

— Le seul résultat de cette conversation, c'est de m'avoir convaincue que tu n'es pas apte à être parent. Tu es trop égoïste. Tu ne feras jamais passer ces enfants avant tes propres besoins.

Son visage rougit et il haussa la voix.

— Je ne sais pas ce que tu imagines…

— Doucement.

Bree leva la main pour le faire taire.

— Que penserait ta congrégation d'un pasteur qui perd son sang-froid ?

D'autres dîneurs la regardèrent fixement, tandis qu'elle jetait de l'argent et sa serviette sur la table et s'éloignait. Mais elle ne tira aucune satisfaction de cette sortie. Craig serait un horrible parent, mais il voulait obtenir la garde de ces enfants. *Jusqu'où irait-il pour l'obtenir ?*

Chapitre Vingt-Cinq

Matt se gara sur le parking de l'église. Il consulta l'application GPS sur son téléphone, qui suivait la voiture de Craig.

— Craig s'est arrêté au YMCA.

— Il a dit qu'il devait voir un groupe de jeunes cet après-midi, déclara Bree. Avec un peu de chance, il en aura pour un moment. On ne devrait pas avoir besoin de plus d'une heure.

Matt indiqua son téléphone.

— Je saurai s'il quitte le YMCA.

Ils avaient laissé à Craig une avance de quinze minutes. Puis ils avaient pris la voiture de Matt et suivi l'autoroute 87 en direction du sud. Matt avait auparavant appelé et pris rendez-vous avec la secrétaire de l'église.

— Nous sommes M. et Mme Flynn. Je suis Matt, tu es Barbara et nous cherchons une nouvelle église.

Matt lui donna une alliance.

Bree la passa à son doigt.

— Tu as pensé à tout.

— J'essaie.

— Dois-je demander d'où elle vient ?

— Ma sœur me l'a prêtée. Elle est divorcée. Elle a dit que je pouvais la fondre pour en faire de la ferraille.

Matt sortit du quatre-quatre.

Bree le retrouva sur le trottoir.

— Aïe.

— Ouais.

Bree regarda la croix qui ornait le bâtiment.

— Mentir dans une église me semble très mal, mais je ne doute pas que Craig les escroque d'une manière ou d'une autre. Peut-être que nous pourrons comprendre son jeu et l'empêcher de les mettre sur la paille.

L'église était du style traditionnel de la Nouvelle-Angleterre, en bois blanc avec un clocher central. Ils entrèrent. Le hall sentait les meubles cirés et les livres moisis. Ils suivirent une flèche en direction des bureaux, à l'arrière du bâtiment.

Une femme d'âge mûr tapait sur un vieil ordinateur. Sur son bureau, une plaque signalétique indiquait *Mme Peterson.*

Matt frappa à la porte.

— Mme Peterson ?

Elle leur fit un clin d'œil par-dessus ses lunettes.

— Oui, je peux vous aider ?

— Nous sommes les Flynn.

Matt s'écarta pour que Bree puisse entrer dans le bureau en premier.

Mme Peterson se leva et fit le tour du bureau pour les accueillir.

— C'est un plaisir de vous rencontrer.

Ils se serrèrent la main.

— Voulez-vous d'abord poser des questions ou voir l'église ? demanda Mme Peterson.

— Peut-on faire les deux ? dit Bree en souriant. Comme ça, on ne vous prendra pas trop de votre temps.

— Certainement !

Mme Peterson leur fit un grand sourire et les conduisit dans un vaste espace ouvert.

— C'est notre salle communautaire. C'est ici que nous organisons l'heure du café entre les services du dimanche. Pendant la semaine, l'espace est utilisé pour toute sorte de choses, de l'étude de la Bible aux réunions de groupes de jeunes.

Elle ouvrit une porte battante.

— Nous avons une cuisine complète.

Ils continuèrent jusqu'au couloir principal. Mme Peterson ouvrit une double porte.

— C'est notre sanctuaire.

Sa voix résonnait de fierté.

Matt compta les bancs en bois blanc et noir et fit un calcul rapide. L'église pouvait accueillir trois cents personnes. La congrégation n'était peut être pas la plus grande de la ville, mais elle avait de l'argent.

Bree pointa la chaire du doigt.

— Parlez-moi de votre pasteur.

— Le révérend Vance est merveilleux.

Mme Peterson joignit les mains comme pour une prière.

— Vous allez l'adorer. Tout le monde l'adore.

— Il œuvre pour votre église depuis longtemps ? demanda Matt.

— Non. Le révérend Vance nous a rejoints en octobre dernier. Nous avons perdu notre précédent pasteur au cours de l'été. Le pauvre révérend Hollis a eu une attaque. Ce fut très soudain. Il avait dirigé notre congrégation pendant vingt-deux ans. Nous avons un pasteur assistant qui vient de sortir du séminaire, mais il n'a pas assez d'expérience de la vie pour diriger l'église.

Mme Peterson les fit sortir du sanctuaire et les ramena au bureau principal.

— Nous avons été sans pasteur pendant un certain temps. Nous avons refusé plusieurs candidats qui ne répondaient pas à nos critères.

— Le révérend Vance a-t-il une famille ?

— Oui.

Elle se pinça les lèvres.

— Il a deux enfants. Il n'était pas marié à leur mère et elle a refusé de le laisser voir les enfants. Le révérend reconnaît qu'elle avait raison.

Elle s'arrêta devant la porte de son bureau.

— S'il vous plaît, ne pensez pas que je fasse des commérages sur la vie personnelle de notre pasteur. Il est monté en chaire et a raconté à toute la congrégation sa vie antérieure de pécheur et comment l'appel du Seigneur l'avait transformé.

— Comme c'est inspirant.

La voix de Bree manquait de conviction.

— C'était un témoignage étonnant.

Mme Peterson se frotta les bras.

— J'ai eu la chair de poule en l'écoutant.

— Où est-il allé au séminaire ? demanda Matt.

Le visage de Mme Peterson se renfrogna comme si la question de Matt avait une mauvaise odeur.

— Il est allé dans une université en ligne.

Matt haussa les sourcils.

— Tout le monde ne peut pas se permettre d'aller à l'université. Nous ne devons pas faire de discrimination, déclara Mme Peterson sur un ton sentencieux. Il faut vraiment l'écouter prêcher pour comprendre pourquoi nous l'avons engagé. Son témoignage est le plus sincère que j'aie jamais entendu. Son honnêteté et sa transparence l'aident à établir des relations particulières avec nos membres. Je pense que c'est l'une des raisons pour lesquelles les gens se sentent à l'aise et lui parlent de leurs transgressions. Il a été si ouvert sur ses propres imperfections et son parcours.

Ils rentrèrent dans le bureau et s'arrêtèrent près de la porte.

— Avez-vous d'autres questions ?

Mme Peterson traversa la pièce et prit une brochure qu'elle tendit à Matt.

— Voici la liste de nos services et des programmes d'études bibliques. Les dames se réunissent le mardi après-midi pour un repas partagé. Les hommes se réunissent le mercredi soir.

— Merci.

Matt accepta la brochure.

— Nous aimerions rencontrer le révérend Vance.

— Vous pourriez venir à un service demain, déclara Mme Peterson.

— Ce serait parfait, mais malheureusement, nous avons un engagement familial.

Matt essaya de paraître déçu.

— Laissez-moi vérifier son emploi du temps.

Mme Peterson retourna à son bureau et ouvrit un agenda.

— Le révérend est occupé avec une collecte de fonds pour notre groupe de jeunes aujourd'hui. Il les aide à financer un voyage missionnaire visant à reconstruire une communauté inondée en Caroline du Sud. Demain, c'est dimanche. Il sera là toute la journée, bien sûr.

— On dirait que le révérend n'a pas beaucoup de temps libre, dit Bree. Il ne rentre jamais chez lui ?

— Eh bien, il vit dans l'appartement au-dessus du garage de l'église, donc techniquement, il est toujours là.

Mme Peterson rit.

— Le lundi est bloqué et le mardi est son jour de congé. Et le mercredi ? Il fait des visites à l'hôpital le matin, mais il a des heures de bureau de midi à 5 heures. Vous pouvez venir à ce moment-là. Pas besoin de rendez-vous.

— C'est parfait.

Matt avança vers elle et lui serra la main.

— Merci beaucoup pour toute votre aide aujourd'hui. L'église est charmante.

— J'espère vous revoir bientôt.

Mme Peterson retourna à son ordinateur.

Bree sortit la première. Matt la suivit en direction du parking. Elle avançait d'un pas vif et décidé, les épaules en arrière. Ils s'arrêtèrent à côté de son quatre-quatre.

— On n'a pas été frappés par la foudre, dit-il. J'appelle ça une victoire.

— Si Craig y a échappé, on ne risque rien.

Bree posa les mains sur ses hanches, dévoilant la crosse de son arme.

— Je n'arrive pas à comprendre ce qu'il fait.

— Tu portais un pistolet à l'église ?

— Oui, deux, même, dit-elle. C'est l'accessoire parfait. Ça va avec tout.

Matt secoua la tête.

— Mme Peterson semble contente de Craig.

— Oui. Il peut être très charmant.

Bree fronça les sourcils.

— Si c'était quelqu'un d'autre, je serais tentée de croire qu'il a changé.

— Mais pas Craig ?

— Non.

— Tu es sûre de ne pas avoir d'a priori ? Les gens *peuvent* changer.

Même si, selon l'expérience de Matt, cela n'arrivait pas souvent.

— J'en suis sûre. Il dit tout ce qu'il faut, mais le voile tombe dès qu'il s'énerve et perd son sang-froid. Là, je retrouve le vrai Craig.

Bree jeta un coup d'œil par-dessus son épaule en direction de l'église.

— Il joue la comédie et c'est facile de le faire ici. Personne ne le contredit ou ne le met en colère.

Elle ouvrit la portière passager.

— Quelque chose que Mme Peterson a dit me dérange, mais je ne sais pas quoi.

Elle monta dans le véhicule.

— Il ne t'avait pas dit qu'il vivait dans une maison avec trois chambres à coucher ?

— Oui, il a clairement menti à ce sujet. Mais ce n'est pas ça.

Bree plissa le front.

Matt regarda son téléphone.

— Todd a laissé un message.

Il écouta l'enregistrement.

— Ils ont fouillé l'appartement de Trey White. Il veut qu'on vienne au poste pour parler de ce qu'ils ont trouvé.

Bree ricana.

— Et il va falloir faire semblant qu'on ne sait pas déjà tout.

— Ouaip.

Matt fit demi-tour et repartit sur la I87. Il conduisit jusqu'au restaurant où ils récupérèrent la voiture de Bree, qui le suivit au poste du shérif.

Ils entrèrent et Marge les conduisit dans la salle de conférences.

— Todd sera avec vous dans une minute.

Todd entra et ferma la porte derrière lui. Il posa un ordinateur portable et un dossier sur la table.

— Nous avons donc fouillé l'appartement de Trey ce matin et trouvé quelque chose de très inquiétant.

Il ouvrit le dossier et en retira deux photos.

— Ce ne sont que deux exemples. Il y en avait d'autres.

Bree tira les photos devant elle et les regarda.

— Il les a prises sans qu'Erin le sache.

— Oui.

Todd tapota la deuxième photo.

— Celle-là, c'est Erin devant la maison de Justin. Trey connaissait sa relation avec Justin et savait où il vivait. Comme il y a de la neige sur le sol, nous pensons que cette photo a été prise la semaine précédant sa mort.

Bree fit glisser les photos vers Matt.

— Trey harcelait Erin ? demanda Matt.

— Oui.

Todd ouvrit l'ordinateur portable.

— Je suis allé à la prison ce matin et je l'ai interrogé à ce sujet. J'ai filmé l'entretien. J'ai pensé que vous voudriez le voir.

Il tourna l'ordinateur face à Bree et Matt, puis appuya sur *Lecture*.

Une vidéo commença à défiler sur l'écran. Trey et son avocat étaient assis d'un côté de la table. Trey était menotté à la table en métal. En face d'eux, Todd récitait les noms des trois personnes présentes dans la pièce pour le compte rendu. Puis il lut ses droits à Trey et celui-ci signa un formulaire, reconnaissant qu'il les comprenait.

Une fois les formalités terminées, Todd sortit un album photo d'un dossier. Matt reconnut l'album que Bree et lui avaient vu chez Trey la nuit précédente.

Todd le tourna et l'ouvrit, pour que Trey puisse voir les photos.

— On a trouvé ça dans ton appartement, Trey.

Des larmes jaillirent des yeux de Trey et coulèrent sur son visage.

— Elle était si belle, putain.

— C'est toi qui as pris ces photos ? demanda Todd.

Trey se pencha en avant et s'essuya le visage sur la manche de sa chemise orange. Il resta silencieux un instant, fixant la première photo.

— Ouais.

— Pourquoi ?

Todd tourna la page.

Les yeux de Trey se portèrent sur la photo suivante.

— Je l'aimais.

— Donc tu la suivais avec ton appareil ?

— Ouais.

Trey soupira, un long son plein de désolation.

— Une femme comme elle ne sortirait jamais avec un mec comme moi, mais je voulais être près d'elle.

Todd passa à la page suivante. Trey se pencha en avant.

Matt était impressionné. Jusqu'à présent, Todd se débrouillait bien.

Todd posa les avant-bras sur la table.

— Qu'est-ce que tu as fait d'autre, à part la suivre et la prendre en photo à son insu et sans son consentement ?

Trey cligna des yeux et recula.

— Qu'est-ce que vous voulez dire ?

— Eh bien, tu as violé sa vie privée et tu as des antécédents de voyeurisme. Qu'est-ce que tu as fait d'autre à Erin ?

— Rien !

Le visage de Trey pâlit.

Doucement. Tu vas le perdre, pensa Matt. Un interrogateur devait savoir quand mettre la pression sur un suspect et quand la relâcher.

Todd montra la photo d'Erin devant la maison de Justin.

— Tu sais qui vit ici ?

Les épaules de Trey s'affaissèrent.

— Son petit ami.

— Tu le connaissais ? demanda Todd.

Trey secoua la tête.

Todd se pencha en avant pour entrer dans le champ de vision de Trey.

— Tu les as déjà vus ensemble ?

Trey détourna le regard.

— Peut-être

— Quand et où ? demanda Todd.

Les épaules de Trey tremblèrent.

— Ils se sont disputés devant le salon de beauté où elle travaillait.

— Tu as entendu ce qu'ils disaient ?

— Non. J'étais de l'autre côté du parking, dans le magasin.

Trey serra les poings.

— Mais il lui criait dessus et elle était bouleversée.

Il leva la tête, les yeux brillants.

— Il n'avait pas le droit de la traiter comme ça.

— Tu ne savais pas que c'était son mari ?

Trey leva les yeux vers Todd. Il avait l'air surpris.

— Non.

— Oui. Ils étaient séparés, mais ils essayaient de recoller les morceaux.

— Il ne la méritait pas.

Trey fronça les sourcils en regardant la photo, les muscles de son visage contractés.

— Quand est-ce que tu as pris cette photo ?

Todd la pointa du doigt.

— Vendredi soir dernier. J'étais inquiet pour elle. Je pensais qu'il pourrait revenir quand elle sortirait du travail, alors je l'ai suivie.

Trey leva les yeux.

— Juste pour être sûr qu'elle rentrait bien chez elle.

— Mais elle ne l'a pas fait.

Le regard de Trey resta fixé sur l'image d'Erin devant la maison de Justin.

— Non. Elle est allée chez lui.

Sa voix se fit plus grave et Matt y distingua une nouvelle émotion, quelque chose de plus profond que la colère. Jalousie ? Sentiment de trahison ? Peut-être les deux.

— Pourquoi penses-tu qu'elle a fait ça ? demanda Todd.

— Elle a couché avec lui.

La voix de Trey était glaciale.

— Comment tu le sais ?

— Je les ai vus par la fenêtre.

Trey semblait absent. Son attention n'était pas tournée vers Todd, mais vers lui-même. Est-ce qu'il revoyait Erin et Justin dans son esprit ?

Le regard de Matt se porta sur l'avocat, qui n'avait *rien* fait pour empêcher son client d'avouer un crime.

— Par quelle fenêtre ? demanda Todd.

— C'est sur le côté de la maison, dit Trey du même ton détaché.

— Qu'est-ce que tu as vu exactement ?

Trey rougit, l'embarras le ramenant au moment présent.

— Eux. Faire l'amour. Dans son lit.

Il se détourna de l'album photo, comme s'il ne pouvait plus supporter de le regarder.

— Qu'est-ce que tu as fait ensuite ?

— Je suis rentré chez moi.

Trey se pencha en arrière.

— Qu'est-ce que tu y as fait ?

Trey baissa le regard sur ses mains serrées. Des gouttes de sueur brillaient sur sa lèvre supérieure.

— Rien.

Il mentait. Matt aurait parié 100 dollars que Trey était rentré chez lui pour se masturber, s'il ne l'avait pas fait pendant qu'il était devant la maison. Les voyeurs prennent leur pied en regardant. C'est leur truc. Matt aurait poursuivi sur cette piste.

Mais Todd n'insista pas.

— Quand est-ce que tu as revu Erin ?

— Mardi.

Trey leva les yeux à nouveau

Retour à la vérité, pensa Matt.

— Je l'ai vue quitter le salon. Je lui ai fait signe. Elle m'a salué en retour.

L'angoisse lui tordait les traits.

— Je ne la reverrai plus jamais.

Todd posa les mains à plat sur la table.

— Tu l'as tuée ?

— Non !

Trey se redressa vivement.

— Tu ne l'as pas suivie ? Tu n'étais pas en colère qu'elle ait couché avec quelqu'un qui n'était pas digne d'elle ?

— Non ! Oui ! Attendez.

La respiration de Trey s'accéléra.

L'avocat finit par intervenir.

— Une question à la fois, s'il vous plaît.

Trey prit une grande inspiration en essayant de se ressaisir.

— Je ne l'ai pas suivie. J'ai travaillé jusqu'à la fermeture. Elle a quitté le salon vers 4 heures, je crois. C'est à ce moment-là que son service se termine généralement.

Il expira fort par le nez, les narines dilatées.

— Mais oui, j'étais en colère qu'elle perde son temps avec un homme comme lui. Elle méritait tellement plus.

— Elle te méritait toi, n'est-ce pas ? demanda Todd.

Trey secoua la tête, d'un mouvement de déni lent et volontaire.

— Non.

Todd insista sur ce point.

— Tu es sûr de ne pas avoir quitté ton travail pendant un certain temps mardi soir ? Cela n'aurait pas pris beaucoup de temps. Le magasin était vide. Les caméras de surveillance ne fonctionnaient pas. Personne ne l'aurait su. Tu aurais pu aller chez son mari et lui tirer dessus.

— Non, insista Trey. Je n'aurais jamais fait de mal à Erin.

— Mais tu aurais pu tirer sur son mari.

— Je n'ai pas dit ça !

Le visage de Trey était rouge vif.

L'avocat posa une main sur le bras de Trey.

— Avez-vous une question, monsieur l'adjoint ? Ou allez-vous juste continuer à faire des théories ?

Todd se redressa.

— C'était un accident, Trey ? Tu es allé là-bas pour tirer sur le mari d'Erin ? Elle t'a surpris ou s'est mise en travers de ton chemin ?

— Non ! cria Trey. Stop ! Je n'ai tiré sur personne. Je n'ai même pas d'arme.

Il se pencha en avant et posa le front sur la table.

Todd tapa du doigt sur son dossier. Il ne savait manifestement pas comment poursuivre l'entretien. Mais Trey avait terminé. Il ne dirait plus rien.

Todd ferma l'ordinateur.

— Il ne voulait plus répondre à aucune question, mais comme vous pouvez le voir, c'est clairement un suspect. Il harcelait Erin. Il était en colère qu'elle couche avec Justin. Il est peut-être entré dans la maison pour tirer sur Justin et Erin s'est interposée.

— C'est possible, dit Bree d'une voix hésitante.

Todd fronça les sourcils.

— Matt, qu'est-ce que tu en penses ?

— Je ne sais pas, dit Matt. Il a certes menti à quelques reprises, mais il n'a jamais hésité sur l'endroit où il était ni sur ce qu'il faisait mardi soir.

— Où en êtes-vous avec les rapports de la police scientifique et les tests ADN de la maison de Justin ? demanda Bree.

— L'ADN ne sera pas là avant des semaines, répondit Todd. Mais je devrais bientôt en savoir plus de la part de la police scientifique.

Elle fronça les sourcils.

— Des preuves matérielles indiquant que Trey était dans la maison de Justin pourraient vous aider à le faire craquer s'il est coupable.

Todd hocha la tête.

— Mais il a avoué les avoir observés par la fenêtre.

— Ce n'est pas suffisant, déclara Bree.

— Non, reconnut Todd. J'ai d'autres nouvelles. Le sang sur le tableau de bord du camion d'Erin était de son groupe sanguin, O positif. Le sang sur le siège arrière correspond au groupe de Justin, A positif. Ces tests ne sont pas aussi concluants que l'ADN. On ne peut pas dire avec certitude que le sang est le leur, mais on sait qu'il provient de deux personnes différentes.

— Et cette information suggère que Justin est blessé.

Matt eut un pincement au cœur à l'idée que son ami soit blessé et qu'il saigne.

— Oui, poursuivit Todd. Par ailleurs, j'ai parlé à Jack Halo. Il nie avoir harcelé l'une de ses collaboratrices et s'est montré offensé par cette idée. Mais il a fourni un alibi pour mardi soir. Il était dans son bureau. La réceptionniste a confirmé qu'il n'était pas parti avant la fermeture du salon à 21 heures.

Bree fronça les sourcils.

— Est-ce que quelqu'un l'a vu entre 7 h 30 et 8 h 30 ?

Todd secoua la tête.

— Il a dit qu'il était seul, il travaillait sur les plans de rénovation.

Matt réfléchit à l'aménagement du salon de beauté.

— Le salon a-t-il des caméras couvrant l'arrière du bâtiment ?

— Oui, les caméras sont installées devant les sorties, déclara Todd. Mais elles ne sont activées que lorsque le système d'alarme est en mode nuit, pas pendant les heures d'ouverture du salon.

— Il y a un escalier de chaque côté du bâtiment, à l'arrière. Jack aurait pu partir par l'une de ces portes et revenir sans que la réceptionniste le voie.

— Ce ne serait pas risqué ? demanda Todd. Le salon était plein de monde à chaque fois que j'y suis allé.

— Peut-être risqué, mais possible, dit Matt. Quand on est allés parler à Jack, j'ai pris les escaliers sans tomber sur une seule personne, et le salon était plein.

— L'un de vous a-t-il trouvé quelque chose ? demanda Todd, ses yeux allant de Bree à Matt.

— On a fouillé dans le passé de Craig Vance, mais sans rien trouver de compromettant, dit Matt en restant vague. On te tiendra au courant si on a quelque chose d'autre.

Il n'avait rien d'autre à ajouter. Bree et lui avaient rencontré un trafiquant de drogue, fouillé sans autorisation l'appartement de Trey et placé un GPS illégal sur la voiture de Craig. Todd n'avait pas besoin de savoir tout ça, à moins que ces activités n'apportent une avancée significative dans l'enquête.

— J'ai examiné les papiers de ma sœur et organisé son enterrement, déclara Bree.

Todd dit :

— Je vous dirai si la police scientifique nous apporte quelque chose d'intéressant.

— Merci.

Bree se leva.

— J'apprécie que vous nous teniez au courant de l'enquête.

Matt et Bree quittèrent le poste.

Dehors, Bree se tourna face au soleil.

— Trey *pourrait* être un très bon menteur, délirer, être innocent, ou un mélange des trois. Il a certainement une sorte de maladie mentale.

— Ouaip.

Matt s'arrêta à côté de son véhicule.

— Je suis content qu'on ait fouillé chez lui. Todd n'a pas mentionné toute la pornographie ni l'appareil photo.

— Ou les photos de ma sœur pendant l'été, ajouta Bree. Est-ce qu'il se rend compte de l'importance de ces objets ?

— Sans doute, mais ce n'est pas comme si on pouvait lui poser la question.

— Non.

— Où tu veux aller maintenant ? demanda-t-il.

— Retour à la maison. Je veux revoir mes notes. Je sens que j'ai manqué quelque chose.

Elle posa la main sur le toit de sa voiture.

— Tu pourrais m'envoyer une copie de tes notes ?

La seule chose que Matt ne regrettait pas en ayant quitté la police, c'était l'obligation de rédiger des rapports. Il était sûr que celui de Bree serait complet.

— Oui. Elles sont toutes sur mon ordinateur portable. Je t'en enverrai une copie aujourd'hui, dit Bree. Je dois passer le reste de la journée avec les enfants. Il faut qu'on choisisse des photos d'Erin pour la cérémonie.

— Ouais. Vous devriez faire ça en famille, dit Matt. J'ai un brunch avec mes parents demain matin. C'est un truc habituel du dimanche. Toi, Dana et les enfants êtes les bienvenus. Ma mère et mon père adorent recevoir. Il y a toujours des tonnes de nourriture.

Bree secoua la tête.

— Je dois aussi écrire l'éloge d'Erin et organiser le reste. À moins que quelque chose ne se présente, j'aurai probablement besoin de demain pour la famille aussi.

Matt comprenait, mais de son côté, il allait continuer à chercher Justin. Justin avait conduit le camion d'Erin après sa mort. Il avait littéralement son sang sur les mains. Mais il avait aussi saigné sur tout le siège arrière. Il était blessé et certainement très affaibli.

Matt devait le retrouver – et vite.

Chapitre Vingt-Six

Plus tard dans l'après-midi, Bree était installée sur le canapé et regardait le collage des enfants.

— Est-ce qu'il y a assez de photos ?

Avec un hochement de tête, Kayla détourna le regard de leur ouvrage et s'essuya le nez du revers de la main.

— C'est bon, on a fini, dit Luke d'une voix sombre. Je vais dans ma chambre.

Luke avait les yeux rouges et les deux enfants semblaient aussi épuisés que Bree. Luke disparut dans les escaliers.

— Je peux aller aider Dana avec le pain maintenant ?

Kayla était assise, jambes croisées, aux pieds de Bree.

— Je suis sûre que ça lui fera plaisir.

Bree avait mal à la tête et les yeux gonflés. Ils avaient passé trois heures à regarder des photos d'Erin et des enfants.

Et à pleurer.

Tout le monde avait fondu en larmes. La tristesse pesait sur la poitrine de Bree comme un pull de plomb. Il fallait qu'elle écrive un éloge funèbre, mais elle n'arrivait pas à aligner trois mots sans être submergée par l'émotion. Elle avait essayé de faire venir Adam pour l'aider, mais il avait refusé. Il avait dit qu'il leur faisait confiance et qu'il travaillait sur un projet – quelque chose de spécial qu'il voulait terminer avant l'enterrement. Bree avait abandonné. Si elle avait réussi à le traîner hors de son atelier, il aurait été trop distrait pour participer de toute façon.

Kayla se leva et regarda leur collage, les yeux pleins de larmes et de tristesse.

— On pourra le garder après ?

— Si c'est ce que tu veux.

Bree se leva et se mit à côté d'elle en passant son bras sur les épaules de la petite fille.

— On le ramènera ici.

— Bien.

Elle renifla.

— Je ne veux pas oublier à quoi ressemble maman.

Bree inspira profondément. Avec un pincement au cœur, elle s'accroupit à la hauteur de l'enfant et la prit doucement par les épaules.

— Nous n'oublierons jamais ta maman. Je te le promets.

Avec un bref hochement de tête, Kayla se glissa sous le bras de Bree et courut vers la cuisine. L'après-midi avait été difficile. Elles avaient toutes besoin d'une pause. Mais la confection du collage avait été cathartique. Bree se retourna pour regarder à nouveau les photos. Tant de bons moments capturés. Devrait-elle se concentrer sur ces souvenirs, au lieu de chercher l'assassin d'Erin ?

Elle ne pouvait pas.

Elle avait promis de prendre soin de sa petite sœur et elle avait échoué. Le moins qu'elle puisse faire était de lui rendre justice. Lorsque son assassin serait arrêté, Bree pourrait passer à autre chose.

Elle se dirigea vers le bureau et s'assit sur la chaise de sa sœur. Pendant la visite de l'église avec Mme Peterson, Bree avait eu l'impression de ne pas voir quelque chose d'important. Avec le temps, son cerveau allait faire le tri. Parfois, les meilleures solutions lui venaient alors qu'elle ne pensait pas au problème. Elle ouvrit son ordinateur portable et tapa les notes prises lors de l'entretien. Puis elle déverrouilla le tiroir du bas, en sortit les papiers administratifs d'Erin et commença à les examiner. Une heure plus tard, son mal de crâne avait empiré et elle ne savait rien de plus.

Elle reprit la liste des appels téléphoniques. Erin avait-elle reçu un appel du portable prépayé le jour de sa mort ? Bree examina les numéros un à un. Mais ce n'était pas le numéro prépayé qui l'arrêta. Elle ne vit aucun appel vers ou depuis ce portable ce jour-là.

Cependant, Erin avait reçu un appel à 18 heures, le soir de sa mort. Le numéro lui semblait familier. Bree vérifia la liste des contacts d'Erin. L'appel provenait de Steph. Bree retourna à ses notes sur leur entretien avec la meilleure amie d'Erin. Steph avait dit avoir parlé à Erin pour la dernière fois lorsqu'elle avait quitté le travail vers 4 heures, mais cela ne pouvait pas être vrai.

Bree composa le numéro de Steph, mais l'appel tomba sur la boîte vocale et elle laissa un message.

Peut-être y avait-il une explication très simple, quelque chose de tellement insignifiant qu'elle l'avait oublié. Mais cela semblait peu probable. Rien n'était trivial le jour où quelqu'un se faisait assassiner.

Steph avait-elle menti ?

Elle était la meilleure amie d'Erin. Elles avaient travaillé ensemble pendant des années. Steph pleurait et avait des nausées lorsque Bree et Matt l'avaient interrogée, et son mari était avec elle. Peut-être que tous ces facteurs l'avaient déstabilisée.

Bree tapa des doigts sur le buvard.

Steph n'avait aucune raison de mentir à Bree.

Assez. Tu as le cerveau en bouillie.

L'organisation de l'enterrement l'avait épuisée. Elle remit les papiers dans le tiroir, le ferma à clé et suivit les odeurs de nourriture jusqu'à la cuisine, où le dîner était prêt.

Le poulet au parmesan et le pain focaccia de Dana connurent un énorme succès. Luke mangea deux portions en quinze minutes.

Après le dîner, ils regardèrent un film familial. Puis Bree mit Kayla au lit. Elle enferma ses armes dans son coffre-fort biométrique, avec un lecteur d'empreintes digitales pour un accès rapide. Elle le glissa sous le lit à côté du coffre-fort à fusils d'Erin. Mais si elle restait ici, elle devrait trouver un endroit plus pratique. Elle ouvrit le tiroir de la table de nuit. Son coffre-fort y tiendrait, mais il faudrait en sortir les livres de sa sœur.

Elle jeta un coup d'œil au reste de la pièce. Qu'elle emménage ici avec les enfants ou qu'ils aillent vivre avec Craig, il faudrait trier les affaires d'Erin. Kayla et Luke voudraient en récupérer certaines, et Bree aussi. Peut-être qu'elle pourrait donner le reste.

Cette pensée la déprima. Épuisée, Bree prit une longue douche chaude et s'habilla d'un pyjama de flanelle et d'un sweat-shirt. Vader apparut tout à coup et s'installa au beau milieu du lit. Bree s'allongea à côté de lui et lui caressa le flanc. Il ronronnait. Elle le caressa à nouveau, puis une troisième fois. D'un mouvement vif, il la mordit.

— Je sais, dit-elle au chat. Je n'ai le droit de te caresser le ventre que deux fois. Je ne sais pas ce qui m'a pris.

Elle retira son bras et regarda sa main. Il avait laissé une marque, mais sans la faire saigner. Le chat se retourna et fit semblant de l'ignorer, mais sa queue s'agitait sur le lit et il dressait une oreille à chaque fois qu'elle bougeait.

Elle jeta un coup d'œil à son téléphone. 9 heures. C'était l'heure de vérifier la grange. Elle descendit d'un pas pesant.

Dana était dans la cuisine, lisant un livre et sirotant un verre de vin rouge.

— Tu en veux ?

— Non, merci. Je suis juste descendue pour vérifier la grange avant de m'endormir.

Bree glissa ses pieds nus dans une paire de bottes, prit un manteau et sortit. La journée avait été moins froide et la neige avait commencé à fondre, laissant l'herbe toute détrempée. Si le dégel continuait, les chevaux pourraient être mis au pâturage. Bree songea qu'il lui faudrait réparer la clôture sur laquelle elle avait atterri en poursuivant l'intrus quelques nuits auparavant.

Elle vérifia les couvertures et les seaux d'eau. Riot donna un coup de sabot dans son fourrage. Elle s'arrêta et lui frotta le front, mais au lieu de se détendre, le cheval secoua la tête.

— Qu'est-ce qui ne va pas, mon garçon ? Je sais que tu es enfermé depuis un moment, mais il fait trop froid pour que tu puisses sortir. Il ne faudrait pas te casser une jambe. Encore un jour ou deux et ça devrait aller.

Le cheval donna un coup de pied dans sa porte.

Un grattement de botte. Bree fit volte-face.

Craig entra dans la grange et s'arrêta. Il sortit les mains des poches de sa parka bleue.

— Qu'est-ce que tu foutais à l'église aujourd'hui ?

— Pardon ?

Bree se tourna pour lui faire face.

— C'est une propriété privée. Tu n'as pas le droit d'entrer comme ça.

Il lui avait déjà tendu une embuscade une fois ici. Elle aurait dû être plus prudente.

— Je fais ce que je veux.

Il avança dans la lumière. Son beau visage était dur, et ses yeux paraissaient aussi froids que la neige au-dehors.

— Je t'ai posé une question.

— En effet.

Bree l'examina. Il avait l'air en colère. Il se sentait menacé par leur visite à l'église.

— Je sais que vous êtes venus.

Elle inclina la tête.

— Mme Peterson m'a donné une description détaillée. C'était vous.

Bree ne prit pas la peine de nier.

— L'église est un bâtiment public. Tout le monde peut y entrer.

Il s'approcha encore.

— Écoute-moi bien. Tu gardes tes distances avec ma communauté.

— Pourquoi ? dit Bree en se penchant vers lui. De quoi tu as peur ?

— De rien ! s'exclama-t-il. Mais je te connais. Tu ne m'as jamais aimé. Tu ferais n'importe quoi pour me gâcher la vie.

— Craig, je n'en ai vraiment rien à faire de toi.

Bree réfléchit. Il n'avait toujours aucun contrôle de ses émotions. Pouvait-elle le pousser à en dire plus qu'il n'en avait l'intention ?

— Tu avais dit que l'église te fournissait une maison, mais en fait, tu vis dans un appartement au-dessus du garage. Tu sais que les enfants ont chacun besoin de leur propre chambre, non ?

— C'est parce que je suis célibataire. Ils fournissent un logement en fonction des besoins. Dès que j'aurai leur garde, j'aurai une allocation de logement plus élevée et une résidence plus grande.

Craig montra les dents comme un chien prêt à attaquer.

— Je te jure que, si tu me fais perdre ce job, tu ne reverras jamais Luke ou Kayla.

Bree décida de le prendre par surprise.

— Est-ce que tu as tué Erin ?

— Quoi ? bégaya-t-il.

— Tu m'as entendue.

Bree se rapprocha de lui.

— Est-ce que tu as tué Erin ?

— Non.

Il redressa la tête.

— Qu'est-ce qui te fait penser ça ?

— Parce que je te connais.

Il leva le menton en faisant semblant d'être offensé.

— Je ne suis plus celui que j'étais à l'époque.

— Tu es venu ici pour me menacer, donc je dirais que tu n'as pas trop changé.

Il rougit. Levant la main, il la pointa du doigt.

— Tu ne viens plus dans mon église.

— Sinon quoi ?

— Tu le regretteras.

— Tu me menaces encore ?

Elle aurait aimé avoir son téléphone portable pour enregistrer cette conversation, mais elle l'avait laissé dans la maison.

— Oui.

Craig la regarda de la tête aux pieds. Son manteau était ouvert et elle était en pyjama. Il s'approcha jusqu'à ce qu'elle sente son haleine de café froid.

— Tu n'as pas ton arme.

— Mais est-ce que j'en ai besoin ?

— Tu devrais apprendre à être plus gentille. Tu n'as pas peur d'être seule avec un homme que tu as contrarié ?

— Toi ? ricana Bree. Non.

Il fronça les sourcils, son regard et sa confiance vacillant. Il grinça des dents, rassemblant visiblement son courage.

— Peut-être que tu devrais.

Bree n'aurait aucun mal à mettre Craig au sol, mais peut-être serait-il encore mieux de le laisser la frapper. Elle pourrait alors porter plainte contre lui et le faire accuser d'agression.

— Tu vas me frapper comme tu as frappé Erin ?

Il retroussa les lèvres. Bree s'attendait à ce qu'il nie, mais il ne s'en donna pas la peine.

— Tu sais ce que je préfère dans mon travail ? Je peux dire aux femmes qu'elles sont tenues d'obéir à leur mari. Les bonnes épouses connaissent leur place.

— Comment ça a fonctionné avec Erin ? Oh, attends. Vous n'avez jamais été mariés.

— Il faut que quelqu'un t'apprenne le respect.

La colère lui fit plisser les yeux. Il serra le poing le long de son corps et son poids se déplaça vers l'avant. Le mouvement était subtil, mais Bree lisait le langage corporel des suspects depuis treize ans. Elle était sûre à 90 % que Craig allait tenter de lui donner un coup de poing.

Bree transféra son poids sur la plante des pieds.

— Hé, mon beau ! appela Dana depuis l'entrée. Quelqu'un t'a invité à venir ici ?

Craig fit volte-face.

— Qui êtes-vous ?

— Quelqu'un qui ne va pas te laisser te comporter comme ça, répondit Dana. Même si Bree n'allait pas le faire non plus.

Les sentiments de Bree face à l'intervention de Dana étaient mitigés. D'un côté, Dana avait peut-être entendu une partie de leur conversation et pourrait éventuellement témoigner qu'il avait menacé Bree. D'un autre côté, Craig n'allait pas frapper Bree en présence d'un témoin.

Craig fit un pas vers Dana.

— Écoute, connasse. On est au milieu d'une conversation privée.

Un peu trop confiant ? Dana était flic depuis des décennies. Elle avait gravi les échelons avant qu'il ne soit normal de voir une femme monter en grade. Bree et celles de sa génération devaient leur carrière à des femmes comme Dana. Elle pouvait certainement s'occuper d'un paltoquet comme Craig.

— Un tel langage pour un pasteur.

Dana sortit son Glock de son étui et le pointa vers le visage de Craig.

— Décampe. Maintenant. Tu es en infraction. Je détesterais salir tous ces beaux cheveux avec un grand trou.

En voyant le canon de l'arme, le visage de Craig pâlit. Il recula en levant les mains.

— Vous ne pouvez pas me tirer dessus.

— Tu as déjà menacé Bree. Tu es sur une propriété privée. Si je me sens menacée, je suis dans mon droit de me défendre.

— Cela ne tiendrait jamais devant un tribunal.

Craig fit un pas en arrière.

— Ce serait votre parole contre la mienne, et je suis pasteur.

— C'est marrant. Tu penses que tu serais en vie pour aller au tribunal.

Dana soupira.

— Si je te tire dessus, la seule personne devant qui tu témoigneras, c'est Saint Pierre aux portes du paradis. Et je ne pense pas qu'*il* prendra le temps d'écouter tes conneries.

Elle fit un pas de côté et inclina la tête vers la sortie.

— Ne traîne pas, il y a des coups de pied au cul qui se perdent.

— C'est scandaleux ! s'exclama Craig.

Il avança de côté, sans leur tourner le dos, jusqu'à ce qu'il soit dehors. Puis Bree entendit ses pas accélérer avant qu'il ne se mette à courir. Elle avança vers la porte et le regarda. Comme lors de sa précédente visite, sa voiture était garée à quelque distance de la maison. Elle ne quitta pas le véhicule des yeux jusqu'à ce que les feux arrière disparaissent sur la route sombre.

— Je veux qu'on ajoute des détecteurs de mouvement dans l'allée et une alarme dans la grange, avec le reste.

— J'appellerai la société demain, précisa Dana. Est-ce que ça va ? Je sais que tu aurais pu lui botter le cul, mais tu ne devrais pas avoir à le faire. Tu as assez de soucis comme ça.

— En fait, j'allais le laisser me frapper et porter plainte pour agression.

Bree haussa les épaules.

— Mais je suis contente que tu sois intervenue. Je ne sais pas ce que cela aurait donné s'il devait y avoir un procès pour la garde des enfants. Ça aurait été sa parole contre la mienne, et il peut être très convaincant.

Dana remit son arme dans son étui et passa le bras autour des épaules de Bree.

— En tout cas, je suis contente de l'avoir vu de la fenêtre de la cuisine et d'avoir pu t'épargner un œil au beurre noir.

— Nan, il m'aurait frappée sur une partie du corps où ça ne laisse pas de trace. Tu l'as vraiment entendu me menacer ?

— Je l'ai entendu dire que tu allais le regretter et que quelqu'un devait t'apprendre le respect, déclara Dana.

— Mais pas la partie où il a dit que si je me présentais à l'église, je ne reverrais plus jamais les enfants ?

— Non, désolée.

Elles fermèrent la grange. En retournant vers la maison, Bree résuma sa conversation avec Craig.

— La motivation de Craig pour prendre les enfants, c'est peut-être l'augmentation de son allocation de logement ? Et l'aide aux victimes qu'il recevrait pour les enfants, ça pourrait augmenter considérablement ses revenus.

— Je ne pense pas que les pasteurs gagnent beaucoup d'argent, sauf s'ils sont propriétaires d'une méga-église, dit Dana. Ils ne sont pas censés faire ce métier pour l'argent. Mais oui, je pense que cela pourrait être une motivation plausible.

Dans la cuisine, Bree enleva ses bottes et son manteau.

— Une théorie n'est pas une preuve, et c'est tout ce que j'ai.

Dana retira ses chaussures.

N'étant plus d'humeur à dormir, Bree fit les cent pas.

Dana prit son verre de vin et le mit dans l'évier.

— Je vais faire du thé.

— Je prends mes notes.

Bree passa dans le bureau, ouvrit le tiroir et prit ses dossiers. De retour à la table de la cuisine, elle commença à trier ses notes.

— Je dois tout revoir. J'ai manqué quelque chose.

— On va le faire ensemble. Passe-m'en un peu.

Dana apporta deux tasses de thé, se laissa tomber sur une chaise et fit signe à Bree de lui passer une partie des documents.

— Tu as peut-être besoin d'un regard neuf.

Bree avait rédigé des notes précises sur chaque entretien, à l'exception de ceux qui étaient manifestement illégaux. Dana passa chaque page en revue et posa des questions.

— Quelqu'un faisait chanter Erin, dit Bree.

— Je suis d'accord.

Dana se frotta les yeux.

— Regardons ces dates sur un calendrier. Peut-être qu'on verra quelque chose de plus en réorganisant les données d'une autre manière.

— J'ai une idée.

Bree retourna dans le bureau et prit le grand calendrier qui servait de buvard. Dana avait fait deux listes avec les appels téléphoniques et les transactions bancaires. Bree transféra les données sur le calendrier et les choses se mirent en place – l'idée que Mme Peterson lui avait donnée et que Bree n'avait pas pu exprimer.

— C'est ça. Erin a été tuée mardi dernier.

Bree fit basculer les pages du calendrier sur le mois d'octobre.

— Erin a reçu un appel du téléphone prépayé ce mardi matin.

Elle tapota la date en question sur le calendrier.

— Le même après-midi, elle a retiré 4 000 dollars de son compte en banque.

Bree vérifia les deux retraits suivants, qui étaient plus récents.

— Les deux autres gros retraits ont également eu lieu le mardi. Je n'ai pas encore repris mes notes concernant l'entretien avec la secrétaire de l'église, mais devine qui a son jour de congé le mardi.

Dana se redressa.

— Craig ?

— Bingo.

Elles s'étaient concentrées sur la relation entre les retraits et les appels sur le téléphone portable prépayé, et avaient manqué une correspondance plus simple.

Dana soupira.

— Tout ça est circonstanciel.

— On a vu des condamnations sur ce genre de preuves indirectes.

Dana haussa les sourcils.

— Seulement si elles sont en quantités écrasantes.

— C'est mieux que ce que j'avais avant, c'est-à-dire rien.

Bree vit qu'elle avait un message sur son téléphone.

— Matt a laissé un message pendant que j'étais dans la grange.

Elle appuya sur *Lecture*.

La voix de Matt sortit du haut-parleur de son téléphone.

— Craig est chez toi. Je suis en route.

Bree le rappela.

— Pas besoin de venir. Il est parti.

— Est-ce que tout va bien ?

Matt avait presque l'air déçu.

Elle entendait un bruit de moteur en fond sonore.

— Oui. Dana et moi, on s'est débrouillées.

— Qu'est-ce qui s'est passé ?

— Il a piqué une petite crise, répondit Bree. Il a su qu'on était passés à l'église, et il n'était pas content.

Elle lui parla des retraits d'argent du mardi.

— Todd devrait convoquer Craig pour l'interroger.

— C'est clair.

Matt poussa un petit sifflement.

— Ça va le mettre en colère.

— C'est le but.

Chapitre Vingt-Sept

Le lendemain matin, Bree sortit de l'étal de Cowboy et jeta l'étrille dans le seau d'outils de toilettage.

— Pumpkin s'ennuie.

Debout sur un escabeau, Kayla brossait le dos de son poney. Pumpkin était attaché dans l'allée, la tête baissée, un sabot arrière replié. Pumpkin somnolait.

— Tu es sûre que c'est Pumpkin qui s'ennuie ?

Bree s'assit sur une botte de paille et ramassa la tasse en acier inoxydable qu'elle avait laissée sur une étagère.

Kayla passa la brosse sur le ventre du poney. Un nuage de poussière se forma

— Je n'ai pas pu le monter de toute la semaine.

Elle sauta du tabouret et le déplaça pour s'occuper des pattes du poney. Mais Pumpkin avait son crin d'hiver, épais et hirsute. Il ressemblait à un ours. Il faudrait un bon bain pour le rendre vraiment propre, et ce ne serait pas pour tout de suite, même si le poney semblait peu s'en soucier.

— J'espère qu'ils pourront aller dans les pâturages aujourd'hui.

Bree se dirigea vers la porte.

— Je vais aller voir s'il y a de la glace.

La plus grande partie de la neige avait fondu. La zone autour de la porte était boueuse, mais l'herbe était seulement détrempée. Bree retourna dans la grange. Finissant son café, elle reposa la tasse.

— Je vais réparer la clôture cassée. Ensuite, on pourra les laisser courir pendant quelques heures.

— Je peux monter Pumpkin ?

— Bien sûr.

— Ouais !

Kayla flatta son poney et passa dans la sellerie.

Bree avait laissé un message à Todd à propos de la visite de Craig la nuit précédente. Mais le chef adjoint n'avait pas encore rappelé. Bree avait contacté le poste. L'adjoint qui avait répondu au téléphone avait dit que Todd n'était pas là. Steph n'avait pas non plus rappelé Bree. Jusqu'à ce que quelqu'un la recontacte, Bree n'avait plus de piste.

Aujourd'hui, c'était dimanche. Elle allait passer la journée à la maison, traîner avec les enfants et écrire l'éloge funèbre de sa sœur. Demain, elle prendrait un nouveau départ.

Demain, sa sœur sera morte depuis six jours.

Elle laissa la vague de chagrin déferler sur elle. Puis elle quitta la grange et se dirigea vers le garage. Elle trouva un petit rouleau de fil barbelé, une boîte à outils et des gants en cuir. L'herbe craqua sous ses bottes alors qu'elle se dirigeait vers la partie de la clôture qui avait besoin de réparations. Elle enleva le barbelé cassé, examina la clôture adjacente et en attacha un nouveau morceau du mieux qu'elle put. Elle n'était pas très bricoleuse, mais le barbelé tint bon lorsqu'elle tira dessus.

Elle remit le matériel au garage. Passant la tête par la porte de la cuisine, elle appela Luke.

Il apparut une seconde plus tard.

— Kayla va monter Pumpkin. Est-ce qu'il faut vérifier la selle et la bride ?

Bree n'avait pas sellé un poney depuis son enfance et elle ne connaissait pas le comportement parental à adopter. Pumpkin était d'une solidité à toute épreuve, mais l'instinct dit à Bree qu'il valait mieux être surprotectrice.

— Maman l'aidait, en général. Je vais te montrer.

Luke prit une veste et des bottes. Ils traversèrent la cour côte à côte. Kayla faisait sortir Pumpkin de la grange. Le gros poney portait une selle et une bride anglaises. Kayla avait mis une bombe.

Luke vérifia les boucles de la bride et resserra la sangle. Kayla monta en selle. Elle fit d'abord faire le tour de la basse-cour au poney, puis le dirigea vers une prairie vide qui longeait le pâturage. La boue claquait sous les sabots du poney qui s'était mis au trot, Kayla prenant la position adaptée à cette allure. Une couleur saine apparut sur ses joues alors qu'elle faisait tourner le poney dans le pré.

Bree s'appuya contre un arbre. Son cœur se fendit en pensant à la possibilité que Pumpkin soit vendu. Si Craig prenait les enfants, Bree devrait trouver un moyen de garder les chevaux. Elle ne laisserait pas les enfants subir une nouvelle perte.

Luke vint lui faire face.

— J'ai vu Craig quitter la grange hier soir.

Aïe.

Bree hocha la tête.

— Je ne savais pas comment vous dire qu'il était passé.

Elle fit un signe de la main à Kayla.

— Est-ce qu'elle sait au moins qui il est ?

— Non.

Luke glissa les mains dans les poches de sa veste.

— Je l'ai à peine reconnu. Pourquoi il était là ?

Bree inspira profondément.

— Il veut votre garde, à toi et Kayla.

— Quoi !

Luke ouvrit de grands yeux.

— Pourquoi ?

Bree chercha les bons mots et décida que l'honnêteté serait la meilleure solution.

— Je ne sais pas pourquoi. Je suis désolée de ne pas te l'avoir dit tout de suite. Je ne sais pas quoi faire à son sujet.

La colère fit briller les yeux de Luke.

— Tu vas le laisser nous emmener ?

— Que voudrais-tu que je fasse ?

Il croisa les bras sur sa poitrine.

— Je n'irai pas avec lui.

— Tu veux que je me batte pour avoir votre garde ? précisa Bree. Je suis plus que disposée à le faire. Je suis prête à m'installer ici. Mais je ne veux pas vous rendre la vie plus compliquée, à toi ou à Kayla.

— J'ai entendu Dana te dire que maman voulait que tu sois notre tutrice légale.

— C'est vrai. Mais Craig est ton père biologique. Je ne sais vraiment pas ce qu'un juge pourrait décider.

— Ils ne peuvent pas me forcer à vivre avec lui.

Les yeux de Luke s'embuèrent.

— Je vais être totalement honnête avec toi. Tu as presque 16 ans. Le tribunal tiendra probablement compte de ta préférence.

— Et Kayla ?

Le regard de Luke se dirigea vers sa sœur, qui trottait en cercle sur son poney.

— Elle est plus jeune. La décision sera prise pour elle.

Luke se mordilla la lèvre.

— Tu te souviens de l'époque où il vivait ici avec toi et ta mère ?

Bree formula sa question avec soin. Elle voulait connaître les impressions de Luke, pas lui mettre des idées dans la tête.

— Je me souviens qu'il criait beaucoup. Il était méchant avec maman et il me faisait peur.

Luke serra la mâchoire.

— Il ne me ferait plus peur maintenant. Si j'avais été plus âgé à l'époque, je ne l'aurais pas laissé traiter maman de cette façon.

— Tu avais 8 ans.

Bree fit un signe de tête en direction de Kayla et Pumpkin.

— Tu n'étais pas plus grand que ta sœur maintenant. Tu n'es pas responsable de ce qui s'est passé.

Craig était responsable, parce qu'il était un connard. Mais Erin était également coupable. Elle avait supporté la violence émotionnelle de Craig jusqu'à ce qu'il la maltraite physiquement. Bree ne se souvenait pas combien de fois Erin l'avait repris après qu'il l'avait quittée.

— Je ne laisserai pas Kayla y aller seule, dit Luke.

— Tu es un bon frère.

— Où nous emmènerait-il ? demanda Luke sans quitter sa sœur du regard.

— Il vit à Albany. Il est pasteur, maintenant.

Luke la dévisagea.

— Sérieusement ?

— Il dit qu'il a changé, déclara Bree d'une voix neutre.

Elle ne dirait jamais rien de mal sur lui aux enfants. Il pouvait gagner. Ils devraient peut-être vivre avec lui. Bree n'allait pas leur rendre la situation plus difficile.

Luke secoua la tête avec force.

— Non. Je ne crois pas. Il nous a menti à maman et à moi, il mentait tout le temps.

Si c'est ce que tu veux, je prendrai le meilleur avocat et je me battrai aussi fort que possible.

— C'est ce que je veux.

— Très bien alors, dit Bree. Je dois en parler à Kayla. Je ne veux pas qu'elle l'apprenne par quelqu'un d'autre.

Il hocha la tête.

— Tu devrais attendre pour le faire après l'enterrement de maman. Kayla est un peu tendue en ce moment.

— Tu as sans doute raison. Et quand je lui dirai, j'aimerais que tu sois là. Mais je ne veux pas lui faire peur. OK ?

— OK. Mais je ne lui mentirai pas.

— Tout à fait d'accord, répondit Bree.

Luke avait surpris sa conversation avec Dana. Avait-il entendu autre chose ?

— Je peux te poser quelques questions sur l'amie de ta mère, Steph ? demanda Bree.

— Bien sûr.

— Elle a dormi chez vous récemment ?

— Oui. Après que Justin est parti. Maman et Steph ont passé la plupart du temps dans la cuisine à discuter.

— De quoi elles parlaient ?

— Du mariage de Steph. Elle a beaucoup pleuré.

— Est-ce qu'elles se sont déjà disputées ?

— Ouais. Elles ont eu une assez grosse dispute quand Steph est retournée vivre avec Zack. Maman ne voulait pas qu'elle se remette avec lui. Elle ne l'aimait pas beaucoup.

— Qu'est-ce que Steph lui a dit ? demanda Bree.

— Elle a dit que maman détestait les hommes depuis qu'elle avait rompu avec Justin.

Erin avait été en colère et pleine de ressentiment lorsque Justin avait été arrêté pour la deuxième fois.

— Mais elles se sont réconciliées, dit Luke. Maman s'est excusée et elles sont restées amies.

Il inclina la tête.

— Mais elles ne semblaient plus aussi proches après. Elles ne parlaient plus autant et ne s'envoyaient pas autant de textos. Avant que Steph ne revienne à la maison, maman et elle sortaient un vendredi soir sur deux. Rien d'important. Juste un film ou un dîner.

— Une soirée entre filles.

— Ouais.

Il hocha la tête.

— Mais elles ont arrêté de faire ça.

— Elles se sont réconciliées, mais leur relation en a souffert.

— Ouais. Les choses semblaient toujours moins faciles après.

Pourtant, Steph avait dit qu'Erin était sa meilleure amie. *A-t-elle aussi menti à ce sujet ? Est-ce qu'il s'est passé autre chose entre Erin et Steph ?*

— Sais-tu pourquoi Steph et Zack ont rompu ? demanda Bree.

— Zack est venu ici un jour et ils se sont parlé sous la véranda. Toutes les fenêtres étaient ouvertes. J'ai tout entendu. Zack disait que Steph l'avait trompé.

Il haussa une épaule.

— Elle a nié, mais il semblait assez sûr de lui, du moins au début.

Qu'est ce qui s'est passé ?

— Elle l'a convaincu qu'il avait tort. Elle lui a dit qu'elle l'aimait. Tout ça.

L'embarras fit rougir les joues de Luke.

Kayla revint au petit trot et arrêta le poney devant Bree et Luke.

— Tu as terminé ? demanda Bree.

— Ouaip.

Kayla glissa de son poney et le conduisit vers la grange.

Pendant la demi-heure suivante, Luke rafraîchit la mémoire de Bree en matière de sellerie et de soins aux chevaux.

— Je vais devoir m'entraîner, dit-elle.

Luke indiqua le cheval pie.

— Tu peux monter le cheval de maman, Cowboy. C'est un super cheval de promenade. Il ne s'effraie jamais ni rien, et il aura besoin d'exercice.

— Ça marche.

Cette idée redonna de l'entrain à Bree. Certains de ses rares bons souvenirs d'enfance concernaient son vieux poney. Il avait été vendu après la mort de ses parents. Bree avait eu le cœur brisé une deuxième fois.

Elle trouverait certainement un moyen de garder ces chevaux quoi qu'il arrive, même si elle devait supplier Adam de lui donner de l'argent.

Ils sortirent les chevaux dans le pré. Riot partit au galop, faisant voler de la boue dans son sillage. Pumpkin et Cowboy étaient plus intéressés par brouter.

— Riot a l'air en pleine forme.

Bree se protégea les yeux du soleil et regarda le quarter horse de Luke se pavaner le long de la clôture.

— Oh oui, dit Luke. Je le monterai quand il aura brûlé un peu d'énergie.

Ils rentrèrent dans la maison et enlevèrent leurs vêtements d'extérieur. Les enfants se lavèrent les mains et Kayla raconta sa promenade avec Pumpkin à Dana, tandis que celle-ci préparait des sandwiches.

— Je vais prendre une douche.

Bree avait oublié à quel point le travail d'écurie était sale. Son jean était couvert de boue. Même ses cheveux sentaient le cheval.

Elle monta et ferma la porte de la chambre. Dans la salle de bains, elle commença à se déshabiller et empila ses vêtements sur le carrelage. Ils empesteraient le panier à linge et devaient aller directement dans la machine à laver.

Bree enleva ses chaussettes et retira les pansements de sa cheville. Les coupures de fil barbelé avaient laissé des croûtes sur sa peau. Elle caressa du doigt son tatouage et la cicatrice en dessous. Levant les yeux, elle regarda le tatouage situé à l'arrière de son épaule dans le miroir. La cicatrice sur sa cheville était constituée de deux fines lignes où les canines du chien avaient attrapé et déchiré sa peau. Mais son épaule était couverte d'un réseau de lignes irrégulières. Il avait eu une bien meilleure prise sur elle à cet endroit et ses dents s'étaient enfoncées plus profondément dans sa chair.

Le motif végétal reprenait le dessin de sa cheville, vert foncé avec quelques petites fleurs bleues. Le tracé commençait à sa clavicule et se déplaçait en méandres sur son épaule. Sur son dos, des lianes complexes s'enroulaient de la base du cou jusqu'au bas de l'omoplate. Au centre, sur la partie la plus profonde de la cicatrice, l'artiste avait encré une libellule de la taille d'un poing. Les tons de bleu brillant et de vert pâle étaient presque irisés.

Il avait fallu six mois pour le mener à bien. Elle se rappelait le jour où il avait été achevé, lorsque le souvenir de sa tragédie d'enfance avait été entièrement recouvert, comme une peinture murale sur des graffitis.

Elle avait pris un affreux souvenir de son passé et l'avait transformé en quelque chose de beau. Elle avait l'impression que son passé lui appartenait enfin.

Mais maintenant, la mort de sa sœur ramenait tous ces détails horribles à la surface. La relation instable de ses parents. La trahison finale et ultime de son père. Il avait eu le dernier mot. Mais le mariage d'Erin n'avait pas été pareil. Justin n'avait jamais été violent.

Pourtant, quelqu'un avait tué sa sœur.

Bree s'était-elle complètement fourvoyée au sujet de Steph ? Avait-elle trompé Bree en faisant son meilleur numéro ? Le père de Bree était un caméléon, capable de changer sa personnalité pour s'adapter à son environnement social. Steph pouvait-elle aussi avoir cette capacité ? Était-elle à ce point manipulatrice ?

Bree se frotta les tempes du bout des doigts. L'idée qui se formait dans sa tête créait une douleur derrière ses yeux. Elle ne voulait pas imaginer que Steph mentait à Erin, à son mari et à Bree.

L'intrus que Bree avait chassé de la maison d'Erin était un homme. Mais peut-être n'était-ce pas la même personne qui avait tué Erin.

Le fait était que Steph avait dit à Bree qu'elle avait vu Erin pour la dernière fois le mardi à 16 heures, lorsqu'Erin avait quitté son travail. Pourtant, elle avait appelé Erin à 18 heures. Avait-elle oublié ou menti ?

Bree ouvrit la douche et régla la température au plus chaud. Elle se mit sous le jet et laissa l'eau couler sur son corps, lavant toute la saleté.

Erin et Steph *avaient* été les meilleures amies du monde, à une époque. Elles s'étaient confiées l'une à l'autre. Peut-être qu'Erin avait appris quelque chose à propos de Steph. Un profond et sombre secret que Steph voulait garder. Si Steph *avait* trompé son mari, Erin aurait pu être la seule personne à connaître la vérité. Peut-être que le mariage de Steph dépendait du silence d'Erin.

Quand Bree fut propre, elle coupa l'eau et se sécha. Elle enroula la serviette autour de son corps en repliant le bout sur sa poitrine, et sortit de la douche. Elle prit son téléphone.

Bree avait besoin d'interroger Steph sans son mari. Il était impossible que Steph admette avoir eu une liaison avec Zack à ses côtés. Mais comment parvenir à la voir seule ?

Puis Bree eut une idée. Le salon était ouvert de midi à 5 heures le dimanche. Elle composa le numéro.

— Halo & Spa. Puis-je vous aider ? dit la réceptionniste.

— J'aimerais prendre rendez-vous pour une coupe de cheveux avec Stéphanie Wallace.

— Quand voulez-vous venir ?

— Dès que possible, dit Bree.

— Steph est en congé aujourd'hui. Laissez-moi regarder demain. Vous avez de la chance, elle a eu une annulation à 4 heures. Est-ce que ça vous conviendrait ?

— C'est parfait, dit Bree.

Elle venait de s'offrir une heure avec Steph. Un salon très fréquenté n'était pas le meilleur endroit pour un entretien, mais au moins Zack n'y serait pas, et Steph ne pourrait pas éviter les questions de Bree.

Bree essuya la vapeur du miroir à l'aide d'une serviette. Son reflet était flou, mais elle distinguait très clairement les poches sous ses yeux, qui étaient légèrement injectés de sang et rouges sur les bords. Le deuil laissait des marques.

Craig avait pu tuer Erin, ou simplement vouloir profiter de l'occasion que sa mort lui offrait. Même si Bree rechignait à l'admettre, Steph était maintenant sur sa liste de suspects.

Après tout, tuer quelqu'un était la seule façon de s'assurer qu'il emporterait un secret dans la tombe.

Chapitre Vingt-Huit

Lundi matin, le soleil filtrait à travers les stores dans la cuisine de Matt, qui buvait du café en consultant un site Web religieux. La veille, il avait pris un brunch chez ses parents, travaillé avec les chiens dont s'occupait sa sœur, puis passé le reste de la journée à revoir les notes détaillées de Bree.

Il s'était mis en tête de faire des recherches en ligne sur Craig et son église. Il cliqua sur *À propos* dans le menu, puis sur la biographie de Craig, qui décrivait sa formation et offrait son témoignage de croyant. Matt se demanda à quel point il était difficile de devenir pasteur.

Il but une gorgée de café et chercha le site de l'université en ligne où Craig avait reçu son certificat de pasteur. Le programme semblait léger, mais il ne vit rien qui pût indiquer que la formation ne soit pas réelle. Tout de même, Craig ne semblait pas avoir l'expérience à laquelle Matt se serait attendu. Le secrétaire de l'église avait insisté sur le fait que le témoignage de Craig avait été la clé.

Matt tapa sur Google « *témoignages chrétiens* » et vit apparaître des pages et des pages de sites Web qui leur étaient consacrées. Ils étaient trop nombreux pour pouvoir tous les lire. Il retourna au moteur de recherche et ajouta des mots clés relatifs à celui de Craig.

Et voilà.

Le premier résultat de la recherche était un témoignage datant de dix ans auparavant.

J'avais sorti mon voilier sur le lac. C'était une belle journée d'automne. Le soleil était au rendez-vous et les feuilles changeaient de couleur. Mais un coup de vent soudain a frappé les voiles et fait chavirer le bateau. La bôme a pivoté et m'a heurté à la tête. J'ai été projeté dans le lac. L'eau était glacée, j'étais désorienté et ma vision était floue. Je ne pouvais pas nager. Je parvenais à peine à m'accrocher à la coque quand j'ai entendu une voix me dire de me retourner. Il y avait un gilet de sauvetage qui flottait à quelques mètres de moi. Quelques minutes plus tard, un petit bateau est arrivé. L'homme m'a dit qu'il s'était réveillé avec la certitude qu'il lui fallait sortir son bateau sur le lac. Le lendemain, en me réveillant, j'ai entendu la même voix qui m'avait guidé vers le gilet de sauvetage me dire d'aller à l'église. Dès que je suis entré dans le sanctuaire, j'ai été terrassé par un sentiment de paix. Ma vie n'a plus jamais été la même.

Matt changea d'onglet dans son navigateur et revint à l'histoire de Craig.

C'était presque la même chose. Mais l'histoire d'origine avait été écrite par un certain Brandon Smith. Dix ans plus tôt, lorsqu'il avait publié son témoignage en ligne, Brandon était un ancien alcoolique de 50 ans vivant dans l'Idaho.

Craig avait recopié son témoignage, presque mot pour mot.

— Quel salaud, dit Matt à Brody.

Le chien daigna à peine remuer une oreille.

Matt décrocha son téléphone et appela Bree. Lorsqu'elle décrocha, il dit :

— Craig a plagié son témoignage.

Il lui lut l'histoire trouvée sur Internet.

— Ce n'est pas une surprise, réagit Bree. La crise qu'il a piquée ici samedi soir m'a suggéré qu'il est très nerveux à l'idée que nous parlions à quelqu'un de son église. Il s'en sort grâce à son charisme, mais s'ils apprennent qu'il a menti, ce sera autre chose.

— Comment s'est passé ton dimanche ?

— J'ai ajouté Steph à la liste des suspects.

Bree expliqua sa théorie selon laquelle Erin était peut-être la seule personne à savoir que Steph avait trompé son mari.

— Steph a négligé de me dire qu'elle avait appelé Erin peu avant sa mort. Elle n'a pas non plus mentionné qu'elles s'étaient sérieusement disputées. Luke dit qu'Erin et Steph n'étaient plus aussi proches depuis. J'ai laissé un message à Steph, mais elle ne m'a pas rappelée.

— Soit elle t'évite, soit elle ne se sent pas bien.

— Elle doit travailler aujourd'hui.

— Peut-être qu'elle a exagéré ses nausées matinales, dit Matt.

— C'est ce que je pensais. C'est aussi bizarre qu'elle soit tombée enceinte presque immédiatement après s'être remise avec son mari.

— Il était aux petits soins quand on les a rencontrés.

— Elle s'est peut-être arrangée pour qu'il ne la quitte pas, dit Bree. J'ai pris rendez-vous pour une coupe de cheveux avec elle au salon. J'ai utilisé le nom de Dana. Steph ne saura pas que c'est moi jusqu'à ce que j'arrive.

— Je doute qu'elle réponde à des questions dans un lieu aussi public.

— Mais je vais sûrement la prendre au dépourvu, dit Bree.

— Je t'attendrai sur le parking, au cas où ça tournerait mal. L'arme qui a tué ta sœur n'a toujours pas été retrouvée.

— C'est moi qui suis armée, souligna-t-elle. En parlant de suspects, Dana a reçu un appel de l'avocat de ma sœur ce matin. Il s'avère qu'Erin avait une petite assurance vie.

— Petite comment ?

— 50 000. Les enfants sont les bénéficiaires, mais l'argent serait géré par leur tuteur jusqu'à leurs 18 ans. Elle l'a souscrite peu avant de tomber enceinte de Kayla. Craig vivait avec elle à ce moment-là.

— Donc, il peut le savoir.

— Oui, confirma Bree. Quoi de neuf avec le GPS de Craig ?

— Il a passé toute la journée d'hier à l'église, comme on s'y attendait. Une seconde, je vais regarder s'il a bougé ce matin.

Matt mit l'appel sur haut-parleur et ouvrit l'application sur son téléphone.

— Il est à Saratoga Springs.

Matt zooma sur sa position.

— Au Springs Casino.

Il n'était pas tellement surpris.

Bree se mit à rire.

— Le jeu ? Ça ne peut pas être si simple.

— Il n'y a qu'une seule façon de le savoir.

— On va au Springs Casino ?

— Oui. Je passe te prendre dans un quart d'heure.

Une heure plus tard, ils arrivaient sur le parking du casino, qui était à moitié plein. Bree indiqua un véhicule :

— Voilà la voiture de Craig.

Matt se gara deux rangées plus loin, face à lui.

— Comment on fait ? demanda Bree.

— Tu restes ici, dit Matt. Il te verrait tout de suite. Je vais aller à l'intérieur et essayer de le trouver. Tu m'alertes s'il quitte le bâtiment.

— Hum, OK.

Elle se laissa glisser sur le siège.

Matt sortit du quatre-quatre et traversa le parking. Il fit le tour des machines à sous, sans y voir Craig. Puis il descendit un grand escalier jusqu'à une salle où les courses hippiques étaient diffusées en simultané sur plusieurs rangées de moniteurs. Les gens lisaient les journaux spécialisés et prenaient des notes dans leurs formulaires de course. Les joueurs faisaient la queue aux guichets pour placer des paris, y compris Craig, qui était le deuxième dans la file.

Matt regarda l'heure. La diffusion simultanée des courses de chevaux commençait à midi. Il prit un formulaire de course.

Appuyé contre le mur, il sortit son téléphone et fit semblant d'envoyer un message.

Au lieu de cela, il filma Craig en train de placer des paris.

Craig s'éloigna du guichet et s'installa devant un moniteur.

Il semblait nerveux. Il replia le journal des courses et croisa les bras. Sur l'écran, les chevaux jaillissaient au signal du départ. Les animaux négocièrent le premier virage, puis s'engagèrent à fond dans la ligne droite, jusqu'à ce que trois d'entre eux se détachent du peloton. Craig serra le poing. À mi-chemin de la ligne d'arrivée, un cheval abandonna, épuisé. Craig leva les bras au ciel, se tapa le front et prit un air désespéré.

Il avait perdu.

La course suivante commença. Quelques secondes après le départ, les épaules de Craig s'affaissèrent et Matt en conclut que le cheval sur lequel il avait parié était en queue de peloton. La troisième course ne se déroula pas mieux pour lui.

Matt envoya un message à Bree : *Il parie sur les chevaux et perd toujours.*

Bree lui renvoya un émoji pouce levé.

Craig plaça quelques paris supplémentaires et sembla en gagner un. Mais dans l'ensemble, Craig était perdant. Il se dirigea vers la sortie, l'air déconfit.

Matt envoya un texto : *Il va sortir.*

La réponse de Bree lui parvint immédiatement : *OK.*

Craig quitta le bâtiment. Il traversa le parking, la tête baissée sur son téléphone. À quelques mètres de sa voiture, il leva les yeux, aperçut Bree et trébucha.

Elle était appuyée sur son véhicule.

— Bonjour, Craig.

— Qu'est-ce que tu fais là ?

Craig retrouva vite sa contenance, mais il transpirait fortement, malgré une température avoisinant les cinq degrés. Être surpris par Bree au casino l'avait ébranlé.

Matt les contourna pour les voir de profil et entendre leur conversation, mais en se tenant en retrait de quelques mètres. Craig ne sembla pas le remarquer. Il était trop concentré sur Bree.

Elle leva son téléphone portable et prit Craig en photo.

— Superbe photo avec l'enseigne du casino en arrière-plan.

Craig se précipita vers le téléphone.

Elle fit un pas de côté en maintenant le téléphone hors de sa portée. Elle pointa le doigt vers lui.

— Ne me touche pas ou tu le regretteras.

Il garda les yeux fixés sur le téléphone. Une veine de son cou se mit à palpiter.

— C'est une intrusion dans ma vie privée !

— Légalement, il n'y a pas d'atteinte à la vie privée dans un espace public, déclara Bree. Il y a des caméras tout autour de nous. Ce casino en est plein. Tu es filmé à chaque fois que tu y entres. Comment penses-tu que ta congrégation va réagir à ces images ?

Craig ne répondit pas. Il serra les dents et fronça les sourcils. Il était immobile, mais intérieurement, il bouillonnait.

— Qui a dit que *je* jouais ? Peut-être que j'étais là pour aider une âme perdue.

— Tu te souviens des caméras dont j'ai parlé il y a un instant ?

— Ce n'est pas ta juridiction. Tu n'as aucune autorité ici. La sécurité du casino ne te donnera jamais de copies de leurs vidéos de surveillance.

— Mais ils les donneront au département du shérif du comté de Randolph lorsque j'aurai eu une longue discussion avec eux.

Matt vit que Craig était en train de chercher une issue. Il passa devant lui et prit position à côté de Bree.

— J'ai une super vidéo de vous en train de parier à la fenêtre.

— Qui êtes-vous ? demanda Craig.

— Un ami de la famille, déclara Matt. Mais ce n'est pas important.

— Alors, discutons, commença Bree.

Le regard de Craig se porta à nouveau vers elle.

— Qu'est-ce que tu veux ?

— Est-ce que tu as tué Erin ? demanda Bree.

— Non !

Il redressa la tête.

— Pourquoi j'aurais fait ça ?

— Tu as un problème de jeu.

Bree compta sur ses doigts.

— Les pasteurs ne gagnent pas beaucoup d'argent. Les deux enfants te rapporteraient des allocations. L'église te donnerait un salaire plus important. Donc, en bref, de l'argent.

Craig plissa les yeux.

— C'est la chose la plus ridicule que j'aie jamais entendue.

Mais sa voix manquait de conviction et il semblait mal à l'aise, car ce qu'elle avait dit était trop proche de la vérité.

— Est-ce que c'est le cas ? demanda Bree.

Craig prit du recul et se ressaisit. Ses traits se détendirent, la colère disparut et, sous son calme retrouvé, Matt vit qu'il calculait son coup suivant. Craig était un joueur. Est-ce qu'il bluffait ?

— J'ai une vidéo de vous en train de placer des paris au casino, répéta Matt.

Craig haussa les épaules.

— Et alors, j'ai été faible. Les hommes pèchent. Cela fait partie de l'être humain. Je vais me repentir. Le pardon est là pour tous ceux qui le cherchent. Je vais transformer toute cette expérience en un sermon.

Matt n'avait aucun doute sur le fait que Craig pouvait tourner les choses en sa faveur. Il ne bluffait pas. Il connaissait le pouvoir exercé par son charisme.

Il pointa le doigt sur Bree.

— Ne viens plus m'accuser à tort. Tu auras des nouvelles de mon avocat à propos du procès pour la garde.

Il baissa la main. Ses yeux gris-bleu étaient aussi froids qu'un glacier.

— Ce sont mes enfants. Ils vont venir vivre avec moi et vous ne pouvez rien y faire.

Craig fit volte-face, marcha jusqu'à sa voiture et démarra.

Matt regarda la voiture disparaître sur la route principale.

— Je pensais qu'il allait céder quand on lui a révélé qu'on l'avait surpris en train de jouer, mais j'ai sous-estimé son ego.

— Qui est énorme, acquiesça Bree.

— Regardons le bon côté des choses, dit Matt. On sait que Craig a un problème de jeu. Il est probablement endetté. On peut apporter ce qu'on a à Todd. Cela devrait être suffisant pour qu'il convoque Craig pour un interrogatoire.

— On n'a toujours pas de preuve que Craig et Erin aient eu des contacts récents. Todd va vouloir se concentrer sur les personnes qui faisaient partie de la vie d'Erin, pas sur quelqu'un qu'elle n'avait pas vu depuis des années.

Bree ouvrit la portière du quatre-quatre.

— Malheureusement, maintenant qu'on a montré nos cartes à Craig, on ne le surprendra plus. Il va être prêt à se battre.

Chapitre Vingt-Neuf

Il sortit le Sig Sauer P226 de sa poche et en frotta le canon. Il avait apporté son propre Ruger 9 millimètres chez Justin cette nuit-là, mais quand il avait vu le Sig à l'air libre, il avait utilisé cette arme à la place. C'était un beau pistolet, un classique. Il l'avait laissé par terre, à côté du corps, en espérant que Justin serait accusé de la mort d'Erin. Malheureusement, Justin avait ramassé l'arme et l'avait poursuivi.

Une décision que Justin avait rapidement regrettée. Il était maintenant hors d'état de nuire, mais cette salope était un problème.

Elle pouvait tout gâcher.

Il ouvrit son carnet et relut ses notes. Il avait observé tout le monde et son plan se mettait en place. L'assurance vie d'Erin en serait la clé.

Tout était une question d'argent.

Il se tourna vers son ordinateur portable et fit défiler les photos. Elle refusait de se soumettre à sa volonté. Elle pensait qu'elle pouvait le défier, voire le trahir.

La fureur tourbillonnait en lui, familière au point d'en être réconfortante. Elle l'accompagnait presque tout le temps désormais, comme un ami qui lui attirait des problèmes, mais avec qui il aimait traîner malgré tout.

Il ouvrit le sac réutilisable en nylon de Bill's Sporting Goods et commença à le vider. Il aligna les boîtes de balles à côté du gilet de chasse qu'il avait acheté plus tôt dans la journée. Il remplit les poches de munitions et disposa ses armes devant lui – le Sig qu'il avait pris chez Justin et son propre Ruger. Il les chargea toutes les deux et remplit le chargeur supplémentaire du Ruger. Puis il remplit les poches de son gilet de munitions.

Un homme avait le droit d'obtenir ce qu'il méritait, ce qu'il avait gagné. Et si quiconque essayait de l'arrêter…

… cette personne devait mourir.

Chapitre Trente

— Tu n'avais pas besoin de m'accompagner, dit Bree depuis le siège passager du quatre-quatre de Matt.

De derrière le volant, Matt la regarda.

— On a promis à Dana qu'aucun de nous ne sortirait seul, non ?

— Steph ne va pas me tirer dessus au milieu d'un salon très fréquenté, répondit Bree.

— Jack est là aussi. Je sais qu'il a un alibi, mais il est peu fiable, à mon avis.

— C'est vrai.

Bree examina la façade du salon de beauté.

— Je vais juste lui poser des questions. Je fais ça tous les jours. Aie un peu confiance en moi.

Il hocha la tête.

— Quand même, on était d'accord pour se couvrir mutuellement. Donc, je reste là. Envoie-moi un SMS si quelque chose tourne mal.

— Alors…

Bree retira son Glock miniature de son étui de cheville et le mit dans sa boîte à gants.

— En cas d'urgence.

Il hocha la tête à nouveau, mais semblait tout de même contrarié.

Bree jeta un coup d'œil au-dehors. Matt s'était garé sous un vieux chêne, en reculant. De là, il avait une vue dégagée sur la façade vitrée du salon.

Elle prit son sac à main, descendit de la voiture et traversa le parking. À l'intérieur, quatre réceptionnistes s'affairaient pour accueillir les clientes. Quand son tour arriva, Bree donna le nom de Dana, qu'elle avait utilisé pour prendre rendez-vous.

Une jeune femme mince, habillée de noir, amena Bree au shampoing et lui fit enfiler une cape noire. Bree pencha la tête en arrière et essaya de profiter du shampoing et du massage de crâne, mais elle ne put s'empêcher de repenser à Craig. La seule chose qui lui avait paru vraie dans toute leur conversation à l'extérieur du casino était le fait qu'il niait avoir tiré sur sa sœur. En supposant deux secondes que Craig n'était pas l'assassin d'Erin, comment Bree allait-elle protéger les enfants contre lui ?

Luke avait été très clair sur le fait qu'il ne voulait pas entendre parler de Craig. Quelle influence les souvenirs lointains du garçon auraient-ils sur un juge ?

Si elle ne pouvait pas prouver que Craig était gravement inapte à remplir son rôle de parent, la garde des enfants lui serait probablement accordée. C'était un citoyen respectable, employé comme pasteur, rien de moins. Bree était sûre qu'il pouvait faire comparaître devant le tribunal toute une ribambelle d'employés de l'église et de fidèles en tant que témoins de moralité. Il faudrait au moins un crime pour influencer le juge dans ces circonstances.

La shampooineuse conduisit Bree au poste de travail de Steph. Bree s'installa sur la chaise et accrocha son sac à main sous le comptoir. Le salon était plein et bruyant. Les voix et les plaintes lugubres des sèche-cheveux résonnaient dans l'espace haut de plafond et carrelé.

Steph apparut en chaussons de daim noirs, collants noirs et robe noire en tricot bien ajustée. Elle avait les yeux rouges et gonflés, le visage blafard au point de donner à son rouge à lèvres un air criard. Lorsque son regard se posa sur Bree, Steph se figea et pâlit encore plus.

Bree était venue dans l'espoir d'attraper Steph en flagrant délit de mensonge, mais en la voyant, l'inquiétude prit le dessus. Steph avait l'air épuisée. La culpabilité la rongeait-elle ? Ou était-ce autre chose ?

Steph aurait été le pire joueur de poker de tous les temps. Ses émotions se sont succédées sur son visage : un choc, un éclair d'espoir.

Puis la peur.

Un sentiment de malaise s'immisça dans le ventre de Bree. Il y avait quelque chose qui ne collait pas. Qu'avait-elle manqué ?

— Bree !

Steph se dirigea vers elle, les mains tendues.

— Je ne savais pas que tu étais ma cliente. Ton nom n'est pas sur ma liste.

— Désolée pour la confusion. C'est un ami qui a pris rendez-vous

Bree se leva pour la saluer.

Steph lui rendit maladroitement son accolade.

— Ce n'est pas un problème.

Mais sa voix tremblait.

— Je peux demander quelqu'un d'autre si tu ne veux pas me couper les cheveux, proposa Bree.

— Pourquoi je ne voudrais pas te couper les cheveux ?

Steph tapota le dossier de la chaise et Bree s'assit.

Chaque poste de travail était composé d'une chaise, d'un comptoir gris foncé et d'un miroir. Sous chaque comptoir se trouvait une colonne verticale de tiroirs. Steph en ouvrit un et en sortit un peigne.

— Je voulais te revoir, et j'ai besoin d'une coupe.

— Je suis contente que tu sois venue. Erin serait contrariée si tu te présentais à son enterrement avec des cheveux mal arrangés.

Steph lissa les cheveux mouillés de Bree d'un coup de peigne.

— Juste une coupe alors ?

— Oui, s'il te plaît.

Bree affectionnait une coupe simple à longueur d'épaules, qu'elle pouvait facilement attacher en queue-de-cheval ou en chignon. Elle devait trop souvent intervenir en pleine nuit pour faire plus de chichis.

— Ça roule.

Steph ouvrit un autre tiroir et choisit une paire de ciseaux avec des mains qui tremblaient juste assez pour mettre Bree mal à l'aise. Quelle idée d'interroger une femme potentiellement instable alors qu'elle tenait des ciseaux tranchants si près de sa gorge !

— Comment tu te sens ? demanda Bree.

Le sourire de Steph disparut.

— Ça va. Les nausées matinales diminuent.

Alors pourquoi fait-elle cette tête d'enterrement ?

— Zack semble très content, mais ce n'est pas lui qui vomit tous les matins, dit Bree d'un ton léger.

À la mention de Zack, Steph sursauta et s'entailla le doigt avec ses ciseaux. Du sang jaillit de la coupure.

— Est-ce que ça va ?

— Je vais bien. Ce n'est qu'une égratignure.

Steph sourit, mais son expression était encore tendue. Elle posa ses ciseaux, ouvrit un tiroir et prit un pansement.

— Es-tu stressée pour demain ?

Dans le miroir, Bree la regarda enrouler le pansement autour de son doigt.

Steph renifla et essuya une larme.

— Oui et non. Je veux dire, ça va être dur, mais j'ai l'impression que ça va aider aussi, tu sais ? Comme si le fait de partager notre amour pour Erin et les bons souvenirs qu'on a d'elle pouvait nous aider à aller mieux. Peut-être que tout cet amour nous permettra de la sentir parmi nous.

Bree leva la main et toucha le bras de Steph.

— C'est une belle pensée. Merci.

— Est-ce que tu la sens autour de toi ?

Steph jeta l'emballage du pansement à la poubelle et se mit au travail, peignant les cheveux de Bree et coupant les pointes, ses ciseaux se déplaçant avec adresse et aisance. Maintenant qu'elle travaillait, les mouvements de Steph s'apaisaient, mais chaque fois qu'elle s'arrêtait, Bree voyait que les extrémités de ses doigts tremblaient encore.

— Parfois, quand je suis dans la maison avec toutes ses affaires, oui, dit Bree. Les vaches, par exemple.

Un bref éclat de rire échappa à Steph. Elle se couvrit la bouche.

— Elle aimait vraiment les vaches. Elle voulait en acheter une l'année dernière, mais Luke l'en a dissuadée.

— Heureusement que c'est un garçon sensé.

Bree sourit. Elle ne ressentait aucune malhonnêteté chez Steph, juste une tristesse douce-amère et une vague nervosité qu'elle n'arrivait pas à cerner.

— Je veux juste pouvoir passer à autre chose, dit Bree avec une franchise qui lui serra la poitrine. Je m'inquiète pour les enfants. Ça ne va pas être facile pour eux, mais comme tu disais, peut-être que c'est aussi cathartique. Il n'y a pas moyen d'éviter le deuil. Peu importe à quel point c'est dur, nous devons tous y faire face.

— Ces pauvres bouts de chou.

Steph eut un moment d'émotion. Puis elle passa les cheveux de Bree au peigne fin, vérifiant qu'ils étaient bien uniformes, coupant là où la ligne n'était pas parfaitement droite.

— Tu es contente pour le bébé ? demanda Bree.

— Qui ne le serait pas ?

Steph se força à sourire.

— C'était une surprise, quand même. On ne l'avait pas prévu. Mais je suppose que ces choses-là arrivent. Un sacré hasard, de faire partie des 1 % qui tombent enceintes en prenant la pilule, non ?

— Il faut bien que ça arrive à quelqu'un.

— Ouais.

Le ton et l'attitude de Steph continuèrent d'intriguer Bree. Quelque chose n'allait pas, ce qui lui rappela ce qu'elle était venue lui demander. Le comportement étrange de Steph l'avait déstabilisée.

— Je pensais à ma dernière conversation avec Erin, déclara Bree. On ne s'est rien dit d'important. Si j'avais su que ce serait la dernière fois qu'on se parlait, il y a tellement de choses que j'aurais voulu lui dire.

Steph avait les larmes aux yeux.

— Moi aussi. Je ne lui ai même pas dit au revoir. J'étais avec une cliente et elle est partie trop vite.

— Tu ne lui as pas parlé après le travail ?

Steph secoua la tête.

— Je suis rentrée chez moi et j'ai pris une longue douche chaude. J'ai fait un traitement de lissage cet après-midi-là et les vapeurs m'ont rendue super malade. Je voulais me débarrasser de l'odeur.

— Tu es sûre ? J'ai vu un appel de ton téléphone vers celui d'Erin à 18 heures ce soir-là.

Steph posa les ciseaux.

— Non, ce n'est pas possible. Je me souviens très bien de mardi. J'ai failli vomir sur ma cliente.

— Ça n'aurait pas été cool.

— Pas du tout.

Steph jeta un coup d'œil autour d'elle, puis sortit son téléphone de sa poche.

— On n'a pas le droit de sortir nos téléphones pendant qu'on travaille, mais je ne vois pas Jack. Je vais te montrer.

Elle fit défiler l'historique des appels. Soudain, elle plissa le front et haussa les sourcils.

— Je ne comprends pas. Il y a un appel.

Elle baissa le téléphone pour que Bree puisse le voir et indiqua le numéro d'Erin.

— Je sais que je n'ai pas passé cet appel.

Mentir était stressant et la plupart des gens se montraient nerveux. Mais Steph semblait sincère.

— Qui avait accès à ton téléphone pendant que tu prenais ta douche ? demanda Bree.

Mais elle connaissait déjà la réponse. Une sueur glaciale parcourut son échine.

— La seule personne qui était à la maison était…

Steph inspira avec difficulté. Elle porta la main à sa bouche.

— Oh, mon Dieu.

Steph laissa tomber la brosse à cheveux. Elle s'appuya d'une main sur le comptoir et se mit à hyperventiler.

Bree se leva et la prit par le bras.

— Tout va bien.

— Non, tout ne va pas bien du tout.

Steph haletait.

— Prends une grande respiration et expire lentement, intima Bree.

— Tu ne comprends pas.

Steph secoua la tête. Mais elle ne pleurait pas. Elle avait l'air terrifiée.

— Mais si, dit Bree en sentant un frisson l'envahir.

Ce n'était pas Justin qui avait une personnalité toxique comme celle de son père. C'était Zack. Bree aurait dû le voir plus tôt.

Le téléphone de Steph sonna. Elle sursauta, manquant de le laisser tomber.

— C'est lui.

— Ne réponds pas.

— Je dois le faire. Il panique si je ne le fais pas.

Steph se toucha la joue.

En regardant de plus près, Bree distingua un hématome sous le maquillage de Steph. La colère s'empara d'elle. Bree n'était pas là quand Craig battait sa sœur, mais elle était là maintenant. Et elle ne laisserait pas Zack faire du mal à Steph.

Le téléphone sonna encore deux fois. Le doigt de Steph hésitait au-dessus de l'appareil, la peur planant dans ses yeux.

— Il va être fou.

— Est-ce qu'il te frappe ? demanda Bree.

Steph baissa les yeux.

— Oui.

Le téléphone sonna de nouveau.

— Ne reste pas avec lui, dit Bree. Tu mérites mieux.

— C'est ce qu'Erin m'avait dit.

Steph renifla.

— Elle ne voulait pas que je retourne vers lui, et il ne m'avait même pas encore frappée à ce moment-là. Elle avait dit qu'il le ferait. Elle le savait, c'est tout.

Le téléphone cessa de sonner. Les mains de Steph tremblèrent encore plus fort.

— Tu ne sais pas comment il est ces derniers temps. Le fait que je sois enceinte l'a mis en colère. Il est devenu possessif… non, obsessionnel. Il n'aime pas me perdre de vue. Il m'appelle toutes les heures ou toutes les deux heures, et insiste pour que je lui réponde.

Il contrôle mon régime alimentaire et mes exercices. Il vérifie mon téléphone et mon activité en ligne.

Elle déglutit.

— Je ne veux pas rentrer chez moi. Je ne peux pas vivre avec lui – avec la peur – plus longtemps. J'ai mis quelques affaires dans un sac ce matin. Je ne vais pas rentrer chez moi. Je le quitte.

— Tu iras où ?

— Je ne sais pas. Un hôtel, je suppose. J'ai du liquide.

Le téléphone de Steph vibra.

— C'est un texto de lui : *Appelle-moi tout de suite.*

— Ignore-le.

— Je ne peux pas. Il faut que je réponde, sinon il saura qu'il se passe quelque chose. Il saura que je le quitte. Il a une arme.

Le peu de couleur qui restait sur le visage de Steph se dissipa.

Bree prit Steph par les épaules.

— Pourquoi aurait-il appelé Erin mardi soir ?

— Je ne sais pas.

Bree n'aimait pas l'idée qui tournait dans sa tête.

— Zack aurait-il eu une raison de tuer Erin ?

La panique se lut dans les yeux de Steph.

— Non. Il n'a pas pu.

Ce qui ne signifiait pas qu'il en était incapable.

Le téléphone sonna de nouveau.

Steph répondit, d'une voix artificiellement haute.

— Hé, chéri.

— Tu n'as pas répondu à mon appel

La voix de Zack était assez forte pour que Bree l'entende.

— Je t'ai dit ce qui arriverait si tu m'ignorais.

— Je suis désolée. Je viens de voir ton appel. J'étais dans la salle de bains. Tu sais que je dois faire pipi tout le temps, en ce moment.

Steph parlait trop vite, en balbutiant.

— C'est des conneries.

Il avait un ton froid et colérique.

— Avec qui tu es ?

— Une cliente.

— Qui ?

Les yeux de Steph s'écarquillèrent, impuissants, et elle sembla sur le point de s'effondrer.

— Personne que tu connais.

— Tu mens. Qui. Est. Avec. Toi ?

Zack avait hurlé ce dernier mot.

Bree eut envie de prendre le téléphone et de dire deux mots à ce salaud.

— Elle s'appelle Dana.

Des larmes coulèrent des yeux de Steph.

— Tu ne la connais pas.

— Je sais que tu mens. J'ai vu la sœur d'Erin entrer dans le salon et je sais que tu as emballé certaines de tes affaires ce matin. Je t'ai dit que je ne te laisserais jamais partir.

La ligne fut coupée.

Steph regarda le téléphone, puis leva les yeux vers Bree. Ses mains se mirent à trembler, puis tout son corps, jusqu'à ce qu'elle puisse à peine tenir debout. Son visage déjà pâle prit une couleur de neige sale. Ses genoux ne la soutenaient plus.

Bree arracha la cape en plastique et fit asseoir Steph sur le fauteuil.

— Prends une grande inspiration et retiens ton souffle. C'est ça. Maintenant expire, doucement et lentement.

Elle la fit respirer ainsi encore quelques fois, attendant d'être sûre que Steph n'allait pas hyperventiler ou s'évanouir.

— Tout va bien se passer, déclara Bree.

— Je ne pense pas. Je ne pense vraiment pas. Tu ne le connais pas.

Steph se pencha en avant et posa les mains sur son ventre comme pour le protéger, en secouant la tête encore et encore.

— Ça n'a pas d'importance, dit Bree en s'accroupissant face à elle. Regarde-moi.

Steph leva les yeux.

Bree dit :

— Je vais te protéger…

Le téléphone de Steph émit trois bips successifs. Elles regardèrent toutes deux l'écran. Trois messages de Zack apparurent.

Je t'avais prévenue.

Tout est de ta faute.

Tu vas crever.

Chapitre Trente Et Un

Matt se redressa. À travers le pare-brise, il vit une voiture se ranger sur le trottoir devant le salon. Zack Wallace descendit du véhicule. Vêtu d'un jean, d'une chemise de flanelle rouge et noire et d'un gilet de chasse, il resta immobile quelques secondes face au bâtiment. Puis il ferma la portière et se dirigea vers l'entrée d'une démarche chancelante, au point de trébucher sur le trottoir.

Sa présence n'aurait pas dû être alarmante. La femme de Zack travaillait à l'intérieur. Il pouvait passer la voir pour un bon nombre de raisons. Elle avait pu l'appeler. Elle avait pu oublier quelque chose à la maison dont elle avait besoin. Il avait peut-être besoin de quelque chose

Mais la posture de Zack, sa raideur, réveilla tous les instincts de Matt. Il sortit aussitôt de son quatre-quatre.

Alors que Zack se retournait pour ouvrir la porte du salon, Matt repéra deux pistolets cachés dans la ceinture de son pantalon.

Matt rentra dans son véhicule et récupéra l'arme de poing de Bree dans la boîte à gants. Tout en courant vers le bâtiment, il sortit son téléphone et envoya un texto rapide à Bree – *Zack arrive armé* – puis appela le 112.

— Comment puis-je vous aider ? demanda l'opérateur.

— Un homme armé vient d'entrer dans le salon de beauté Halo & Spa.

En approchant de la porte, Matt donna l'adresse du lieu et la description de Zack.

— Des coups de feu ont-ils été tirés ? demanda le répartiteur.

Matt se jeta à plat ventre juste devant la porte. Le *pop pop pop de* coups de feu avait retenti à l'intérieur du bâtiment, suivi de cris. La peur s'empara de son ventre et le comprima fortement.

Il se força à inspirer posément.

— Trois coups de feu ont été tirés. Le tireur a au moins deux armes. Des armes de poing.

— La police est en route. Arrivée prévue dans trois minutes. Y a-t-il des blessés ?

— Je ne sais pas. Je suis à l'extérieur du bâtiment.

Matt vérifia le chargeur du pistolet de Bree. Le Glock 26 miniature contenait dix balles dans le chargeur plus une dans la chambre, ce qui lui donnait onze coups. Bree, où qu'elle soit, portait un Glock 19. La capacité standard du chargeur était de quinze balles.

Qui savait combien de balles Zack avait apportées ? Son gilet de chasse était conçu pour transporter des munitions supplémentaires. Matt et Bree risquaient fort d'être en infériorité matérielle. Chaque tir devait compter, ce qui signifiait que Matt devait se rapprocher.

— J'y vais. Informez les agents qui interviennent qu'un ancien shérif adjoint est sur place et armé.

Matt donna une description de sa tenue.

— Et qu'une inspectrice en congé, également armée, est actuellement à l'intérieur du bâtiment.

Il donna dans la foulée le signalement de Bree.

— Je vous rappelle quand ce sera possible.

Matt raccrocha avant qu'on lui dise de rester à l'extérieur et d'attendre les forces de l'ordre. Il regarda son téléphone. Bree n'avait pas répondu à son message. La plupart des incidents impliquant un tireur isolé se terminaient en quatre minutes. Chaque seconde qui passait pouvait faire une autre victime innocente. Il n'était pas question que Matt attende, laissant les gens se faire tirer dessus, alors qu'il pouvait intervenir.

Et ce, même s'il pouvait se faire également tirer dessus, que ce soit par Zack ou par des tirs amis.

Une douleur l'élança dans la main au souvenir de la balle qui l'avait transpercée. Il serra le poing et le relâcha. Son cœur se mit à battre la chamade à l'approche du bâtiment.

Il posa une main sur son front et regarda à travers la vitre. Zack n'était pas visible. Matt tenta d'ouvrir la porte, mais elle était fermée. Les gens étaient par terre dans le hall, se serrant les uns contre les autres et pleurant. Matt frappa à la porte, mais personne ne l'entendit par-dessus les cris.

Il piqua un sprint et contourna le bâtiment en direction de l'entrée des employés. Il espérait que celle-ci n'était pas fermée de l'intérieur. La porte s'ouvrit et une femme sortit en courant, les yeux écarquillés sous l'effet de la panique. Matt agrippa la porte avant qu'elle ne se referme et se glissa discrètement à l'intérieur. Puis il s'arrêta un moment pour tendre l'oreille.

Deux autres coups de feu retentirent. Puis des hurlements. Un homme cria :

— Baissez-vous ! Par terre. Maintenant !

Il ajouta autre chose, mais Matt ne comprit pas quoi.

Matt avança dans le couloir. Une femme accourut vers lui en sanglotant. Il l'attrapa par le bras et la poussa vers la sortie. Après avoir vérifié qu'elle était en sécurité, il prit la direction de là où venaient les tirs.

Deux de moins, mais combien de gens sont à l'intérieur ?

Le pouls de Matt s'accéléra, tandis qu'il avançait dans le couloir. Il dépassa la pièce avec les grandes chaises et les bains de pieds. Trois femmes étaient accroupies derrière un comptoir. L'une d'elles cria en voyant Matt avec son pistolet. Il posa le doigt sur ses lèvres et leur fit signe de se diriger vers la sortie latérale, mais sans pouvoir attendre qu'elles soient en sécurité. Comprenant qu'il n'était pas le tireur, les femmes s'enfuirent dans le couloir, en direction de la porte par laquelle Matt était entré. Deux d'entre elles étaient pieds nus.

À nouveau des cris. Deux autres coups de feu retentirent depuis le salon principal.

— Faites ce que je dis ! cria le tireur.

Une femme sanglotait :

— Non. Non. Non. S'il vous plaît.

Deux autres coups de feu.

— Oh, mon Dieu. Oh, mon Dieu, gémit une voix de femme.

Matt sentit une odeur de fumée. L'alarme incendie se déclencha, hurlant comme un milliard de cigales dans les haut-parleurs d'une salle de concert. Au bout du couloir, Matt marqua une pause, mais il n'y avait plus moyen d'entendre le tireur maintenant. L'alarme incendie recouvrait tous les autres sons. Dans le salon principal et la zone manucure, les gicleurs automatiques se mirent en marche, crachotant d'abord, puis inondant les lieux.

Il se pencha au coin du mur. De la fumée planait dans la zone manucure, au-dessus d'un tas de débris fumants, suite à l'incendie que les gicleurs avaient éteint. Il aperçut une douzaine de clientes accroupies sur le sol derrière les lavabos de shampoing. Matt ne distinguait que 80 % de la pièce principale. Les grands miroirs qui faisaient face à chaque chaise lui bloquaient la vue. Mais si Zack était derrière un des lavabos, les clientes auraient regardé dans cette direction. Au lieu de cela, elles se cachaient un peu partout, sous les comptoirs et derrière les chariots à roulettes – comme si cela pouvait les aider. Au-dessus de leurs têtes, l'eau se déversait, atterrissant sur des appareils électriques sous tension. Des fils électriques traînaient dans les flaques d'eau. Il espérait qu'un disjoncteur se déclencherait avant que quelqu'un ne soit électrocuté.

Il chercha Bree du regard. Elle avait rendez-vous pour une coupe de cheveux et aurait dû se trouver au poste de travail de Steph, à l'arrière du salon. Mais il ne voyait ni l'une ni l'autre.

Matt passa en revue le plan du salon dans sa tête. Il n'était entré dans le bâtiment qu'une seule fois, lorsque Bree et lui avaient interrogé Jack Halo. La majeure partie du premier étage était composée de la section coiffure. À gauche, une vingtaine de fauteuils étaient alignés devant une rangée d'éviers. La zone de manucure était à droite, ainsi qu'une pièce semi-privée pour les pédicures.

À l'arrière du salon se trouvaient des salles privées pour d'autres traitements. À l'étage, il y avait des bureaux. En plus de l'escalier central en colimaçon, des cages d'escalier flanquaient le bâtiment de chaque côté aux coins arrière.

Accroupi, Matt longea le mur jusqu'à distinguer le hall d'entrée. Les employés du salon étaient habillés tout en noir. Derrière la réception, une employée était allongée sur le dos, saignant abondamment à cause d'une blessure abdominale. Matt la reconnut, c'était la réceptionniste qui les avait salués, Bree et lui, lors de leur visite précédente. Une autre employée était agenouillée à côté d'elle, essayant de panser sa blessure avec une serviette pliée.

À quelques mètres de là, une cliente était étendue sur le sol, bras et jambes écartés. Matt n'avait pas besoin de vérifier son pouls pour savoir qu'elle était morte. Une fleur rouge traversait son pull blanc. Ses yeux fixaient Matt, mais elle ne le voyait pas. Un jeune homme en T-shirt noir avec un logo noir et un jean noir moulant lui tenait la main. Ses mains étaient couvertes de sang, comme s'il avait essayé d'arrêter l'hémorragie. Autour de lui, l'eau qui s'accumulait devenait rose peu à peu.

Matt aurait voulu s'arrêter et aider. Il était formé aux premiers secours, mais il devait continuer. Il devait atteindre Zack et l'arrêter avant que d'autres personnes ne soient blessées ou tuées.

Et il devait retrouver Bree. Où était-elle ?

Son regard se porta sur la femme blessée au ventre. Elle aussi allait se vider de son sang si elle ne recevait pas rapidement une aide médicale.

Merde.

La femme qui colmatait sa blessure n'était pas assez forte pour la porter dehors, mais elle et l'homme qui pleurait sur la morte auraient pu le faire ensemble. Matt regarda la porte vitrée de l'autre côté du hall. La clé était toujours dans la serrure.

Matt pouvait les aider à l'amener à la porte, après quoi ils pourraient la traîner dehors. Si les employés du salon n'avaient pas été en état de choc, ils y auraient déjà pensé. Mais les gens ne réagissaient pas toujours logiquement dans ce type de situations. Les gens se cachaient juste à côté des sorties. Ils restaient pétrifiés par la peur.

Il regarda à travers la vitre en plissant les yeux. Deux véhicules du département du shérif étaient garés à 15 mètres devant le salon. Il ne voyait pas si les adjoints étaient dans leurs voitures, mais quelqu'un devait surveiller la porte d'entrée. À l'arrière du parking, Matt distinguait des lumières tourbillonnantes se refléter sur la vitre. Les premiers intervenants installaient un centre de commandement quelque part à proximité, mais hors du champ de vision du tireur.

Il envoya des SMS à Todd pour lui donner des détails.

Matt : *Je suis dans le salon. Le tireur est Zack Wallace.*

Todd répondit en quelques secondes : *Où est-il ?*

Matt : *Je ne sais pas. Une femme blessée près de l'entrée principale. Je la fais sortir. Ne nous tirez pas dessus.*

Todd : *OK. Les équipes d'intervention s'organisent.*

Puis Matt envoya un autre texto rapide à Bree, parce qu'elle n'avait pas répondu à son message précédent : *Où es-tu ?*

Matt analysa la situation dans le hall. L'escalier en colimaçon était un cauchemar tactique. Si Zack se trouvait au deuxième étage, il pouvait arrêter quiconque essayant de monter les marches ou de traverser le hall.

Y compris Matt.

Boum !

Matt tomba à plat ventre sur le sol et se couvrit la tête avec les bras.

Le bruit provenait du salon principal et ressemblait à la détonation d'un fusil de chasse, mais Matt n'avait pas vu Zack chargé d'une telle arme. Il ne portait pas non plus de vêtement assez long pour en cacher un.

Gardant un œil sur la zone ouverte au-dessus de l'escalier en colimaçon, Matt avança dans le hall, toujours accroupi. Il toucha l'employé à l'épaule et montra du doigt la femme blessée. L'homme cligna des yeux, puis se leva rapidement.

Matt s'arrêta à côté de la femme blessée.

« *Pas de temps pour les premiers secours. Faites-la sortir.* »

La prenant par un bras, il commença à la traîner sur le carrelage. La femme qui avait essayé d'arrêter l'hémorragie courut vers la porte, la déverrouilla et l'ouvrit. L'homme attrapa l'autre bras de la victime et aida Matt.

À la porte, Matt fit un signe de tête à la femme pour qu'elle prenne sa place. Elle entra et aida l'homme à traîner la blessée sur le trottoir.

Des coups de feu retentirent plus loin dans le bâtiment.

Matt sentit une boule d'angoisse se nouer dans sa poitrine. Combien de personnes avaient été tuées jusqu'à présent ?

Il se retourna et traversa le hall d'entrée au pas de course, s'éloignant de l'escalier en colimaçon le plus rapidement possible. Zack n'était pas dans les pièces principales. Il était soit au fond du premier étage, soit à l'étage supérieur. Matt courut vers l'escalier latéral.

Vers le tireur.

Chapitre Trente-Deux

L'eau des gicleurs aspergea le visage de Bree. L'alarme était assourdissante et lui remplissait la tête comme une énorme migraine. Elle poussa Steph et les autres, employées et clientes, hors du salon. Au bout du couloir, un panneau *Sortie* brillait dans la pénombre. Une douzaine de portes les en séparaient.

— C'est moi qu'il veut ! cria Steph à l'oreille de Bree pour couvrir le bruit de l'alarme. Je ne veux pas que quelqu'un meure à cause de moi.

Steph était sans doute la cible principale de Zack. Les premiers coups de feu avaient retenti deux minutes après l'arrivée de son quatre-quatre. Zack devait être tout près, peut être en train de surveiller le bâtiment, prêt à frapper, dans un état de rage déjà extrême, quand il avait appelé. Après la première salve de tirs, Bree avait rassemblé les femmes autour d'elle et les avait déplacées vers l'arrière, à l'écart des coups de feu. Elle n'avait pas encore vu Zack, elle l'avait seulement entendu tirer. Mais un regard vers le hall avait suffi pour savoir qu'il avait touché au moins deux personnes avec ses premiers coups de feu.

Bree avait deux choses en tête : Où était Zack maintenant ? Et à quoi avait-il mis le feu ? Elle inspecta la pièce. La fumée et les émanations nocives du plastique brûlé et des produits chimiques toxiques lui emplirent le nez. Ils passèrent devant une salle de soins.

Bree jeta un coup d'œil dans l'embrasure de la porte. Son regard se posa sur les meubles. La table de soins était en bois, avec de gros pieds carrés et des tiroirs sous un plateau rembourré. Elle semblait lourde. Les autres pouvaient se barricader à l'intérieur d'une pièce si nécessaire. Les balles traverseraient le mur et la porte creuse, mais au moins, elles ne seraient pas visibles.

Bree se pencha à l'oreille de Steph et cria :

— Dirigez-vous vers la sortie. S'il vous coupe la route et que vous ne pouvez pas sortir, barricadez-vous dans une pièce.

L'arme à la main, Bree s'engagea dans la direction opposée, vers les derniers coups de feu qu'elle avait entendus.

— Mais… protesta Steph.

Bree pointa le doigt sur elle.

— Fais ce que je dis.

Moins il y avait de personnes à l'intérieur du bâtiment, mieux c'était. Elles ne pouvaient pas aider et leur présence donnerait à Zack un moyen de pression. Il pouvait prendre des otages et il avait déjà montré qu'il était d'humeur à tuer.

Bree jeta un regard en arrière. Steph la regardait, les mains serrées le long du corps, alors que les autres femmes commençaient à la tirer vers la sortie. Bree se détourna avant que Steph ne puisse discuter davantage. Le salon était bondé quelques minutes plus tôt. Il y avait encore d'autres femmes dans le bâtiment, sans doute cachées. Bree devait trouver et arrêter Zack au plus vite.

Alors qu'elle avançait dans le couloir, les lumières clignotèrent, puis s'éteignirent. Ce couloir intérieur, sans fenêtres, se retrouva bientôt plongé dans l'obscurité. Bree distinguait à peine où elle allait. Les gicleurs ne s'étaient pas déclenchés dans cette partie du bâtiment, mais l'eau en provenance du salon coulait dans le couloir. Elle dérapa sur le carrelage et tomba sur les genoux. Son pistolet lui échappa et glissa sur quelques mètres.

Non.

Elle posa une main sur le mur, son pouls s'accélérant alors qu'elle se relevait et récupérait son arme. Le son perçant de l'alarme lui déchirait les nerfs et amplifiait le sentiment d'un chaos total.

Où est Zack ?

Et où étaient les forces de l'ordre ? Elle vérifia son téléphone, en réduisant la luminosité au strict minimum pour éviter de se rendre plus visible. Elle avait reçu le SMS de Matt six minutes plus tôt. Lui et d'autres avaient sûrement appelé le 112. Le département du shérif serait le premier à répondre, suivi des équipes des villes environnantes et de la police d'État. Les forces de l'ordre devraient être à l'extérieur du bâtiment, en train d'organiser leur entrée. Attendraient-ils de mettre en place un centre de commandement, d'appeler une unité du SWAT ? Les protocoles les plus courants dans une telle situation recommandaient une entrée immédiate pour les premiers intervenants afin de confronter et d'arrêter le tireur, ainsi que pour minimiser les pertes. Mais Bree ne connaissait pas les procédures en vigueur localement. Le bureau du shérif fonctionnait avec la moitié du personnel requis. Ces hommes avaient-ils reçu une formation récente ? S'appuyaient-ils sur d'autres protocoles ?

Elle sortit son téléphone pour envoyer un SMS à Matt. Elle avait reçu plusieurs messages de sa part lui disant que Zack entrait dans le bâtiment, qu'il était armé, et lui demandant où elle se trouvait. Elle n'avait pas entendu son téléphone sonner ou vibrer à cause du chaos général.

Elle répondit : *Je suis dans le couloir du 1er étage. Les flics ?*

Ce n'était pas parce qu'elle n'avait pas entendu ou vu les agents que les premiers intervenants n'étaient pas déjà dans le bâtiment. Elle n'aurait pas entendu les sirènes à cause de l'alarme incendie. Elle s'entendait à peine penser. Il fallait qu'elle soit à l'affût des forces de l'ordre autant que Zack. Elle était armée et ne portait pas d'uniforme. Ils pouvaient lui tirer dessus par accident. Savaient-ils qu'elle était à l'intérieur du bâtiment ?

Merde.

Elle envoya un SMS à Todd pour lui faire savoir qu'elle était à l'intérieur du bâtiment et armée.

Todd répondit : *Les équipes se mettent en place.*

Le bureau du shérif arrivait. Alléluia. Mais une fois à l'intérieur du bâtiment, le son de l'alarme rendrait les radios de la police inutiles. La communication serait difficile. Bree ne pouvait pas compter sur l'intervention de la police. Le bon côté des choses, c'était que Zack ne l'entendrait pas avancer dans un centimètre d'eau. Mais elle ne pouvait pas l'entendre non plus. Ils pouvaient se surprendre l'un l'autre à tout moment.

Juste au cas où les alarmes s'arrêtent, elle régla son téléphone en mode silencieux avant de le remettre dans sa poche. Puis elle traversa le couloir et retourna dans le salon. Les gicleurs continuaient de fonctionner, trempant tout, y compris Bree.

Boum !

Elle sursauta. C'était la deuxième détonation qu'elle entendait.

Qu'est-ce que c'était ?

Une explosion ? Un fusil de chasse ?

Bree sentit les battements de son cœur résonner dans son crâne. Une nouvelle décharge d'adrénaline parcourut son corps. Ses pupilles se dilatèrent, améliorant sa perception dans la pénombre, mais réduisant également son champ de vision. Elle combattit ce phénomène en respirant profondément, retenant l'air dans ses poumons pendant trois battements de cœur avant de le laisser sortir lentement.

Un autre *boum* retentit. Il semblait venir de l'espace de manucure. Zack avait-il fait demi-tour ? Elle se retourna. Le pistolet en avant, elle se dirigea vers l'endroit d'où provenaient les détonations.

Bien qu'il fasse sombre à l'extérieur, les fenêtres de la pièce principale laissaient entrer la lumière du parking. On y voyait mieux que dans les couloirs.

Clignant des yeux pour chasser les gouttes d'eau, Bree examina son environnement. Rien ne bougeait. Tous ceux qui restaient étaient morts, blessés ou cachés. Elle espérait que la plupart des gens avaient pu s'échapper, comme Steph. Bree passa devant la salle de manucure. Vide. Elle balaya l'espace du canon de son arme. Un gros tas de débris mouillés fumait sur le sol. Qui avait mis le feu ?

L'alarme incendie s'arrêta brusquement, laissant un sifflement persistant dans les oreilles de Bree, mais l'eau des gicleurs continua de couler. Entendant un craquement au-dessus de sa tête, Bree leva les yeux en protégeant instinctivement son visage. Une dalle du plafond, lourde et saturée d'eau, tomba brutalement sur le sol. *Boum !*

Ce n'était donc pas le bruit d'un fusil de chasse.

Elle continua d'avancer dans la pièce principale, consciente du bruit que faisaient ses baskets dans l'eau.

Elle s'accroupit pour passer devant des postes de coiffure. Un cri retentit.

Bree alla dans cette direction.

Elle s'arrêta juste avant le hall d'entrée. Le cri lui était parvenu par l'escalier en colimaçon.

Zack était à l'étage.

Quelque chose bougea de l'autre côté de la pièce. Matt. Leurs regards se croisèrent. Elle pointa le doigt sur sa poitrine, puis sur l'escalier en colimaçon. Puis elle désigna Matt et tenta de mimer le fait de monter un escalier avec ses doigts. Puis elle indiqua le coin sud du bâtiment. Si elle montait l'escalier en spirale et que Matt utilisait l'un des escaliers latéraux, ils pouvaient cerner Zack.

Matt secoua la tête et se dirigea vers elle en se tapant la poitrine. Il savait que les escaliers en colimaçon étaient plus exposés et il voulait les prendre lui-même. Bree pointa plus fort son index vers le coin sud. Elle appréciait la galanterie, mais ils n'avaient pas le temps pour ça.

— Non.

Suppliante, la voix d'une femme lui parvint par l'escalier en colimaçon.

— Non. S'il vous plaît. J'ai des enfants.

Un coup de feu. Un cri. Puis des pleurs étouffés, désespérés.

Bree et Matt se regardèrent à nouveau. Elle montra du doigt l'escalier latéral. En grimaçant, il hocha la tête, fit volte-face et partit en courant. Il était rapide et le bâtiment n'était pas grand. Il ne lui faudrait qu'une minute environ pour se mettre en position. C'était maintenant à Bree de faire de même.

Le cœur battant, l'estomac noué, elle se dirigea vers l'escalier. Elle s'arrêta au bas des marches, pointant son arme vers le haut.

Elle ne pouvait pas voir Zack et serait vulnérable dans les escaliers. Il n'y avait pas moyen de faire autrement. Bree posa le pied sur la première marche et commença son ascension. Elle s'arrêta lorsque sa tête atteignit le palier du deuxième étage.

— Vous voilà, dit Zack.

Bree se figea sur place. L'avait-il vue ?

— S'il vous plaît, arrêtez, dit une voix de femme éraillée par la peur.

Bree poussa un soupir de soulagement. Zack parlait à quelqu'un d'autre.

Elle regarda par-dessus la dernière marche. Une femme en peignoir sombre se tenait sur le palier du deuxième étage. Elle tournait presque le dos à Bree. À côté d'elle, une employée sanglotait sur le sol. Elle se tenait la cuisse. Du sang s'écoulait autour de ses mains.

Zack se trouvait à environ trois mètres derrière les deux femmes, pointant son arme sur elles. La cliente en peignoir s'interposa entre Zack et la blessée.

Les deux femmes se tenaient entre Bree et Zack. Bree n'avait aucune chance de l'atteindre.

Zack semblait agité. Ses mains – et son arme – tremblaient fortement. Il avait les yeux écarquillés et se léchait les lèvres constamment. Il allait tirer à nouveau. Bree le savait.

Où était Matt ?

Chapitre Trente-Trois

Matt sprinta dans le couloir. Sans l'alarme, le bâtiment était étrangement calme, à l'exception du bruit des gicleurs qui fonctionnaient toujours dans le salon principal derrière lui. Les deux n'étaient pas sur le même système et les gicleurs étaient en marche jusqu'à ce que quelqu'un les arrête. Malheureusement, les pompiers n'étaient pas autorisés à intervenir tant qu'il y avait un tireur actif.

Le dernier coup de feu avait retenti d'en haut. Zack était à l'étage. Matt accéléra, espérant que Bree attende qu'il soit en position. Une fois dans l'escalier, elle serait une cible facile.

Il tourna au coin du couloir, ses bottes mouillées glissant sur le carrelage. Il posa une main sur le mur pour arrêter son élan et ouvrit la porte menant à la cage d'escalier latérale.

Matt gravit les marches deux par deux. Parvenu au sommet, il poussa doucement la porte et se faufila dans le couloir de l'étage. Il aperçut Zack à quinze mètres de lui, le dos tourné, son arme pointée vers une femme en robe noire dont les cheveux blonds étaient attachés en une queue-de-cheval. À côté de la cliente, un employé du salon de beauté essayait d'arrêter le saignement d'une blessure à la jambe.

Matt ralentit. Que n'aurait-il pas donné pour avoir une arme à longue portée…

Il se rapprocha. Une épaisse moquette couvrait le couloir de l'étage et amortissait le bruit de ses pas, mais il avança lentement, faisant de son mieux pour ne pas attirer l'attention de Zack.

Quelque chose bougea juste derrière la cliente. Le sommet d'une tête apparut sur le palier de l'escalier en colimaçon. Bree, en position.

Une nouvelle poussée d'adrénaline explosa dans les veines de Matt. Ils avaient réussi à piéger Zack, mais la cliente était sur leur chemin.

Il pointa le Glock miniature de Bree sur Zack, mais la distance était encore trop grande. Il ne pouvait pas tirer sans mettre en danger la cliente. La frustration l'envahit. Avant sa blessure, il aurait pu tirer de manière extrêmement précise. Là, il ne pouvait pas être certain de ne pas toucher Bree, à cette distance ! Il fallait écarter la cliente pour que Bree puisse éliminer Zack. Mais comment ?

Il pourrait peut-être distraire Zack.

Non. Mauvaise idée. Le gars était sacrément nerveux. Tout bruit inattendu était susceptible de le faire appuyer sur la gâchette. Il n'y avait qu'une seule option : Matt devait se rapprocher. De beaucoup.

C'était lui qui devait être la distraction. Il devait attirer l'attention de Zack.

Il avança dans le couloir. Maintenant qu'il était à découvert, sa peau le démangeait. Si Zack regardait dans sa direction, Matt serait complètement vulnérable. Zack pourrait lui tirer dessus et Matt ne pourrait même pas riposter, de peur de toucher quelqu'un d'autre.

Zack se dirigea vers la cliente, d'une démarche instable. Il la saisit par sa queue-de-cheval et enfonça le pistolet dans la chair molle sous son menton. Avait-il décidé de la tuer ou non ? Ou faisait-il durer le moment pour la faire souffrir ? Avait-il perdu la tête et ne réfléchissait-il plus du tout ? Cela n'avait pas d'importance. Matt ne pouvait pas la laisser mourir.

Matt cria :

— Lâche ton arme !

L'arme de Zack s'écarta de la femme et se dirigea vers Matt. Zack lâcha la cliente et tira. Matt plongea au sol et partit en roulade dans l'embrasure d'une porte ouverte. La balle toucha le cadre de la porte, projetant des éclats de bois.

Matt se releva et retourna vers la porte, jetant un coup d'œil prudent. Zack tournait le dos à la cliente.

— Je vais te buter ! cria Zack en avançant sur Matt.

Le visage de Zack était rouge, les veines gonflées comme s'il allait faire une attaque.

Matt tira dans le mur juste devant Zack, à bonne distance de la cliente. Zack tressaillit, mais sans ralentir son pas. Il avançait comme s'il était une créature invincible ou un robot.

Ou comme s'il ne se souciait pas de mourir.

Si c'était le cas, il n'y aurait qu'un seul moyen de l'arrêter.

Derrière Zack, Matt vit Bree monter sur le palier. Son arme était dégainée, mais la cliente était toujours dans sa ligne de mire.

Elle passa devant l'employé blessé et cria à la cliente :

— Baissez-vous !

Si celle-ci tombait à genoux, Bree pourrait atteindre Zack. Avec un peu de chance, cela arriverait avant que Zack ne tire sur Matt à travers le mur.

La cliente tourna la tête. Matt retint son souffle.

— Zack !

Qui était-ce ?

Une employée vêtue de noir s'interposa entre Zack et la cliente. Steph. Elle avait dû monter par le couloir central. Ses intentions étaient sans doute de sauver son collègue, mais elle avait tout fait foirer.

— S'il te plaît, ne fais de mal à personne d'autre, dit Steph d'une voix tremblante. Je ferai tout ce que tu voudras.

Elle avait les mains levées, les paumes tournées vers Zack en signe de reddition. Elle avait clairement l'intention de calmer Zack, mais elle venait probablement de signer son arrêt de mort.

Chapitre Trente-Quatre

Steph.

Bree eut un pincement au cœur. Au lieu de partir ou de se cacher avec les autres, Steph était venue chercher son mari.

Félicitations pour son courage et sa loyauté, mais merde, merde, *merde.*

Trois secondes de plus et Bree l'aurait abattu. Maintenant, ils étaient de nouveau dans la même situation, avec Steph entre Bree et Zack.

— S'il te plaît, ne me tire pas dessus, dit Steph. Je porte notre bébé. Ton bébé.

— Ce n'est probablement même pas le mien.

Zack se plaça dos au mur. Il sortit un deuxième pistolet de sa ceinture et le pointa sur sa femme. Le premier resta dirigé sur Matt.

— Je ne t'ai jamais trompé, répliqua Steph. Jamais.

Il secoua la tête.

— Tu mens.

— Non ! Bien sûr que c'est ton bébé, Zack, poursuivit Steph d'une voix à la fois terrifiée et blessée. Comment tu as pu penser autre chose ?

— Parce que tu m'as menti.

Le ton de Zack était neutre.

— Non, dit Steph. Jamais.

Le silence régna quelques secondes.

— Je ne te crois pas.

La voix de Zack et le canon de son arme tremblaient.

— Tu as emballé tes affaires avant d'aller travailler ce matin. Tu me quittes. Une femme honnête ne fait pas ça.

— Je voulais te quitter, parce que tu me fais peur et que je veux protéger notre bébé.

La souffrance et le désespoir étaient palpables chez Steph.

— Je ne peux pas changer le fait que tu ne me fais pas confiance. Je ne t'ai jamais été infidèle. Je t'ai aimé dès notre première rencontre. On avait quelque chose de spécial. Mais tu as laissé ta jalousie infondée s'interposer entre nous.

— Tu m'as trompé.

Son visage et son ton étaient dépourvus d'émotion.

— Non, Zack. Jamais.

Mais son regard restait sombre et incrédule.

— Depuis que tu as perdu ton emploi, tu ne vas pas bien, reprit Steph. Tu m'as inventé des défauts. J'ai fait tout ce que j'ai pu pour te rendre heureux. Je ne sais pas quoi faire d'autre. Dis-moi. Qu'est-ce que tu veux de moi ?

— Je ne te laisserai pas partir. Tu m'appartiens.

Zack restait intraitable. Rien de ce que disait sa femme ne l'apaisait. Il tapait du pied sur le sol et son poids se déplaçait d'avant en arrière. La tension nerveuse et l'adrénaline cherchaient à s'évacuer de son corps immobile.

Bree avait déjà vu cela plusieurs fois. Zack était persuadé qu'on l'avait lésé, et entendre le contraire ne changerait pas sa conviction personnelle. Il avait longuement mûri son sentiment de persécution et en était désormais trop imprégné pour être à même de s'en libérer.

Zack appuya sur la gâchette. Le pistolet émit un cliquetis. Il était vide.

— Steph, baisse-toi ! cria Bree.

Mais Steph semblait pétrifiée.

Reculant dans l'embrasure de la porte, Zack jeta l'arme vide sur le sol et transféra l'autre dans sa main droite. Il la pointa sur Steph. Des larmes coulèrent sur le visage de cette dernière, elle haletait comme si elle venait de courir un sprint, mais elle ne bougea pas. Son regard restait fixé sur son mari.

— S'il te plaît, ne tire pas.

Les mains de Steph se portèrent à son ventre, comme si elle avait pu bloquer les balles avec ses bras.

Bree bondit, traversant le couloir pour tenter d'obtenir un angle de tir dégagé autour de Steph.

Quelqu'un émergea de l'embrasure de la porte. Matt. Mais il était à plusieurs pas du tireur et une cible facile. Bree tira sur le côté pour distraire Zack. Il lui tira dessus en retour. Bree se glissa dans l'embrasure de la porte. Des morceaux de Placo volèrent en éclats sous l'impact de la balle. Elle jeta un coup d'œil prudent dans le couloir.

— Steph, cours !

Mais Steph était toujours clouée sur place.

Matt poursuivit sa course. Zack s'était replié. Un cliquetis métallique indiquait qu'il rechargeait son arme. Matt plaqua Steph sur le sol et la couvrit de son corps. Zack ressortit dans le couloir. Il dirigea son arme vers Matt et Steph.

Bree se décala, visa et tira. Trois coups de feu à la suite atteignirent Zack. Trois taches de sang fleurirent sur sa poitrine.

— Lâche ton arme ! cria Bree.

Au lieu de cela, il leva son pistolet vers elle

Elle tira à nouveau, le quatrième tir atteignant Zack au centre de la poitrine. Il tomba à genoux. L'arme glissa de sa main.

Bree bondit et donna un coup de pied dans le pistolet. Elle se tourna vers l'arme qu'il lui avait échappée et la jeta dans le couloir. Il portait un gros gilet, avec de grandes poches. Elle ne pouvait pas distinguer si d'autres armes s'y trouvaient. Elle se rapprocha et pointa l'arme sur son visage.

— Montre-moi tes mains !

Elle ne pensait pas qu'il était mort. Les méchants ne meurent instantanément qu'à la télévision et elle avait vu des gens survivre à de multiples blessures par balles.

— Montre-moi tes mains ! cria-t-elle à nouveau.

— Police !

Des adjoints du shérif portant des boucliers anti-émeutes et des AR15 apparurent à chaque bout du couloir. Une autre équipe approchait par le couloir central.

— Police !

Bree baissa son arme en reculant, mais ne la posa pas à portée de Zack. Il avait tué une femme et tiré sur au moins deux autres. Il avait voulu tirer sur sa propre femme enceinte. Elle était certaine que s'il respirait encore, il essaierait de tirer sur quelqu'un d'autre.

Elle laissa son arme pendre, le doigt dans le pontet. Elle leva l'autre main dans une posture de reddition. Les adjoints se rapprochèrent d'elle. Bree lâcha son arme et se laissa menotter. Elle s'y attendait. La procédure standard était de sécuriser toutes les personnes impliquées – en particulier les personnes armées – et de les trier par la suite.

Au bout du couloir, Matt et les trois femmes étaient pris en charge par une autre équipe d'adjoints.

Bree entendit la voix de Steph, incrédule, malgré la cacophonie et la distance.

— Il a appuyé sur la gâchette, dit Steph. Si le pistolet n'avait pas été vide, il m'auraït tuée.

Elle posa les mains sur son ventre.

— Il aurait tué son propre enfant.

Bree s'assit sur le sol comme on le lui demandait. Elle avait tué quelqu'un, ce qu'elle n'avait jamais fait en plus d'une douzaine d'années au sein de la police de Philadelphie. Il lui faudrait sans doute quelque temps pour se rendre compte de ce qui s'était passé, mais elle savait que cet acte ne la laisserait pas indemne.

Mais pour l'instant, elle faisait le deuil des personnes que Zack Wallace avait tuées. Et elle était reconnaissante que Steph, son bébé, Matt et elle-même soient tous sortis vivants de ce cauchemar.

Chapitre Trente-Cinq

Moins d'une heure plus tard, Matt suivait les véhicules du shérif jusqu'au domicile des Wallace. Les lumières tournoyaient et les sirènes hurlaient en approchant de la maison grise au toit asymétrique typique du style *saltbox*. Ils se garèrent devant le garage et l'atelier. Matt et Bree sautèrent du quatre-quatre et suivirent les adjoints.

Todd leur avait demandé de se rendre au poste du shérif pour y attendre d'être interrogés, mais Matt avait refusé. Justin était probablement mort ; cependant, Matt avait besoin de savoir.

— Vérifiez le garage et l'atelier ! cria Matt.

Steph n'avait vu Justin nulle part dans la propriété, mais elle n'était pas allée dans l'atelier de Zack depuis des mois car l'odeur de sciure de bois lui donnait la nausée. Elle n'avait même pas la clé du bâtiment.

Todd leur fit signe de rester en arrière, et Matt et Bree attendirent à contrecœur pendant que les adjoints utilisaient un bélier pour ouvrir la porte latérale du garage. Deux minutes plus tard, ils ressortirent.

— Personne, cria Todd.

Lui et ses hommes coururent vers l'atelier.

Scrutant la scène, Matt posa une main sur sa hanche et se frotta le visage.

— S'il est vivant, il doit être là-dedans.

Quelles étaient ses chances ?

Bree le prit par la main.

— Tu le sauras dans une minute.

— Je devrais être à l'intérieur. Zack est mort. Il n'y a plus de danger.

— Tu sais bien que c'est le protocole.

Elle lui serra la main.

— L'endroit peut être piégé.

Matt craignait davantage la découverte d'un cadavre.

Les adjoints utilisèrent à nouveau leur bélier. La porte de l'atelier s'ouvrit et ils entrèrent.

— Il est là ! s'écria l'un d'entre eux.

Quelques minutes plus tard, Todd, en sueur, apparut sur le seuil de la porte.

— Matt !

Matt se rua à l'intérieur, passant devant des armoires, des établis, des machines et des planches brutes. Au fond de la pièce, Justin était allongé sur un matelas fait de couvertures pliées. Il avait un poignet attaché à une poutre métallique par une chaîne et des menottes. Du sang saturait l'épaule de sa chemise.

Ses yeux étaient ouverts, mais sa peau était gris pâle, il avait les yeux enfoncés dans les orbites et des taches de fièvre coloraient ses pommettes.

Soulagé, Matt se précipita aux côtés de son ami.

— Je ne peux pas croire que tu sois en vie.

C'était un miracle. Justin avait été blessé par balle une semaine plus tôt et n'avait pas reçu de soins médicaux. Sa blessure était probablement infectée.

— Moi non plus. Je ne veux pas l'être. Pas sans Erin.

Son visage était torturé par une douleur plus profonde que celle de son corps et il ne voulait pas regarder Matt.

Matt s'agenouilla à côté de Todd, qui déverrouillait les menottes. Matt prit son ami par la main.

— Ça va aller. On te tient.

Les yeux de Justin semblaient éviter Matt.

— Il l'a tuée. Je n'ai rien pu faire. Elle est morte dans mes bras.

Sa voix semblait presque détachée.

— Je suis désolé, dit Matt.

Justin ne sembla pas l'entendre.

— Il a utilisé l'arme de mon père. Je l'avais laissée sur la commode. J'ai entendu le coup de feu depuis la douche. Je suis sorti en courant. Elle était sur le sol.

Il cligna des yeux plusieurs fois, comme pour repousser une vision qu'il était le seul à subir.

— J'ai entendu un bruit de moteur et j'ai pris les clés d'Erin. L'arme était à quelques mètres. Je l'ai ramassée, j'ai mis des vêtements et j'ai couru après lui. Il y avait un pick-up qui s'éloignait. Je l'ai suivi.

Il attrapa Matt par le bras.

— J'allais le tuer, Matt. J'allais le tuer.

— Je sais.

Matt ne savait pas quoi dire.

Justin poursuivit :

— Il a quitté la ville et s'est arrêté près de la grande ferme, celle avec les promenades pour enfants et tout ça.

— Empire Acres, dit Matt.

— Ouais. Je me croyais très fort. Je l'ai suivi en restant à distance, je comptais le surprendre. Mais il m'a tiré dessus en premier. Il m'a jeté à l'arrière du camion d'Erin et m'a amené ici.

La respiration de Justin s'accéléra.

— Je voulais mourir. Tout est de ma faute. J'ai laissé le pistolet sur la commode.

Justin sanglota. Le chagrin et les regrets qui émanaient de lui étaient aussi palpables qu'une brume froide.

— Erin est morte à cause de moi.

— Non, mec. C'est pas vrai.

Matt se pencha, passa le bras autour des épaules de son ami et le berça comme un enfant pendant qu'il pleurait.

— Il avait une autre arme. Il lui aurait tiré dessus, même si tu n'avais pas laissé le Sig dehors.

Mais Justin ne l'entendait pas. Une autre sirène signala l'arrivée de l'ambulance. Une minute plus tard, des ambulanciers entrèrent et commencèrent à l'examiner.

Matt serra le bras de son ami et s'écarta. Les ambulanciers et le brancard occupaient la plus grande partie de l'espace et Matt sortit de l'atelier pour les laisser travailler. Dehors, Bree le rejoignit.

— Dans quel état il est ? demanda Bree.

Matt jeta un regard en arrière sur l'atelier.

— Physiquement, il a l'air beaucoup mieux que ce à quoi je m'attendais pour un prisonnier blessé par balle. Il a perdu du sang et il est faible. Mais il est conscient.

— Pourquoi Zack l'a gardé en vie ?

— Il reste tellement de questions.

Matt lui donna les clés de son quatre-quatre.

— Tu veux bien prendre ma voiture jusqu'à l'hôpital ? Je vais rouler avec Justin.

— Vas-y.

Bree prit les clés.

— Je te retrouve là-bas.

— Merci.

Matt se dirigea vers l'atelier.

Justin était vivant, mais son état émotionnel était précaire.

Peut-être que survivre n'était pas le plus important.

Chapitre Trente-Six

Mardi après-midi, Bree serrait des mains. La file des personnes venues rendre hommage à Erin semblait s'allonger à l'infini. Le service commémoratif avait été rapide. Les gens s'étaient rassemblés autour du collage de photos et avaient partagé leurs souvenirs. Bree avait prononcé l'éloge funèbre, juste assez long pour contenter les enfants. Elle s'était à peine souvenue de son discours. Des larmes avaient brouillé sa vision et resserré ses cordes vocales, mais elle s'en était sortie.

— Très bel éloge funèbre, dit un inconnu.

Bree hocha la tête.

— Merci d'être venu.

Combien de fois avait-elle prononcé ces mots aujourd'hui ? Elle opérait en pilote automatique ; sa bouche et son corps accomplissaient ce qu'il fallait faire, mais son esprit n'y était pas. Le chagrin la terrassait et elle n'avait pas eu le temps de digérer la fusillade de la veille.

Elle chercha les enfants du regard. Luke et Kayla se tenaient au fond de la salle avec Adam, tous les trois évitant la foule et paraissant aussi épuisés que Bree. Le chagrin s'accrochait à eux comme un virus. Dana planait à côté d'eux, sur ses gardes. Matt n'était pas en vue. Bree lui avait demandé de couvrir l'entrée. Craig n'était en aucun cas autorisé à entrer. Bree n'allait pas lui permettre de tendre une embuscade à Luke et Kayla au moment où ils étaient le plus vulnérables.

Elle s'était arrangée pour que le funérarium serve le café dans une pièce séparée après le service. Les inconnus n'étaient pas invités à la maison. Les enfants en avaient assez. Bree voulait dormir pendant une semaine, mais demain elle devait se rendre au poste du shérif pour un entretien. Elle avait fait une première déclaration, mais Todd avait des questions complémentaires. Comme Zack était mort, et qu'il n'y avait pas d'urgence, Todd avait laissé la journée à Bree pour faire le deuil de sa sœur.

Bree serra une nouvelle main. Jack Halo. Elle était surprise qu'il soit là. Elle pensait qu'il aurait été occupé pour la journée.

— Toutes mes condoléances.

Jack enveloppa la main de Bree dans les siennes.

Bree se retint de le frapper au visage. Elle serra les dents.

— Merci d'être venu.

— Bien sûr que je suis venu. Erin nous manquera.

Parce qu'il faudra trouver une nouvelle cible à harceler ?

Bree aurait voulu le menacer, mais peut-être était-il préférable de ne rien laisser paraître pour le moment. Mais elle lui serra les doigts un peu trop fort.

— Merci pour tout ce que vous avez fait hier.

Jack n'était pas au salon pendant la fusillade et était arrivé après que tout a été terminé. Un innocent était mort et cinq autres avaient été blessés.

— Ça aurait pu être bien pire si vous n'aviez pas été là.

Bree hocha la tête. Elle se força à se montrer courtoise, mais pas amicale. Pas avec l'homme qui avait harcelé sa sœur.

Son salon ne serait pas opérationnel avant un certain temps. Le système d'arrosage avait causé d'importants dégâts des eaux. Jusqu'à la réouverture, au moins, il n'aurait pas la possibilité de harceler ses employées.

Grimaçant, il la libéra.

Avec un sourire pincé, Bree passa à l'invité suivant, mais elle n'oublia pas Jack et la façon dont il avait traité sa sœur.

Bree devait également régler son compte à un maître chanteur. Elle considérait Craig comme le suspect le plus probable, mais sans pouvoir le prouver. Ils n'avaient trouvé aucune piste pouvant l'incriminer.

Deux personnes manquaient à ces funérailles. Justin était toujours à l'hôpital en train de se faire opérer. Bree était soulagée qu'il soit vivant et innocent. Elle avait redouté d'avoir à apprendre aux enfants encore plus de mauvaises nouvelles. Steph avait déclaré que sa présence risquait d'attirer l'attention sur elle, alors que c'était une cérémonie pour Erin. Bree soupçonnait surtout Steph de ne pas vouloir se retrouver face aux enfants, elle dont le mari avait tué leur mère. Elle doutait qu'ils en veuillent à Steph, mais ils avaient besoin de temps pour assimiler tout ce qui s'était passé. La présence de Steph aurait été de trop.

Deux heures plus tard, Bree ouvrit la porte de la maison de sa sœur. Dana, Luke et Adam l'accompagnaient. Matt était allé directement du funérarium à l'hôpital pour voir Justin.

Adam portait sur son épaule une Kayla endormie. Ses yeux s'ouvrirent lorsqu'il la posa sur le canapé.

— On peut regarder un film ? demanda-t-elle.

— Bien sûr.

Il s'assit à côté d'elle et alluma la télévision. Luke s'affala à côté d'eux.

Dana se dirigea vers la cuisine.

— Je vais allumer le four.

— Il n'y a pas urgence, dit Bree. Je n'ai pas faim.

Dana lui fit signe de se taire.

— Aucun de vous n'a mangé ce matin.

Elle avait préparé une sorte de gratin avant leur départ pour les pompes funèbres. Épuisée, sur les nerfs, Bree la suivit dans la cuisine. Elle aurait voulu dormir, mais savait qu'elle ne pourrait pas fermer les yeux. Pendant que Dana sortait son plat du frigo, Bree ouvrit une boîte de café.

— Laisse-moi faire, dit Dana en la chassant. Ton café est amer.

— C'est vraiment compliqué, de mettre de l'eau et du café dans une machine ?

Bree se dirigea vers la fenêtre et regarda dehors.

Il n'y avait pas de maisons ni personne en vue. Les chevaux paissaient dans les prés. Une légère neige tombait, paisible et silencieuse. Quelques centimètres s'étaient déjà accumulés, mais les chevaux ne semblaient pas s'en soucier. Bree se laissa tomber sur une chaise et observa la scène pendant quelques minutes, avec Dana qui s'agitait derrière elle et de bonnes odeurs envahissant la cuisine.

Dana posa une tasse de café devant elle.

— Merci.

Bree goûta le breuvage. Il était meilleur que le sien.

— Tu sais quoi ?

— Quoi ?

Dana glissa son plat dans le four.

— Je pourrais vivre ici.

Bree but une gorgée de café.

— Quand je suis revenue, je ne pensais pas que c'était possible. Je me suis toujours dit que cette ville n'était pas faite pour moi. Trop de souvenirs de mes parents et de leur mort.

— Mais ce n'est pas le cas ?

— Je ne pense pas que l'endroit importe tant que ça, finalement. Ces souvenirs font partie de moi. Ils seront toujours avec moi.

Si Bree était complètement honnête, peut-être que le fait d'être à Grey's Hollow l'avait forcée à se réconcilier avec son passé.

— De plus, j'ai trop de problèmes immédiats pour me soucier de quelque chose qui s'est passé en 1993.

— Tu as vu la minuterie ?

Dana ferma un tiroir et en ouvrit un autre.

— Non. Combien de temps ça doit cuire ?

— Quarante minutes.

Bree régla une minuterie sur son téléphone.

— Il est 4 heures ?

Elle jeta un coup d'œil à l'horloge en forme de vache qui ornait le mur. Les aiguilles étaient bloquées sur 14 h 30. Elle s'approcha et décrocha l'horloge. Après l'avoir posée sur le comptoir, elle la retourna pour chercher la pile.

— C'est bizarre.

Derrière la vache en plastique se trouvait un réceptacle contenant le mécanisme de l'horloge avec un emplacement pour une pile AA. Une enveloppe était collée à côté.

Dana se pencha par-dessus son épaule.

— Erin avait une cachette ?

— On dirait bien que oui.

Bree retira l'enveloppe avec précaution. Elle l'ouvrit et en sortit une liasse de billets de 20 dollars. Bree les effeuilla.

— On dirait 200 dollars.

— Une réserve pour les mauvais jours.

Dana désigna l'enveloppe.

— Il y a autre chose à l'intérieur.

Bree retourna l'enveloppe. Une carte mémoire mini-SD tomba sur le comptoir.

— Je vais chercher mon ordinateur. Je suis presque sûre d'avoir vu un adaptateur SD dans un tiroir.

Bree se rendit dans le bureau. Kayla, Luke et Adam étaient tous endormis sur le canapé.

Elle mit en marche l'ordinateur en retournant à la cuisine et termina son café en attendant que l'écran s'allume. Puis elle connecta l'adaptateur à l'ordinateur portable et inséra la carte SD. Au lieu de photos, deux fichiers audio apparurent à l'écran. Bree cliqua sur le premier.

— Voilà, entendit-elle Erin déclarer.

Le son de sa voix fit monter les larmes aux yeux de Bree.

Un bruit de papier froissé. Bree reconnut ensuite la voix de Craig.

— Tout y est ? demanda-t-il.

— C'est tout ce que j'ai pu avoir aujourd'hui, dit Erin. Je t'ai déjà donné des milliers de dollars. Toutes mes économies ont disparu.

— Ça ira pour l'instant.

— Je n'ai plus d'argent, Craig.

— Alors tu ferais mieux de réfléchir à tes choix de vie, se moqua Craig. Je veux 3 000 de plus la semaine prochaine, sinon je demande la garde des enfants.

— Je ne les ai pas, et tu ne gagneras pas.

— Tu es sûre ?

La voix de Craig était pleine d'arrogance.

— Je suis pasteur, maintenant. Je pourrais faire en sorte que cent membres de ma nouvelle congrégation remplissent le tribunal et témoignent de ma moralité.

— Je n'ai pas 3 000 de plus, Craig.

— Tu ferais mieux de faire des heures supplémentaires ou de demander de l'argent à ton richard de frère. 3 000 dollars, c'est rien pour lui. Même si je n'obtiens pas la garde, les frais d'avocat te coûteront bien plus cher que de me payer.

L'enregistrement s'achevait là. La colère monta dans le ventre de Bree. Elle soupçonnait déjà Craig, mais l'entendre menacer Erin lui donna envie de le traquer et de le faire payer sans attendre.

Patience.

Dana et Bree échangèrent un regard. Bree réprima sa colère, qui laissa place à un peu d'espoir. Avec de vraies preuves, Craig pourrait être accusé d'extorsion et il était peu probable qu'il obtienne la garde des enfants. Même pour un beau parleur comme lui, ce serait impossible.

— J'ai presque peur d'écouter le prochain.

Bree cliqua sur *Lecture*.

— C'est terminé, Craig.

La voix d'Erin semblait ferme.

— C'est le dernier paiement. Prends-le et va-t'en.

— Ce n'est pas toi qui décides, déclara Craig.

— C'est là où tu te trompes.

Un déclic se fit entendre, suivi bientôt par le premier enregistrement.

Craig explosa de rage.

— Espèce de connasse…

— Ça prouve que tu me faisais chanter, interrompit Erin. Il paraît que les tribunaux désapprouvent l'utilisation de ses propres enfants à des fins d'influence et de gain financier.

Un bruit de tissu froissé.

— Lâche-moi ! s'écria Erin.

— Donne-moi cet enregistrement, salope.

— J'ai fait des copies. C'est pour ça que je ne te l'ai pas fait entendre la dernière fois.

Quelques secondes de silence s'écoulèrent pendant que Craig réfléchissait à la déclaration d'Erin.

— Si tu révèles ça à qui que ce soit… dit-il.

— Tu feras quoi ?

La voix d'Erin se fit cassante.

— Reste loin de moi et de *mes* enfants. Ou je te jure que je me ramène dans ton église et je passe ça au milieu de ton sermon du dimanche.

— On est loin d'en avoir terminé, dit Craig d'un ton menaçant.

Puis l'enregistrement numéro deux s'acheva.

— Tu penses qu'il a continué à la harceler et à la menacer ? demanda Dana.

Bree regarda la date de l'enregistrement. Le fichier était daté du mardi précédant le meurtre d'Erin.

— Oui. Il n'était pas du genre à se laisser décourager.

Bree fit les cent pas d'un bout à l'autre de la cuisine.

— Connaissant Craig, il a dû réfléchir à une stratégie. Elle m'a appelée le mardi suivant, qui était le jour de congé de Craig. Je soupçonne que c'était pour me parler de ses menaces. Elle a dû aller voir Adam pour de l'argent, mais comme elle a senti qu'elle était en danger physique, elle s'est tournée vers moi.

— Qu'est-ce que tu vas faire ?

— Oh, je vais le faire payer.

Bree se frotta les mains. Elle se sentait presque joyeuse. Le plus important, c'était que les enfants soient en sécurité. Mais deuxièmement, Bree voulait que Craig ait ce qu'il méritait. Il avait traité Erin comme de la merde depuis son adolescence.

— Je vais appeler Todd. L'extorsion est un crime dans l'état de New York, mais il va devoir convaincre le procureur de porter plainte.

Bree sortit son téléphone.

— On dirait que je vais déménager ici, après tout.

Le chagrin qu'elle avait enduré toute la journée s'atténua un peu.

— Ouais. Les juges aux affaires familiales voient rarement d'un bon œil les pères qui extorquent de l'argent aux mères.

Dana regarda autour d'elle.

— Tiens-moi au courant si tu as besoin d'une garde d'enfants à domicile ou d'un chef personnel ou autre.

— Tu viendrais t'installer ici ?

— L'air frais est agréable, dit Dana. Je me suis réveillée à 5 heures ce matin. Tu sais ce que j'ai fait ?

— Non.

— Rien, et c'était beau.

Dana montra un livre de cuisine sur la table.

— J'ai lu quelques recettes. J'ai bu du café. J'ai regardé un écureuil dans la cour.

— Et tu serais contente comme ça ? Parce que je vais chercher du boulot. J'aurai sûrement besoin d'aide avec les enfants.

Dana hocha la tête.

— Ouais. J'aimerais bien vivre ici. Je travaille avec la mort et la violence depuis presque trente ans. La paix et le calme sont exactement ce dont j'ai besoin en ce moment.

Elle indiqua l'enregistrement audio.

— Une petite vengeance serait la cerise sur le gâteau.

Chapitre Trente-Sept

Matt posa les avant-bras sur la table de la salle de conférences. Il avait terminé son entretien. Bree se trouvait dans la pièce voisine, en train d'être interrogée. Dès qu'elle aurait fini, Todd avait promis de leur parler à tous les deux ensemble.

La porte s'ouvrit et Bree entra avec une bouteille d'eau. Elle se laissa tomber sur une chaise à côté de lui.

— Comment va Justin ?

— Je ne l'ai pas vu aujourd'hui. Quand je suis passé le voir hier soir, il était encore assez déphasé, à cause de l'anesthésie. Mais l'opération d'hier s'est bien passée.

— C'est bien, non ?

— Oui. J'irai à l'hôpital quand on aura fini ici.

Matt était plus préoccupé par les cicatrices mentales et émotionnelles de Justin.

Elle lui serra la main brièvement.

Ils avaient sauvé la vie de Justin, mais il allait avoir besoin d'aide pour la reconstruire. Matt serait là pour lui.

Todd entra et ferma la porte derrière lui. Il avait un dossier sous un bras et une tasse de café dans l'autre main.

— Merci d'avoir attendu.

Todd s'assit en face d'eux et ouvrit son carnet.

— Tout d'abord, nous voulons vous remercier. Sans vous deux, Zack aurait continué. Il avait encore plus de trente chargeurs de munitions sur sa personne lorsqu'il est mort.

— Je suis content d'avoir été là, déclara Matt.

Bree approuva de la tête.

— N'importe quel policier aurait fait de même.

— Maintenant, par où commencer ? Toute cette histoire est trop bizarre.

Todd tapa sur une page.

— Nous pensons que Zack traquait Erin depuis quelques semaines. Nous avons trouvé un appareil photo 35 millimètres avec un téléobjectif dans son atelier. Il avait également des notes, des feuilles de calcul et des photos documentant son activité quotidienne. Il avait reconstitué tout l'emploi du temps d'Erin. C'est probablement lui qui a crevé ses pneus devant le salon de beauté. La caméra de surveillance ne couvre pas la partie du parking où les employés se garent, mais nous avons vu un véhicule qui ressemble au pick-up de Zack passer devant le bâtiment cette nuit-là. Stéphanie Wallace a signalé un certain nombre d'appels de son téléphone vers celui d'Erin, qu'elle dit ne pas avoir passés. Nous supposons que c'est Zack qui l'a utilisé. Justin a confirmé qu'Erin avait reçu de nombreux appels menaçants de Zack, lui disant de ne plus parler à Steph et l'accusant d'essayer de convaincre Steph de le quitter à nouveau.

— Erin n'était pas une grande fan de Zack, intervint Bree. Elle a conseillé à Steph de ne pas retourner auprès de son mari lorsqu'ils étaient séparés. Il voulait que sa femme soit isolée pour mieux la contrôler.

— Oui, reprit Todd. Il avait aussi des informations sur vous, Bree. Il a surveillé votre ferme quelques nuits. Il passait aussi beaucoup de temps à vérifier où se trouvait sa femme. Il prenait des notes détaillées sur tout.

Bree frissonna.

Matt déglutit. Il préférait ne pas imaginer Zack, peut-être armé, surveillant la ferme avec Bree et les enfants à l'intérieur, potentiellement endormis et vulnérables.

Todd se frotta la mâchoire.

— Les images de surveillance d'un magasin d'articles de sport montrent Zack en train d'acheter des munitions et le gilet de chasse vendredi dernier dans l'après-midi. Il possédait un Ruger 9 millimètres depuis de nombreuses années. Nous pensons qu'il a apporté son propre pistolet chez Justin la nuit où il a tiré sur Erin, mais quand il a vu celui de Justin, il a décidé d'utiliser celui-là à la place.

Bree but une gorgée d'eau.

— Peut-être qu'il pensait que le meurtre d'Erin serait imputé à Justin.

— Et c'est exactement ce qui s'est passé, au départ.

Matt s'étira sur sa chaise.

— Donc, après avoir planqué Justin dans son atelier, il a conduit le pick-up d'Erin à l'usine pour s'en débarrasser ? demanda Bree.

— C'est exact, répondit Todd. Et puis il a traversé le champ pour revenir à son propre camion, qui était toujours garé en bas de la route près d'Empire Acre Farms.

— Il a choisi l'usine pour y déposer le pick-up, parce que c'était pratique, dit Matt.

— Cela semble logique, admit Todd. Nous avons des images claires de Zack assis dans le parking du salon de beauté ce lundi. Il avait déjà appelé sa femme à plusieurs reprises. Elle devait répondre à ses appels dans un délai de trois sonneries. D'après ce que nous avons reconstitué, Zack a toujours été obsessif et jaloux, mais son état mental a commencé à se détériorer sérieusement lorsqu'il a perdu son travail. Il est devenu paranoïaque et méfiant chaque fois que sa femme était hors de sa vue. Lorsqu'elle lui a dit qu'elle était enceinte, ça s'est encore aggravé. Le lundi, Steph avait mis quelques vêtements et des papiers importants dans un sac de sport et les avait sortis en douce de la maison. Mais Zack l'a remarqué.

— Il semble qu'il ait été alternativement obsédé par le bébé et par la possibilité que Steph le trompe, ajouta Bree. Et l'idée qu'elle le quitte à nouveau a fait exploser sa paranoïa et sa rage.

— C'est bien ça, confirma Todd. Il lui a dit plusieurs fois qu'il la tuerait avant de la laisser partir.

— Savons-nous pourquoi il a gardé Justin en vie ? demanda Bree.

— Pas vraiment, répondit Todd. Peut-être qu'il ne voulait pas avoir à se débarrasser d'un cadavre. Peut-être qu'il voulait quelqu'un à qui se vanter de ses exploits. Nous pensons qu'il voulait utiliser Justin pour impliquer quelqu'un d'autre dans la mort d'Erin. Au début, il n'était pas sûr de la manière d'y parvenir. La blessure de Justin ne pouvait pas être volontaire. Par conséquent, Justin ne pouvait pas être piégé. Mais, comme je l'ai déjà dit, Zack gardait des notes détaillées sur toutes ses surveillances. Il avait passé un certain temps à observer Craig Vance. Erin avait dit à Steph que Craig l'avait contactée récemment pour la poursuivre en justice afin d'obtenir la garde des enfants. Zack avait des photos de l'appartement de Craig à l'église, et il avait commencé à enregistrer les déplacements quotidiens de Craig. Il avait appelé l'église pour connaître ses heures de bureau et son emploi du temps.

— Il n'avait pas de travail ? demanda Bree. Steph a dit qu'il était tout le temps dans son atelier.

— Il lui mentait, dit Todd. Il n'avait pas de travail. Il passait tout son temps à comploter.

Matt demanda :

— Il avait un plan ?

— Et détaillé.

En hochant la tête, Todd prit sa respiration.

— Il savait pour l'assurance vie d'Erin. Steph lui en avait parlé quand elle avait découvert qu'elle était enceinte. Elle voulait souscrire une assurance similaire après la naissance de leur bébé. Avec l'assurance vie et la question de la garde, Zack a pensé que Craig avait une motivation financière pour tuer Erin. Donc, il pourrait être accusé du meurtre d'Erin. Zack avait décidé de tuer Justin, de jeter son corps à Albany et de placer l'arme dans l'appartement de Craig.

— Une stratégie de sortie, dit Bree.

— Et astucieuse, ajouta Matt. Ça aurait pu marcher s'il était allé jusqu'au bout.

— Mais quand il a découvert que Steph le quittait, il a perdu les pédales.

Todd posa les mains sur la table.

— C'est tout ce que j'ai à ce stade. Je vous tiendrai au courant si d'autres révélations surgissent d'ici la fin de l'enquête.

— Est-ce que vous avez parlé à Craig Vance ? demanda Bree à Todd.

— J'ai d'excellentes nouvelles à ce sujet, déclara Todd. Je suis allé à Albany hier et j'ai partagé l'enregistrement audio avec les inspecteurs de la police locale. Il s'avère que Craig Vance n'a pas trompé tout le monde dans son église. La police d'Albany enquête discrètement sur lui depuis quelques semaines car il aurait volé des fonds paroissiaux. Au cours de leur enquête, ils ont découvert d'autres anomalies dans les comptes, qu'ils essaient toujours de comprendre. Un mandat de perquisition a été obtenu pour l'appartement de Craig. Pendant qu'un inspecteur d'Albany et moi-même interrogions Craig au commissariat, sa résidence a été fouillée. Les officiers ont retrouvé un téléphone jetable. Le numéro correspond à celui avec lequel on appelait votre sœur au moment des retraits d'argent.

Bree eut l'air soulagée.

— Je savais qu'il ne faisait rien de bon à l'église.

— Et vous aviez raison, dit Todd. Craig est sous le coup de plusieurs accusations de vol qualifié et d'extorsion. Il va faire de la prison.

Bree soupira.

— Je parie que c'est lui qui s'est introduit chez Erin la première nuit où j'y étais. Il savait qu'Erin avait les enregistrements. Il voulait les trouver.

— C'est logique, approuva Matt.

— Bree, j'aimerais vous parler dans mon bureau pendant quelques minutes.

Todd se leva.

— Matt, j'irai ensuite à l'hôpital pour interroger Justin à nouveau. J'apprécierais que tu sois là quand je lui parlerai. Justin n'est pas très stable. Il pourrait avoir besoin de soutien.

Matt hocha la tête.

— Je te retrouve là-bas.

Ils sortirent tous les trois dans le couloir.

Matt toucha le bras de Bree.

— Je t'appelle plus tard.

— OK. J'espère que Justin va mieux.

Matt espérait la même chose.

Chapitre Trente-Huit

Bree suivit Todd jusqu'à son bureau.

Il ferma la porte.

— Asseyez-vous.

Todd lui indiqua un fauteuil dans lequel Bree se laissa tomber.

— Merci pour votre aide avec Craig.

— De rien. C'était un plaisir. Maintenant, j'ai quelque chose à vous demander.

Todd décrocha le téléphone et appuya sur un bouton.

— Marge, tu veux bien venir ici une minute ?

Todd se leva et contourna son bureau, se perchant au rebord, face à Bree. Marge entra, ferma la porte et vint se mettre à côté de lui.

De manière à présenter un front uni.

Méfiante, Bree se recula sur son fauteuil.

— Vous et Matt avez joué un rôle important dans cette enquête, déclara Todd. Même si je ne pourrai jamais reconnaître publiquement votre aide, les gens l'ont remarquée quand cette vidéo a été diffusée.

— Oui. La vidéo.

Bree fronça les sourcils. Elle n'arrivait toujours pas à croire que cette femme ait sorti son téléphone portable de la poche de son peignoir et filmé la fusillade. La vidéo était devenue virale en une nuit.

— Vous semblez mécontente, remarqua Todd.

— C'est le cas.

— Pourquoi ? demanda Todd. Elle montre un comportement héroïque.

— Et sacrément dur à cuire, ajouta Marge.

Bree chercha ses mots.

— C'est difficile à expliquer, mais ce partage collectif me semble intrusif. Franchement, je n'aime pas attirer l'attention pour avoir tué quelqu'un, même si je n'avais pas le choix.

Elle avait rejoué ces derniers moments encore et encore dans sa tête et elle ne voyait toujours pas d'autre moyen de mettre fin à cet enfer. Pourtant, elle restait mal à l'aise avec ce qu'elle avait fait et ne pouvait pas non plus expliquer pourquoi.

— Je peux comprendre.

Todd s'éclaircit la gorge.

— Bref, Marge et moi, on discutait.

Ils échangèrent un regard.

— Tu devrais devenir le nouveau shérif, déclara Marge.

— Quoi ?

Bree se redressa. Elle envisageait en effet de travailler pour les forces de l'ordre locales, mais l'idée d'être candidate au poste de shérif ne lui était pas venue.

— Vous seriez parfaite, renchérit Todd. Je crois fermement que nous avons besoin de sang neuf pour reconstruire ce département. Et vous avez l'expérience nécessaire.

— Tu es honnête et tu as des racines dans ce comté, ajouta Marge. D'après les réactions à cette vidéo, je dirais que le public y sera tout à fait favorable.

— Je ne sais pas, dit Bree,

Mais l'idée de relever le défi était étrangement séduisante. Elle avait besoin d'un emploi. Elle travaillerait près de chez elle. Mais avait-elle vraiment besoin du stress de la politique ? Pour devenir shérif, il fallait être élue. Elle allait devoir faire campagne.

— Je voudrais te montrer quelque chose.

Marge conduisit Bree dans la salle de réunion. Deux adjoints tapant des rapports à leur bureau levèrent les yeux à leur passage. Marge s'arrêta près du mur du fond, où étaient affichées des photos des shérifs précédents. La plupart étaient des clichés professionnels, mais Marge indiqua une photo d'amateur, en agrandissement.

— C'est moi qui ai pris cette photo. Il refusait de faire faire un portrait professionnel. Il disait que c'était une dépense inutile.

Elle toucha le cadre.

— Il s'appelait Bob O'Reilly. Tu te souviens de lui ?

— Oui.

Bree observa la photo. Un homme d'une cinquantaine d'années, rasé de près, souriait derrière le grand bureau du shérif. Il portait une chemise d'uniforme et un jean. Elle ne distinguait pas ses pieds sur la photo, mais savait qu'il portait des bottes de cow-boy.

Ces mêmes bottes qu'elle avait vues pour la première fois descendant les marches de la véranda, cette froide et sombre nuit où toute sa vie avait changé. Adam pleurait dans ses bras, Erin se cachait derrière elle, s'accrochant à son pyjama.

Bree se rappela ce qu'elle avait pensé en voyant ces bottes approcher.

Pas papa.

Papa portait des bottes de chantier à grosses semelles. Celles-ci étaient du genre cow-boy.

Le soulagement lui avait coupé le souffle et elle s'était mise à trembler. L'homme s'était accroupi sous les marches et avait détaché la planche.

— Tout va bien. Vous êtes tous en sécurité maintenant.

Il les avait éclairés du faisceau d'une lampe de poche, puis l'avait pointée sur lui-même. Il portait une veste avec des badges.

— Je suis le shérif Bob. Sortez, je vous emmène dans un endroit chaud.

Sa voix était amicale et douce. Erin était sortie en rampant, et un homme portant le même genre de veste l'avait enveloppée dans une couverture et soulevée dans ses bras.

Le shérif Bob s'était tourné vers Bree et lui avait demandé :

— Tu t'appelles Bree, n'est-ce pas ?

Elle avait hoché la tête.

— Bree, ce bébé a froid.

Le shérif avait posé sa lampe torche sur le sol et passé les bras dans le trou.

— Pourquoi tu ne me le donnes pas pour qu'on puisse le réchauffer ?

Le corps d'Adam était tout raide, ses pieds s'agitant dans le vide. Il avait froid, en effet. Elle aussi avait froid, tellement froid que sa peau lui faisait mal. Elle avait déposé Adam dans les bras du shérif, qui l'avait bercé quelques secondes avant qu'un autre homme en uniforme ne l'enveloppe lui aussi dans une couverture. Tout le corps de Bree avait faibli soudainement. Elle était sortie en rampant et s'était relevée dans la cour sombre.

Le shérif Bob lui avait passé une couverture autour des épaules, puis avait enlevé sa veste et l'avait posée par-dessus. L'intérieur était encore tout chaud.

— Je vois que tu es pieds nus.

Sa voix s'était brisée.

— Est-ce que je peux te porter dans mes bras ?

Elle avait hoché la tête et, lorsqu'il l'avait prise dans ses bras, elle l'avait serré de toutes ses forces et enfoui son visage dans sa chemise.

— Vous êtes en sécurité maintenant, je te le promets, avait-il dit en lui enveloppant les pieds dans son manteau.

Bree cligna des yeux. La salle de réunion réapparut dans une folle sensation de couleurs et de lumière.

Marge parlait.

— Bob m'a appelée cette nuit-là. Il m'a dit qu'il avait besoin d'aide avec trois enfants. Je l'ai retrouvé ici. Bob était dans un sale état. Il avait un œil au beurre noir et les phalanges en sang. Il voulait se faire soigner. Ton frère dormait quand vous êtes arrivés ici. Ta petite sœur est venue vers moi tout de suite. Mais tu ne voulais pas lâcher Bob. Alors, il t'a emmenée dans son bureau et t'a laissée dormir sur son épaule pendant qu'il se mettait de la glace sur le visage et la main. Quand ta famille est arrivée, ils ont dû t'arracher à lui.

— Je ne me souviens pas d'avoir été ici cette nuit-là.

Le regard de Bree balaya la pièce. Rien ne lui semblait familier.

— Tu étais à moitié endormie.

Marge sourit.

— Pourquoi le shérif avait-il un œil au beurre noir et des blessures aux mains ? Mon père s'est suicidé.

— Je ne sais pas exactement comment la nuit s'est déroulée.

Apparemment, Bree non plus. Elle avait toujours supposé que son père s'était tiré une balle avant l'arrivée de la police. Personne ne lui avait jamais dit le contraire, mais la famille n'aimait pas évoquer l'incident. Bree n'avait jamais remis en question ses souvenirs.

Jusqu'à présent.

— Les dossiers de 1993 existent encore ? demanda Bree.

— Oui, dit Marge. Ils sont rangés à la cave. Je suppose que tu penses au cas de tes parents.

— Oui. Je me demande si mes souvenirs sont les bons.

— C'est important ?

— Je ne sais pas.

— Le dossier de tes parents est clos, il n'y a donc aucune raison que tu ne puisses pas avoir une copie du dossier. Mais réfléchis bien à ce qu'ils contiendront. Tu veux vraiment avoir ces images dans la tête ? Pour l'essentiel, cette tragédie semble derrière toi. Que gagnerais-tu à tout déterrer à nouveau ?

— C'est une bonne question.

Et Bree ne le savait vraiment pas. Peut-être que Marge avait raison et qu'elle devrait laisser le passé derrière elle.

Marge se tourna vers elle.

— Je crois que Bob a été le dernier shérif vraiment bon à occuper ce poste. Je pense qu'il serait satisfait que tu reprennes le flambeau et mettes de l'ordre dans le département.

Une vague d'émotions déferla dans la poitrine de Bree.

— Mon Dieu, Marge. Pas de pression, surtout.

Marge haussa une épaule indifférente.

— Je n'ai jamais dit que je jouais fair-play.

— Je ne sais même pas ce que cela implique de devenir shérif. Je ne suis pas politicienne et, même si je savais comment mener une campagne, je n'ai pas l'argent nécessaire.

— Et si tu n'avais pas besoin de faire campagne ? demanda Marge. Est-ce que tu envisagerais d'accepter ?

— Peut-être.

Marge haussa un sourcil.

— Le poste est vacant depuis longtemps. Personne ne s'est présenté en novembre. Tu réponds à toutes les conditions. Les élections spéciales coûtent cher. Il serait plus facile et moins coûteux de te faire nommer shérif par le gouverneur. Tu serais alors en poste jusqu'à la fin du mandat en cours avant de devoir te présenter. Tu aurais des années devant toi avant qu'une campagne ne soit nécessaire.

Bree se frotta le crâne.

— Mais comment voulez-vous que le gouverneur de New York me nomme shérif ?

— Laisse-moi m'en occuper, dit Marge sans sourciller. Cette vidéo de toi en train de tirer sur Zack Wallace devrait convaincre tout le monde que tu es la bonne personne pour ce job.

— Je ne pense pas que tirer sur un suspect devrait être la principale compétence requise.

Bree fit la grimace en y repensant. Elle avait aperçu la couverture médiatique des événements. Toute l'histoire de sa famille avait été évoquée.

Seul Matt s'était débrouillé pour éviter les caméras.

— Tu as arrêté un tueur dangereux, déclara Marge. La plupart des gens penseront que ton courage est ce qui compte avant tout.

Bree n'était pas d'accord avec cette idée, mais la perspective de contribuer à quelque chose d'important et de protéger les citoyens du comté de Randolph lui plaisait. Son quotidien serait plus diversifié que dans son travail actuel en brigade criminelle, et elle aurait autre chose à faire que de voir des cadavres toute la journée.

Et maintenant qu'elle n'avait plus à craindre que Craig prenne les enfants, Bree avait besoin d'un emploi à Grey's Hollow.

— Si vous pouvez obtenir du gouverneur qu'il me nomme, j'accepterai le poste. Dites-moi, comment vous le connaissez, le gouverneur ?

— J'étais sa secrétaire il y a de nombreuses années, à l'époque où il était un tout jeune procureur.

Ses yeux scintillèrent.

— Avant qu'il ne soit un gros bonnet.

Marge connaissait vraiment tout le monde.

Chapitre Trente-Neuf

Matt sortit de l'ascenseur et trouva M. Moore dans la salle d'attente. Il buvait du café et mangeait des biscuits secs.

— Comment il va ? demanda Matt.

M. Moore avait l'air d'avoir vieilli de vingt ans en une semaine.

— Il est épuisé et il souffre. La nuit dernière, son compagnon de chambre a crié toute la nuit.

Matt posa la main sur l'épaule de M. Moore.

— Je suis désolé.

— Il semble aller un peu mieux maintenant. Ils l'ont transféré dans une chambre privée et lui ont donné plus d'analgésiques. Il m'a demandé de partir pour qu'il puisse dormir.

— C'est bien. Pourquoi ne pas descendre à la cafétéria et prendre de la vraie nourriture ?

— Oui.

M. Moore fit un signe de tête.

— Je vais faire ça. Merci.

— Je vais aller le voir. S'il dort, je resterai par ici.

— OK.

M. Moore fit volte-face et se dirigea vers l'ascenseur.

— Sa chambre est au bout du couloir. Numéro trois cent quarante-huit.

Matt avança dans le couloir, dépassa le poste des infirmières et continua jusqu'à la chambre de Justin, qui était sombre et calme. La porte était entrouverte. Espérant que son ami dormait, Matt la poussa doucement, juste assez pour passer la tête à travers l'ouverture. Il attendit que ses yeux s'adaptent. Une intraveineuse était reliée au poignet de Justin, mais aucun autre appareil n'était nécessaire. Sa blessure, sauf infection, ne mettait plus sa vie en danger, maintenant qu'il recevait un traitement médical.

— Je suis réveillé, dit Justin.

Matt entra. L'obscurité lui parut déprimante et il alluma la lumière.

Justin se couvrit les yeux de la main.

Matt s'assit au chevet du malade.

— Tu as droit à la nourriture ?

— Ouais.

La voix de Justin était plate, sans émotion.

— Bien. Je t'ai apporté des frites.

Matt les posa sur la tablette qu'il fit rouler devant son ami.

— Merci.

Mais Justin ne fit pas mine de s'intéresser à la nourriture.

Quelqu'un frappa à la porte et Todd se pencha dans la pièce.

— Hey, Justin. Tu te sens de répondre à quelques questions de plus ?

Justin toussa, puis fit la grimace, portant la main au pansement frais de son épaule.

— Bien sûr.

Matt lui remplit son gobelet d'eau à l'aide du pichet en plastique et positionna la paille pour qu'elle soit tournée vers Justin.

Todd s'assit de l'autre côté du lit et sortit un petit bloc-notes et un stylo de sa poche.

— De quoi tu te souviens du temps que tu as passé avec Zack ?

Justin secoua la tête.

— C'était vraiment bizarre. Au début, il me traitait comme si on avait quelque chose en commun.

Son regard se dirigea vers le plafond.

— Il disait qu'Erin nous avait maltraités tous les deux.

— Tu étais de cet avis ? demanda Todd.

Justin secoua la tête.

— Non. Ce qui s'est passé entre nous était entièrement de ma faute, mais Zack tenait Erin responsable des problèmes qu'il avait avec Steph. Erin, qui offrait à Steph un endroit où aller. Erin, qui encourageait Steph à le quitter. Il la harcelait et n'avait pas peur de menacer ses amies. La plupart d'entre elles ne parlaient plus à Steph à cause de ça.

— Mais pas Erin, dit Todd en prenant des notes.

— Non. Erin ne laissait pas tomber ses amis.

Justin prit un moment pour respirer.

— Elle n'a pas arrêté d'être amie avec Steph en dépit du fait que son mari était un connard, pas plus qu'elle n'a arrêté d'être mon amie malgré les erreurs que j'ai faites.

La voix de Justin se brisa.

Matt lui tendit sa tasse d'eau. Justin la prit et but longuement.

— Vous aviez toujours une relation, toi et Erin ? demanda Todd.

Justin ferma les yeux une seconde. Quand il les rouvrit, ils étaient sombres.

— Ouais. Elle ne voulait pas de drogue chez elle. Je respectais ça.

Il marqua une pause, inspira avec peine.

— Elle avait confiance en moi. Elle croyait que je pouvais vaincre mon addiction. J'aurais aimé être la moitié de l'homme qu'elle voyait en moi.

— Zack s'est contenté de te parler ? demanda Todd.

— C'était étrange, dit Justin. Je n'arrêtais pas de lui demander de me laisser mourir. Plus je lui demandais, moins il le voulait. C'était presque pervers.

Il s'interrompit et soupira fortement.

— Je voulais mourir. Je ne pouvais pas imaginer vivre sans elle.

Sa voix s'éteignit et il se mit à sangloter.

Todd empocha son bloc-notes.

— Je vais te laisser te reposer.

Matt ne savait pas si du repos allait suffire.

Todd s'en alla et Matt attendit que Justin arrête de pleurer.

— Je me sens mal pour lui, dit Justin. Il n'a pu poser que trois questions avant que je m'effondre.

— Ça va aller mieux.

Matt l'espérait, en tout cas.

— Tu crois vraiment ?

Le ton de Justin se chargea de colère.

— Elle est plus là. J'ai quoi comme raison de vivre ?

Il attrapa sa perfusion.

— Ça ?

Matt lui prit le tuyau des mains.

— Hé, tu as besoin de ces antibiotiques.

— Ils m'ont aussi donné des opioïdes.

Justin haussa les épaules.

— Je n'ai même pas pu arrêter pour sauver mon mariage. Je n'ai pas pu arrêter avec Erin pour me soutenir. Je n'ai pas pu arrêter pour les beaux-enfants que j'avais promis d'aimer. Comment je pourrais y arriver sans rien pour me motiver ?

— Ces enfants ont encore besoin de ton amour, dit Matt. Ils ont perdu leur mère et tu leur manques.

— Non, c'est pas vrai.

— Mais si. Kayla l'a dit à Bree.

Justin ne répondit pas, mais détourna les yeux.

— Prends ton temps. Tu vas guérir.

Matt serait là pour son ami, mais est-ce que ça suffirait ?

Chapitre Quarante

Bree n'était pas rentrée depuis plus de dix minutes lorsqu'on sonna à la porte. Elle jeta un coup d'œil par la fenêtre qui donnait sur la véranda. Steph.

Bree soupira. Son épuisement était extrême. Elle avait besoin de respirer. Mais elle ne le pourrait pas avant d'avoir parlé à Steph. Encore une fois.

Bree ouvrit la porte.

— Je suis désolée.

Steph recula.

— Je ne veux pas entrer. Je voulais juste te parler rapidement.

— Bien sûr.

Bree sortit sur la véranda. Le vent froid s'infiltra sous son pull en tricot. Elle se frotta les bras.

— Je ne m'attends pas à ce que les enfants me pardonnent.

Bree l'interrompit.

— Tu n'as rien fait.

Mais Bree n'était pas encore prête à ce que les enfants interagissent avec Steph. Ils savaient que Zack avait tué leur mère, mais Bree n'avait donné que les détails qu'ils avaient spécifiquement demandés.

Bree avait besoin de temps pour assimiler tout ça. Elle rêvait d'avoir une semaine entière sans rien de traumatisant à faire. Ou peut-être un mois.

— Mon mari a tué Erin. Je ne le savais même pas.

Steph avait toujours l'air de ne pas comprendre ce qui s'était passé.

— Ça fait deux jours et je ne réalise toujours pas.

— Je sais ce que tu ressens.

Pour Bree aussi, c'était surréaliste.

— Bref, je voulais juste te remercier.

— Tu as quelque part où loger ? demanda Bree.

La maison de Steph était encore une scène de crime.

— Ouais, répondit Steph en reniflant. Une des filles du salon me prête sa chambre d'amis. Je vais vendre la maison. Je ne pourrai plus jamais y vivre.

— Comment tu te sens ?

Steph se frotta le ventre.

— Je fais aller. Comment je vais dire au bébé que son père a essayé de nous tuer tous les deux ?

— Je ne sais pas.

— Je suis désolée. J'avais oublié, dit Steph en portant la main à sa bouche.

— Pas de souci. On ne peut pas changer le passé, mais on apprend à vivre avec.

Dans le même ordre d'idées, Bree n'avait pas dit à Luke ou Kayla que leur père les avait utilisés pour extorquer de l'argent à leur mère. Il faudrait bien leur en parler un jour ou l'autre. Ce serait pire s'ils l'apprenaient autrement. Mais ils avaient eu assez de traumatismes pour l'instant et Kayla était encore trop jeune. Elle ne savait rien de son père. Bree redoutait le jour où elle devrait lui raconter toute l'histoire.

Steph recula vers les marches de la véranda.

— De toute façon, je voulais juste te remercier et te dire que je suis désolée. Prends soin de toi.

— Toi aussi.

Steph s'éloigna et grimpa dans sa voiture. Bree lui fit un signe de la main et la regarda partir. Au même instant, la vieille Bronco d'Adam apparut au bout de l'allée. Il se gara devant la maison, puis ouvrit le coffre de son quatre-quatre et en sortit une toile. Elle lui ouvrit la porte et ils entrèrent dans le salon, les enfants accourant auprès d'eux.

— Ce n'est pas le tableau sur lequel tu travaillais, dit Bree en remarquant ses dimensions.

— J'ai fini celui-là le jour où tu as ramené les enfants ici. Erin m'a demandé cent fois de lui peindre un tableau de la ferme.

Il leur montra la toile.

— Elle n'est pas très bonne, mais j'ai essayé.

Bree ouvrit de grands yeux. Erin tenait Cowboy par le licou, tandis que Luke et Kayla le toilettaient. Erin souriait, une main posée sur le museau du cheval. Le vent soulevait des mèches de ses cheveux noirs. Derrière eux, on voyait la grange entourée de fleurs. Le soleil brillait dans un ciel bleu vif.

— C'est le jour où elle l'a ramené de la vente aux enchères, déclara Adam.

Luke intervint :

— Cowboy était dans un sale état. Maigre, crasseux, couvert d'égratignures. Maman a dit qu'il aurait été envoyé à l'abattoir le lendemain si elle ne l'avait pas pris.

Bree surprit le sourire de son frère et devina qu'Adam avait aussi dû payer pour ce cheval. Probablement pour les autres aussi. Dans le tableau, le cheval était au repos, la tête baissée, une patte arrière repliée, comme s'il se savait en sécurité.

Adam avait peint d'un point de vue extérieur, depuis l'arrière de la véranda. Un sentiment de malaise s'empara de Bree. Était-ce ainsi qu'il se sentait ? Comme un étranger vis-à-vis de l'intimité des autres ?

La plupart de ses tableaux étaient sombres et dérangeants, mais celui ci… Il contenait toute la lumière qui manquait à ses autres toiles. Il exprimait même une joie extravagante, comparé aux démons intérieurs que Bree avait l'habitude de voir dans le travail de son frère.

— Quoi qu'il en soit, j'ai pensé que ça te plairait de l'avoir, dit-il en haussant les épaules.

— Merci. Pourquoi tu dis qu'il n'est pas bien ?

Bree pensait que c'était la plus belle chose qu'il ait jamais faite, mais elle le garda pour elle. Il risquait d'être vexé, et puis, qu'est-ce qu'elle connaissait à l'art ?

Il fronça les sourcils.

— Ça ne vient pas de mon esprit. Ce n'est pas moi qui l'ai inventé. C'est juste eux, comme ils sont.

Ce point de vue la laissa bouche bée. Adam pensait que, parce que le tableau était réaliste plutôt que subjectif, il était de moindre valeur. Il ne pouvait pas se tromper davantage. Bree le prit par le bras.

— Tu as créé chaque centimètre carré de ce tableau et je pense qu'il est incroyable. Tu as capturé l'essence d'Erin. Tu as représenté une fraction de seconde de sa vie et tu as réussi à montrer sa gentillesse, sa générosité et son optimisme.

Tout ce dont Bree voulait se souvenir au sujet de sa petite sœur.

— C'est magnifique. Comment tu l'as appelé ?

Adam regarda le tableau un instant, les yeux luisants.

— « En sécurité. »

Bree le serra dans ses bras. Elle n'allait pas le laisser se retirer à nouveau dans son art, du moins pas complètement. Elle allait le traîner dans la lumière.

— Tu restes pour dîner, n'est-ce pas ?

— Hum.

Il regarda ses chaussures.

— Je dois commencer un autre tableau.

— Tu viens d'en terminer deux.

Dana passa à côté d'eux et prit un livre de cuisine posé sur la table.

— Bien sûr qu'il reste pour le dîner. J'ai fait du cacciatore.

Adam croisa le regard de Bree avec un soupçon de panique. Ha ! Il ne savait pas comment contredire Dana, et Bree n'allait pas l'y aider. Elle lui tapa sur l'épaule.

— Les enfants ont besoin de te voir plus souvent, donc je veux t'avoir régulièrement à dîner.

— Des dîners familiaux hebdomadaires seraient parfaits pour les enfants.

Dana repartit vers la cuisine, livre de cuisine en main.

— Tu me diras le jour qui te convient. Tous les jours se ressemblent pour moi maintenant.

Pendant que les enfants s'extasiaient devant le tableau et qu'Adam cherchait la meilleure lumière pour l'accrocher, Bree suivit Dana dans la cuisine.

— Je t'ai dit qu'on m'avait en quelque sorte offert le poste de shérif ?

Bree se remplit un verre d'eau et résuma sa conversation avec Todd et Marge.

— Tu ferais un super shérif. Tu es intelligente. Tu as de l'expérience et tu es douée avec les gens. Tu ne parles pas sans réfléchir et tu n'as pas de bite pour t'induire en erreur.

Bree s'étouffa avec son verre d'eau. En s'essuyant le menton avec une serviette, elle répondit :

— Oui, si j'obtiens le poste, ce ne sera pas dans mon discours d'acceptation. Ce département du shérif n'a même pas eu de femme adjointe, jusqu'ici.

Dana ouvrit de grands yeux.

— Sérieusement ?

— Ouaip.

— Alors tu vas changer les choses, dit Dana en souriant

— Maintenant, tu me fais regretter d'avoir dit oui.

Bree n'était même pas sûre d'obtenir le job. Ce n'était pas parce que Marge était l'ancienne secrétaire du gouverneur qu'il allait nommer Bree shérif.

Quelqu'un frappa à la porte de la cuisine. Matt se tenait sur la véranda. Bree ouvrit la porte. Il tenait en laisse un gros chien blanc et noir. Dès que le chien aperçut Bree, il se jeta sur elle. Mais Matt était prêt et tenait fermement sa laisse. Malgré tout, Bree sauta en arrière, le cœur battant à toute allure.

— Coccinelle, assis ! dit Matt d'une voix ferme.

Les fesses du gros chien touchèrent le sol. La langue tirée, il regardait l'intérieur de la cuisine de ses grands yeux bruns.

— Qu'est-ce que c'est que ça ? demanda Bree.

— Ton chien médiateur, déclara Matt.

— Quoi ?

— On en avait parlé. Un chien qui te réconciliera avec ceux de son espèce.

— Qu'est-ce qu'il fait ici ?

— Elle s'appelle Coccinelle. C'est ma sœur qui l'a recueillie. Tu n'es pas obligée de la garder, mais elle a vraiment besoin d'un foyer d'accueil, d'un endroit pour se calmer et de s'habituer à vivre dans une maison. Après quoi ma sœur pourra la faire adopter et sauver d'autres chiens.

Bree baissa les yeux. Coccinelle était grassouillette. Son pelage était blanc, avec un masque noir autour des yeux, des oreilles de la même couleur et des taches sombres sur tout le corps.

— Pourquoi tu me l'as amenée à moi ?

— Il te faut un chien rassurant. Elle est aussi peu menaçante que possible.

C'était vrai. Cette grosse boule de poils ressemblait à un des animaux en peluche de Kayla.

Les enfants entrèrent dans la cuisine.

— Je vous avais dit que j'avais entendu Matt ! s'écria Kayla. Il a amené un chien.

Luke et Kayla se ruèrent sur Coccinelle, qui en oublia de rester assise et leur sauta dessus. Les enfants crièrent. Le chien leur bava dessus. Comme elle n'avait qu'un moignon de queue, Coccinelle remuait tout son derrière.

— C'est une chienne qui a eu une vie difficile, dit Matt. J'essaie de la placer dans un foyer. Vous pensez que vous pourriez lui apprendre les bonnes manières ? Ça m'aiderait vraiment.

— Pourquoi on ne peut pas la garder, nous ? dit Kayla en cessant de caresser le chien, qui lui lécha la main en signe de protestation.

— Ça, c'est votre tante Bree qui décidera, dit Matt.

— Maman l'aurait adorée.

Kayla embrassa Coccinelle, qui lui lécha le visage.

— Elle ressemble à une vache.

Vader sauta du comptoir de la cuisine et s'approcha du chien. Coccinelle l'ignora complètement et Vader s'éloigna, remonta sur le comptoir et fit tomber du courrier par terre, comme par dépit de n'avoir pas pu l'intimider.

— Je vais nourrir les chevaux.

Incapable de faire face à ce charivari – et à la perspective de vivre avec un chien tous les jours –, Bree se dirigea vers la porte et enfila un manteau et des bottes.

— Tu veux m'aider, Matt ?

— Bien sûr.

Il la suivit jusqu'à la grange.

Les chevaux attendaient derrière la barrière, prêts pour leur dîner. Bree leur ouvrit et ils entrèrent d'eux-mêmes dans leurs stalles. Matt ferma les portes pendant que Bree versait le grain dans des seaux. Elle vérifia l'eau et leur donna du foin.

Puis elle s'adossa à la porte de Cowboy et croisa les bras sur sa poitrine.

— Tu aurais dû me demander d'abord, pour le chien.

Matt prit la même position à côté d'elle.

— Tu aurais dit non.

— Probablement.

C'était certain.

— Tu n'es pas forcée de la garder.

— Tu sais que les enfants lui sont déjà attachés, je ne pourrai pas la leur enlever.

— J'espérais que tu dirais ça.

— Mais quand même, dit Bree. Tu aurais dû me consulter.

— J'aurais dû, reconnut Matt.

Mais il n'avait pas l'air le moins du monde désolé.

Bree soupira. Qu'y pouvait-elle ? Elle allait être forcée de se confronter à sa phobie et ne savait pas ce qu'elle ressentait. Elle était agacée. Effrayée. Peut-être même un peu soulagée d'être obligée de faire face à la terreur de son enfance. Demain. Elle s'occuperait de ses sentiments demain. Aujourd'hui, elle était trop fatiguée.

— OK. Je vais faire de mon mieux. Elle a l'air gentille.

— Elle aime tout et tout le monde, mais je te préviens que c'est un horrible chien de garde. Elle laissera entrer n'importe qui dans la maison, mais son absence totale d'agressivité est la raison pour laquelle j'ai pensé qu'elle serait parfaite pour toi.

Quelque chose dans sa voix incita Bree à regarder de côté et à examiner son visage. Son regard exprimait un certain désarroi. Était-il venu directement de l'hôpital ?

— Comment allait Justin aujourd'hui ?

Sa poitrine sembla se dégonfler d'un seul coup.

— Son épaule est en train de guérir, mais son rétablissement émotionnel va être difficile.

— Je suis désolée.

Bree se tourna vers lui. Sans réfléchir, elle l'enlaça et l'attira contre elle. Il lui rendit son étreinte et appuya son visage sur le sommet de son crâne. Ils restèrent comme ça quelques instants, jusqu'à ce qu'elle le sente se détendre.

— Tu veux en parler ? demanda-t-elle.

— Non. Vraiment pas. Je soutiendrai Justin autant que possible, mais je ne peux pas guérir à sa place. Il doit le faire lui-même.

— OK. Tiens-moi au courant si je peux aider.

— Ça marche, merci.

Il secoua la tête, comme pour évacuer de son esprit la tragédie vécue par son ami, puis lui sourit.

Elle relâcha son étreinte. Leurs regards se croisèrent. *Mince, il sentait bon.*

Comme entraîné par l'émotion, il baissa son visage vers le sien.

Bree lui posa une main sur la poitrine.

— Attends un peu, Thor.

— Thor ?

Matt l'interrogea du regard.

— Ta barbe a encore poussé. Tu ressembles à un Viking.

Il eut un petit sourire.

— Je veux qu'on me reconnaisse le mérite de ne pas avoir fait de blague sur le marteau magique.

Elle gloussa. C'était un homme séduisant, mais le plus difficile était de résister à son sens de l'humour.

— On se connaît à peine, dit-elle.

Il haussa un sourcil.

— On a bossé ensemble jour et nuit. Je t'ai sauvé les miches, et toi les miennes.

— Et ce sont de bien belles miches, dit-elle. Mais…

Il sourit.

— Tu m'aimes bien, admets-le.

Bree réprima l'envie de lever les yeux au ciel.

— Tu as été normal tout ce temps. Pourquoi tu te comportes tout à coup comme un gamin de 17 ans ?

— Peut-être que tu me fais me sentir comme un adolescent.

Il se pencha un peu plus et huma ses cheveux. Sa barbe se frotta contre son visage.

Elle frissonna de tout son corps.

— Oui, je t'aime bien, dit-elle.

Il fronça les sourcils.

— Je sens venir un *mais.*

— J'ai beaucoup de pain sur la planche. Je dois faire passer les enfants avant tout.

— J'ai entendu dire que tu seras le prochain shérif.

— C'est pas vraiment une affaire conclue, répondit Bree.

— Marge me l'a dit, donc ça va arriver.

Elle rit doucement.

— Tu as vraiment foi en Marge.

— Elle sait ce qu'elle dit.

— Bon, ce que je veux dire, c'est que je vais rester dans les parages et que je t'aime bien.

Il sourit.

Elle poursuivit.

— *Mais* je n'ai pas le temps d'être en couple.

— Et si on commençait par sortir ensemble ?

— C'est-à-dire ?

— Un dîner de temps en temps, déclara Matt.

— Peut-être que je peux gérer ça, tant que ça reste informel.

— OK, dit-il en haussant les épaules. Tu appelles ça comme tu veux.

S'il n'avait pas été difficile d'accepter cette proposition, Bree craignait de ne pas maîtriser la situation autant qu'elle l'aurait souhaité, et elle avait le soupçon terrifiant que cela définissait sa nouvelle vie.

Mais elle avait les enfants pour motivation. Pour eux, elle accepterait tout ce qui pouvait se présenter. Un nouveau travail. Trois chevaux. Un chien dont elle ne voulait pas. Peu importait.

Je suis prête. Quoi qu'il arrive.

REMERCIEMENTS

Il faut vraiment toute une équipe pour publier un livre. Comme toujours, merci à mon agent, Jill Marsal, pour ses neuf années de soutien indéfectible et ses judicieux conseils. Je remercie toute l'équipe de Montlake, en particulier mon éditrice, Anh Schluep, et ma correctrice, Charlotte Herscher. Un merci tout particulier à Rayna Vause et Leanne Sparks pour leur aide sur divers détails techniques, et à Kendra Elliot, qui m'a poussée à écrire les jours où je manquais de motivation.

À PROPOS DE L'AUTEUR

Melinda Leigh, auteure de best-sellers primés sur Amazon et le Wall Street Journal, est une banquière repentie. C'est après avoir rejoint l'association *Romance Writers of America* qu'elle décide que l'écriture l'amuse plus que l'analyse de rapports financiers. Son premier roman, *Traquée*, a été nommé pour le prix du meilleur premier roman des *International Thriller Writers*, et a reçu de nombreux prix aux États-Unis. Beaucoup de ses romans suivants ont également été des best-sellers.

Elle est ceinture noire deuxième dan de karaté Kenpo, donne des cours de self-défense féminin, et vit dans une maison en désordre avec sa famille et une petite armée d'animaux domestiques. Pour plus d'informations, rendez-vous sur www.melindaleigh.com.

Vous avez aimé ce livre et voulez être informé des prochaines publications de Melinda Leigh ? Il vous suffit de la suivre sur Amazon !

1) Cherchez le livre que vous venez de lire sur Amazon.fr ou sur l'application *Amazon*.
2) Allez sur la page de l'auteur en cliquant sur son nom.
3) Cliquez sur le bouton *Suivre*.

La page de l'auteur est également disponible en scannant ce QR code avec votre smartphone ou votre tablette:

Si vous avez savouré ce livre sur Kindle Reader ou sur l'application Kindle, il vous sera automatiquement proposé de suivre l'auteur en arrivant à la dernière page.

AMAZON **CROSSING**

Printed in Great Britain
by Amazon

79632419R00243